U0437956

诗注要义

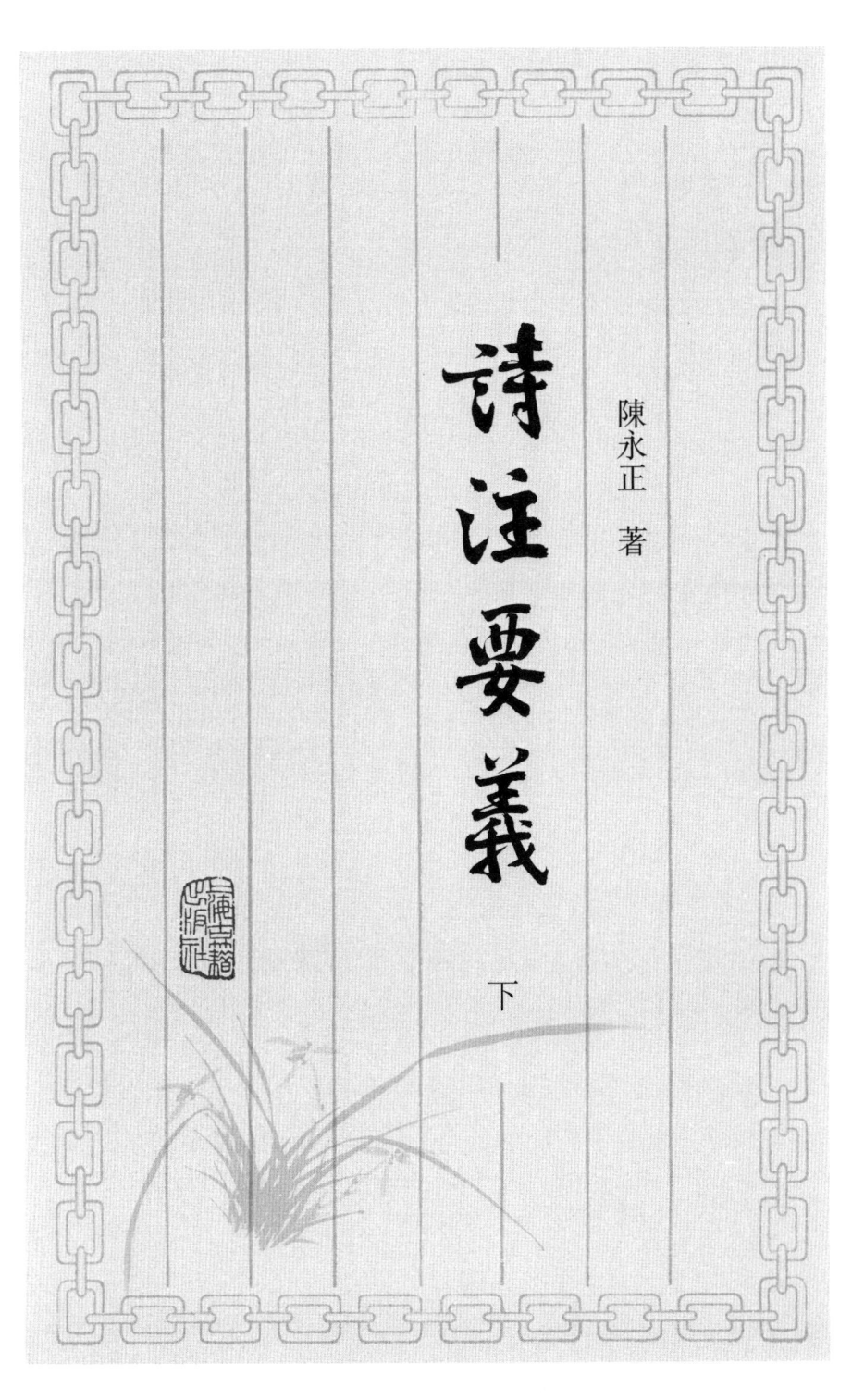

陳永正 著

下

簡史篇

先秦章第一

對詩歌文獻的闡釋,最早見於春秋戰國時期的典籍。《左傳》、《國語》、《禮記》、《墨子》等書中,多次記載對《詩》中的篇章句子徵引的事例。《國語·周語上》:"穆王將征犬戎,祭公謀父諫曰:'不可。先王耀德不觀兵。夫兵戢而時動,動則威,觀則玩,玩則無震。是故周文公之《頌》曰:"載戢干戈,載櫜弓矢。我求懿德,肆于時夏,允王保之。"先王之於民也,懋正其德而厚其性,阜其財求而利其器用,明利害之鄉,以文修之,使務利而避害,懷德而畏威,故能保世以滋大。'"此爲文獻中最早引《詩》之例,所引爲《周頌·時邁》。祭公謀父引以爲證,成爲議論的組成部分,説明"耀德不觀兵"的道理。祭公謀父的議論,也可視爲對詩意的闡釋。《國語·周語下》載叔向就單子引《周頌·昊天有成命》一詩作出解説:"且其語説《昊天有成命》,頌之盛德也。其詩曰:'昊天有成命,二后受之,成王不敢康。夙夜基命宥密。於,緝熙。亶厥心肆其靖之。'是道成王之德也。成王能明文昭、能定武烈者也。夫道'成命'者,而稱'昊天',翼其上也。'二后受之',讓於德也。'成王不敢康',敬百姓也。夙夜,恭也;基,始也。命,信也。宥,寬也。密,寧也。緝,明也。熙,廣也。亶,厚也。肆,固也。靖,龢也。"叔向先以"道成王之德也"

概括詩意,再逐字訓詁。這種方式已開漢人解《詩》之先河。《毛傳》云:"二后,文武也。基,始;命,信;宥,寬;密,寧也。"全錄叔向之說。故孔穎達正義云:"檢其大旨,不爲乖異,故《傳》采而用焉。"叔向又云:"《詩》曰:'其類維何,室家之壺。君子萬年,永錫祚胤。'類也者,不忝前哲之謂也。壺也者,廣裕民人之謂也。萬年也者,令聞不忘之謂也。胤也者,子孫蕃育之謂也。"所引詩爲《大雅·既醉》,亦訓詁字義,解説甚詳。

在先秦古籍中,有不少稱引《詩》的記載,其中也有對所引詩句詞語作扼要訓釋的。如《左傳·昭公二十八年》載,成鱄對魏獻子説到舉親惟善之意時,引《詩·大雅·皇矣》:"惟此文王,帝度其心。莫其德音,其德克明。克明克類,克長克君。王此大國,克順克比。比于文王,其德靡悔。既受帝祉,施于孫子。"接着解釋説:"心能制義曰度,德正應和曰莫,照臨四方曰明,勤施無私曰類,教誨不倦曰長,賞慶刑威曰君,慈和遍服曰順,擇善而從之曰比,經緯天地曰文。九德不愆,作事無悔,故襲天祿,子孫賴之。主之舉也,近文德矣,所及其遠哉!"先從文字上作訓詁,再從文意上作串解,實際上已開了漢人注詩的法門。又如上文所引叔向對《周頌·昊天有成命》的解釋,把詩句的涵意傳達出來,更是後世注詩必具之義了。

《漢書·藝文志》云:

> 古者諸侯卿大夫交接鄰國,以微言相感,當揖讓之時,必稱詩以喻其志,蓋以別賢不肖而觀盛衰焉。故孔子曰"不學詩,無以言"也。

所謂"揖讓之時",是指當時的具體語境,即在社交場合中,所謂"稱詩",是指人們引用《詩》句，用以表情達意，代替辭令，以加強議論的説服力。或在外交饗宴之時，當衆"賦詩"，吟誦出《詩》中的某些篇章或句子，"引伸觸類"，使對方領悟到自己所要表達的意思，以達到外交目的。如《左傳·襄公三十一年》載：

> 衛侯在楚，北宫文子見令尹圍之威儀，言於衛侯曰："令尹似君矣，將有他志。雖獲其志，不能終也。《詩》云：'靡不有初，鮮克有終。'終之實難，令尹其將不免。"公曰："子何以知之？"對曰："《詩》云：'敬慎威儀，惟民之則。'令尹無威儀，民無則焉。民所不則，以在民上，不可以終。"

文中引用了《詩·大雅·蕩》與《詩·大雅·抑》中的句子，用以表述政見。賦詩的人對詩句本來就有深刻的理解，在引用時略加解釋或發揮，對方便可心領神會。又如《墨子·尚賢中》：

> 《詩》曰："告女憂恤，誨女予爵，孰能執熱，鮮不用濯。"則此語古者國君諸侯之不可以不執善承嗣輔佐也。譬之猶執熱之有濯也，將休其手焉。

引用《詩·大雅·桑柔》中的句子，解釋"執熱"的用意，由此而生發出對國君的要求。這樣的引詩，多是"以詩譬喻"，往往對原詩曲解。有時爲達到"言志"和應用的目的，甚至背離原詩的本意。如《左傳·襄公七年》：

冬十月，晉韓獻子告老，公族穆子有廢疾，將立之，辭曰："《詩》曰：'豈不夙夜，謂行多露。'"

穆子引《召南·行露》中的詩句，用以說明自己有病而不能夙夜從公，完全脫離了原意。這就是所謂的"斷章取義"。

《詩》三百篇整理結集，專取其可以垂世立教的内容，以成爲貴族子弟的教材。孔子在課徒時對《詩》的講解，記載在《論語》中。《爲政》篇載："《詩》三百，一言以蔽之，曰'思無邪'。"以"思無邪"三字爲整部《詩》定下了基調。《陽貨》篇載："《詩》可以興，可以觀，可以群，可以怨。"以興觀群怨四字概括《詩》的藝術創作和社會功能，對後世詩學有很大的影響。其中有對具體詩篇的解釋和發揮。如《子罕》篇記載了對一首佚詩的批評意見："'唐棣之華，偏其反而。豈不爾思，室是遠而。'子曰：'未之思也，夫何遠之有？'"此外，孔子有關《詩》的釋讀，還保存在漢人著述中。《漢書·劉向傳》載劉向諫泰奢之疏云："孔子論《詩》，至於'殷士膚敏，祼將於京'，喟然歎曰：'大哉天命！善不可不傳於子孫，是以富貴無常；不如是，則王公其何以戒慎，民萌何以勸勉？'蓋傷微子之事周，而痛殷之亡也。"可想見孔子當時對《詩》是有系統地講授的。

二十世紀末發現楚竹書《孔子詩論》，可見孔子對《詩》中篇章的具體評論。如云：

孔子曰：吾以《葛覃》得祗初之志。民性固然。見其美必欲返其本,夫葛之見歌也,則以葉萋之故也;后稷之見貴也,則以文武之德也。吾以《甘棠》得宗廟之敬。民性固然。甚貴其人,必敬其位,悦其人,必好其所爲。惡其人者亦然。〔吾以《木瓜》得〕幣帛之不可去也。民性固然,其潛志必有以諭也,其言有所載而後納,或前之而後交,人不可干也。(據李學勤整理本)

孔子闡述《葛覃》等詩中的"民性"。如謂《葛覃》之作,是詩人因見葛葉萋萋之美,而念及根本,故思其父母而欲歸寧,以遂其"祗初"之志。

又謂:"《中月》,善諀言。《雨無正》、《節南山》,皆言上之衰也。王公恥之。《小旻》多疑,疑言不忠志者也。""《小宛》其言不惡,小有仁焉。《小弁》、《巧言》則讒人之害也。""《燕燕》之情,以其獨也。""《杕杜》則情喜其至也。""《宛丘》曰:'洵有情,而無望',吾善之。""《蓼莪》有孝志。"或以一言以概括全詩之意,或作評論,或抒感受。

《孔子詩論》中對《詩》的闡釋,可與漢代帛書及《毛詩序》相發明。如謂"《關雎》以色喻於禮"、"情愛也。《關雎》之改,則其思益矣",馬王堆帛書《五行説》論"喻知",引《關雎》爲例,云:"喻而知之,謂之進之。弗喻也,喻則知之矣,知之則進耳。喻之也者,自所小好喻乎所大好。'窈窕淑女,寤寐求之',思色也。'求之不得,寤寐思伏',言其急也。'悠哉悠哉,輾轉反側',言其甚急也。如此其甚也,交諸父母之側,爲諸?則有死弗爲之矣。交諸兄弟之側,亦弗爲也。交諸邦人之側,亦弗爲也。畏父兄,其殺畏人,禮也。由色喻於禮,進耳。"所謂"小好",指色好;"大好",指禮樂好。此與楚簡《孔子詩論》之意同。

《孟子》一書中,徵引及論述《詩》的多達三十九處。其中有兩則論詩之語,對後世有着極爲深遠的影響。

一則見《孟子·萬章上》:

咸丘蒙曰:"舜之不臣堯,則吾既得聞命矣。《詩》云:'普天之下,莫非王土;率土之濱,莫非王臣。'而舜既爲天子矣,敢問瞽瞍之非臣,如何?"曰:"是詩也,非是之謂也;勞於王事而不得養父母也。曰:'此莫非王事,我獨賢勞也。'故説詩者,不以文害辭,不以辭害志。以意逆志,是爲得之。《雲漢》之詩曰:'周餘黎民,靡有孑遺。'信斯言也,是周無遺民也。"

咸丘蒙引用《小雅·北山》中的詩句,有所質疑,孟子認爲他對詩意理解錯誤,未能認識到原詩中"此莫非王事,我獨賢勞也"的深刻含意。因而提出"以意逆志"之説,要求説詩者以己之意逆詩人之志,正確理解詩歌的内容和詩人的意圖。趙岐注對孟子這段話再進一步闡述:"文,詩之文章,所以興事也;辭,詩人所歌詠之辭;志,詩人志所欲之事;意,學者之心意也。孟子言説《詩》者當本之,不可以文害其辭,文不顯乃反顯也。不可以辭害其志。辭曰:周餘黎民,靡有孑遺。志在憂旱災,民無孑然遺脱不遭旱災者,非無民也。人情不遠,以己之意,逆詩人之志,是爲得其實矣。王者有所不臣,不可謂皆爲王臣,謂舜臣其父也。"趙岐把"文"、"辭"、"志"、"意"的概念解釋清楚。説《詩》者應從詩歌本身的"文"去理解"辭",再從"文""辭"的基礎上通過自己的"意"去推測詩人的"志"。清人方玉潤《詩經原始·詩旨》對"以意逆志"説作出的評價，言短意賅，是頗有代表性的。方氏云："《詩》辭多隱約微婉，不肯明言，或寄託以寓意，或甚言而驚人，皆非其志之所在。若徒泥辭以求，鮮有不害志者。孟子斯言，可謂善讀《詩》矣。"

另一則見《孟子·萬章下》：

> 孟子謂萬章曰："一鄉之善士，斯友一鄉之善士；一國之善士，斯友一國之善士；天下之善士，斯友天下之善士。以友天下之善士爲未足，又尚論古之人。頌其詩，讀其書，不知其人，可乎？是以論其世也，是尚友也。"

這就是所謂"知人論世"之説，對孟子之説，趙岐注云："頌讀其書者，猶恐未知古人高下，故論其世以別之也。在三皇之世爲上，在五帝之世爲次，在三代之世爲下。"孫奭疏云："讀其書……當論其人所居之世如何耳。"孫疏比趙注更能理解孟子的精義。孟子指出，誦讀詩人的詩時，必須先去研討詩人所處的時代，了解其爲人，這樣纔能正確理解他的詩歌。董仲舒《春秋繁露·竹林》云："《詩》云：'棠棣之華，偏其反而。豈不爾思，室是遠而。'孔子曰：'未之思也，夫何遠之有！'由是觀之。見其指者，不任其辭。不任其辭，然後可與適道矣。"所引《詩》爲《召南·唐棣》。蘇輿《義證》云："旨有出於詞之外者，要一準乎王義聖道之歸。孟子讀《詩》'以意逆志'，亦此也。"讀《詩》者應推測詩人辭外之旨。

孟子"以意逆志"和"知人論世"之説，成爲後來説詩者所遵循的原則，貫穿了兩千多年的詩歌詮釋史。近人陳衍《石遺室詩話》卷三云："王逸之注

《楚辭》，施宿之注蘇，任淵之注黃、陳，稍資論世。"把這幾種注本作爲範本，認爲能從"知人論世"的角度闡明詩意。王國維《玉谿生年譜序》的一段話，可爲孟子之説作出小結："善哉，孟子之言《詩》也，曰：'説《詩》者，不以文害辭，不以辭害志，以意逆志，是爲得之。'顧意逆在我，志在古人，果何修而能使我之所意不失古人之志乎？其術孟子亦言之，曰：'誦其詩，讀其書，不知其人，可乎？是以論其世也。'是故由其世以知其人，由其人以逆其志，則古人之詩，雖有不能解者，寡矣。"王氏文中把孟子"知人論世"與"以意逆志"二者的關係理順，先由世而知人，再由人而逆志，這樣，就無不可解之詩了。

與春秋"徵詩"斷章取義不同，陳澧《東塾讀書論學札記》云："《孟子》善引詩，隨意引之皆合。"此"合"字極爲重要。《孟子》引《詩》，均有闡釋。或訓詁字詞，或解釋語句，或闡明全篇之旨。可以説，《孟子》解《詩》，已開漢代經師注經的先河，對後世詩歌注釋學的發展有着重要的影響。

《孟子》所引《詩》及闡釋分類列述如下：
一、詞義訓詁

　　《詩》曰："天之方蹶，無然泄泄。"泄泄，猶沓沓也。事君無義，進退無禮，言則非先王之道者猶沓沓也。

語見《離婁上》，所引詩爲《大雅·板》。孟子以當時的詞語"沓沓"釋古代詞語"泄泄"。《毛傳》云："泄泄，猶沓沓也。"《鄭箋》又云："臣乎，女無憲憲然，無沓沓然爲之制法度達其意以成其惡。"毛、鄭皆采用孟子之説。

《詩》曰:"畜君何尤。"畜君者,好君也。

語見《梁惠王下》,所引詩爲樂詩。直接解釋"畜君"一語。

二、解釋句意

《詩》云:"刑于寡妻,至于兄弟,以御于家邦。"言舉斯心加諸彼而已。故推恩足以保四海,不推恩無以保妻子。古之人所以大過人者,無他焉,善推其所爲而已矣。

語見《梁惠王上》。所引詩爲《大雅·思齊》。孟子指出詩句的主旨在推己及人。人君先要正己之妻,再推及兄弟,然後纔能治理國家。

《詩》云:"王赫斯怒,爰整其旅。以遏徂莒,以篤周祜,以對於天下。"此文王之勇也,文王一怒而安天下之民。

語見《孟子·梁惠王下》,所引詩爲《大雅·皇矣》。孟子以一"勇"字概括詩意。謂伐罪安民,方爲大勇。

公孫丑曰:"《詩》曰:'不素餐兮。'君子之不耕而食,何也?"孟子曰:"君子居是國也,其君用之,則安富尊榮;其子弟從之,則孝悌忠信。不素餐兮,孰大於是!"

語見《孟子·盡心上》,所引詩爲《魏風·伐檀》。孟子之論,既釋公孫丑之疑,又申發了詩義。

《詩》云:"既醉以酒,既飽以德。"言飽乎仁義也。所以不願人之膏粱之味也,所以不願人之文繡也。

語見《孟子·告子上》,所引詩爲《大雅·既醉》。以"仁義"釋詩中之"德"字。

《魯頌》曰:"戎狄是膺,荆舒是懲。"周公方且膺之。子是之學,亦不爲善變矣。

《詩》云:"戎狄是膺,荆舒是懲。則莫我敢承。"無父無君是周公所膺也。我亦欲正人心,息邪説。

語分別見《滕文公上、下》,所引詩爲《魯頌·閟宫》。孟子以"無父無君"四字解釋戎狄荆舒被周公征伐的原因。

《詩》云:"周雖舊邦,其命維新"。文王之謂也。子力行之,亦以新子之國。

語見《孟子·滕文公上》。所引詩爲《大雅·文王》。孟子引詩,以説明爲國之道,當力行維新。

《詩》云:"雨我公田,遂及我私。"惟助有公田,由此觀之,雖周亦助也。

語見《孟子·滕文公上》,所引詩爲《小雅·大田》。孟子引詩以爲殷周制度之考據。殷人治地有"助"之制,孟子據《詩》語,以證明周人亦有助之制。以《孟子》此語,可爲後世注家以詩考史、以史解詩的濫觴。

《詩》云:"經始靈臺,經之營之。庶民攻之,不日成之。經始勿亟,庶民子來。王在靈囿,麀鹿攸伏。麀鹿濯濯,白鳥翯翯。王在靈沼,於牣魚躍。"文王以民力爲臺爲沼,而民歡樂之,謂其臺曰靈臺,謂其沼曰靈沼,樂其有麋鹿魚鱉,古之人與民偕樂,故能樂也。

語見《梁惠王上》所引詩爲《大雅·靈臺》。孟子先説明"靈臺"、"靈沼"得名的來由,接著演繹詩意,謂靈臺、靈沼皆民力作治,而衆民皆喜樂而爲之,以其麋鹿魚鱉可供遊賞,而文王又能與民同樂。詞義訓詁與句意解釋結合,此法爲漢代經師解《詩》所襲用。

三、總評全詩

《孟子》中亦有對《詩》中的詩歌作出概括性的評論。如《告子下》不同意高子稱《小弁》爲"小人之詩",並云:"《小弁》之怨,親親也;親親,仁也。"又云:"《凱風》,親之過小者也;《小弁》,親之過大者也。親之過大而不怨,是愈疏也;親之過小而怨,是不可磯也。愈疏,不孝也;不可磯,亦不孝也。"孟子之論,爲毛、鄭所接受,《毛詩箋》亦全録其文,並加以發揮。

四、以引述他人的話釋詩

《詩》云:"迨天之未陰雨,徹彼桑土,綢繆牖户。今此下民,或敢侮予。"孔子曰:"爲此詩者,其知道乎!能治其國家,誰敢侮之?"今國家閒暇,及是時,般樂怠敖,是自求禍也。禍福無不自己求之者。《詩》云:"永言配命,自求多福。"太甲曰:"天作孽,猶可違;自作孽,不可活。"此之謂也。

語見《公孫丑上》,所引二詩,一爲《豳風·鴟鴞》,一爲《大雅·文王》。值得注意的是,孟子分別引用孔子和太甲的話去解詩,在引述之後,加以自己的意見,這種方法,爲後世注釋家所沿用。《毛詩》、《鄭箋》亦每采此法。

《詩》云:"商之孫子,其麗不億。上帝既命,侯于周服。侯服于周,天命靡常。殷士膚敏,祼將於京。"孔子曰:"仁不可爲衆也。夫國君好仁,天下無敵。"今也欲無敵於天下而不以仁,是猶執熱而不以濯也。《詩》云:"誰能執熱,逝不以濯。"

語見《離婁上》。所引詩一爲《大雅·文王》,一爲《大雅·桑柔》。孟子解詩,亦甚雄辯。先引孔子之說,謂仁者無敵,再自反面申述己意,引另一詩以證之。連環相扣,極有意味。

《詩》曰:"天生烝民,有物有則。民之秉彝,好是懿德。"孔子曰:"爲此詩者,其知道乎!故有物必有則,民之秉彝也,故好是懿德。"

語見《告子上》,所引詩爲《大雅·烝民》。孟子引孔子之語以解釋詩句。

五、引詩爲證

孔子曰:"道二。仁與不仁而已矣。"暴其民甚,則身弒國亡,不甚,則身危國削,名之曰幽、厲,雖孝子慈孫百世而不能改也。《詩》云:"殷鑒不遠,在夏后之世。"此之謂也。

語見《離婁上》,所引詩爲《大雅·蕩》。此引詩以説明須借鑒前史。

以力服人者,非心服也,力不贍也。以德服人者,中心悦而誠服也。如七十子之服孔子也。《詩》云:"自西自東,自南自北,無思不服。"此之謂也。

語見《孟子·公孫丑上》。所引詩爲《大雅·文王有聲》。孟子引《詩》以證己以德服人之説。鄭箋云:"自四方來觀者,皆感化其德,心無不歸服者。"即采用《孟子》之説。

孟子曰:"民事不可緩也。"《詩》云:"晝爾于茅,宵爾索綯。亟其乘屋,其始播百穀。"

語見《孟子·滕文公上》。所引詩爲《豳風·七月》。孟子引詩,以證己説,亦以己説解詩。

以大事小者,樂天者也;以小事大者,畏天者也。樂天者保天下,畏天者保其國。《詩》云:"畏天之威,于時保之。"

語見《梁惠王下》。所引詩爲《周頌·我將》。孟子認爲仁者樂天,智者畏天,祇有敬畏天道,纔能保有其國。孟子引《詩》以證其言,亦即以其言去詮釋詩義。

六、引詩語以證己説。

老而無妻曰鰥,老而無夫曰寡,老而無子曰獨,幼而無父曰孤。此四者,天下之窮民而無告者。文王發政施仁,必先斯四者。《詩》云:"哿矣富人,哀此煢獨。"

語見《梁惠王下》。所引詩爲《小雅·正月》。孟子認爲,富人能憐憫煢獨羸弱的窮民,亦是文王之德政。既以詩證史,亦以史實進一步演繹詩意。後世詩學"詩史互證"的方法,在《孟子》中已露端倪。

貉稽曰:"稽大不理於口。"孟子曰:"無傷也,士憎茲多口。《詩》云:'憂心悄悄,愠于群小。'孔子也。"

語見《孟子·盡心下》,所引詩爲《邶風·柏舟》。"無傷"二句釋詩旨,後以孔子爲例説明。

苟不志於仁,終身憂辱,以陷於死亡。《詩》云:"其何能淑,載胥及溺。"此之謂也。

語見《孟子·離婁上》,所引詩爲《大雅·桑柔》。

孝子之至莫大乎尊親,尊親之至莫大乎以天下養。爲天子父,尊之至也;以天下養,養之至也。《詩》曰:"永言孝思,孝思維則。"此之謂也。

語見《孟子·萬章上》,所引詩爲《大雅·下武》。亦引詩以證己之論。

《荀子》徵引《詩》,更多達八十餘處,其中大部分是引詩爲證,後綴以"此之謂也"。如《不苟篇》云:"君子寬而不慢,廉而不劌,辯而不争,察而不激,寡立而不勝,堅彊而不暴,柔從而不流,恭敬謹慎而容,夫是之謂至文。《詩》曰:'温温恭人,惟德之基。'此之謂也。"文中之論與所引之詩,互助發明,這是《荀子》中最習見的徵引。

此外,《荀子》中還有多則先引《詩》,後作闡釋的,兹摘舉如下:

《詩》曰:"我言維服,勿用爲笑。先民有言,詢于芻蕘。"言博問也。

語見《大略篇》。所引詩爲《大雅·板》。以"博問"一詞概括詩意。

《詩》曰:"憂心悄悄,慍於群小。"小人成群,斯足憂矣。

語見《宥坐篇》,所引詩爲《邶風·柏舟》。

《詩》曰:"平平左右,亦率是從。"是言上下之交不相亂也。

語見《儒效篇》,所引詩爲《小雅·采菽》。

《詩》曰:"左之左之,君子宜之;右之右之,君子有之。"此言君子能以義屈信變應故也。

語見《不苟篇》,所引詩爲《小雅·裳裳者華》。

《詩》曰:"明明在下,赫赫在上。"此言上明而下化也。

語見《正名篇》,所引詩爲《大雅·大明》。以上數則,均一語點明詩旨。

人之於文學也,猶玉之於琢磨也。《詩》曰:"如切如磋,如琢如磨。"謂學問也。

語見《大略篇》，所引詩爲《衛風·淇奧》。荀子之解，亦爲毛、鄭所襲用。

諸侯召其臣，臣不俟駕，顛倒衣裳而走，禮也。《詩》曰："顛之倒之，自公召之。"

語見《大略篇》，所引詩爲《齊風·東方未明》。荀子所解，與毛、鄭"刺無節"之説有異，可供研究《詩經》者考據。

《詩》云："采采卷耳，不盈頃筐。嗟我懷人，寘彼周行。"頃筐易滿也，卷耳易得也，然而不可以貳周行。

語見《解蔽篇》，所引詩爲《周南·卷耳》。引申詩意，點其言外之旨。

《詩》曰："愷悌君子，民之父母。"彼君子者固有爲民父母之説焉。父能生之，不能養之；母能食之，不能教誨之。君者已能食之矣，又善教誨之者也。

語見《禮論篇》，所引詩爲《大雅·泂酌》。荀子對詩句作了詳盡的解説，後世解經家亦每效此。

漢代章第二

對《詩》完整全面地闡釋始於漢代。

《詩》在西漢初被朝廷正式定爲"經"，屬"五經"之一，《史記·申公列傳》已載有"詩經"之名。文帝時，立學官，設博士，《詩經》是五經中最先列於學官的。《史記·儒林列傳》云："言《詩》，於魯則申培公，於齊則轅固生，於燕則韓太傅。"這魯、齊、韓三家，被稱爲三家詩，屬今文經學。《漢書·藝文志》著録《魯故》、《魯説》、《齊后氏故》、《齊孫氏故》、《齊后氏傳》、《齊孫氏傳》、《齊雜記》、《韓故》、《韓詩内傳》、《韓詩外傳》、《韓説》等，都是解説《詩經》的著作。《詩》之有注，自申公《魯故》始，然已佚。今僅餘《韓詩外傳》十卷尚存，其餘三家遺説，散見於傳世典籍中，自宋及清，均有學者進行輯佚。三家都以詩説爲干預政治的手段，在闡述經義時注重"推詩人之意"（《漢書·儒林傳·韓嬰》），其實，在推求本意過程中已羼雜了注者的政治觀點。

漢初又有"毛詩"一家，爲毛亨和毛萇所傳，屬古文經學，相傳其學出於孔子弟子子夏。《漢書·藝文志》著録有《毛詩》二十九卷、《毛詩故訓傳》三十卷。東漢經學家鄭玄爲作箋，名其書曰《毛詩傳箋》。《毛詩傳箋》成書，是中國詩歌文獻學上的劃時代事件。書中所包容的"序"、"詁"、"訓"、"傳"、

"箋"等闡釋體式，爲後世注釋詩歌的學者所繼承和發揚，成爲中國古典詩歌注釋史上的範式。阮元《十三經注疏目錄後記》云："士人讀書，當從經學始。經學，當從注疏始。"今之研究注釋學者，亦必先從經籍注疏始；研究詩歌注釋者，亦必先從《毛詩傳箋》始。

《毛詩序》，亦稱《詩序》。《毛詩》各詩之前有一小段文字解釋各篇主題，闡明詩意，稱爲"小序"。首篇《關雎》小序之後有一大段文字，概論《詩經》全部詩篇的，稱爲"大序"。鄭玄《詩譜》以大序爲子夏作，小序爲子夏、毛公作。如《詩·周南·關雎》小序云："《關雎》，后妃之德也，風之始也。所以風天下而正夫婦也。故用之鄉人焉，用之邦國焉。"點明了詩篇的主旨，並指出其功用。大序則就詩歌的言志抒情特點，"美、刺"的社會功能以及詩歌與時代的關係作出論述，特別提出了風、雅、頌、賦、比、興的"六義"說，對後世詩論有很大的影響。

《毛詩故訓傳》，亦稱《毛傳》，是現存最早的《詩經》完整注本。唐孔穎達《詩經正義》云："詁訓傳者，注解之別名。毛以《爾雅》之作，多爲釋《詩》而篇有《釋詁》、《釋訓》，故依《爾雅》訓而爲《詩》立傳。傳者，傳通其義也。《爾雅》所釋十有九篇，獨云詁訓者，詁者，古也；古今異言，通之使人知也。訓者，道也；道物之貌以告人也。""蓋詁訓，第就經文所言者而詮釋之；而傳，則並經文所未言者而引申之。"孔氏指出，詁，主要是以今語詮釋古語；訓，主要是解釋名物的詞義；傳，則是闡明詩歌的義理。如《毛詩故訓傳》中對《關雎》一詩中"關關雎鳩，在河之洲。窈窕淑女，君子好逑"四句的解釋：

興也。關關，和聲也。雎鳩，王鳩也。鳥摯而有別。水中可居者曰洲。后妃説樂君子之德無不和諧，又不淫其色，慎固幽深，若關雎之有別焉，然後可以風化天下。夫婦有別則父子親，父子親則君臣敬，君臣敬則朝廷正，朝廷正則王化成。……窈窕，幽閒也。淑，善；逑，匹也。言后妃有關雎之德，是幽閒貞專之善，宜爲君子之好匹。

清馬瑞辰《毛詩傳箋通釋》指出：以"幽閒"釋"窈窕"，以"善"釋"淑"，以"匹"釋"逑"，是"詁之體也"；以"和聲"釋"關關"，是"訓之體也"；而"夫婦有別"等語，"則傳之體也"。又云："訓、詁不可以統傳，而傳可以統訓、詁。"馬氏對詁、訓、傳三者的解釋是可信的。詁與訓後來亦合稱爲"詁訓"或"訓詁"，指對字義或詞義進行解釋。

《毛詩傳箋》中引錄了《毛詩序》和《毛詩故訓傳》的內容，並加以己見爲之作"箋"。程大昌《演繁露》指出："康成（鄭玄）每條自出己説，以竹片書之，而列於毛公之旁，故特名鄭氏箋。"鄭玄在《六藝論》中申述了作箋的意旨："注《詩》，宗毛爲主，毛若隱略，則更表明，表有不同，即下己意。"如《關雎》前四句，鄭箋云："摯之言至也，謂王雎之鳥，雌雄情意至然而有別。"則就《毛傳》隱略之意而表明之。鄭箋又云："怨偶曰'仇'。言后妃之德和偕，則幽閒處深宮之善女，能爲君子和好衆妾之怨者；言皆化后妃之德，不嫉妒，謂三夫人以下。"則從不同的角度立言，補足《毛傳》之意。又如《王風·黍離》："悠悠蒼天，此何人哉！"《毛傳》云："悠悠，遠意。蒼天，以體言之。尊而君之，則稱皇天；元氣廣大，則稱昊天；仁覆閔下，則稱旻天；自上降鑒，則稱上天；據遠視之蒼蒼然，則稱蒼天。"鄭箋云："遠乎蒼天，仰愬欲其察己言也。此亡國之君，何等人哉！疾之甚。"毛傳祇是訓詁詞義，而鄭箋則闡釋句意，並有所發揮。漢儒充分運用孟子"以意逆志"、"知人論世"之法以説詩,并强調其"美、刺"的教化作用。王國維《玉谿生年譜序》謂鄭玄"專用孟子之法治《詩》,其於《詩》也,有《譜》有《箋》,《譜》也者,所以論古人之世也;《箋》也者,所以逆古人之志也"。王氏又主張治詩者應"以論世爲逆志之具"。

《毛詩傳箋》把"傳"與"箋"結合,創立了完善的注釋體例。在訓詁的基礎上,加以史實的考訂,並疏通詩義。此後二千年間,"傳箋"仍是詩歌注釋最基本的體式。

《文心雕龍·比興》云:"毛公述傳,獨標興體。"標舉"興"體,是詩歌闡釋史上一大成就。宋學者王應麟《困學紀聞》卷三引吴泳語云:"毛氏自《關雎》而下總百十六篇,首繫之興。"鄭玄在箋語中更對興體作出解説。在毛、鄭的鼓吹下,"比興"成爲傳統詩歌的重要創作手段,傳承了二千多年。

漢代還有一種"章句"體,即分章析句以解釋經籍。或謂章句原於子夏,《後漢書·徐防傳》載其奏疏云:"臣聞詩書禮樂,定自孔子;發明章句,始於子夏。"《禮記·學記》云:"比年入學,中年考校。一年,視離經辨志。"鄭玄注:"離經,斷句絶也。"賈公彦疏:"離經,謂離析經理,使章句斷絶也。"分解段落,爲古代士人日常之功課。清沈欽韓《漢書疏證》云:"章句者,經師指括其文,敷暢其義,以相教授。"劉安與班固、賈逵都曾作《離騷經章句》,把《離騷》也看成是經籍,三書已佚。東漢王逸作《楚辭章句》,至今尚存。"章句"體對後世詩歌注釋影響甚爲深遠。

《楚辭章句》共十七卷,王逸仿《詩序》的體式,在每篇之末都作了敘文,説明其背景及命意。每句下詳細解釋,大致與《毛詩故訓傳》相若,先詮釋字詞意義,再串講句意。特別值得注意的有兩點:一是注中引述古籍,二是爲方言及難字注音,爲後世注釋開立了良好的範例。如王逸《天問章句·敍》所云:"今則稽之舊章,合之經傳,以相發明,爲之符驗,章決句斷,事事可曉,俾後學者永無疑焉。"如對《離騷》首句"帝高陽之苗裔兮"的解釋,先釋"帝"、"苗"、"裔"三字:"德合天地稱帝。苗,胤也。裔,末也。"再釋"高陽":"顓頊有天下之號也。"然後引《帝系》歷述顓頊一系的流播,點出屈氏的來源。最後說明句意:"屈原自道本與君同祖,俱出顓頊胤末之子孫,是恩深而義厚也。"

漢人對《詩》和《楚辭》,主要是把它們視作"經"去注釋的。毛、鄭以及王逸的注本,爲詩歌注釋學奠定了基礎。《詩經》、《楚辭》爲專門之學,歷代研究者及專著甚多,故本書中不作詳細的討論。

東漢應劭撰《風俗通義》十卷,中引《詩》、《楚辭》之語,並作解釋,亦可視之爲"注",後人作《詩》、《楚辭》之集注時,每采其說。

三國時吳人陸璣撰有《毛詩草木鳥獸蟲魚疏》一書,專門解釋《毛詩》中的動植物名詞。《論語·陽貨》中載,孔子認爲學《詩》除了有教化的功用外,還可以"多識於鳥獸草木之名",考究《詩》中名物,也有助於對詩意的了解。如陸氏《召南·騶虞》詩中"騶虞"一詞的解釋:

騶虞,義獸也。白虎黑文,尾長於軀,不食生物,不履生草,帝王有德則見,以德而至者也。

把騶虞釋爲義獸，亦合乎《詩序》中讚美"文王之化"的主旨。陸書久佚，後人從《毛詩正義》中輯出，成《毛詩草木鳥獸蟲魚疏》二卷。

自上古至漢代的詩歌，除了《詩經》、《楚辭》編成總集之外，其餘的散見於"經"、"史"、"子"中。這些集子多經漢、唐經師注疏，所以陸游在《施司諫注東坡詩序》中指出："古詩唐、虞賡歌，夏述禹戒作歌，商、周之時，皆刊於經，故有訓釋。漢以後詩，見於蕭統《文選》者，及高帝、項羽、韋孟、楊惲、梁鴻、趙壹之流，歌詩見於史者，亦皆有注。"從這段話中可以知道，漢以前的詩歌因爲曾刊於經，漢以後的詩歌曾刊於史，沾了經、史之光而連帶有了注釋。

散見於經書中的詩歌，如《尚書》中的"賡歌"，《論語》中的"鳳兮歌"，歷代皆有注釋。《孟子》中除引錄《詩》外，還有引錄古歌謠的。如《離婁下》云："有孺子歌曰：'滄浪之水清兮，可以濯我纓；滄浪之水濁兮，可以濯我足。'孔子曰：'小子聽之，清斯濯纓，濁斯濯足矣。'"漢經師趙岐注云："孺子，童子也；小子，孔子弟子也。清濁所用，尊卑若此，自取之，喻人善惡見尊賤乃如此。"

《禮記·郊特牲》中所引的"伊耆氏祝辭"："土反其宅，水歸其壑。昆蟲毋作，草木反其澤。"鄭玄注："此蜡祝辭也。若辭同則祭同，處可知矣。壑，猶坑也。昆蟲，暑生寒死，螟螽之屬，爲害者也。"孔穎達疏更逐字逐句詳細解釋，如云："草木歸其澤者，草，苔、稗；木，榛、梗之屬也。當各歸生藪澤之中，不得生於良田害嘉穀也。"

散見於史書中的詩歌更多，《國語》、《左傳》、《戰國策》、《史記》等書均有記載。《左傳》中引有一些"逸詩"，以及謳歌謠諺等。如宣公二年傳所引"宋城者謳"："睅其目，皤其腹，棄甲而復。于思于思，棄甲復來。"杜預注："睅，出目。皤,大腹。棄甲,謂亡師。""于思,多鬢之貌。"孔穎達疏:"《説文》云:'睅,大目也。'目大則出見,故云出目也。皤是腹之狀,腹大以爲異,故爲大腹也。"見於《史記》、《漢書》中的詩歌,除了最早的注外,還有歷代的補注。如《史記·伯夷列傳》所載的"采薇"歌辭:"登彼西山兮,采其薇矣。以暴易暴兮,不知其非矣。神農、虞、夏忽焉没兮,我安適歸矣。于嗟徂兮,命之衰矣。"宋裴駰《集解》解釋"首陽山"之義,唐司馬貞《索隱》詳細地句解,如云:"謂以武王之暴臣易殷紂之暴主,而不自知其非矣。"唐張守節《正義》詳辨"首陽山"各家之説,指出"西山,是今清源縣首陽山,在岐陽西北,明即夷、齊餓死處也"。

《漢書·禮樂志二》中録有漢詩《安世房中歌》十七章,《郊祀歌》十九章,顔師古注中引録有晉灼、顔師古、孟康、應劭、李奇、蘇林、服虔、張晏、如淳、臣瓚、文穎、韋昭等十二家注釋。這些注者皆爲經學家,亦以注經的慣例來注詩,故清陳本禮《漢詩統箋·自序》批評他們"於詩之精義均未得其肯綮"。儘管如是,經家注釋於詩之音義仍往往有極爲精到的見解。如《天馬》詩:"虎脊兩,化爲鬼。"應劭曰:"馬毛色如虎脊者有兩也。"師古曰:"言其變化若鬼神。"若無注釋,實在不知所謂。又如:"天馬徠,開遠門,竦予身,逝昆侖。"應劭曰:"言天馬雖去人遠,當豫開門以待之也。"文穎曰:"言武帝好仙,常庶幾天馬來,當乘之往發昆侖也。"師古曰:"文説是也。"列出不同意見,顔氏並作出判斷。顔師古注中亦有解詩意者。如《漢書·外戚傳·孝武李夫人列傳》引李延年歌:"北方有佳人,絶世而獨立。一顧傾人城,再顧傾人國。寧不知傾城與傾國,佳人難再得。"師古注云:"非不吝惜城與國,但以佳人難得,愛悦之深,不覺傾覆。"漢武帝爲李夫人作詩:"是邪,非邪? 立而望之,偏何姍姍其來遲!"首句師古注曰:"言所見之狀定是夫人以否。"又曰:"姍姍,行貌,音先安反。"《漢書·韋賢傳》載,韋賢其先韋孟,爲楚元王傅,傅子夷王及孫王戊。戊荒淫不遵道,孟作詩風諫。顔師古注中多引東漢應劭語。如"王赧聽譖,寔絶我邦。我邦既絶,厥政斯逸"數語,注引應劭曰:"王赧,周末王,聽讒受譖,絶豕韋氏也。自絶豕韋氏之後,政教逸漏,不由王者也。"後在鄒作一詩,亦有應劭注。

《後漢書》中所録詩,李賢注或作音訓,或引史實,或解詩意。如《文苑列傳》引酈炎詩:"富貴有人籍,貧賤無天録。"注云:"富貴者爲人所載於典籍也,貧賤者不載於天録。天録謂若蕭、曹見名於圖書。"又"通塞苟由己,志士不相卜",注云:"言通塞苟若由己,則志士不須相卜也。故蔡澤謂唐舉曰:'富貴吾自取之,所不知者壽也。'"

子書如《莊子》、《晏子》、《吕氏春秋》、《列子》、《淮南子》等都録有古代歌謠,歷代注家都有詳略不等的注釋。

先秦的古歌謠,同一作品,往往分見於各書中,詞句或有不同。如《賡歌》,見《尚書·益稷》,又見《史記·夏本紀》;《子産誦》見《左傳·襄公三十年》,又見《吕氏春秋·樂成》;《鳳兮歌》見《論語·微子》,又見《莊子·人間世》;《鄴民歌》見《吕氏春秋·樂成》,又見《漢書·溝洫志》。各家不同的注釋可互參。散見於經、史、子書中的詩歌,其注文亦爲漢、唐經師所作,注者釋詞,疏解句意,與經師注《詩》的方法相似。

六朝、唐代章第三

六朝詩歌有了重要的發展，學者們也開始注意到對詩集的注釋。《隋書·經籍志四》載有"《雜詩》二十卷，宋太子洗馬劉和注"、"應貞注應璩《百一詩》八卷"、"江淹《擬古》一卷羅潛注"等。《隋書·魏澹傳》載，太子楊勇曾令魏澹注《庾信集》，可惜俱已亡佚。然《太平御覽》卷四九〇"人事部"一三一條"癡"下引應璩《新詩》："漢末桓帝時，郎有馬子侯。自謂識音律，請客鳴笙竽。爲作陌上桑，反言鳳將雛。左右偽稱善，亦復自搖頭。"下有小注："馬子侯爲人頗癡，自謂曉音律，黃門樂人更往嗤誚，子侯不知。名《陌上桑》，反言《鳳將雛》，輒搖頭欣喜，多賜左右錢帛，無復慚也。"張伯偉認爲"小注當爲應貞《百一詩注》遺說"。[1]若是，則此注實爲考證本事，即當時之事實，如陳寅恪所謂"考今典"者，在古代詩歌注釋史上有開創的意義。

至今所能見到六朝人的詩注，祇有《文選》李善注所引的阮籍《詠懷詩》之顏延之與沈約注。阮籍本人及其《詠懷詩》對六朝詩人影響頗大。顏延之《五君詠》首篇即詠阮籍。江淹亦有《擬阮步兵籍詠懷》詩。阮詩辭旨隱晦，寄託遙深，歸趣難求，故須學者注釋。顏、沈的注文雖不多，然皆極精審。如《詠懷詩》總題下引顏延之曰："説者：阮籍在晉文代，常慮禍患，故發此詠耳。"李善注引沈約注多達十四條,最長者達二百四十一字,除引用出處外,還詳加串解。如第二首詩末引沈約曰:"婉孌則千載不忘,金石之交,一旦輕絕,未見好德如好色。"又如第十首"良辰在何許,凝霜沾衣襟。寒風振山岡,玄雲起重陰"四句,引沈約曰:"良辰何許,言世路險薄,非良辰也。風霜交至,凋殞非一,玄雲重陰,多所擁蔽。是以寄言夷齊,望首陽而歎息。"顏、沈二人都是詩人,詩人對詩歌的理解自有其獨得之處,更深明阮詩"寓辭類託諷"的特點。故能從阮籍所處的時代及自身的遭遇等方面去探尋詩歌的感情和用意,這無疑比漢人對《詩經》、《楚辭》的傳注、章句式的注釋進了一步。

《文選》還采錄了應璩《百一詩》一首,江淹《雜體詩》三十首。其中是否吸取了應貞和羅潛的注釋,則有待考證了。

梁昭明太子編選的《文選》收錄了自漢到六朝的詩歌四百三十四篇,分爲補亡、述德、勸勵、獻詩、公宴、祖餞、詠史、百一、遊仙、招隱、反招隱、遊覽、詠懷、哀傷、贈答、行旅、軍戎、郊廟、樂府、挽歌、雜歌、雜詩、雜擬等二十三類。隋代學者蕭該撰有《文選音義》一書,已佚。唐初曹憲撰《文選音義》,稍後公孫羅撰《文選注》、《文選音》,許淹撰《文選音》,亦已佚。唐高宗顯慶年間揚州江都人李善,曾受《文選》於同郡人曹憲,後爲《文選》全書作注,因其徵引繁富,篇幅甚大,故把原分三十卷的《文選》析爲六十卷,而詩歌占了其中十二卷半。可以說,李善《文選注》中的詩歌部分,是中國最早的一部詩歌選注本。李善爲《文選》作注,竭盡心力,反覆再三,補充修訂,態度極爲認真。其《上文選注表》云:"握玩斯文,載移涼燠。有欣永日,實昧通津。故勉十舍之勞,寄三餘之暇,弋釣書部,願言注緝,合成六十卷。殺青甫就,輕用上聞。"李善注中大量徵引文獻典籍，據研究者統計，多達一千六百餘種。後世注家鮮與倫比。唐李匡乂《資暇錄》亦云："《文選》有初注成者，復注者，有三注、四注者，當時旋被傳寫。其絶筆之本，皆釋音訓義，注解甚多。"可想見當時慘澹經營的苦心。王應麟《困學紀聞》謂"李善精於《文選》，爲注解，因以講授，謂之'文選學'"。"文選學"亦稱"選學"，一部注釋著作而開一門學問，可謂破天荒的創舉，且歷數百年而不衰，竟成顯學，其重要性可想而知了。

李善爲《文選》作注，吸取了漢代經注和魏晉博物類事賦注的優點，注音釋詞，疏通文義，考證名物，闡明寓意，凡詁、訓、傳、章句所具備的注釋手段，李善在注中都熟練使用。除此之外，《文選注》中的詩歌部分，還有以下幾點特色：

一、作出題解及作者介紹

《文選》把詩歌分爲二十三類，每類下各選有若干詩篇，李善爲其中一些類目和題目作出言簡意賅的解說。類目下或注其詞義，或作簡明的考辨，有助理解每類選詩之意。如"勸勵"類下注："勸者，進善之名；勵者，勗己之稱。""祖餞"類下注："崔寔《四民月令》曰：'祖，道神也，黄帝之子，好遠遊，死道路，故祀以爲道神，以求道路之福。"解題目時或點明其時代背景，或解釋題中的名物，或考證題目的來由，或對全詩的用意作出解說。如張華《勵志詩》的題解："四言。《廣雅》曰：'勵，勸也。'此詩茂先自勸勤學。"點明題意。潘岳《金谷集作詩》的題解則引《水經注》解"金谷"地名。應璩《百一詩》的題解長達二百餘言，引述多種典籍考證"百一詩"的緣起。潘岳《關中詩》的題解則詳述作者"故引證喻，以懲不恪"的用意。總的來說，李善注的題解，既像《毛詩序》那樣以解釋主題爲主,並因題而異,從不同角度闡明題意。這些題解,多本於舊籍,加以考證,故有理有據。

對在《文選》中第一次出現的詩文作者,都在其名字下作注,爲立小傳。一般是摘錄史籍中的記載,介紹作者的名、字、籍貫、仕歷和生平事蹟,着重引錄與詩文有關的內容。如"謝宣遠"條下注:"《宋書·七志》曰:'謝瞻,字宣遠。東郡人也。幼能屬文。宋黃門郎。以弟晦權貴,求爲豫章太守。卒。高祖遊戲馬臺,命僚佐賦詩,瞻之所作冠於時。'""任彦昇"條下注:"劉璠《梁典》曰:'任昉,字彦昇。樂安人。年四歲誦古詩數十篇。十六舉秀才第一。辭章之美,冠絕當時。爲寧朔將軍、新安太守。卒。'"皆要言不煩。

李善《文選注》中題解及作者介紹的方式,爲後世注家所襲用。

二、詳細考辨、解釋詞語的來歷,注明史實、典故的出處

詳釋事義,是李善注的一大特色。《新唐書·李邕傳》曾譏李善是"書簏",其注《文選》"釋事而忘義"。前人早已辨明,李氏"絕筆之本,皆釋音訓義,注解甚多,是善之定本本事義兼釋"(《四庫全書總目》卷一八六)。李善注是高層次、高標準的注本,常義不注,祇注要義、深義,這種作法,自然未能滿足一般讀者的要求。

在釋字詞上,遍究前人各種解釋,經過深入的探究,然後有所取舍。如謝靈運《九日從宋公戲馬臺集送孔令詩一首》中"淒淒陽卉腓"一句的注文:"《韓詩》曰:'秋日淒淒,百卉俱腓。'薛君曰:'腓,變也。俱變而黃也。腓音肥。'毛萇曰:'痱,病也。'今本作腓字,非。""秋日"二句,本《詩·小雅·四月》之文,李注引《韓詩》而不引《毛詩》,原因是《毛詩》祇有"腓,病也"之注,而《韓詩》有《薛君章句》,解釋腓字有變黃之意,可見李注用心之精細。在典

實出處方面,李善亦深入引證,詳加闡釋。如謝靈運《酬從弟惠連》之五"夢寐佇歸舟,釋我吝與勞"二句,李注:"范曄《後漢書》曰:'陳蕃、周舉嘗相謂曰:'數日之間,不見黃生,則鄙吝之萌,復存乎心。'"《毛詩》曰:"豈不爾思,勞心忉忉。"引《後漢書·黃憲傳》之典解釋"吝"字,極爲貼切。注者要鑽研詩意,又要精熟史籍,纔能體會作者匠心所在,準確地注明出處。還有一個經常被引用的例子,沈約《別范安成詩》:"夢中不識路,何以慰相思。"李注:"《韓非子》曰:'六國時張敏與高惠二人爲友,每相思,不能得見。敏便於夢中往尋,但行至半道,即迷不知路,遂回,如此者三。"注出事典的由來,有助於讀者對詩作的理解。李氏引用群書,材料繁富,尤爲後世注家所宜取法。

三、分析詩句,闡明寓意

在漢人章句之學的基礎上,李善進一步分析詩句之間的關係,字詞的搭配與呼應,深入探索詩心,闡明寓意。如謝靈運《廬陵王墓下作》詩,其中八句:"延州協心許,楚老惜蘭芳。解劍竟何及,撫墳徒自傷。平生疑若人,通蔽互相妨。理感深情慟,定非識所將。"注文長達四百言,先引典籍注出延陵掛劍和楚老臨哭之典,再剖析:"若人,謂延州及楚老也。令德高遠,是通也;解劍撫墳,是蔽也。"然後點明寓意:"言己往日疑彼三人,迨乎今辰,已亦復耳。斯則理感既深,情便悲慟,定非心識之所能行也。"詩人的深意至此始豁然開朗。李善好用"喻"字以釋詩中的比喻義,如郭泰機《答傅咸》一詩,用意至爲隱晦,李善一一點明所喻:"素絲,喻德;寒女,喻賤。""言歲之方晏,以喻年之將老也。""衣工,喻傅咸也。"末四句"人不取諸身,世士焉所希。況復已朝餐,曷由知我飢",李注:"言凡人皆不能恕己及物,取之於身,故世間之士,安可冀而相薦乎?""言已朝餐而忘我飢,猶居貴而遺我賤。"祇有深通《毛詩》

"比興"之義,纔能了解詩中的寓意。

四、吸取舊注之長,並加以補充或辨正

曾貽芬指出:"李善爲《文選》作注,雖稱注,實際上是集解。""李善引諸文爲證,不僅引先於原文之文,而且引與原文同時之文和後於原文之文,使其注釋能縱貫上下,傍及左右。"[2] 唐李匡乂《資暇錄·非五臣》對李善引錄舊注作出充分的肯定:"李氏不欲竊人之功,有舊注者必逐每篇存之,仍題元注人之姓字。""苟舊注未備或興新意,必於舊注中稱'臣善'以分别。"這正是一位正直的學者必具的學術品德,此例亦應爲後世注家所援引。《文選注》中詩歌部分的舊注僅見於阮籍《詠懷詩》十七首,正文前注明"顔延年、沈約等注"。注文中引述舊注後,自己的見解以"善曰"標明。如《詠懷》十七首之三"嘉樹下成蹊,東園桃與李"句,先引顔延年曰:"《左傳》:'季孫氏有嘉樹。'"然後自作補注:"善曰:'班固《漢書·李廣贊》曰:"諺曰:桃李不言,下自成蹊。"'"下文"嚴霜被野草,歲暮亦云已"句:"沈約曰:'歲暮風霜之時,徒然而已耳。'善曰:'繁霜已凝,歲亦暮止;野草殘悴,身亦當然。《楚辭》曰:"漱凝霜之紛紛。"《字書》曰:"凝,冰也。"《毛詩》曰:"歲聿云暮。"《倉頡篇》:"已,畢也。"'"言必有據,不掠美,不臆説。最值得注意的是第一首總案的議論:"嗣宗身仕亂朝,常恐罹謗遇禍,因茲發詠,故每有憂生之嗟。雖志在刺譏,而文多隱避,百代之下,難以情測,故粗明大意,略其幽旨焉。"張溥誤以此注爲顔延年語,後人亦每從之,其實這是李善的注文。此詩題解下引顔延年曰:"説者:阮籍在晉文代常慮禍患,故發此詠耳。"李善注由顔注而生發,貫徹了孟子"知人論世"、"以意逆志"的主張,爲整部《文選注》定下了基調。

五、創立類比的注釋方法

自漢及唐,對經書的注釋,多就字句本體而論,以訓詁爲主,藉以疏通文義而已。李善注《文選》,則從字句本體出發,旁徵博引,連事類比,羅列出與原文相類的材料作注,既辨明了本源,又能啓發讀者的聯想。如沈約《學省愁臥》詩"網蟲垂户織"句,李注:"張景陽《雜詩》曰:'蜘蛛網户屋。'魏文帝詩曰:'蜘蛛繞户牖。'"潘岳《河陽縣作》詩"人生天地間,百歲孰能要"句,李注:"《古詩》曰:'人生天地間。'又曰:'生年不滿百。'"引用前人或與作者同時代人相似的詩句以作比較,詩與詩,詩人與詩人之間的感情相互滲透,讀者可從中加深對原作的理解,增添閲讀和欣賞的興味。這種類比的注釋方法,千百年來一直沿用下來,成爲注家最常用的手段。

六、解釋詩意,兼以評論賞鑑

李善在串解詩歌時,每略作評論,帶有鑑賞的性質,有助於讀者對詩歌題外之旨的理解。或專釋詞意,如曹植《贈徐幹》詩"驚風飄白日",注:"夫日麗於天,風生乎地,而言'飄'者,夫浮景駿奔,倏焉西邁,餘光杳杳,似若飄然。"可謂心細如髮。或闡明深旨,如曹植《七哀》詩"明月照高樓,流光正徘徊",注:"夫皎月流輝,輪無輟照,以其餘光未没,似若徘徊,前覺以爲文外傍情,斯言當矣。"引前人"文外傍情"之論,可謂一語中的,這也啓開了宋、元以來評點家的法門。

李善《文選注》以其精贍嚴明而成爲後世公認的詩文注釋的典範,準《左傳》立凡之例,其凡例散見於注中,高步瀛《文選李注義疏》輯録"李注略例",並細加疏解。駱鴻凱《文選學·源流第三》輯得"李氏注例明白可尋者"共二十一條,並另行總結出李氏注中"以注訂誤"、"以注補闕"、"以注辨論"、"先釋義後釋事"、"文外推意"等"雖涉瑣細,要亦注釋古書所宜取法"者多則。

孫欽善羅列出其"爲發凡起例而明加標出的"共十三條,較駱氏所輯簡明扼要,兹引録如下:

諸引文證,皆舉先以明後,以示作者必有所祖述也。他皆類此。(《兩都賦序》"或曰賦者古詩之流也"注)

言能發起遺文以光贊大業也。《論語》:子曰"興滅國,繼絶世"。然文雖出彼,而意微殊,不可以文害意。他皆類此。(《兩都賦序》"以興廢繼絶"注)

諸釋義或引後(孫按,此處指蔡邕《獨斷》)以明前(此處指《兩都賦序》),示臣之任不敢專。他皆類此。(《兩都賦序》"朝廷無事"注)

"石渠"已見上文。然同卷再見者,並云已見上文,務從省也。他皆類此。(《西都賦》"又有天禄石渠"注)

"婁敬"已見上文。凡人姓名皆不重見。餘皆類此。(《東都賦》"婁敬度勢而獻其説"注)

"諸夏"已見《西都賦》,其異篇再見者,並云已見某篇。他皆類比。(《東都賦》"光漢京於諸夏"注)

"諸夏"已見上文。其事凡已重見及易知者,直云已見上文。他皆類此。(《東都賦》"内持我諸夏"注)

舊注是者,因而留之,並於篇首題其姓名。其有乖繆者,臣乃具釋,並稱"臣善"以別之。他皆類此。(《西京賦》"薛綜注"注)

"欒大"已見《西都賦》。凡人姓名及事易知而別卷重見者,云見某篇,亦從省也。他皆類此。(《西京》"欒大之貞固"注)

"鶌鳩"已見《西都賦》。凡魚鳥草木皆不重見。他皆類此。(《西京賦》"鳥則鷫鸘鶌鳩"注)

然舊有集注者(孫按，此指《漢書注》)，並篇內具列其姓名，亦稱"臣善"以相別。他皆類此。(《甘泉賦》注)

宋玉《對問》曰："既而曰《陵陽》、《白雪》，國中唱而和之者彌寡。"然《集》所載與《文選》不同，各隨所用而引之。(《琴賦》"紹陵陽"注)

徐廣曰："齊之東阿縣繒帛所出者也。"此解"阿"義，與《子虛》不同，各依其説而留之。舊注既少，不足稱臣以別之。他皆類此。(李斯《上秦始皇書》"阿縞之衣"注)[3]

在這十三條中，對後世詩文注釋影響最大的當爲第一條。詩文"作者必有所祖述"。注釋主要目的之一就是要把"文證"，即原出處揭示出來。李善此注例是有其根據的。在戰國時期，諸子之間已有襲用典實的大量例證，漢代及兩晉大賦，更是集大成的"類典"式作品。晉代已有賦注，旁徵博引，務以淵洽爲能事。李善在班固《兩都賦序》的注釋中明確地提出"祖述"這一觀念，在《文選》大量注文中體現其主張，這無疑是個創舉。同時，由於《文選》及李善注在後世的普及，也間接影響到詩人的創作。陳澧《東塾雜俎》卷一一云："唐人以詩賦取士，士人皆尚《文選》。"唐詩人好以《文選》中詩文入詩，故注詩者亦須精熟《文選》及李善注。杜甫熟精《選》理，李商隱檢書獺祭，直到黃庭堅資書以爲詩，既然詩人置字下語都有來處，注詩者就應把"揭示其來處"作爲注釋的主要目的。

劉聲木《萇楚齋隨筆》卷二云："《文選》一書，編輯未必盡善，頗貽後人口實。若非李善注釋之淵博，足爲考證之資糧，恐後人愛重此書者，未必如此之盛。李善之注，大有造於原書非小，蕭統何幸得此注也。"可見李注的價值。

李善注影響巨大，後世不少注家都聲言"仿善之體例"以注書。

《文選》注本，李善《文選注》後，又有所謂的"五臣注"本。開元年間，吕延濟、劉良、張銑、吕向、李周翰五人重注《文選》，稱爲《集注文選》，後通稱《五臣集注文選》或《文選》五臣注。吕延祚獻此書於唐玄宗，並上表指出，李善注雖然"精覈注引"，但未能"析理"，故五臣"懲其若是，志爲訓釋"，"三復乃詞，周知秘旨，一貫於理"。吕氏認爲李善止引經史，不釋述作意義，故集五臣作注。揚棄繁瑣的引證，而明白地詮釋作者的用意。五臣注通俗顯淺，在學術上不如李注嚴謹精善，古來對五臣注抨彈者甚多。丘光庭《兼明書》中列出五臣"乖疏"之處二十二條。蘇軾《仇池筆記》卷上："李善注《文選》本末詳備，所謂五臣者，真俚儒荒陋者也。"尤袤《重刻文選李善注跋》："五臣特訓釋旨意，多不原用事所出。獨李善淹貫該洽，號爲精詳。"錢謙益譏之爲"荒陋可笑"。《四庫全書總目》卷一八六在指責其"迂陋鄙倍"的同時，亦謂"其疏通文意，間亦可采"。

五臣注詳於詁解，特別對一些含意較深蘊的篇章句子，在前人注釋的基礎上加以通俗的串解，更便於讀者接受。如《楚辭·九歌·山鬼》"路險難兮獨後來"句，王逸注："言所處既深，其路險阻又難，故來晚暮，後諸神也。"五臣吕向注："言己處江山竹叢之間，上不見天，道路險阻，欲與神遊，獨在諸神之後，喻己不得見君，讒邪填塞，難以前進，所以索居於此。"又如《楚辭·九章·涉江》:"深林杳以冥冥兮,乃猿狖之所居。"王逸注:"山林草木茂盛","非賢士之道經。"五臣劉良注:"冥冥,暗貌。猿狖,輕捷之獸。喻國之昏亂,邪巧生焉。非賢智所能處也。"與李善注相比較,五臣注固然有較大的差距,但更重視闡明詩作的意旨,亦有不可忽視的在文學詮釋方面的價值。

五臣注也可視爲李善注的補注或疏釋。李匡乂貶斥五臣注,謂"五臣所注,盡從李氏注中出",《四庫全書總目》又謂李匡乂"備摘其竊據善注,巧爲顛倒"的例子。其實五臣這種注法與唐人解經常用的"疏"體是一致的。如卷二〇潘岳《關中詩》:"岳牧慮殊,威懷理二。"李善注:"《左氏傳》:魏絳曰:戎狄事晉,諸侯威懷。"呂向注:"梁王欲戰以威服,解繫欲守以懷撫,故曰理二。"呂注把"威懷"的歷史典實疏釋清楚,更補充説明了"理二"之義。[4]五臣注還吸取了公孫羅、陸善經諸家之注,可供後世學者考索。五臣之注,時賢已作重新評價,多肯定其在注釋學上的貢獻。北宋崇寧、政和間或將李善注與五臣注合刊,世稱《六臣注文選》(彩圖1),爲後世通行本。

敦煌殘卷《文選》(彩圖2),佚注者名。今僅餘束廣微《補亡詩》部分、謝靈運《述祖德詩》二首、韋孟《諷諫》一首、張茂先《勵志詩》一首及曹子建《上責躬應詔詩表》。注文頗異於李善、五臣。注較李善簡略,講解則較爲詳明。吉光片羽,甚爲可貴。試以張茂先《勵志詩》"薦藨致功,必有豐殷"二句作比較:李善注云:"以農喻也。《左氏傳》:'趙文子謂祁午曰:'譬如農夫,是薦是藨。雖有饑饉,必有豐年。'杜預曰:'薦,耘也;壅苗爲藨。'"敦煌本注云:"薦,除草也;藨,壅苗本。""言人亦如此也,言如此方可殷豐,言學問亦須勤勞方始得成。"可見兩本在注釋上亦各有所側重。

唐代在詩歌注釋方面的主要成就還有孔穎達等人對《毛詩》的疏釋。貞觀年間，孔穎達奉唐太宗之命主編《五經正義》，其中《毛詩正義》一書，由孔穎達等修撰。《毛詩正義》的主體部分爲《毛詩注疏》。注，指《毛傳》和《鄭箋》；疏，即孔穎達等人對《毛傳》和《鄭箋》中注文的疏釋之文，這些疏文，稱爲《孔疏》或《詩疏》。

《孔疏》遵循當時著書之例，"疏不破注"，故其疏釋全依毛、鄭之説，對《毛傳》、《鄭箋》中的注文詳盡地進行解釋、補充和闡發。如上文所引述的毛、鄭對《關雎》首四句的傳箋，纔三百餘言，而《孔疏》卻多達一千一百餘言。就以"在河之洲"一句爲例，《毛傳》云："水中可居曰洲。"《孔疏》再解釋《毛傳》，云："水中可居者曰洲，《釋水》文也。李巡曰：'四方皆有水，中央獨可居。'《釋水》又曰：'小洲曰渚，小渚曰沚，小沚曰坻。'《江有渚》傳曰：'渚，小洲也。'《蒹葭》傳、《谷風》箋並云：'小渚曰沚。'皆依《爾雅》爲説也。坻，小渚也，不言小沚者，沚、渚大小異名耳。坻亦小於渚，故舉渚以言之。"一字之釋，竟達百餘言，可算得是繁瑣了。或有注中所未及的，則爲作補注，或申明己説。如《豳風·狼跋》"公孫碩膚"句，《毛傳》："公孫，成王也。"《鄭箋》："公，周公也。孫，當如'公孫於齊'之孫，孫之言孫，遁也。"當《毛傳》與《鄭箋》矛盾時，《孔疏》則有所取舍："此公爲周公，古之'遜'字，借'孫'爲之。"

孔穎達等爲《毛傳》、《鄭箋》作疏時，距毛、鄭已有五、六百年之久，毛、鄭之注，在唐人看來已顯得艱深，有必要再作疏釋。

唐人注唐詩。至今傳存的有天寶中張庭芳《李嶠雜詠注》，又稱爲《百二十詠詩注》。晁公武《郡齋讀書志·別集類上》卷四著録《李嶠集》一卷，注云："集本六十卷，未見。今所録一百二十詠而已。或題曰'單題詩'，有張方注。今其詩猶存，惟張方注不傳。"可見張注早佚。此書在敦煌遺書中祇餘三殘片，而在日本尚有八種鈔本流傳。日本天瀑氏林衡《佚存叢書》收錄《李嶠雜詠百二十首》二卷，卷首署"天寶六載（747）登仕郎守信安郡博士張庭芳序"，書中或雜有日人的增補、改寫，已非張注原貌，然畢竟源出唐人，故仍甚爲珍貴。上海古籍出版社1998年影印出版的《日藏古鈔本李嶠詠物詩注》，上卷爲乾象、坤儀、芳草、嘉樹、靈禽、祥獸，下卷爲居處、服玩、文物、武器、音樂、玉帛。張注着重注釋名物，有類隋唐以來流行的事類賦注體式，故亦可視作一小型類書，可供詩人墨客獺祭之用。

《四部叢刊三編》收入影宋鈔本《新彫注胡曾詠史詩》，題爲"前進士胡曾著述并序、邵陽叟陳蓋注詩、京兆郡米崇吉評注并續序"。分三卷，每卷五十首詩。陳蓋、米崇吉皆唐末人，注釋多引正史，且多爲摘錄。"日本內閣文庫"有寬永刊本《新板增廣附音釋文胡曾詩註》，則爲宋人胡元質在陳、米基礎上的增注。胡曾《詠史詩》，由於有了注釋，竟成了歷代蒙學教材，這也是詩人始料不及的。

(1) 張伯偉《中國古代文學批評方法研究》，中華書局，2002年版，第44頁。
(2) 曾貽芬、崔文印《中國歷史文獻學史述要》，商務印書館2000年版，第185頁。
(3) 孫欽善《中國古文獻學史簡編》，高等教育出版社，2001年版，第238頁。
(4) 引自顧農《關於〈文選〉五臣注》，《文選學新論》，中州古籍出版社，1997年版，第391頁。

宋代章第四

宋代是古代詩歌注釋發展的高峰時期，表現在兩個方面：一是對杜甫詩的注釋，出現了"千家注杜"的熱潮；二是對同代詩人詩作的注釋，以任淵注黃庭堅、陳師道，施元之等注蘇軾，胡穉注陳與義，李壁注王安石爲代表。

現存宋人注釋的前朝別集有：湯漢《陶靖節先生詩注》四卷《補注》一卷，湯漢等《箋注陶淵明集》十卷，楊齊賢《分類補注李太白集》三十卷，郭知達《九家集注杜詩》三十六卷，黃希、黃鶴《黃氏補注杜詩》三十六卷，黃鶴《黃氏集千家注杜工部詩史補遺》十卷，王洙、趙次公等《分門集注杜工部詩》二十五卷，蔡夢弼《杜工部草堂詩箋》四十卷，《集注草堂杜工部詩外集》一卷，魏仲舉《五百家注音辯昌黎先生文集》四十卷，佚名《東雅堂韓昌黎集注》四十卷《外集》十卷，文讜、王儔《新刊經進詳注昌黎先生文集》四十卷《外集》十卷《遺文》三卷，韓醇《詁訓柳先生文集》四十五卷《外集》二卷《新編外集》一卷，舊本題童宗說注釋、張敦頤音辯、潘緯音義《增廣注釋音辯柳集》四十三卷，魏仲舉《五百家注音辯柳先生文集》二十一卷《外集》二卷《新編外集》一卷，舊本題西泉吳正子箋注、須溪劉辰翁評點《箋注評點李長吉歌詩》四卷《外集》一卷。

宋代詩人爲了扭轉晚唐以來頹靡的詩風，勵志改革，每取法杜甫、白居易等反映社會面貌的詩人，世號"詩史"的杜詩更是宋代詩人心慕手追的榜樣。江西詩派以杜甫爲宗，對杜詩"無一字無來處"的創作手法尤爲傾賞，故在有宋一代三百年中，注家蜂起，號爲"千家注杜"。周采泉《杜集書錄》就載有王得臣《增注杜工部詩》、王洙《王内翰注杜工部集》、鮑愼由《注杜詩文集》、趙子櫟《杜詩注》、蔡興宗《重編少陵先生集》、薛蒼舒《補注杜工部集》、趙彦材《新定杜工部古近體詩先後並解》、魯詹《杜詩傳注》、魯訔《編次杜工部集》、徐宅《門類杜詩》、鮑彪《少陵詩譜論》、師尹《杜詩詳注》、杜田《注杜詩補遺正謬》、《杜詩博議》、卞大亨父子《卞氏集注杜詩》、郭知達《新刊校正集注杜詩》、侯仲震《侯氏少陵詩注》、黃希《黃氏補千家集注杜工部詩史》、蔡夢弼《杜工部草堂詩箋》、陳禹錫《杜詩補注》、曾季輔《杜詩句外》、劉辰翁《須溪批點選注杜工部詩》、《集千家注批點杜工部詩集》等多種杜甫詩的注本。在現存的宋人注杜的集子中，以趙彦材、郭知達、黃希、蔡夢弼、劉辰翁諸書最有價值。

《杜詩趙次公先後解》，南北宋之交蜀人趙彦材注。書久佚，近年始發現手鈔殘本，林繼中爲作輯校，成書印行。趙注向有佳評，樓鑰《簡齋詩箋序》謂其注詩"最詳，讀之使人驚歎"。劉克莊把它跟杜預注《左傳》、李善注《文選》、顏師古注《後漢書》相比，認爲"幾於無可恨矣"，林希逸謂其"誤者正之，遺者補之，且原其事因，明其旨趣，與夫表出新意"。沈曾植又云："次公此注，於歲月先後，字義援據，研究積年，用思精密，其説繁而不殺。"[1]

《杜詩趙次公先後解》趙注就林繼中輯校本所見，較有特色的大約有以下幾點：

一、題解。依《詩序》與《文選注》之例，詩題後有詳略不等的題解，點明題旨，概括全詩内容，或解釋題中出現的人名、地名。如《去矣行》題解："鳥乃去矣。此詩有高舉遠引之意，故取去矣爲名。"《城西陂泛舟》題解："此渼陂也，在鄠縣西五里。後篇有《與源大少府遊渼陂詩》'應爲西陂好'，可知也。"《三川觀水漲二十韻》題解："此篇即事體物之詩。句法雄渾，讀之者見漲川之足駭矣。作當避寇時，故有'反懼江海覆'與'何時通舟車'之句，又憂及林中士也。"

二、句法解析。趙氏深受江西詩派影響，於杜詩獨特的句法，尤爲心折，故在注中專爲指出，用以啓示學者。如《陪鄭廣文遊何將軍山林十首》之五"緑垂風折笋，紅綻雨肥梅"句，注："上句義言風折笋垂緑，下言雨肥梅綻紅。句法以倒言爲老健。"《鄭駙馬宅宴洞中》詩"主家陰洞細煙霧，留客夏簟清琅玕"句，注："今詩句義直是：主家陰洞煙霧細，留客夏簟琅玕清；而句法深穩，當言'細煙霧'、'清琅玕'，此又如'硯寒金井水，檐動玉壺冰'。"

三、章法分析。對長篇古詩劃分段落，每段皆以數語概括内容，點明其用意。

此外，還有繫年、考證、駁正、串解、品評等多種方式，由此可知北宋注詩的基本體例。郭知達《新刊校訂集注杜詩》，後稱《九家集注杜詩》。收集了王洙、宋祁、王安石、黄庭堅、薛夢符、杜田、鮑彪、師尹、趙次公等九家注釋，其中趙次公注分量最重。《四庫全書總目》稱其"別裁有法"，爲現存古代詩歌集注本中較早和較佳的一種。趙次公注本，雖亦有引同時人注，帶有集注性質，而郭本則正式標名"集注"，對後世集注本有較大的影響。黄希《黄氏補千家集注杜工部詩史》，號稱"千家"，實爲一百五十一家，亦可算是集宋人注杜之大成。蔡夢弼《杜工部草堂詩箋》一書，以"箋"名書，實際上是集注加上蔡氏的一些箋語。搜集宋代諸家注釋，較郭氏九家注更爲宏富。被認爲是宋代杜詩編年注本中較佳者。劉辰翁《集千家注批點杜工部詩集》，則重在"批點"，可謂別開生面。

總的來說，宋人對杜詩的注釋，已包含有後世注釋家常用的各種體式，成爲對其他詩人詩作注釋的良好範例。

宋代還有楊齊賢集注李白詩，元人蕭士贇爲作補注，編爲《分類補注李太白集》。《四庫全書總目》云："注中多徵引故實，兼及意義，卷帙浩博，不能無失"，"然其大致詳贍，足資檢閱。"

南宋魏仲舉集注《五百家注音辯柳先生文集》，童宗説、張敦頤、潘緯《增廣注釋音辯唐柳先生集》，皆柳宗元詩文集的注本，其中有柳詩二卷，注文在詮解典實與説明歷史背景等方面，資料亦較翔實。

《箋注評點李長吉歌詩》四卷《外集》一卷，舊題南宋吳正子箋注，劉辰翁評點。《四庫全書總目》云："正子此注，但略疏典故所出，而不一一穿鑿其説。"並謂其猶勝明清諸家注釋之淆亂，可見吳氏開鑿之功。李賀詩又有朱軾箋注本，見於日本《文求堂書目》。

還有南宋嘉熙刊胡如壎注盧仝《月蝕》詩。盧詩一千七百餘言，艱深險怪，極難索解，孫彪云："讀胡伯和所注玉川子《月蝕》詩，一字一句，必詳其所自出，杜子美所謂'更覺良工心獨苦'，豈伯和之謂耶！"[2] 此注今已佚。

《樊川文集夾注》，被認爲是"杜牧集惟一的宋人注本"，[3] 此書現存的高麗本，爲正統五年全羅道錦山刻本，今尚未整理出版，故未能得知書中注釋的具體情況。

古代詩歌的宋人注本還有湯漢《陶靖節詩注》。此書爲現存最早的陶淵明詩注本，在文字校勘、詩意闡發方面都很有價值。注者考索今典，發皇作者心曲，可謂陶氏一大功臣。後世注陶諸家，多承襲其説。

宋末元初人李公焕，撰《箋注陶淵明集》（彩圖 3），"匯集宋朝群公評注"，頗爲詳備。在各篇之後，附有所輯評語，卷首"總論"輯録諸家對陶淵明的論述。集注加上集評，是本書的特色。

宋人詩集宋注本，據張三夕《宋詩宋注管窺》一文統計，宋代有三十五種，其中注蘇詩十七種，多已散佚。現存有十四種，詞集注本兩種。宋人注的本朝別集有：李壁《王荆公詩注》五十卷，舊題王十朋《東坡詩集注》三十二卷，施元之《施注蘇詩》四十二卷，任淵《山谷內集注》二十卷、史容《外集注》十七卷、史季溫《別集注》二卷，任淵《後山詩注》十二卷，鄭元佐《新注朱淑真斷腸詩集》八卷《後集》八卷，胡穉《增廣箋注簡齋詩集》三十卷、《胡學士續添簡齋詩箋正誤》一卷，蔡模學《文公朱先生感興詩》，陳普《朱文公武夷棹歌注》。

宋人注宋詩，傳世的數量雖然不多，但每一種都值得重視。注家如李壁、王十朋（舊題）、施元之、顧禧、任淵、史容、史季溫、鄭元佐等，都是博古通今的學者，他們的注釋不但詳於訓詁，考證本事，還能闡發詩歌的意蘊，探求其義理旨趣，故受到後世學者的重視。尤其是在體例上，詩作編年及年譜編撰，開創了新的研究方向，取得傑出的成果。在宋代衆多的注詩家中，以任淵最爲傑出。爲同時代人的詩歌作注,亦自任淵始。南宋錢文子《菊室史氏注山谷外集詩注序》云:"書存於世,惟六經、諸子及遷、固之史有注,其下方者,以其古今之變,詁訓之不相通也,而今人之文,今人乃隨而注之,則自蘇、黃之詩始也。"

南宋初年任淵作《後山詩注》、《山谷內集注》(彩圖4),稍後史容作《山谷外集詩注》、史季溫作《山谷別集詩注》,幾種詩注均具較高價值,其體例亦大抵相同。許尹《黃陳詩注序》云:"三江任君子淵,博極群書,尚友古人,暇日遂以二家詩爲之注解,且爲原本立意始末,以曉學者,非若世之箋訓,但能標題出處而已也。"陳振孫《直齋書錄解題》卷二〇亦云:"大抵不獨注事,而兼注意,用功爲深。"許、陳均強調任氏能注出詩人的立意始末。史注亦爲學者所重,洪咨夔《豫章外集詩注序》稱其"考年譜以推出處,用事必求其意,用字必探其原,勤且博至矣"。王士禎《漁洋詩話》謂任淵注宋祁、黃庭堅、陳師道三集"可謂獨爲其難"。《四庫全書總目》對任、史的注本都作出肯定的評價:"注本之善,不在字句之細瑣,而在於考覈出處時事。任注《內集》、史注《外集》,其大綱皆繫於目錄每條之下,使讀者考其歲月,知其遭際,因以推求作詩之本旨,此斷非數百年後以意編年者所能爲,何可輕也。"又謂任注"年經事緯,考證詳明"。注者距作者時代不遠,任淵自言曾"得以執經"於黃庭堅,且親交故舊,逸事遺聞,亦可以耳目得之,故能做到繫年準確,史實詳明。特別可貴的是,注者對詩人的言外寄託,亦能據事理闡明。如陳師道《次韻蘇公觀月聽琴》詩之"信有千丈清,不如一尺渾"二句,任注云:"勸蘇公含垢納污之意。《涉穎》詩亦云:'至潔而納污,此水真吾師。'蘇公《送魯元翰》詩云:'皎皎千丈清,不如尺水渾。'故後山言'信有'以印之。"一層一層剝出,詩人的本意便自然顯露。方東樹《昭昧詹言》謂"任注甚疏漏，史更劣"，似屬偏見。任淵《山谷內集注》中，設立各年條目，繫以作者當年事蹟，并一一考定作品寫作年代，依次列於其後，條理清楚。此後各家詩注紛紛效法。後來山谷裔孫黃㽦編纂《山谷年譜》，亦以任注爲據。

南宋爲蘇軾詩作注的很多，有趙次公、程縯的四家注，稍後又有五注、八注、十注等。至今流傳下來的僅有舊題王十朋《集注分類東坡先生詩》和施元之、顧禧、施宿《注東坡先生詩》(彩圖5)。託名王十朋的注本，分類編次，有便於讀者學步。施注本則按編年排次，以史證詩，眉目井然，且注釋甚精，頗受讚譽。張榕端《施注蘇詩序》稱施氏之題下注"務闡詩旨，引事徵詩，因詩存人"，邵長蘅《注蘇例言》亦謂"施注佳處，每於注題之下多所發明"。

李壁《王荆文公詩箋注》，撰於寧宗開禧年間。王安石詩，好用典故，且多反映時事政治，李氏對詩中詞語、典實作了詳細的注釋，對當時背景、人物、制度等方面亦多所考索。魏了翁《臨川詩注序》云："石林李公，曩寓臨川，嗜公之詩，遇與意會，往往隨筆疏於其下……既各隨義發明，若博見強志，廋詞險韻，則又爲之證辯鈎析，俾覽者皆得以開卷瞭然。"《四庫全書總目》又稱其"捃摭蒐采，具有根據，疑則闕之，非穿鑿附會者比"。宋末元初詩評家劉辰翁刪節李注，並加評點刊行。

胡穉《簡齋詩集箋注》，刊於光宗紹熙初。注釋詳贍，極爲精審。元初劉辰翁加以評點印行。樓鑰《簡齋詩箋敘》謂胡注"貫穿百家，出入釋老，旁取曲引，能發簡齋之秘"，"注釋精詳，幾無餘蘊"。阮元《揅經室外集》卷三《提要》評胡穉《簡齋詩集箋注》亦云："今觀所注，能得作者本意，絕無捃拾類書、不究出典之弊。凡集中所與往還諸人，亦一一考其始末，固讀與義集者所不廢也。"可見前人對胡箋高度的評價。錢鍾書批評它"簡陋",[4]似未公允。

宋人注宋詩,還有以下幾種:蔡模爲朱熹《感興詩》二十首作注,陳普爲朱熹《武夷棹歌》十首作注,兩種注本於元大德年間合爲一編刊行。鄭元佐爲朱淑真集作注,名《新注斷腸詩集》,於詞語注釋亦頗詳贍。尚有王德文《注鶴山先生渠陽詩》。邵雍《擊壤集》,吳泰有增注本,見於日本《文求堂書目》。

總的來說,宋人注宋詩的幾家,都是堪爲範式的注本。汪辟疆云:"宋人如施元之注蘇,任淵注黃、陳,李壁注荆公,胡稚注簡齋,以宋人而注宋人詩,故注中於數典外皆能廣徵當時故事,俾後人讀之,益見其用事之嚴,此其所以可貴也。"[5]在江西詩派流行時,詩人每講究"無一字無來處",故注家亦務必細注詞語、典故的來歷,除了引證經史子集著作外,還旁及釋道經典,以至方志、詩話、筆記小説等,皆一一搜羅。王安石、蘇軾、黃庭堅、陳與義等都是飽學之鴻儒,其詩穿穴百家,取材極廣,爲作注釋,至爲不易。此外,宋人注詩,好發議論,評騭詩人詩作,分析詩歌的命意修辭。這種注中有評的方式,爲後世注家所效法,在蔡正孫《詩林廣記》一書中就摘引了不少,如卷五"黃山谷"詩,就常引"任天社云"、"天社任淵注云"、"任天社詩注云"、"詩注云",多屬解意評論一路。

宋代學者對《詩經》和《楚辭》的注釋也有所發展。

南宋學者朱熹《詩集傳》,博采衆長,別出新意。《詩集傳》不再按照漢、唐以來序、傳、箋、疏的格局説詩,去掉《毛詩》的大、小二序,而代之以自撰的題解。其注釋在《毛傳》、《鄭箋》之外,還采用魯、齊、韓三家之説,間采時人的解釋，有與前人注疏不同之處，則斷以己意。《詩集傳》注釋簡明，文字顯淺，可視爲宋代《詩經》的普及讀本。呂祖謙《呂氏家塾讀詩記》力尊《詩序》，堅守毛、鄭，博采諸家之說，有所發明，與朱氏《詩集傳》可稱雙璧。

南宋學者洪興祖《楚辭補注》，爲補"孤行千古"的王逸《楚辭章句》而作。補闕正誤，並采用六朝以來的遺說，甚爲精審。此書是"補注"的典範之作。還有朱熹《楚辭集注》，此書多取洪氏《楚辭補注》之說，還博采舊編，闡發要旨。一如《詩集傳》之例，標明賦、比、興之義，見解極爲精到。洪、朱二氏之注，被稱爲"劃時代的注本"，對楚辭的研究產生深遠的影響。

宋人解詩，亦每有不足之處。戴震在"與人書"中指出："志存聞道，必空所依傍。漢儒訓詁有師承，亦有傅會，晉人傅會鑿空益多；宋人則恃胸臆爲斷，故其襲取者多謬，而不謬者在其所棄。"諸家注釋，爲求新意，有時未免臆說。牽強傅會，容或有之，讀者亦須慎重對待。《四庫全書總目》評歐陽修《毛詩本義》云："修作是書，本出於和氣平心，以意逆志。""其所訓釋，往往得詩人之本志。後之學者，或務立新奇，自矜神解。至於王柏之流，乃並疑及聖經，使《周南》、《召南》俱遭刪竄。則變本加厲之過，固不得以濫觴之始歸咎於修矣。""自矜神解"四字，正是穿鑿傅會之源，學者們也許太過於自信了。

（1）轉引自林繼中《杜詩趙次公先後解輯校·前言》，上海古籍出版社，1994年版，第21頁。

（2）見《永樂大典》卷九〇六"諸家詩目"引。
（3）陶敏、李一飛《隋唐五代文學史料學》，中華書局，2001年版，第386頁。
（4）錢鍾書《宋詩選注》，人民文學出版社，1958年版，第133頁。
（5）汪辟疆《汪辟疆文集》，上海古籍出版社，1988年版，第870頁。

元、明章第五

　　元明兩代詩歌注釋主要是在唐詩的選注方面，整體成就不高。

　　金代詩人元好問編選《唐詩鼓吹》，元初，其門人郝天挺爲作注，是現存最早的唐詩選注本。郝氏注頗爲簡略，明人廖文炳爲作補注，更以己意詮釋，名爲《唐詩鼓吹大全》。

　　元人注釋杜詩亦有數家。較著名的有虞集《杜律虞注》，學者多指爲僞書。范梈《杜工部詩范德機批選》，編年明晰，批注簡略，然自具心得。

　　元祝德子編訂《增廣音注郢州刺史許丁卯詩集》，注釋雖頗簡略，然爲許渾詩集最早的注本，故自有其價值。

　　元末學者劉履編纂的《風雅翼》，是頗獨特的古詩選注本。全書十四卷，分爲三部分。前八卷稱爲"選詩補注"，取《文選》中的詩歌加以删增，在唐人舊注的基礎上補注。依朱熹《詩集傳》之例，每首皆點明其賦、比、興之義。次二卷爲"選詩補遺"，補錄古歌謠詞。末四卷爲"選詩續編"，選錄唐宋人之作以爲《選》詩之嗣響。此書最有價值的當爲"補遺"所錄的四十二篇古歌謠詞的注釋，是一項開創性的工作。"續編"中爲一百五十九首唐宋人詩作注，其中不少可算是最早的注釋，可供後世注家參考。

李攀龍編選的《唐詩選》，是明代影響最大的選本。此書本爲李氏《古今詩删》中的唐代部分，後人截取編爲七卷獨立成書，加以箋注評論。有蔣一葵所作的箋釋，吳逸的箋注，陳繼儒的箋釋，葉羲昂的"直解"，以及鍾惺、孫鑛等多家的評點，這多種本子體現了明代學者注釋詩歌的特點。如蔣一葵的箋釋，極爲詳盡，並有評語，後人選唐詩者，亦每引録之。吳逸的箋注，每卷先列體裁，引高棅語作總論，依次爲詩人小傳、題解、正文、箋注、吳氏的考辨及諸家的評論。葉羲昂的直解，串講詩意，通俗顯淺。各家均有特色。

周珽編撰的《唐詩選脈會通評林》，是唐詩的選注彙評本。每詩後的箋注稱爲"證"；串解稱爲"訓"；末有"附"，即列此詩有關材料；還有"評"，多是各家對全詩的評論。

唐汝詢的《唐詩解》，撰於萬曆年間。是一部選、注、解皆精的著作。談遷《棗林雜俎》稱其"援據該博"。注釋甚爲詳明周密，書中凡例云："引注之法有三：凡詩中用事，即引本事以解之者，曰正注；溯流尋源，至博采他書以相證者，曰互注；字釋句解，必求剖析其義而無害其文者，曰訓注。"所謂"正注"、"訓注"，即一般的注釋與疏解，而"互注"旁徵博引，雖不無枝蔓之失，但資料豐富，對研究者有很大的幫助，近年新版將互注全部删去，甚爲可惜。此書以"唐詩解"爲名，故着重於解詩。凡例云："是編之解有二：屬辭比事，則博引群書，遵李善注《文選》之例；揣意摹情，則自發議論，遵朱氏傳《詩》之例。"以李、朱爲式，取徑自正。

明代學者對歷代詩歌別集的注釋也取得一定的成績，其中最重要的有以下幾種：

何孟春《陶靖節集》、黃文烈《陶詩析義》、張自烈《箋注陶淵明集》。三種陶集注本，在宋人注陶的基礎上有所進展。何注重在發掘陶詩微旨，黄氏則重在全面評述陶詩，張注則較爲簡略。

胡之驥《江文通集彙注》十卷，其中卷三、卷四爲詩注。張文光序謂注者"酷好此書，手爲校讎，句櫛字比，更加箋釋，博采廣搜，積有歲年，遂成精本"。箋注雖較簡略，但於主要的詞語、典故、名物都注了出處，有時並作講解。如《雜詩》"許史乘華軒"句注："許皇后、史良娣之家，並盛爲奢侈，故云乘華軒也。"點出要旨。

顔文選《駱丞集注》四卷，《四庫全書總目》謂其注"援引疏舛，殆無可取。以文選之外別無注本，而其中亦尚有一二可采者，故姑並録之"。然據近人考證，駱賓王集明人注本有陳魁士《駱子集注》四卷，録詩百十七篇。尚有孫養魁《新刻注釋駱丞集》、虞九章《唐駱先生集注釋評林》等。

顧可久《王右丞詩注説》六卷、顧起經《類箋唐王右丞集》十四卷。兩書爲王維詩較早注本。《類箋》分體分類編次，注釋簡明。

朱諫《李詩選注》，爲明人選李白詩的重要注本。遵朱熹傳《詩》之例，解釋詩歌要義，探求微旨，甚便初學。

明人注杜詩亦有多種。其中較佳者如張綖《杜工部詩通》，體例完備，以寫作先後爲次，題下標明年月，並有題解。注文釋名物、典實及字義，並串講全詩，分析章法。引録前人評語，酌加己見。單復撰《讀杜詩愚得》，陳明摘出其中律詩，輯成《杜律單注》。單注特點是在詩後標其"賦"、"比"、"興"之義，以明意旨。明人注杜最重要著作當爲王嗣奭《杜臆》。《杜臆原始》云："草成而命名曰臆，臆者，意也，以意逆志，孟子讀詩法也。誦其詩，論其世，而逆以意，向來積疑，多所披豁，前人謬迷，多所駁正。"此書箋注杜詩，不録原文，題下即作評論及注釋。議論精闢，注解詳明，對後世注家影響甚大。

李、杜齊名，故亦多有合選合注者。如張含選編、楊慎等批點的《李杜詩選》，梅鼎祚選、屠隆集評的《李杜二家詩鈔評林》，皆有價值。胡震亨《李杜詩通》，其中錄李白詩二十一卷，杜甫詩四十卷。注者序云："舊注繁蕪，百存一二。其意旨未經前人發明者，略抒膚見，以資商榷。"其駁正舊注，尤有心得。

李賀詩注本亦有數種：曾益《李賀詩解》，徐渭、董懋策《昌谷詩注》，余希之《李協律詩注》。

蔣之翹輯注《唐柳河東全集》，中有詩兩卷，輯錄諸家評語，注釋字義，簡約明白，亦頗詳備。

清代章第六

清代考據之學大盛，揚棄明人荒疏頹弊的學風，清代學者在注釋方面也取得了很大的成績。有清一代，詩歌注釋之學極爲發達，總集與別集的注本甚多。大體沿用自漢至明注家習用的體式，以箋、注、解、評等爲主，沒有多大突破，但在注釋的深度和廣度來說，則每每超過前人。前代注家，力求探原意，識詩心，"以意逆志"，而清代注家則更強調作品的實體價值和歷史意義，在注釋中，重事實，重證據，"知人論世"，"以史證詩"。詩注中融合了音韻、訓詁、校勘、輯佚、考證、辨僞等學問，體現了注釋家多方面的學術修養。清代注家在地名、人名、職官、典章制度等詞語的解釋以及史實的考證等方面，尤多創獲，開現當代注釋的先河。

清代《詩經》的研究成爲顯學，《詩經》的注本量多而質高，且各有特色。如錢澄之《田間詩學》詳於名物訓詁、山川地理；王鴻緒等編纂的《欽定詩經傳說彙纂》羅列衆說，資料豐富；牟庭《詩切》切說文意，闡明詩義；胡承珙《毛詩後箋》、馬瑞辰《毛詩傳箋通釋》，皆能斟酌古今，辨正糾誤；陳奐《詩毛氏傳疏》爲《毛詩》一系集大成著作，全面地闡發詩義。方玉潤《詩經原始》見解獨特，文辭優美。此外如焦循《毛詩補疏》、丁晏《毛鄭詩釋》等《詩經》的注本均有價值。

《楚辭》的注本也極一時之盛。錢澄之《楚辭屈詁》注釋簡明，持論公允；王夫之《楚辭通釋》精於訓釋，中寓感慨；林雲銘《楚辭燈》段析句解，淺近明瞭；蔣驥《山帶閣注楚辭》精於地理，圖文並茂。王邦采《離騷彙訂》，戴震《屈原賦注》、《通釋》，劉夢鵬《屈子章句》，顧天成《離騷解》、《楚辭九歌解》、《讀騷別論》，屈復《楚辭新注》等《楚辭》的注本，均可見清人治學嚴謹的特色。

《詩》、《騷》之外，清人對歷代詩歌總集的注本亦頗多。漢代詩歌的注本，有李因篤《漢詩音注》與《漢詩評》、陳本禮《漢詩統箋》、曲瀅生《漢代樂府箋注》、王先謙《漢鐃歌釋文箋證》等。清代《文選》之學大盛，方廷珪《昭明文選大成》、余蕭客《文選音義》、朱珔《文選集釋》、胡紹瑛《昭明文選箋證》等，對《文選》中詩歌部分詳加闡釋。此外，如聞人倓爲王士禛《古詩選》作箋，疏釋字詞段意，考證時代史實，甚見箋注者的功力；張玉穀《古詩賞析》，以"賞析"名書，於詩歌深微之處自有會心；陳沆《詩比興箋》，特標舉"比興"之義，闡明詩篇主題；朱嘉徵《樂府廣序》，爲樂府詩較早注本，分爲解題、小序、注釋三部分，要言不煩；吳兆宜《玉臺新詠箋注》，引證頗博。以上諸書，皆爲古詩注本中的代表作。

唐詩總集，清人注本尤多。元好問所編的《唐詩鼓吹》，除了元郝天挺和明廖文炳的注本外，清代還有多家爲作箋注，如錢朝鼐、王俊臣、陸貽典《唐詩鼓吹箋注》，錢謙益、何義門《唐詩鼓吹評注》，朱三錫《東巖草堂評定唐詩鼓吹》等。唐五代韋縠編選的《才調集》，也有吳兆宜的《才調集箋注》與殷元勳、宋邦綏的《才調集補注》爲作注釋。還有吳廷偉、顧元標《唐詩體經》，岳瑞《寒瘦集》，趙臣瑗《山滿樓箋注唐詩七言律》，胡以梅《唐詩貫珠箋釋》，黃叔燦《唐詩箋注》，吳瑞榮《唐詩箋要》，吳煊、胡棠《唐賢三昧集箋注》，章燮

《唐詩三百首注疏》，陳婉俊《唐詩三百首補注》等。此外，還有專門爲科舉考試而選注的本子，如張桐孫《唐人省試詩箋》，陳訏《唐省試詩箋注》，朱琰《唐詩律箋》，范文獻等《試帖纂注》，惲鶴生、錢人龍《全唐試律類箋》等。

宋詩總集，僅有周楨、王圖煒的《西崑酬唱集》校注本。西崑詩人好用典故，此書則詳考出處，徵引史籍，校勘精細，極便讀者。

歷代詩人別集，清人注本既多且精。魏晉六朝詩歌注本，有丁晏《曹集詮評》，蔣師爚《阮嗣宗詠懷詩注》、蔣熏《陶淵明詩集》、吳瞻泰《陶詩彙注》、陶澍《靖節先生集箋注》、錢振倫《鮑參軍詩注》、吳兆宜《徐孝穆集箋注》、《庾開府集箋注》、倪璠《庾子山集注》等，皆可爲清人注本的整體水準的代表。

唐人別集，清人注本尤多，有陳熙晉《駱臨海集箋注》，蔣清翊《王子安集注》，趙殿成《王右丞集箋注》，王琦《李太白集注》，方世舉《韓昌黎詩集編年箋注》，顧嗣立《昌黎先生詩集注》，黃鉞《韓昌黎先生詩增注證訛》，孫之騄《玉川子詩集注》，姚佺、丘象隨《昌谷集句解定本》，王琦《李長吉歌詩彙解》，姚文燮《昌谷集注》，方世舉《李長吉詩集批注》，陳本禮《協律鉤元》，顧予咸《溫飛卿詩集箋注》，許培榮《丁卯集箋注》，馮集梧《樊川詩集注》，屈復《玉谿生詩意》，姚培謙《李義山詩集箋注》，朱鶴齡、程夢星《重訂李義山詩集箋注》，馮浩《玉谿生詩箋注》等。

清人對杜甫詩的注釋，更是超越前代，蔚成風氣。據周采泉《杜集書錄》載，清代校刊箋注杜詩全集的著作就有二十七種，選本律注類的更多達六十三種。在衆多的杜詩注本中，最重要的當數錢謙益《杜工部集》箋注本，世稱《錢注杜詩》。錢謙益是位學問家、詩人，畢生精研杜詩，對杜甫的生平及所處的時代有着全面深入的了解，故能把握住詩中的精義。錢氏注釋，一是運用漢代以來的傳統注釋方法，對字詞典故進行深入細緻的考索，徵引經史典籍，於地理、職官、典章制度等考釋尤爲精確。二是箋釋詩意，詩史互證，新見疊出。這種注釋方法，對清代以至現當代學者都有啓發意義。如《洗兵馬》詩，錢氏箋云："刺肅宗也。刺其不能盡子道，且不能信任父之賢臣以致太平也。"一針見血，揭出詩歌的微旨。與錢注齊名的還有朱鶴齡《杜工部詩集輯注》，此書重在詮釋字詞語句，極爲詳盡。仇兆鼇《杜少陵集詳注》，則爲集大成的著作，體例完備，注釋詳明，在傳統詩歌注釋史上有很高的位置。浦起龍《讀杜心解》，分體編排，重在講解章節大意，頗多新見。楊倫《杜詩鏡銓》，則簡明精到，有便初學。至於杜詩的選注本更不勝僂舉，其著者如金人瑞《唱經堂杜詩解》，顧宸《辟疆園杜詩注解》，黃生《杜詩説》，吳瞻泰《杜詩提要》，何化南、朱煜《杜詩選讀》，陳廷焯《杜詩選》等。杜詩還有一種特别的選注本，即專選律詩者，如陳之壎《杜律注》、顧施禎《杜工部七言律詩疏解》、陳醇儒《書巢箋注杜工部七言律詩》、范廷謀《杜詩直解》等。

　　宋代詩人别集，清人注本主要有以下幾種：查慎行《東坡編年詩補注》、翁方綱《蘇詩補注》、沈欽韓《蘇詩查注補正》，查注爲補《施注蘇詩》而作，翁、沈二注又爲補查氏的闕失而作；馮應榴《蘇文忠公詩合注》、王文誥《蘇文忠公詩編注集成》，則集歷代注蘇軾詩之大成，内容除了詩注外，還有"編年總案"、"兩宋雜綴"、"蘇海識餘"以及箋詩圖、墓志銘、本傳注、諸家弁言及詩目等，極爲完備。沈欽韓《范石湖詩集注》，錢鍾書謂其"頗爲疏略，引證還確鑿可靠"。[1]此外還有施國祁《元遺山詩集箋注》，爲金朝詩人元好問詩的箋注本，分題注和尾注兩部分，題注主要是箋釋史實、背景，翔實可靠。尾注箋釋詞語，則稍嫌簡略。

元詩注本，則有樓卜瀍《鐵崖古樂府注》、《鐵崖詠史詩注》、《鐵崖逸編注》，三書皆注釋楊維楨詩者。還有王邦采《吳淵穎集箋注》、薩天錫諸孫薩龍光編注《雁門集》。

明詩注本，則有金檀《高青邱詩集注》，日本人近藤元粹《高青邱詩集注》，鄺廷瑤《鄺海雪集箋》。

清人注清詩，最重要的當數錢曾《初學集詩注》及《有學集詩注》。錢曾爲錢謙益族曾孫，追隨甚久，故對錢謙益詩的内容、背景知之甚稔，詩中所用典故，均能一一注出。還有靳榮藩《吳詩集覽》，程穆衡《梅村編年詩箋》（楊學沆爲作補注），吳翌鳳《梅村詩集箋注》，徐嘉《顧亭林先生詩箋注》，江浩然《曝書亭詩録箋注》，孫銀槎《曝書亭詩集箋注》，楊謙《曝書亭集詩注》，俞國琛《曝書亭風懷詩注》（又名《風懷鏡》），金榮《漁洋山人精華録箋注》，惠棟《漁洋山人精華録訓纂補》，陳應魁《香草齋詩注》，王元麟《秋江集注》，李岑、江海清《船山詩注》。還有一種專爲"雜詠"詩箋注本事的，如吳如玗爲孫玉甲《讀史偶吟》作注，范重榮爲吳省欽《五代宫詞》作注，趙葆燧爲章季英《南宋樂府》作注，嚴姚元爲嚴遂成《明史雜詠》作注。

總的來説，清代學者在詩歌注釋方面取得很高的成就。注釋，不光是名物訓詁和意旨闡釋，而是把版本、校勘、考證、辨僞等學問和方法都融進其中。注釋之前，先要整理出一個較好的文本，然後對詩人所處的時代、生平、思想、交遊等加以考辨，在取得大量前期成果之後纔着手對作品注釋。

(1) 錢鍾書《宋詩選注》，人民文學出版社，1958年版，第195頁。

詞注章第七

與詩注相比，古代對詞的注釋則極爲薄弱。學者把詞視爲"小道"、"餘事"，也許不屑爲之作注。現存詞的注本，無論數量或質量都較遜於詩注。

宋人注宋詞，現存的僅有三種：

一、傅幹《注坡詞》十二卷。爲蘇軾詞最早的一個注本，有很高的學術價值。詞注刊於紹興年間，距蘇軾時代不遠，注者《注坡詞序》謂蘇詞"寄意幽渺，指事深遠，片詞隻字，皆有根柢，以世之玩者，未易識其佳處"，因爲"敷陳演析，指摘源流"，自有心得。後世箋注蘇軾詞的，亦多襲取傅注。傅注除注明詞語出處外，時有解釋語義。如《南歌子》"雲翻海若家"，注云："雲翻，言其潮勢如雲。"又《定風波》注云："'琢玉郎'，言其美姿容如玉也。'點酥娘'，言其如凝酥之滑膩也。"《南鄉子》"爭抱寒柯看玉蕤"注："梅花綴樹，葳蕤如玉。戎昱詩：'一樹梅花白玉條。'"亦有注本事或史實者，如《菩薩蠻》"試問遨遊首"注："成都風俗，以遨遊相尚，綺羅珠翠，雜遝衢巷，所集之地，行肆畢備，須得太守一往後方盛，土人因目太守爲遨頭云。"均能發明詞意。此外尚有顧禧補注本及孫安常《注坡詞》，俱不傳。

二、陳元龍《片玉集注》十卷。周邦彥詞原有曹杓《注清真詞》二卷本，陳氏以舊注簡略，爲之集注。曹注今佚。劉肅《片玉詞序》謂陳注目的是爲了"俾歌之者究其事達其辭"，"遂詳而疏之"，故對詞語的來歷，都一一注明。

三、胡穉《無住詞注》一卷。原附於胡注《簡齋集》後，稍嫌簡略。劉辰翁曾爲作"增注"。

金人注金詞則有魏道明《蕭閒老人明秀集》注本，今僅餘殘本，録蔡松年詞七十二首。王鵬運跋云："金人撰述，流傳最罕，此注雖穿鑿冗複，皆在所不免。然蕭閒同時龎和諸人，爲陳沂、范季霑、梁競、曹治、杜伯平、吴傑、田秀實、高廷鳳、李彧、李舜臣、趙松石、陳唐佐、趙伯玉、許采、楊仲亨、趙愿恭、張子華輩，《中州集》俱未載，道明一一詳其仕履始末，又遺聞軼事，零章斷句，往往而有，足與劉祁《歸潛志》並爲金源文獻之證。"

唐宋詞總集的注本，現存最早的當爲刊於元至正年間的《增修箋注妙選群英草堂詩餘》。此書注釋雖較粗疏，然畢竟是古注，自有可取之處。如黄庭堅《驀山溪》"鴛鴦翡翠，小小思珍偶"注："山谷此詞，本有所感。鴛鴦、翡翠，乃成雙之物，故鄭氏箋《詩》，言其止則相偶，飛則爲雙，性馴偶也。李華《長門怨》亦云：'弱體鴛鴦席，啼妝翡翠林。'"明人對《草堂詩餘》有所增删，分别作注。現存有張綖箋評、吴訥圈點的《草堂詩餘别録》、陳鍾秀改選的《精選名賢詞話草堂詩餘》、顧從敬編選的《類編草堂詩餘》等。明末卓人月編選的《詩餘廣選》十六卷，則爲集多種《草堂詩餘》而成的大型歷代詞選集，題下署"陳繼儒眉公評選，卓人月珂月彙選，徐仕俊野君參評"。各詞有圈點、眉批，詞後有箋注。此外還有吴從先編選的《草堂詩餘雋》，有圈點批注；沈際飛彙編的《古香岑草堂詩餘四集》，即"正集"、"續集"、"别集"、"新集"四種，亦有圈點批抹。大抵明人選詞，多循《草堂詩餘》一路，亦藉其名以標榜，其中注釋批評，可見明人的審美風尚，語多浮泛膚淺，但亦時有精到之處。如秦觀《鵲橋仙》"兩情若是久長時，又豈在、朝朝暮暮"二句，《增修箋注》按語云："《七夕歌》以雙星會少別多爲恨，少游此詞謂兩情若是久長，不在朝朝暮暮，所謂栳（化）臭腐爲神奇，寧不省人心目。"《草堂詩餘雋》眉批："相逢勝人間，會心之語；兩情不在朝暮，破格之談。"惜此類評注不多耳。

明人注本，尚有楊慎《詞林萬選》、《百琲明珠》，略有評注。錢允治輯、陳仁錫箋《類編箋釋國朝詩餘》，箋釋亦甚簡略。茅暎《詞的》，有圈點及眉批，陸雲龍《詞菁》，間有眉批。潘遊龍《古今詩餘醉》，有圈點批抹。明末有錢繼章《雪堂詞箋》，王屋《草賢堂詞箋》、吳熙《非水居詞箋》。

清代選本較多亦較精，然注本仍少。清初顧景芳、李葵生、胡應宸輯《蘭皋明詞彙選》，專錄有明一代之詞加以評點，時有勝義。趙式輯《古今別腸詞選》，專錄別離之作。有陳維崧、彭孫遹、王士禛、尤侗評點，夾注夾批。大型選本有朱彝尊、汪森編的《詞綜》，選錄唐、五代、宋、金、元諸家詞，間附有宋、元人評語。後王昶編選《明詞綜》、《國朝詞綜》、《國朝詞綜二編》，一仍朱氏體例。陶梁編選《詞綜補遺》、丁紹儀《國朝詞綜補》，資料更爲豐富。此外稍有特色的爲康熙初周銘編選的《林下詞選》，專選錄閨秀詞，亦有箋注，引錄詞話、本事。先著、程洪輯《詞潔》，時有評語品藻。張淵懿、田茂遇編選的《詞壇妙品》，有眉批，訓釋詞語，考究格律。許寳善編選的《自怡軒詞選》，評點雖寥寥數語，亦見匠心。黃蘇《蓼園詞選》錄前人詞話作箋，批抹點評，主寄託之說。有清一代最重要的詞選當爲張惠言編選的《詞選》，是編推尊詞體，強調比興寄託，所選之詞下每有解說，申明選者的觀點，頗多創見。周濟

《詞辨》，有譚獻評點本。（彩圖6）楊希閔《詞軌》，亦時有評點議論。最重要的評選本當爲譚獻編選的《篋中詞》，詞後多有評語，發揚詞意，簡明精到。如評龔鼎孳《薄倖》詞："去國懷人，日暮途遠。"評吳綺《浣溪沙》詞："'東風'、'紅豆'，最下最傳，似此含凄古淡，乃爲不負。"皆能發其微旨，明其得失。清末陳廷焯編選的《詞則》，圈點眉批，均有卓見。王闓運《湘綺樓詞選》，亦間附評語，頗有見地。梁令嫻《藝蘅館詞選》，書眉上列有諸家評語。

清人詞的別集注本有李富孫《曝書亭集詞注》。（彩圖7）是書"凡例"謂朱彝尊"博極群書，其所取用未易蒐討"，朱詞好用典故，李注能一一考尋，頗便讀者。

現當代學者重視詞集的注釋工作，也取得甚多成果，別集以李璟、李煜詞爲例，就有詹安泰《李璟李煜詞》，唐圭璋《南唐二主詞彙箋》，陳書良、劉娟箋注《南唐二主詞箋注》等，歷代詞的選注本就更多了。

文獻注釋章第八

至於詩歌本體之外的詩歌文獻，如詩評、詩話之類的注釋，在古代則甚爲缺乏，而且祇集中在少數幾種書籍上。

鍾嶸《詩品》，是第一部論詩專著，歷來受到人們的重視。明、清時，已有學者對它進行校注，民國以來，更有多種注本問世，其中較早的當爲陳延傑《詩品注》。此書撰於 1925 年，後來多次補充重印，以注釋故實爲主，簡明精要，頗便初學。此後，尚有古直的《鍾記室〈詩品〉箋》、陳衍《詩品平議》、許文雨《詩品釋》、黄侃《詩品講疏》、蕭華榮《詩品注譯》、王叔岷《鍾嶸詩品箋證稿》、吕德申《鍾嶸詩品校釋》、向長青《詩品注釋》、曹旭《詩品箋注》等。

而較受學界重視的則有葉長青《鍾嶸詩品集釋》，民國二十二年上海華通書局出版。《自序》云："坊間舊有《詩品箋》、《詩品注》、《詩品釋》諸書，或失舛誤，或病缺略。因博采諸說，並申愚管，凡有演義，悉皆抄内。删其遊辭，取其要實。或義在可疑，則數家兼列。未詳則闕，弗敢臆説。"可知其價值。吕德申《鍾嶸〈詩品〉校釋》出版於 1986 年，在前人注釋的基礎上加以補充、發揮，尤重視文意的闡釋，體現了著者的學術水準。曹旭《詩品集注》，始撰於 1992 年，增補於 2009 年，是書全面系統地整理歷代的注釋，是一部總結性的著作。聶世美稱其"校訂精審"、"注釋詳贍","充分汲取了前人包括當今日本、韓國、法國等國際《詩品》研究成果"。[1]

《詩品》在日本有高松亨明《詩品詳解》、立命館《鍾氏詩品疏》,在韓國有李徹教《詩品匯注》等注本。

對舊題唐司空圖《詩品》箋釋之專著頗多。《詩品》本身就是由二十四首四言詩組成的組詩,以比喻、象徵等手法揭示詩歌的各種境界,箋注者也習慣用注詩的方法對《詩品》進行闡釋。《詩品》在清代有以下幾家注釋:楊廷芝《詩品淺解》、無名氏《皋蘭課業詩品解》、楊振綱《詩品續解》、孫聯奎《詩品臆說》、無名氏《詩品注釋》。

楊廷芝《詩品淺解》撰於道光前期,每詩的解釋部分爲三部分:一是題解。如首篇"雄渾"二字注解:"大力無敵爲雄;元氣未分爲渾。"二是分析句法,置於句下。着重指出其"起"、"承"、"逆寫"、"順寫"、"回環"、"反掉"、"回應"、"總結"等寫法。三是注解,置於篇末。釋字音、詞義,解說句意,並作串講,極盡細微。如解《纖穠》篇"柳陰路曲,流鶯比鄰"二語云:"路曲者,言路曲而陰,遂無不到也。流鶯,言往來相續而如流然。鶯不必纖,一往一來則纖。比鄰,言鶯之多。分而言之纖,合而言之穠也。上句穠中之纖,下句纖中之穠。柳陰繁密,路曲則深細周匝。流鶯隱約,比鄰則並語纏綿。總二句言之:一言纖穠之神,一言纖穠之韻也。……"這是注者讀詩的心得,雖作者未必然,但讀者從中可受啓發。

孫聯奎《詩品臆說》作於道光後期。除了一般的注釋外,還注意到引申發揮詩旨,如鄭之鍾《詩品臆說序》所謂"神與古會,識超筆先。司空氏所已言者,可申言之;司空氏所未言者,可代言之"。如《纖穠》篇"柳陰"二句解云:"路曲,是纖;柳陰,是穠。流鶯,是纖;比鄰,則穠。余嘗觀群鶯會矣:黃鸝集樹，或坐鳴，或流語，珠吭千串，百梭競擲，儼然觀織錦而聽廣樂也。因而悟表聖《纖穠》一品。學其品句，已足破俗。"

無名氏《臬蘭課業詩品解》，其說見於楊振綱《詩品續解》中，二書均以解說詩旨爲主。而無名氏《詩品注釋》，名爲注釋，實際上仍是解說。

今人郭紹虞《詩品集解》，除了摘取上述楊、孫及無名氏諸家注解外，還酌加己見補注。如《洗煉》章"空潭瀉春，古鏡照神"二句，郭氏先作講解："空潭言其明淨，古鏡言其精瑩。明淨則淘瀉春光，清徹到底；精瑩則照映神態，纖屑畢現，均喻洗煉之功。"再引《臆説》："空潭而曰瀉春，則澄清徹底可知；古鏡而曰照神，則一無蒙翳可知。"

清人袁枚《續詩品》三十二首，郭紹虞爲作《續詩品注》。注文輯録袁氏《隨園詩話》、《隨園詩話補遺》及《小倉山房文集、詩集》中有關論述，有似袁氏自我作注，故更能體現其論詩宗旨。劉衍文、劉永翔《袁枚續詩品詳注》，亦博采衆說，更輯録袁氏其他著述，詳注本書。這樣的"輯注"，也是一種很好的注釋方法。

嚴羽《滄浪詩話》，清人及近人有幾種注本。一爲王瑋慶《滄浪詩話補注》，此書僅注其中"詩體"一篇。《續修四庫全書總目》："書内所用典故出處、詩人事蹟，每爲初學者所不易曉，因爲逐句逐字皆加注釋，考其源流，注其出處，更間加按語，以資引證。"一爲胡鑑《滄浪詩話注》，重在輯録《詩話》中所論及之詩。一爲胡才甫《滄浪詩話箋注》，解釋詞語意義，並引録前人的論辯。錢鍾書謂其"用力甚勤，引書亦繁，而無根翻檢之學，終異於穿穴載籍、俯拾即是者。故援據多不相干，而確有關係者，反從遺漏"。郭紹虞的

《滄浪詩話校釋》，注文分兩部分，一爲"校注"，多引錄胡鑑、胡才甫及陶明濬《詩説雜記》之説，另再作詳細的注解，凡《詩話》正文及自注中有關詞語，均詳細注出。一爲"釋"，置於"校注"之後，針對嚴氏之説，引述其立説之所本，對歷代有關評論進行分析、評價，並提出校注者個人的觀點，甚有參考價值。

還值得一提的是唐時期日僧空海所撰的《文鏡秘府論》六卷。此書爲詩格著作，論述詩歌的聲調、體勢、病累、對偶等。今人任學良有《文鏡秘府論校注》，未刊。後王利器作《文鏡秘府論校注》，注釋甚爲詳贍，中多引錄任注以及日人維寶的《文鏡秘府論箋》。

李壯鷹《詩式校注》，對唐代詩僧皎然所著的《詩式》作注。校注者自謂"把注釋的重點放在書中的理論和評論部分"，[2] 而對例句就"祇校不注"。如卷一"跌宕格"注云："跌宕，放縱不羈也。《後漢書·孔融傳》：'與白衣禰衡，跌宕放言。'《皎然集·講古文聯句》：'景純跌宕，《遊仙》獨步。'"注中先解詞意，再引書證，後聯繫作者其他著作以爲旁證。周維德《詩式校注》，重點在指出引語出處，並大量網羅有關材料，內容甚爲完備。

南宋計有功撰集的《唐詩紀事》八十一卷，是一部獨特的詩話和詩歌彙編，材料非常豐富，收錄了大量的作品，紀載詩人事蹟，並從前人著述中輯集了有關的評論資料。王仲鏞指出，計氏原書"還有一部分疏釋性質的注文，其文有的采自各家本集的舊注，有的爲詩人自注。其采自傳記、雜說者，也並錄了原書注文，這些可能都是計有功所爲。另外還有少數釋人、釋地、釋音義的注文，也有對書中所載事實，提出異議的"。[3] 這些注文在全書中占的分量不多。王仲鏞作《唐詩紀事校箋》，主要是校正文字，箋證史實，最重要的是，盡可能地找到計氏搜采材料的來源出處。如卷一一"盧懷慎"條云："懷慎，靈昌人。開元初與姚崇同相，時譏爲伴食。然能清儉，以直道始終。"《校箋》引《新唐書》卷一二六《盧懷慎傳》，以明"伴食"的來由，並引張晏的評語："懷慎忠清，以直道始終。"

元辛文房撰《唐才子傳》十卷，收錄唐五代詩人傳記二百七十八篇，並對詩人詩作品評。今人傅璇琮主編《唐才子傳校箋》，其箋證部分，詳細注明原書所引材料的出處，並補充了大量的史料。今人孫映奎《唐才子傳校注》，對此書作了詳細的注釋，並輯錄歷代的評語。

明楊慎撰有《升庵詩話》十四卷。《四庫提要》稱其"賅博淵通，究在明人諸家之上"。今人楊文生作《楊慎詩話校箋》，補充了《升庵詩話》之外的楊氏論詩條文，並作校箋。箋語多注明書中所引用詩句的出處和異文。

李東陽《懷麓堂詩話》，《四庫提要》稱其"多得古人之意"。李慶立《懷麓堂詩話校釋》，極爲詳明。

戴鴻森《薑齋詩話箋注》一書，對清初學者王夫之所撰的論詩著作《詩繹》、《夕堂永日緒論內編》以及《南窗漫記》加以箋注，而《夕堂永日緒論外編》則作爲"附錄"，亦有注。戴氏之書，於每則詩話之後作注，主要是詩句、人名的出處，並解釋一些特殊語辭。注後有箋，輯錄王夫之他處有關詩論以及他人的詩論。箋後則爲注者的"案"語，申述己見，或對前人的評論進行綜述，或指出詩話作者詩論的要旨，評騭得當。

《詩問四種》，周維德箋注，此書將王士禎等《詩問》及《續詩問》，吳喬《答萬季野詩問》、徐熊飛《修竹廬談詩問答》、陳僅《竹林答問》等四種詩論著作彙爲一篇。箋注者對原作進行過整理，一問一答，分條列序。注文着重於引語出處，並解釋有關人物和詩論術語、名物掌故等。

葉燮《原詩》，被認爲是中國文學批評史上的一部經典著作。有霍松林校點注釋本和吕智敏《詩源·詩美·詩法探幽——原詩評釋》評釋本。蔣寅《原詩箋注》一書，注釋極爲詳盡精到，尤多新見。

趙翼《甌北詩話》，是清人論詩名著。江守義、李成玉《甌北詩話校注》，論者譽爲"趙翼詩學思想的精緻注釋"。

《杜甫戲爲六絕句集解》與《元好問論詩三十首小箋》，二種合爲一册。郭紹虞集解、箋釋。前者因古人有關注解甚多，故郭氏先爲集解，再作按語。集解及按語均甚見心思，集解不像前人那樣按時代順序羅列，而是按其議論的性質，如第一首的集解分爲六段，"駁杜説"的一家爲一段，"未駁杜説，但謂爲論賦"的兩家爲一段，"以後生爲杜甫自言"的一家爲一段，"統解全詩"的十五家爲一段，"舉庾信以例其餘"的兩家爲一段，"泛論庾詩"的兩家爲一段。[4]每段後作一簡短按語，概括段中各家觀點。全詩之後作詳細的總按，縱横上下，分析綜合，提出個人的見解，甚見工力學養。

吴世常《論詩絕句二十種輯注》，選輯了自唐代至近代二十家論詩絕句加以注釋。二十家爲：杜甫、戴復古、王若虛、元好問、方孝孺、李濂、錢謙益、王士禛、嚴虞惇、趙執信、袁枚、趙翼、洪亮吉、宋湘、張問陶、龔自珍、彭藴章、朱祖謀、丘逢甲、鄧方。

（1）聶世美《詩品集注評介》,《古籍整理出版情況簡報》301 期。
（2）李壯鷹《詩式校注·前言》,齊魯書社,1987 年版,第 3 頁。
（3）王仲鏞《唐詩紀事校箋·前言》,巴蜀書社,1989 年版,第 4 頁。
（4）郭紹虞《杜甫戲爲六絶句集釋　元好問論詩三十首小箋》,人民文學出版社,1978 年版。

評論篇

圈點章第一

摘 句

　　摘句,是對詩句優劣美惡的一種特殊評論形式。春秋時賦《詩》引《詩》,斷章取義,已開摘句先河。六朝以還,論者益重視詩歌全篇中的個別"佳句",經常摘出以襃貶議論。《南齊書·文學·丘靈鞠傳》:"宋孝武殷貴妃亡,靈鞠獻挽歌詩三首,云'雲橫廣階暗,霜深高殿寒'。帝摘句嗟賞。"《南齊書·文學傳論》又云:"張際摘句襃貶,顔延圖寫情興,各任懷抱,共爲權衡。"可知張際曾有摘句之作。鍾嶸《詩品·序》中就摘出"思君如流水"、"高臺多悲風"、"清晨登隴首"、"明月照積雪"等句子以爲佳句的榜樣。涉及某詩某句時亦略加評騭。如評阮籍:"《詠懷》之作,可以陶性靈,發幽思。言在耳目之内,情寄八荒之表,洋洋會於風雅。"評陶淵明:"'歡言酌春酒'、'日暮天無雲',風華清靡,豈直爲田家語耶。"劉勰《文心雕龍》亦時舉詩句以作評論,如《事類第三十八》引陸機《園葵》詩"庇足同一智,生理合異端",並作批評:"夫葵能衛足,事議鮑莊;葛藟庇根,辭自樂豫。若譬葛爲葵,則引事爲謬;若謂庇勝衛,則改事失真,斯又不精之患。""士衡沈密,而不免於謬。"

唐代出現了大量的摘句著作，稱爲"句圖"、"詩句圖"、"摘句圖"。《蔡寬夫詩話》云："詩全篇佳者難得，唐人多摘句爲圖蓋以此。"唐代以來的選本、評注本亦往往摘出佳句，以爲評論。如高仲武《中興間氣集》評錢起云："且如'鳥道掛疏雨，人家殘夕陽'，又'牛羊上山小，煙火隔林疏'，又'長樂鐘聲花外盡，龍池柳色雨中深'，皆特出意表，標雅古今。又'窮達戀明主，耕桑亦近郊'，則禮義克全，忠孝兼著，足可弘長名流，爲後楷式。"

晚唐人的詩格，亦多以摘句説明各種體格。宋以後的詩話、詞話等著作，都離不開以摘句爲褒貶。以摘句爲批評、欣賞、指示作法，千年來盛行不衰。清代張維屏的《國朝詩人徵略》、《藝談録》兩書，在介紹詩人生平，引録諸家評論之外，還特標"摘句"一項。魯迅《題未定草》有一段很有意味的話："還有一樣最能引讀者入於迷途的，是'摘句'。它往往是衣裳上撕下來的一塊繡花，經摘取者一吹噓或附會，説是怎樣超然物外，與塵濁無干，讀者没有見過全體，便也被他弄得迷離惝恍。"接着舉出陶潛"悠然見南山"爲例，説明讀者被弄得"飄飄然，就是這摘句作怪"。這也説明被摘之句可自立於原詩之外，孳乳出新的意義。摘句多爲對偶句，經文人書家寫成楹聯，流傳更廣。

"摘句"的形式，亦可能對宋末以來流行的圈點之體的形式產生影響。

圈　點

前人讀書，有"點讀"之法，一邊閲覽，一邊吟誦，一邊圈點，可更好體會其詞氣，並增強記憶。圈點，指在詩文文字之側加上"圈"或"點"等符號。古人圈點，主要有"圈"、"點"、"抹"、"鉤勒"、"點發"等幾種。

"圈"、"點"，每以不同顏色的筆區別不同的意義，或謂其原於章句之學。古人以朱墨二色校改文字。《三國志·王肅傳》注引《魏略》，謂董遇"善《左氏傳》，更爲作朱墨別異"，"諸生少從遇學，無傳其朱墨者"。董遇之"朱墨"，似有標識及批點的作用，或可視爲後世"圈點"之原始。圈點最早是用於經、史的學習上，目的或衹是斷句，亦便於以後反覆閱讀。後來擴展了用途，以表示對此字、句的評價，故可視圈點爲廣義的評論。以朱墨圈點的方式評文，由來已久。舊題孔安國《古文孝經孔氏傳序》云："朱以發經，墨以起傳，庶後學者睹正誼之有在也。"陸德明《經典釋文敍錄》"條例"云："今以墨書經本，朱字辯注，用相分別，使較然可求。作朱墨以訓解經籍。"《顏氏家訓·勉學》云："讀天下書未遍，不得妄下雌黃。"雌黃，當有批改之意。袁枚《小倉山房文集凡例》則以爲"唐人劉守愚《文塚銘》云有朱墨圈者，疑即圈點之濫觴"。岳珂《刊正九經三傳沿革例》云："監、蜀諸本皆無句讀，惟建本始仿館閣校書式，從旁加圈點，開卷了然，於學者爲便。"

明清以來的科舉考試，圈點更成爲評卷方式。明人葉盛《水東日記·記辛未廷試事》："是日東閣閱卷，陳閣老已得三卷，赴南房向西紙窗圈點。"曾國藩《經史百家簡編序》云："梁世劉勰、鍾嶸之徒，品藻詩文，褒貶前哲，其後或以丹黃識別高下，於是有評點之學。前明以《四書》經義取士，我朝因之，科場有勾股點句之例，蓋猶古者章句之遺意。試官評定甲乙，用硃墨旌別其旁，名曰圈點。"

圈點者在詩文關鍵的字句旁加以一豎，稱爲"抹"。"抹"，原意爲塗抹，即以毛筆蘸朱墨自上而下抹掉文字。《增韻·末韻》："抹，塗抹也。亂曰塗，長曰抹。"以"抹"作爲否定標志始於何時,則已難考。唐蘇鶚《杜陽雜編》卷上:"上試制科於宣政殿,或有詞理乖謬者,即濃筆抹之至尾。"似爲"抹"之濫觴。"抹",專用爲評論文字的標志,就現存文獻所載,大約始於宋代。南宋時呂祖謙撰《古文關鍵》二卷,於字句之旁加以"標抹"。陳振孫《書錄解題》謂其"標抹注釋,以教初學"。《四庫全書總目》評《古文關鍵》嘉靖本云:"原本實有標抹,此本蓋刊版之時,不知宋人讀書於要處多以筆抹,不似今人之圈點,以爲無用而删之矣。"可見"標抹"在宋代祇用爲標出重要之處,略如黃榦《勉齋批點四書例》中所載"點抹例":"紅中抹,綱、凡例;紅旁抹,警語、要語;紅點,字義、字眼;黑抹,考訂、制度;黑點,補不足。"以紅、黑筆分别作點或抹,起到某種標志性的作用。黃氏所訂的紅旁抹與紅點,更帶有批評的性質,用以突出重要的句子和字眼。圈點除了紅黑二色外,還用不同顔色來顯示,南宋危稹《借詩話於應祥弟有不許點抹之約作詩戲之》:"我有讀書癖,每喜以筆界。抹黃飾句眼,施朱表事派。此手定權衡,衆理析眹澮。歷歷粲可觀,開卷如畫繪。"詩中細緻地描述"點抹"的方法與作用,以黃筆抹表明句眼,以朱筆抹表明"事派",可想象詩人每當"讀到會意處",則不禁手癢的情境。程端禮《程氏家塾讀書分年日程》卷二《批點韓文凡例》有所謂的"廣叠山(謝枋得之號)法",即以黑、紅、黃、青四色筆來顯示截、抹、圈、點四種方式。

鈎勒,古代讀書人用硃筆在句末打鈎劃杠,以作分截的標志。鈎勒起源極古,早見於先秦各種出土文獻中。後世一般用於詩文的起承轉合處。浦起龍《讀杜心解・發凡》云:"書有圈點鈎勒,始自前明中葉選刻時文陋習。然行間字裏,觸眼特爲爽豁,故仿而用之。但鈎勒祇可施之長古、長排。"鈎勒用以作爲長詩的分段，在古人來說祇是一種權宜之舉，亦不常用。

點發，是一種用"點"的符號標出四聲的方法。其來源亦甚古。唐張守義《史記正義·發字例》："古書字少，假借蓋多。字或數音，觀義點發，皆依平上去入。若發平聲，每從寅起。"所謂"寅"，是以地支表示方位，寅位於東北方，相當於左下方。點發，是在某字的角上加點，該字讀平聲則點於左下角，讀上聲則點於左上角。讀去聲則點於右上角，讀入聲則點於右下角。點發的目的是指出破音字或一音多聲調之字的正確讀音。錢大昕《十駕齋養新錄》卷五有《四聲圈點》節，指出"宋以來改點爲圈"。因而點發也稱爲"圈發"或"圈聲"。舊時讀書人在誦讀過程中常手自圈聲，綫裝古籍中每見有朱墨爛然的圈發。常見的圈發不是完整的圓圈，而是咬着字角的 270 度弧綫。圈發的符號，亦被刻進刊本中，據現存的文獻資料，圈發始見於宋版書中，明、清詩歌別集及選本中更爲常見。如楊倫《杜詩鏡銓·發凡》則標明圈發，其凡例云："字有一字數音者，每致混讀，玆隨四聲圈出，使得一覽了然。如《青陽峽》'殷'字之當讀平聲，不當讀上聲；《驛次草堂》之'强'字當讀上聲，不當讀去聲。"可惜新版排印本全部刪去。清代坊間印行的蒙館用書如《千家詩》、《唐詩三百首》等，亦多有圈發，以便初學。

圈、點、抹也用於刪除、改動。在詩歌文獻手稿中時見圈改的筆迹。一般是用朱筆或墨筆畫一大圈，圈住要改動的字，表示刪除，再在旁邊易以新的字。元方回《讀張功父〈南湖集〉序》："且如'人生守定梅花死'，此句殊佳，何人輒用朱筆圈改，予竊謂朱筆之人未得所謂正法眼藏也。"文中所載的圈改，謂妄以己意擅改古人的文字，這也是從前讀書人常有的毛病，如果刻刊成書，則給讀者帶來不便，必須加以校勘。圈，也作爲異文的標識。如明胡之驥《江文通集彙注》，注者對集中的異文作過校改，在正文上加圈爲識。"點"，用於刪除，來源甚古。《爾雅·釋器》："滅謂之點。"郭璞注："以筆滅字爲點。"邢昺疏："釋曰：郭云'以筆滅字爲點'，今猶然。"可見以點表示刪除的做法一直沿用下來。劉知幾《史通·點煩篇》："文有煩者，皆以筆點其上。凡字經點者，盡宜去之。"以"抹"表示刪除，來源亦甚早。如敦煌文獻伯三六三三卷載張文徹《龍泉神劍歌》，有"永爲皇業萬千年"句，其字上有長綫直抹，即表示刪去此七字。

圈點之義例，隨人自訂。錢泰吉《曝書雜記》載，宋末學者王柏標點《尚書》，自訂凡例云："朱抹者，綱領大旨；朱點者，要語警語也。墨抹者，考訂制度；墨點者，事之始末及言外意也。"章學誠《文史通義·文理》載其見歸有光評點《史記》錄本，"五色圈點，各爲段落"，"五色標識，各爲義例，不相混亂。若者爲全篇結構，若者爲逐段精彩，若者爲意度波瀾，若者爲精神氣魄，以例分類，便於拳服揣摩，號爲古文秘傳"。歸氏之評點目的，是以法度示人。

評點之學，自然也滋生了一些流弊。一些正統學者，對詩文的評點頗有微詞，曾國藩《經史百家簡編序》謂後人輒仿圈點之法，"以塗抹古書，大圈密點，狼藉行間。故章句者，古人治經之盛業也，而今專以施之時文；圈點者，科場時文之陋習也，今反以施之古書。末流之遷變，何可勝道"。曾氏力斥圈點之流弊，故作高論，然曾氏所輯之書，亦不免爲他人所評點，如清末民初就有王有宗的《十八家詩鈔》圈點評注本。浦起龍謂圈點"始自前明中葉選刻時文陋習"，姚鼐以爲"鄰近俗學"，俞樾亦謂其"皆明以來陋習"。清代學者對此往往有點戒心，如康熙年間陳士泰重刻《瀛奎律髓》時，就把方回的圈點全部删除。即使選家注家自己爲前人詩文作圈點時，也要辯解幾句，説什麽"心知其謬而姑仍之"，以免有"陋儒"之誚。對圈點之學的輕視，一直延續到近世學者，或斥之爲"唯心"，或譏之爲"形式主義"。其實，圈點是確有作用的，不能因其某些弊端而全盤否定。

圈點是漢字文化獨有的一種批評方式，直接刺激視覺，直抒己感。西方所使用的着重號或黑體、斜體字，其效果不能與之相比。圈點也是古代文人的一種讀書方法，真正的"爲己"之學，邊閲讀、邊斷句、邊圈點，往往衹是刹那間的直覺，純憑愛惡，最少僞裝。亦有詩文家在己作上圈點，把自以爲得意之語句標示出來。《四庫全書總目》卷三七《蘇評孟子》提要云："宋人讀書，於切要處率以筆抹，故《朱子語類》論讀書法云，先以某色筆抹出，再以某色筆抹出。吕祖謙《古文關鍵》、樓昉《迂齋評注古文》亦皆用抹，其明例也。"陳澧《菊坡精舍講稿》云："讀書當圈點。讀經史、詩文，皆當圈點，然後無草率之病。"在明窗下研硃圈點，曼聲吟哦，被認爲是風雅的賞心樂事。明清兩代的評點本，不少刻印精美。采用兩色甚至多色套印。如岳瑞編選的《寒瘦集》、黄培芳編選的《批唐賢三昧集箋注》，皆朱墨套印，色彩鮮明。卷中的圈點及書眉批語，皆套印朱色。如清刻《李義山詩集輯評》，朱墨藍三色套印。何焯點評用朱筆，朱彝尊點評用墨筆，紀昀點評用藍筆。（彩圖 8）清刻《杜工部集五家評本》，王世貞、王慎中、王士禎、邵長蘅、宋犖五家，分别用紫、藍、硃、黄、緑五色筆作圈點批語，（彩圖 9）更是彩墨紛呈，美不勝收。現代學者陳運彰在刻本《白石道人歌曲》頁面上作圈點批校，竟用紅、硃、胭脂、緑、藍、墨六色，（彩圖 10）以區别内容及出處。試翻開圖書館保存的綫裝古籍，每當讀到有套版刊印的三色五色圈點本時，總感到那麽賞心悦目。其上朱墨爛然，吾人在把翫之時，也可略窺當日讀書人高雅之心迹。

《四庫全書總目》卷一八七吕祖謙《古文關鍵》提要云："考陳振孫謂其標抹注釋，以教初學。原本實有標抹。此本蓋刊版之時，不知宋人讀書於要處多以筆抹，不似今人之圈點，以爲無用而删之矣。"近年出版的一些詩人别集、選集及總集的整理本，更視圈點標抹如疣贅，往往不作説明，徑行删去，或解釋説，由於排印方面的困難，祇得暫付闕如等等，這未免辜負古代評點家的苦心了。失去了"點"的"評"，也失去了一半意義。

詩歌圈點

詩句的圈點，可視爲唐代以來"摘句"的延伸。唐五代人好言詩格，摘選秀句，作詩句圖，以供學者取法。但摘句爲圖，難窺全豹，而在詩句之旁加以圈點，則既可誦讀全詩，又可欣賞佳句，醒目娱心。圈點的目的，最初可能僅是爲了自己，直到方回、劉辰翁輩出，有意爲之，并成書刊印，以圈點評論去啓發讀者，圈點之學，纔成了"爲人"之學。

詩歌圈點的作用，如楊倫《杜詩鏡銓·凡例》所云："詩貴不著圈點，取其淺深高下，隨人自領。然畫龍點睛，正使精神愈出，不必以前人所無而廢之。"清人吴瑞草《重刻律髓紀言》亦有論述："雖曰一人之嗜憎，未免有偏著，然當時評騭諸公，皆作家鉅子，各具手眼，其所圈識，如與作者面稽印可，能使精神眉目軒豁呈露於行墨之間，非若近世坊刻勉强支綴者比。學者且當從此領會參入，而後漸次展拓，即古人全體之妙，不難盡得。"楊、吴之論，頗爲通達。姚鼐《答徐季雅書》云："圈點啓發人意，有愈於解説者多矣。"《與陳碩士書》又云："文家之事大似禪悟，觀人評點皆是借徑。"吕思勉《章句論》亦云："圈點之用，所以抉出書中緊要之處，俾人一望而知，足補章句所不備，實亦可爲章句之一種。徒以章句爲古人所用而尊之，圈點起於近世而訾之，實未免蓬之心也。"關於早期詩文評點的特徵，錢鍾書《管錐編》云："方回《瀛奎律髓》卷一〇姚合《春遊》批語謂'詩家有大評斷，有小結裹'；評點、批改側重成章之詞句，而忽略造藝之本原，常以'小結裹'爲務。"[1] 陳伯海云："用圈點加諸文本，既導引閱讀門徑，又寄寓批評的態度，而且用的乃是提示以至暗示的方法，較之明白講解，反更耐人尋味，這或許是它在古代社會長期盛行不衰的奧秘所在。"[2]

詩歌圈點的作用，概括起來，大致有以下幾點：

一、圈點與評論結合，相得益彰；

二、通過圈點批抹，褒貶優劣，觀點鮮明；

三、列出佳句，點明詩眼，可供揣摩取法；

四、揭示詩家匠心所在，啓發人意，有益初學。

吴瑞草《瀛奎律髓重刻記言》云："詩文之有圈點，始於南宋之季，而盛於元。"《四庫全書總目》卷三七《蘇評孟子》提要亦云："謝枋得《文章軌範》、方回《瀛奎律髓》、羅椅《放翁詩選》始稍稍具圈點，是盛於南宋末矣。"

詩歌的圈點本，目前所見最早的似爲宋、元之間評點家劉辰翁的《須溪先生校本王右丞集》，(彩圖 11) 書中僅使用兩種符號，最佳者爲密圈，次佳者爲密點，俱用於詩句的右側。如卷三收錄王維《終南別業》詩：

中歲頗好道,晚家南山陲。興來每獨往,勝事空自知。行到水窮處,坐看雲起時。偶然值林叟,談笑無還期。其質如此,故自難及。

一、三句密點,五、七、八句密圈。圈點之外,於詩末再加上評語,"點"與"評"相得益彰。

南宋人爲詩歌作圈點的,除劉辰翁外,還有一位羅椅,曾作《陸游詩選》,《四庫全書總目》謂"椅間有圈點而無評論"。

元初方回所撰《瀛奎律髓》,可作宋元間點評著述的代表。其選唐宋律詩,詳加圈點,並有評語,點評結合,極爲精到,其圈點較劉辰翁增加一種,即在字詞右側加單圈或雙圈。李慶甲指出,《瀛奎律髓》"這些圈點是表現評論家藝術見解的手段之一,對深入理解所批點的作品本身具有一定的參考價值"。[3] 如卷一杜甫《登岳陽樓》詩,於"吳楚東南坼,乾坤日夜浮"二句之"坼"、"浮"字旁加圈,並評云:"凡圈處是句中眼。"清代學者馮舒、馮班、查慎行、何焯、紀昀、許印芳等,都對此書作過評點,互相參看,尤有意味。就以方、紀二家來說,有時方回加密點的,紀昀或加密圈,或抹之,如卷一錄韓偓《六月十七日召對自辰及申方歸本院》詩,後四句:"坐久忽疑槎犯斗,歸來兼恐海生桑。如今冷笑東方朔,唯用詼諧侍漢皇。"方回皆密點,而紀昀則於前二句加密圈,後二句抹之,並評云:"其詞太露太佻,不稱通篇。"如卷三竇常《項亭懷古》詩頷聯:"有心裁帳下,無面到江東。"方回於前二字加點,後三字加圈,紀昀則全抹之,評云:"純是五代劣調。"如卷二七梅堯臣《蠅》詩:"乘炎出何許;人意以微看。怒劍休追逐,凝屏漫指彈。與蚊争晝夜,共蜜上杯盤。自有堅冰在,能令畏不難。"方回於第二句後,句句皆加"密點",批云:"此當與老杜《螢》詩相表裏玩味。"紀氏則於第二、三、四、六、八句及方批旁加"抹"，並批云："語皆拙鄙，聖俞何一謬至此！虛谷以擬老杜，是何言歟？"（彩圖12）甚至有方回加密圈而紀昀全抹之者，如卷二〇陸游《漣漪亭賞梅》詩頷聯："坐收國士無雙價，獨出東皇太一前。"紀評云："三四湊對不佳。"卷二二梅堯臣《獵日雪》詩頸聯："馬頭迷玉勒，鷹背落梅花。"紀昀抹去一句，評云："巧而太纖，便成俗筆。"有的方氏賞之，紀氏卻抹之，如卷二七中，梅堯臣《挑燈杖》詩"橫身爲發明"、陳師道《和黃充實榴花》詩"處獨不祈憐"、曾幾《乞筆》詩"此物藏三穴，須公拔一毛"、楊樸《莎衣》詩"未肯輕輕博換伊"、梅堯臣《送李殿丞通判蜀州海棠》詩"望帝鳥聲空有血，相如人恨不同時"等皆是。方回爲《瀛奎律髓》中的詩歌所作的批語，紀昀亦在旁圈抹，大體圈者少而抹者多，可見二人持論之相左。紀氏好作圈點，然亦深明圈點之弊，並批駁方回"句眼"之說，云："煉字之法，古人不廢，若以所圈句眼，標爲宗旨，則逐末流而失其本原，睹一斑而遺其全體矣。"李慶甲作《瀛奎律髓》集評，各家意見紛紜，讀來甚有興味。

自宋代以來的學者，對經、史、子書的圈點，各家各法，頗爲複雜，未能有統一的標準，而對詩歌的圈點，則比較簡單，評點者多在書中"凡例"作出說明。元末劉履撰《風雅翼》一書，在《文選》基礎上重加訂選，得詩四十二首，故又稱《選詩補注》。其卷首"凡例"中，述其圈點義例云："語有精至，或意思悠遠者，從旁點識；若蓄有餘韻者，圈；意切要而語稍暇，或未工者，抹。應使學者或因得此而尋玩其意味也。"書中被"抹"的詩句頗多，如曹操《苦寒行》："水深橋梁絕，中道正徘徊。""水深"五字被抹。大概標抹者認爲，題既曰"苦寒",詩中又有"雪落"、"斧冰"之語,詩句謂水深橋絕即無意義,故抹之以表示批評意見。

圈點至明清兩代而大盛,評點家亦各定其凡例。李攀龍《唐詩選》吳逸注本的圈點,則頗有異於佳句式的圈點,其凡例云:"詩有聲韻可諷,無煩句讀,作者之妙,尤在本色,自然不當於字句求之,唯俟覽者各有心領。今就其作法轉換處用'點',意見超絕處用'圈'以標別之,景語情語概不從同圈點也。""今於題字著意處用'圈',敘次處用'點',俾覽者了然有所適從云。"周珽編撰《唐詩選脈會通評林》一書,在凡例中列出各種的圈點符號,分別表示不同的意義。皇甫汸《批點唐詩正聲跋》中説明自己圈點的原則:"詩有秀句,有幽句,有麗句,有妙句,有奇句,皆爲加點;至神句,則爲圈之。夫景會則秀,興遠則幽,才充則麗,情來則妙,思苦則奇,而超逸則神矣。"把"超逸"作爲最高標準。

清方廷珪《文選集成》有圈點義例,略謂眼目用黑圈,佳句用密圈,結穴用重圈,餘用句點句圈。于光華《文選集評》又謂佳句用密圈;脈絡用密點;逐段眼目用尖圈,或用密點;字法用實點,或用單點。楊倫《杜詩鏡銓·凡例》云:"詩貴不著圈點,取其淺深高下,隨人自領。然畫龍點睛,正使精神愈出,不必以前人所無而廢之。"楊氏既謂隨人自領,而其書自始至終,頻圈密點,令人忍俊不禁矣。黃興鴻《唐詩筌蹄集》的凡例,説明圈點的用法:"是編之用圈點者,蓋爲初學便於觀覽,非如文章取其辭藻也。故用字切當者'尖圈',切要處'聯點',造句精警者'聯圈',雅潤者'聯點',解中指眉眼處'尖圈',切要處'聯點',發明精當處'聯圈'。"王堯衢《唐詩合解箋注·凡例》:"今觀體格兼勝、深入題奧者,用密圈;詞氣清新、景物流麗者,用密點;其有關字眼,或旁挑反擊、前後呼應、神情在虛字者,俱用單點點出。"屈復《唐詩成法》中的圈點,尤着重點明"詩眼",以雙圈標出。如王維《泛前陂》詩"暢以沙際鶴,兼之雲外山","暢以"、"兼之",每字旁均有雙圈。

　　明清以來,詩歌圈點的凡例儘管各家不同,一般來說,使用圈點大致可分五個級別:密圈,密點,雙圈(連圈或套圈),單圈,單點。圈點,置於詩題上邊或下邊,表示對全詩的評價。用三圈、雙圈,表示極佳;單圈,表示很佳;單點,表示較佳,亦有以"△"代替單點者。圈點,多置於詩句右側,表示對該句的評價。起到提示作用,表示該字詞使用精到或特殊。一般用密圈,表示極佳;密點,表示很佳;句末用雙圈,表示較佳;用單圈,表示尚佳;用單點,表示尚可。圈點者認爲是平平的詩或句,則不加圈點。有些圈點本,於每句之末均加單圈,則無評價意義,僅表示斷句而已。明清人的"抹",多作粗墨綫,用於被認爲是文字拙劣或謬誤之處,以示否定。有長抹,用於全行或全句;短抹,用於一、二字。此外尚有撇抹、捺抹之類,大同小異。紀昀批點《瀛奎律髓》,更在大抹特抹之餘,加以頗爲辛辣的批語。紀氏之抹,不僅施於原詩,亦施於方回的評語。較特殊的圈點凡例,如毛張健《杜詩譜釋》,以圈、點及尖角等符號,各依其類,"以明指其起伏承應之迹",指示詩格作法。

　　明代有關詩歌的圈點本漸多,較著的有楊士弘《批點唐音》,桂天祥《批點唐詩正聲》,李維楨《新鐫名公批評分門釋類·唐詩雋》,楊肇祉《唐詩豔逸品》,鍾惺、譚元春《唐詩歸》等。清代黃周星選《唐詩快》十六卷,亦於詩中佳句加以圈點。喬億《大曆詩略》,陸次雲《唐詩善集》,吳廷偉、顧元標《唐詩體經》,皆有圈點。岳瑞《寒瘦集》,祇選孟郊、賈島二人詩共八十二首,有朱墨套印的圈點，甚爲精美。趙臣瑗《山滿樓箋注唐詩七言律》，專選七律，圈點尤著重在其中的對句。陳訐《唐省試詩箋注》，選録五言試帖詩，以爲士人應試之用，特以圈點申明作法。惲鶴生、錢人龍《全唐試律類箋》及吳瑞榮《唐詩箋要》中的圈點，亦以指導應試爲目的。黃培芳等《批唐賢三昧集箋注》，就王士禛的選本作圈點，朱墨套印，黃氏精於詩，故其圈點亦甚中肯。

宋詞最早的圈點本，目前所見，當爲南宋楊纘《圈法周美成詞》。張炎《詞源》卷下："近代楊守齋精於琴，故深知音律，有《圈法周美成詞》。"周邦彥詞在南宋以雅管流傳，杭中伎女皆能歌之。楊氏"蓋取其詞中字句融入聲譜，一一點定，如《白石歌曲》之旁譜，特於其拍頓加一墨圍，故云圈法耳"。(4)以"圈法"劃分節拍，亦即用來斷句。可惜此書已失傳。陳澧曾點評《絕妙好詞箋》，梁啓超跋云："全書字字皆筆圈，評雖不多，而一一皆精絕，所評嚴於斧鉞，可謂一洗萬馬。"

標　點

古有所謂"句讀"，用以斷句。"標點"一詞，始見於《宋史·儒林傳》，謂學者何基"凡所讀無不加標點，義顯意明，有不待論説而自見者"。標點，也是一種廣義的注釋，從中可見標點者對文本的理解程度。魯迅《點句的難》謂"常買舊書的人，有時會遇到一部書，開首加過句讀，夾些破句，中途卻停了筆；他點不下去了"。標點"真是一種試金石，祇消幾圈幾點，就把真顏色顯出來了"。

近體詩的標點,一般不至有誤,而古風及樂府詩則常出問題。魯迅《題未定草》指出,標點樂府詩是不大容易的,並舉標點本張岱《琅嬛文集》爲例:"卷三的《景清刺》裏,有了難懂的句子:'……佩鉛刀。藏膝髁。太史奏,機謀破。不稱王向前,坐對御衣含血唾。'"末兩句,正確的標點應是:"不稱王,向前坐。對御衣,含血唾。"魯迅指出,這樣標點,"自誤事小,誤人似乎不好"。

詞曲的標點,本來有詞譜、曲譜可循,按譜標點,大抵不誤。但不少人在標點詞曲時,祇是以意爲之,則極易致誤。魯迅又説:"倘使是調子有定的詞曲,還要鬧出一些破句,不就是看不懂的分明的標記麽?"詞的斷句,以萬樹《詞律》爲準,大體是不錯的,但《詞律》每調每體往往祇舉一例,正文中祇有一種斷法,若全依《詞律》,有時未免膠柱鼓瑟,致生錯誤。如《詞律》卷一七《石州慢》詞下闋:"畫樓芳酒句 紅淚清歌句 頓成輕別叶"斷句自然是不誤的,幺書儀指出:"《詞譜》上卻有賀鑄、蔡松年、張炎、張雨、張元幹、王之道的《石州慢》爲例的六體,就是説,這首詞有六種斷法。"[5]蔡松年《石州慢》詞下闋,《詞譜》斷作六字二句"此身蒲柳先秋句 往事夢魂無迹叶",甚是。幺書儀列舉《全金元詞》下册有《石州慢》詞八首,斷句都有錯誤。如魏初:"枯罷未脱,瘡痍鞍馬,不嫌驅役。"姚燧:"故人石影,新翻欲譜,調疏聲拙。"安熙:"不須黄鶴,遺書不用,洪崖相挽。"等等,都仿賀詞,斷爲四字三句,因而導致詞意欠通。應依照詞意,采取蔡詞斷法,作六字二句爲是。清初鈔本《白石道人歌曲》,或謂爲厲鶚手寫,有圈點斷句。夏承燾曾指出其句讀之誤:"至若《醉吟商》小品序'琵琶有四曲'一段,於'醉吟商胡渭州'中間加點,而不知其爲一曲;《角招》首句'何堪更繞(西)湖盡是垂柳',於繞字下圈,是且誤其詞

文之句讀矣。"(6)

近人著述中,詞的斷句錯誤尤爲常見。如錢基博《現代中國文學史》標點本,引錄朱祖謀二詞如下:

《木蘭花慢》:"馬塍花事了,但持淚問西泠。信有美湖山,無聊瓶缽,倦眼難青。飄零。水樓賦筆,要扁舟一繫暮年情。纔近要離塚側,故人真個騎鯨。(自注:昔年和翁"生壙詞"有云:"傍要離穿塚爾,何心長安。"翁笑曰:"息壤在彼,豈識耶?") 瑶京,何路問元亭,九辯總無靈。算浮生消與功名抗疏,心事傳經。冥冥,夜臺碎語咽,漂風鄰笛不成聲。淚眼盈箋未理,暗蟲涼墮愁燈。"

《八聲甘州》:"倚蒼巖半暝,拂春裾千鬟亂明星。信間僧指點愁香黏徑,荒翠通城。故國鷗夷去遠,斷網越絲腥。消盡興亡感,一塔鈴聲。 招得秋魂來否,對冷漪空酹,夢難醒。問琴絃何許,飄淚古臺青。好湖山孤遊翻懶,又咽風衰笛起前汀。把筇去小斜廊路,雙屐落平。"(7)

按,此二詞文字及斷句均有不少錯誤,正確的內容應如下:

《木蘭花慢》:"馬塍花事了,但持淚,問西泠。信有美湖山,無聊瓶缽,倦眼難青。飄零。水樓賦筆,要扁舟、一繫暮年情。纔近要離塚側,故人真個騎鯨。(自注:昔年和翁"生壙詞"有云:"傍要離、穿塚爾何心,長安市。"翁笑曰:"息壤在茲,豈識耶。") 瑶京。何路問玄亭。《九辯》總無靈。算浮生消與，功名抗疏，心事傳經。冥冥。夜臺碎語，咽漂風、鄰笛不成聲。淚眼塵箋未理，暗蟲涼墮愁燈。"

《八聲甘州》："倚蒼巖、半暝拂春裾，千鬟亂明星。信聞僧指點，愁香黏徑，荒翠通城。故國鷗夷去遠，斷網越絲腥。消盡興亡感，一塔鈴聲。　　招得秋魂來否，對冷漪空酹，渴夢難醒。問琴絃何許，飄淚古臺青。好湖山、孤遊翻懶，又咽風、哀笛起前汀。扤筇去，小斜廊路，雙屐落平。"

至於各種報刊中引用詞曲的斷句錯誤，更是不勝枚舉了。

人名、書名號誤標或漏標的情況更爲常見，亦難以避免。如黃庭堅《寄別陳氏妹》詩："吾嘗嘉惠康，有婦皆明哲。"惠、康，實爲柳下惠與黔婁兩人的簡稱，當代一些有標專名綫的校點本均漏標。張旭東《遺憾的是，碰到最簡單的一個鈔本》一文謂錢仲聯點校本因爲缺注，影響到正確理解和標點。如卷三《寇白》詩"風懷約略比春濤"，一般都以爲春濤則指春日之波濤，似不必注。錢曾注："《唐詩紀事》：元稹聞薛濤有辭辯，及爲監察使蜀，嚴司空潛知其意，每遣薛往。洎登翰林，以詩寄之。後廉浙東，乃有劉采春，容華莫比，元贈之詩。"方知春、濤爲二人，當在二字下分別加專名綫。

《宋版書敘錄》載，宋版《監本纂圖重言重意互注點校毛詩》一書，於《關雎》"以配君子"一語標出"重言"，並注："以配君子，三，本詩、車、鞏各一。又東門之池，'以配君子。'"[8] 按，本詩，指《關雎》，"車、鞏"，應爲《車鞏》，《詩·小雅》篇名；《東門之池》，《詩·陳風》篇名。此段話應標點爲："'以配君子'，三：本詩、《車舝》各一，又，《東門之池》，以配君子。"意謂"以配君子"一語，在《關雎》、《車舝》、《東門之池》三篇《毛詩序》中各出現過一次。書名號誤標漏標，全文則不知所謂。又如中華書局《陳與義集》（第 148 頁）引"杜玄《元廟》詩：森羅移地軸"。按，應爲"杜《玄元廟》詩"。即杜甫《冬日洛城北謁玄元皇帝廟》詩。注家於李白、杜甫等往往以姓簡稱，詩題亦省略。朱敦儒《蘇幕遮》詞："不養丹砂，不肯參同契。"鄧子勉《樵歌》校注作"不養丹砂，不肯《參同契》"。[9] 按，《參同契》，魏伯陽作，爲内丹術之要籍。謂參同《周易》、黃老、爐火三家而歸於一。朱詞謂既不煉外丹，也不修内丹。"參同契"，祇不過是用字面上的意思而已，不必標書名號。

引號誤標也是常見的。今人著述中有引《永樂大典》卷九〇六"諸家詩目"語云："讀胡伯和所注玉川子《月蝕》詩，一字一句，必詳其所自出，杜子美所謂更覺'良工心獨苦'，豈伯和之謂耶！"[10] 按，所引當爲杜甫《題李尊師松樹障子歌》："已知仙客意相親，更覺良工心獨苦。"

還有一種常見的失誤，前人論著中摘引、羅列若干首詩詞的零章斷句，今人爲作標點，往往分不清每首每句所屬。如李慈銘《越縵堂讀書記》點校本引納蘭性德詞："没個音書，盡日東風上綠除，風也蕭蕭，雨也蕭蕭。瘦盡燈花又一宵，月上桃花，雨歇春寒燕子家。被酒莫驚春睡重，賭書消得潑茶香。當時祇道是尋常，煙絲欲裊，露光微泫，春在桃花。"[11] 其實，這裏分別摘自五首不同的詞："没個音書。盡日東風上綠除。""風也蕭蕭。雨也蕭蕭。瘦盡燈花又一宵。""月上桃花。雨歇春寒燕子家。""被酒莫驚春睡重，賭書消得潑茶香。當時祇道是尋常。""煙絲欲裊，露光微泫，春在桃花。"校點者分不清何句所屬何詞，亦分不清每一首詞的韻腳，因而句號與逗號淆誤。

當代一些詩歌點校本，在注文中引錄古籍亦時有標點錯誤。如中華書局版《唐宋詩舉要》黃庭堅《曉起臨汝》詩"卷懷就膚寸"句注："何休注曰：'側手爲膚。'案：指爲寸。言其觸石理而出，無有膚寸而不合。"其實應標作："何休注曰：'側手爲膚。案指爲寸。言其觸石理而出，無有膚寸而不合。'"

詩歌文獻的標點，如同其他文言文標點那樣，存在大量問題，這裏祇舉一兩個極端的例子，以說明其嚴重性。吳文治主編的《宋詩話全編》，十巨册，多位名家作序，一時好評如潮。本人亟購得之，甫半日，閱至四十餘頁，有《張齊賢詩話》[12]，第一則尚未讀畢，失笑而罷。遂以此則爲課堂作業，命諸生指出其標點謬誤。茲將原文照錄如下：

梁祖之初，兼四鎮也，英威剛狠（按，當爲"很"），視之若乳虎。左右小忤其旨立殺之。梁之職吏，每日先與家人辭訣而入，歸必相賀。賓客對之不寒而慄。進士杜荀鶴以所業投之，且乞一見。掌客以事聞於梁祖，梁祖默，無所報，荀鶴住大梁數月。先是凡有求謁梁祖，如已通姓名而未得見者，雖踰年，困躓於逆旅中，寒餓殊甚。主者留之，不令私去，不爾即公人輩及禍矣。荀鶴逐日詣客次一。旦，梁祖在便聽，謂左右曰："杜荀鶴何在？"左右以見，在客次爲對。未見間，有馳騎至者，梁祖見之，至巳午間方退，梁祖遽起歸宅。荀鶴謂掌客者曰："某飢甚，欲告歸。"公人輩爲設食，且曰乞命："若大王出要見秀才，言已歸館舍，即某等求死不暇。"至未申間，梁祖果出，復坐於便聽，令取骰子來。既至，梁祖擲意似有，所下（按，當爲"卜"）擲且久終不愜旨，怒甚。屢顧左右。左右怖懼,縮頸重足,若蹈湯火。須臾,梁祖取骰子在手,大呼曰:"杜荀鶴。"擲之六隻俱赤,乃連聲命屈秀才。荀鶴為主客者引入,令趨驟至階陛下。梁祖言曰:"秀才不合趨階。"荀鶴聲"喏",恐懼流汗。再拜,敍謝訖命坐,荀鶴慘悴戰慄,神不主體。梁祖徐曰:"知秀才久矣。"荀鶴欲降陛拜謝,梁祖曰:"不可。"於是再拜復坐。梁祖顧視陛下,謂左右曰:"似有雨點下。"令視之,實雨也。然仰首視之,天無片雲。雨點甚大,沾陛檐有聲。梁祖自起,熟視之,復坐,謂杜曰:"秀才曾見無雲雨否?"荀鶴答言未曾見。梁祖笑曰:"此所謂無雲而雨,謂之天泣,不知是何祥也。"又大笑,命左右將紙筆來,請杜秀才題一篇《無雲雨詩》。杜始對梁祖坐,身如在燃炭之上,憂悸殊甚。復令賦《無雲雨詩》,杜不敢辭。即令坐上賦詩,杜立成一絶獻之。梁祖覽之大喜,立召賓席共飲,極歡而散,且曰:"來日特為杜秀才開一筵。"復拜謝而退。杜絶句云:"同是乾坤事不同,雨絲飛灑日輪中。若教陰朗都相似,争表梁王造化功。"由是大獲見知。

　　福建人徐寅下第獻《過梁郊賦》,梁祖覽而器重之,且曰:"古人酬文士有一字千金之語,軍府費用多且一字,奉絹一匹。"徐賦略曰:客有失意,還鄉經於大梁,遇郊坰之耆老,問今古之侯王父,老曰:"且説當今,休論往昔,昔時之事蹟誰見?今日之功名目覩,醉多不載。"遂留於賓館厚禮待之。徐病且甚,梁祖使人謂曰:"任是秦皇漢武蓋誚徐賦有直論,簫史王喬,長生孰見?任是秦皇漢武不死何歸,憾其有此深切之句爾。"

明眼人稍一讀之,即可發現,數百字短文,標點之錯漏竟多達數十處,令人無

法讀懂。

最可詫怪的標點當數山西古籍出版社《寒雲日記》校點本:"秀英原名小桃紅,今名鶯鶯,咸予舊歡小字也。對之根觸。爰致語曰:'提起小名兒,昔夢已非新。歡又墜漫言,桃葉渡春風。依舊人面誰,家又曰薄幸。興成小玉悲,折柳分釵空。尋斷夢舊心,漫與桃花説。'愁紅汰綠,不似當年。"梁守中指出,這段日記後半應如下斷句:"爰致語曰:'提起小名兒,昔夢已非,新歡又墜;漫言桃葉渡,春風依舊,人面誰家。'又曰:'薄幸興成小玉悲,折柳分釵,空尋斷夢;舊心漫與桃花説,愁紅汰綠,不似當年。'"[13]把駢語點成無韻五言"詩",可謂匪夷所思矣。

(1) 錢鍾書《管錐編》,中華書局,1979年版,第1215頁。
(2) 陳伯海主編《唐詩學・導言》,河北人民出版社,2004,第8頁。
(3) 李慶甲《瀛奎律髓彙評・例略》,《瀛奎律髓彙評》,上海古籍出版社,1986年版,第123頁。
(4) 鄭文焯《清真詞校後錄要》,轉引自《清真集》,中華書局,1981年版,第123頁。
(5) 幺書儀《〈全金元詞〉中一些問題的商榷》,《古籍整理與研究》第一期。
(6) 夏承燾《姜白石詞編年箋校》,上海古籍出版社,1981年版,第171頁。
(7) 《中國現代學術經典・錢基博卷》,河北教育出版社,1996年10月版,第320頁。
(8) 李致忠《宋版書敘錄》,文獻書目出版社,1994年版,第77頁。
(9) 鄧子勉校注《樵歌》,上海古籍出版社,1998年版,第206頁。
(10) 陶敏、李一飛《隋唐五代文學史料學》,中華書局,2001年版,第36頁。
(11) 由雲龍輯《越縵堂讀書記》,上海書店出版社,2000年版,第1231頁。
(12) 吳文治主編《宋詩話全編》,江蘇古籍出版社,1998年版,第48頁。
(13) 梁守中《藝文絮語》,澳門日報出版社,2006年版,第182頁。

評點章第二

　　評點之學，始於何代，各説紛紜。錢鍾書認爲晉人陸雲《與兄平原書》可算是最早的評點，其謂雲書"什九論文事，著語無多，詞氣殊肖後世之評點或批改"。又云："苟將雲書中所論者，過錄於機文各篇之眉或尾，稱賞處示以朱圍子，刪削處示以墨勒帛，則儼然詩文評點之最古者矣。"[1]章學誠則謂評點原於梁朝，其《校讎通義·宗劉》云："評點之書，其源亦始鍾氏《詩品》、劉氏《文心》。"曾國藩《經史百家簡編序》亦有類似的説法："梁世劉勰、鍾嶸之徒，品藻詩文，褒貶前哲，其後或以丹黄識別高下，於是有評點之學。"把《詩品》、《文心雕龍》中對詩人詩作的有關議論，均視爲評點。詩歌評點，重在揭示詩人的用心及詩作的本意，指出創作方向和方法，具體分析作品的藝術技巧，引導讀者理解、鑑賞，以供揣摩取法。劉聲木《萇楚齋隨筆》卷五："其實評點能啓發人意，固有愈於講説，姚姬傳郎中鼐亦嘗言之。曾文正公國藩至謂評點之學，是評點又何可廢也。"

　　前人讀書，好在書頁上作評點。李慈銘《越縵堂日記》(咸豐己未十二月初五日)謂讀王漁洋《萬首唐人絶句選》："邇日偶取評點，時有獨得處，因以識一時興會所在，識力所到，不必爲定評也。"評點，本爲個人讀書時的一時感悟,一點心得,隨手筆之,純屬一己之見,若以刊出示人,其佳者或可嘉惠士林,而劣者則如三家村之冬烘先生,殆將貽誤後學。葉燮《原詩》甚至認爲:"詩道之不能長振也,由於古今人之詩評,雜而無章,紛而不一。"章學誠《文史通義·文理》云:"如陸機《文賦》、劉勰《文心雕龍》、鍾嶸《詩品》,或偶舉精字善句,或品評全篇得失,令觀之者得意文中,會心言外,其於文辭思過半矣。至於不得已而摘記爲書,標識爲類,是乃一時心之所會,未必出於其書之本然。"是以"標識評點之冊,本爲文之末務,不可揭以告人,祇可用以自志。父不得而與子,師不能以傳弟,蓋恐以古人無窮之書,而拘於一時有限之心手也"。《宗劉》篇又強調指出《詩品》與《文心雕龍》"有評無點,且自出心裁,發揮道妙,又且離詩與文,而別自爲書,信哉其能成一家言矣。自學者因陋就簡,即古人之詩文,而漫爲點識批評,庶幾便於揣摩誦習"。章氏所云,實是通人之論。

　　一般來説,箋注與評論在體例上有區別,箋注有箋注之例,評論有評論之例,不宜混同。如方回《瀛奎律髓》,編選的目的是宣揚自己的詩學理論,故祇評而不注,而卷二中錄魏徵、王維"直省"詩,細注"鳳閣"、"雞棲"等典故,故爲紀昀所譏:"此二首忽不論詩,但作箋釋,所謂爲例不純。"然而,評點與注釋亦有其相似之處,評點,可視爲注釋的延伸。唐、宋人的詩注,注釋中時夾有議論,已有"評"的意味,至南宋末始強化、突出評語。評點原包括"評"與"點"兩方面,二者或獨用,或合用,評點之學也成爲專門學問,爾後數百年間,盛行不衰。對詩歌總集、別集、選集的評點,評點者對作者和作品的品評、分析,是與全書渾成一體的,不少書籍以"評注"、"批注"爲名,把注釋和評點相結合，如《集千家注批點杜工部詩集》，爲元人高崇蘭輯刊，輯錄宋人的舊注，並引錄劉辰翁的評語，注與評相輔相成，相得益彰。又如《箋注評點李長吉歌詩》，有吳正子的箋注和劉辰翁的評點，箋注著重在疏略典故所出，評點着重在分析、評介，各有所宜，極便讀者。而當代學者在整理古人詩集時，也把箋注、批評、圈點視爲同類，於每一首詩中同時並置。評點之學，影響及於東鄰韓國與日本，兩國歷代詩人、學者均有評點詩歌的著述。

箋注主要的工作，如訓詁字詞，揭示典故，考訂史實等，水平有高低之分，內容有正誤之別，大體上有一定的衡量標準，注，更能見注家的功力；而評詩則不然，評，往往是隨心所欲，肆口而言，各家各説，莫衷一是。評，與注相比，更能表現個人的審美情趣，更見評家的識力。既可贊美詩之佳處，又可譏彈其中弊病；既可獨紓己見，又可與他人辯難。評，又是隨筆式的，輕鬆的，偶感而發，筆端挾着感情，更具評家獨特的個性，故容易被讀者喜愛和接受。當代研究西方詮釋學者，對評點之學更感興趣，大概也基於這樣的原因。

批，也是古代詩歌闡釋的重要形式。批，指閱讀後所加的簡短評語。黃庭堅《大雅堂記》謂己讀杜甫詩時，"嘗欲隨欣然會意處，箋以數語"。古人讀書，習慣把個人心得隨手寫在書上，這種"箋"可視爲"批"的濫觴。批，一般寫在書頁空白處，位置狹小，故語多精要，或兩字，或四字，多者亦不過寥寥數語，已能啓人心智。置於原文之上的稱爲"眉批"，置於原文行右的稱爲"旁批"。置於文中的稱爲"夾批"。置於文末的稱爲"尾批"。又有"總批"、"題下批"等名目。古人讀書尤好眉批，在書頁上端空白處以蠅頭小字作出批語，內容或注音，或校勘，或注釋，而以評論最爲多見。眉批短小精悍，隨手批注,每憑直覺,多興到之語,往往一語中的,發人深省。評點、批改也有其局限性。篇幅小,涉及面較窄,隨意性強,難成系統,故亦每爲論家所譏。錢鍾書故云:"評點、批改,側重成章之詞句,而忽略造藝之本原,常以'小結裏'爲務。"頗致不滿。

唐代評點

唐代選詩之風頗盛,開元、天寶年間殷璠編選的《河嶽英靈集》,是現存最早的唐詩評本。在所選詩人名下間附有評語,或總述其人品詩風,如評李白云:"白性嗜酒,志不拘檢,常林棲十數載,故其爲文章,率皆縱逸。至如《蜀道難》等篇可謂奇之又奇,然自騷人以還,鮮有此體調也。"又如評王維詩"一句一字,皆出常境"。或錄其名篇佳句扼要品評,如評常建詩云:"'戰餘落日黃,軍敗鼓聲死。今與山鬼鄰,殘兵度遼水。'屬思既苦,詞亦警絕。潘岳雖云能敘悲怨,未見如此章。"評王灣詩云:"'海日生殘夜,江春入舊年。'詩人已來少有此句。"評張謂《代北州老翁答》及《湖中對酒》詩:"行在物情之外,但衆人未曾説耳,亦何必歷遐遠探古迹,然後始爲冥搜。"評李頎《聽彈胡笳聲》詩"足可噓唏,震盪心神",評高適《燕歌行》"甚有奇句",又稱薛據"寒風吹長林"等詩句爲"曠代之佳句",又謂孟浩然"氣蒸雲夢澤,波動岳陽城","亦爲高唱"。謂李嶷《少年行》三首,"詞雖不多,翩翩然俠氣自在也。"儘管評語不太多,可以説已開後世詩評家的法門。

高仲武《中興間氣集》,亦沿《詩品》及《河嶽英靈集》之例,對詩人詩作亦有評論。如評錢起詩云："'窮達戀明主,耕桑亦近郊。'則禮義克全,忠孝兼著,足可弘長名流,爲後楷式。"評張繼詩云:"'火燎原猶熱,風搖海未平。'比興深矣。"又謂于良史"風兼殘雪起,河帶斷冰流"二語,"吟之未終,皎然在目"。稱李嘉祐"野渡花爭發,春塘水亂流"等句爲"文章之冠冕也"。評皇甫冉《巫山》詩"終篇奇麗",評劉灣"受氣何曾異,開花獨自遲"二句,"所謂哀而不傷,國風之深者也"。謂李季蘭"遠水浮仙棹,寒星伴使車"二句爲"五言之佳境"。

　　以上二書對詩人具體詩作的品評,雖僅寥寥二三十則,但已開歷代詩評之先例。其中所用的術語,如"興象"、"風骨"、"筋骨"、"氣骨"、"體裁"、"警絶"、"新意"、"胸臆語"、"幽致"、"情致"、"雅調"、"高唱"、"凡體"、"佚氣"、"奇麗"、"佳境"等,皆爲後世詩評家所慣用。"興象"一詞,爲殷璠首先提出,有着詩學上的重要意義。以選帶評,文本與評論結合之體例,當爲本書首創,總集之有評,亦自此書始。宋代以還,逐漸形成一種獨特的"選評"方式,數百年來,流行不絶。

　　釋皎然《詩式》卷二有"不用事第一格",總評云:"又有三字物名之句,仗語而成,用功殊少。如孟襄陽浩然云:'氣蒸雲夢澤,波撼岳陽城',自天地二氣初分,即有此六字,假孟生之才加其四字,何功可伐,即欲索入上流邪?若情格極高,則不可屈;若稍下,吾請降之於高等之外,以懲後濫。"這段話可視爲對孟浩然名句的評論。認爲它衹憑詞語字面上的宏闊,稱不上高格,衹能"降之於高等之外"。批評中肯。"作用事第二格"中,羅列多則古人詩句,其後分別以一詞以評之,如:"燕太子送荆軻云:'風蕭蕭兮易水寒,壯士一去兮不返還。'氣也。""王仲宣《詠史》：'臨穴呼蒼天，淚下如綆縻'，悲也。"所用之語還有"思"、"意"、"怨"、"情"、"達"、"高"、"德"、"逸"、"靜"、"誠"、"節"、"閒"、"力"等字眼，這種"一字評語"，簡短有力，一語中的，故亦爲後世詩評家所效法。

對古人詩歌零碎的評論，每散見於唐人著述中。日人弘法大師所撰《文鏡秘府論》一書，曾舉出唐人的評論。如南卷"集論"中，輯錄唐高宗時選家元兢《古今詩人秀句序》，序中對謝朓《和宋記室省中》詩中的句子作了評述，如謂"行樹澄遠陰，雲霞成異色"二語，"未若'落日飛鳥還，憂來不可極'之妙者也"。稱其"捫心罕屬，而舉目增思，結意惟人，而緣情寄鳥。落日低照，即隨望斷，暮禽還集，則憂共飛來"，並贊歎道："美哉玄暉，何思之若是也。""落日"二語，景中有情，故勝於純寫景之句。這種摘出佳句並作品評的方法，爲後世詩評家所繼承和發揚。唐人筆記中亦有評詩的材料。隻言片語，亦彌足珍。如劉餗《隋唐嘉話》卷下稱"沈佺期以工詩著名"，並引張說之論，謂其詩"第一"。劉肅《大唐新語》卷八引錄多位詩人的詩作。如謂陸海《題奉國寺》、《題龍門寺》詩"人推其警策"，鄭繇《失白鷹》詩"甚爲時所諷詠"。

唐人的文章中，亦時有評詩之語。如陳子昂《與東方左史虯修竹篇序》中，對東方虯的《詠孤桐篇》一詩作了整體的評價，略云："骨氣端翔，音情頓挫，光英朗練，有金石聲。遂用洗心飾視，發揮幽鬱。不圖正始之音，復睹於玆；可使建安作者，相視而笑。"東方虯原詩已佚，幸得此評，亦可想象其彷彿矣。李白《澤畔吟序》稱崔成甫《澤畔吟》詩："逸氣頓挫，英風激揚，橫波遺流，騰薄萬古，至於微而彰，婉而麗，悲不自我，興成他人，豈不云怨者之流乎？"惜崔詩亦已不傳。

宋元評點

唐人引詩或摘句品評辨析之法，爲宋代詩評家所繼承，在各種筆記、詩話中普遍使用。宋代詩話流行，其中對歷代詩歌的論評賞鑑，片言隻語，各有特色，彌足珍視。錢鍾書《讀〈拉奧孔〉》指出，"眼裏祇有長篇大論，瞧不起片言隻語，甚至陶醉於數量，重視廢話一噸，輕視微言一克"是不可取的。直到今天，散見於宋人詩話中的評語，還可資學者借鑑，值得收集整理。

宋人筆記中更多評詩之語。北宋初孫光憲《北夢瑣言》卷二引聶夷中《公子家》、《詠田家》二詩，後評曰："所謂言近旨遠，合三百篇之旨也。"卷七引鄭棨題中書壁詩："側坡蛆崑崙，蟻子競來拖。一朝白雨下，無鈍無嘍囉。"評曰："意者以時運衰，縱有才智亦不能康濟，當有玉石俱焚之慮也。"卷一二評楊其鯤"途中"詩"詞甚清美"。

釋文彧《文彧詩格》，多引唐人詩句，並作評介。如引賈島《送人》詩"半夜長安雨，燈前越客心"，謂"此及上下句不言送人，而意在送人"，認爲是屬於"意句綿密，祇可以意會不可以言宣"的"入玄"之句。引《別同志》詩"前程吟此景，爲子上高樓"，認爲"句盡意未盡"，是合乎"含蓄旨趣"之句。"論詩腹"云："《送人下第》詩：'曉楚山雲滿，春吳水樹低。'此是送人所經之處，失意可量。"

歐陽修《六一詩話》引孟郊《移居》詩云："借車載家具，家具少於車。"評曰："乃是都無一物耳。"引《謝人惠炭》云："暖得曲身成直身。"評曰："人謂非其身備嘗之不能道此句。"舊題梅堯臣《梅氏詩評》對賈島、周樸、齊己等人的詩逐句評析。如評齊己《贈終南隱者》云:"'終南山北面,直下是長安',此比君暗不可仕也;'自掃青苔室,閒歌白石壇',此不戀榮華,自養性也;'風吹窗樹老,日曬寶雲乾',此喻不道之臣而君以道照之也;'幾與圭峰宿,僧房瀑布寒',此喻道德清虛冷淡也。"

釋文瑩《湘山野錄》、《玉壺清話》中亦有評詩詞之語,如謂寇準詩"若'野水無人渡,孤舟盡日橫'之句,深入唐人風格"。又評其《江南春》二絕云:"余嘗竊謂深於詩者,盡欲摹唐人清切悲怨,以主其格。語意清切,脫灑孤邁則以爲高。殊不知清極則志飄,感深則氣謝。"又其激賞楊徽之《寒食中寄鄭起侍郎》詩,謂必"以天地皓露滌其筆於冰甌雪椀中",方能與楊詩"神骨相附"。又謂歐陽修《臨江仙》詞"飄逸清遠,皆白之品流也"。

《王直方詩話》:"陶靖節詩云:'平疇交遠風,良苗亦懷新。'非古之耦耕植杖者不能道此語,非余老農,亦不識此語之妙。"又引歐陽修詩:"無譁戰士銜枚勇,下筆春蠶食葉聲。"評曰:"絕爲奇妙。"又如《王直方詩話》"用當時作者語爲故事"條:"樂天云:'哺歠眠糟甕,流涎見麴車。'杜甫有'路逢麴車口流涎'。"又"舒王用賈生事"條:"舒王《送吳仲庶守潭》詩:'自古楚有材,醖釀多美酒。不知樽前客,更待賈生否?'蓋賈誼初爲河南吳公召置門下,而謫死長沙。其用事之精,可爲詩法。"王直方指出王安石用典故的精確,既用賈誼故事,又切吳姓。

司馬光《溫公續詩話》中,時引佳作妙句,並作品藻。如云:"《詩》云:'牂羊墳首,三星在罶。'言不可久。古人爲詩,貴於意在言外,使人思而得之,故言之者無罪,聞之者足戒也。近世詩人,惟杜子美最得詩人之體,如'國破山河在,城春草木深。感時花濺淚,恨別鳥驚心',山河在,明無餘物矣;草木深,明無人矣;花鳥,平時可娛之物,見之而泣,聞之而悲,則時可知矣。他皆類此,不可遍舉。"析杜甫《春望》詩,用心至細,真能發其言外之意,非深於詩者不能道。

《潘子真詩話》引黃庭堅之語,評韓偓《安貧》詩云:"其詞悽楚,切而不迫,亦不忘其君者也。"范溫《潛溪詩眼》引杜甫《不離西閣》詩"不知西閣意,肯別定留人"句,並謂黃庭堅尤愛其"深遠閒雅"。魏泰《臨漢隱居詩話》引杜甫《潭州》詩:"岸花飛送客,檣燕語留人。"曰:"意喪亂之際,人無樂善喜士之心,至於一將一迎,曾不若岸花檣燕也。詩主優柔感諷,不在逞豪放而致怒張也。"魏氏之語,極似後來劉辰翁、金聖歎一類的批評,揭示詩人的微旨,加以發揮,夾雜議論。

陳師道《後山詩話》引杜甫《九日》詩云:"羞將短髮還吹帽,笑倩旁人爲正冠。"評曰:"其文雅曠達,不減昔人。故謂詩非力學可致,正須胸肚中洩爾。"引黃庭堅詞云:"杯行到手莫留殘。不道月明人散。"評云:"謂思相離之憂,則不得不盡。而俗士改爲'留連',遂使兩句相失。"寥寥數語,有解有評有考,可爲注家範式。又如:"韓退之《南食》詩云:'鱟實如惠文。'《山海經》云:'鱟如惠文。'惠文,秦冠也。蠔相黏爲山。蠔,牡蠣也。"又引:"韋蘇州詩云:'憐君臥病思新橘,試摘纔酸亦未黃。書後欲題三百顆,洞庭須待滿林霜。'余往以爲蓋用右軍帖中'贈子黃甘三百'者,比見右軍帖云:'奉橘三百枚,霜未降,未可多得。'蘇州蓋取諸此。"指出韋應物詩的出處。又:"世稱秦詞'愁如海'爲新奇,不知李國主已云:'問君能有幾多愁,恰似一江春水向東流。'但以江爲海爾。"指出秦觀"愁如海"之語自李煜詞化出。

縱觀宋代的詩話，幾乎涉及了注釋的全部內容。如史實的考證，典故的出處，詞語的訓釋以及詩意的分析等。詩話作者以其對詩歌的認識與感悟，所作出各種闡釋，亦異彩紛呈，文字自然生動，可讀性強。宋代詩話亦成爲集注集評家取資的寶庫。

宋人文集中，亦有不少評詩之語，碎金零玉，有待收拾。最特出的如柳開《韓文公雙鳥詩解》一文，對韓愈《雙鳥詩》逐句闡發，謂其詩意在排佛，全文多達千餘言。蘇軾《東坡題跋》評杜甫《江畔獨步尋花七絶句》之六云："此詩雖不甚佳，可以見子美清狂野逸之態，故僕喜書之。"《東坡志林》："僕嘗夢見人，云是杜子美，謂僕曰：'世人多誤解吾詩。《八陣圖》詩云："江流石不轉，遺恨失吞吳。"人皆以爲先主、武侯皆欲與關羽復仇，故恨其不能滅吳。非也。我本意謂吳、蜀脣齒之國，不當相圖，晉之所以能取蜀者，以蜀有吞吳之意。此爲恨耳。'此理甚長。"蘇軾在這裏故作狡獪，借杜甫入夢以爲《八陣圖》詩作一新解。又謂杜甫"暗飛螢自照，水宿鳥相呼"句"才力富健，去表聖之流遠矣"。又如黃庭堅《書嵇叔夜詩與姪榎》云："叔夜此詩，豪壯清麗，無一點塵俗氣。凡學作詩者，不可不成誦在心，想見其人。雖沈於世故者，暫而攬其餘芳，便可撲去面上三斗俗塵矣，何況探其義味者乎。"對嵇康詩有其獨到的體會。又有《書韓文公岣嶁山詩後》，對韓愈《岣嶁山》詩中"岣嶁"一詞作詳細的説解，並評云："韓退之作此詩與《華山女》、《桃源圖》三篇同體，古詩未有此作。雖杜子美兼備衆體，亦無此作，可謂能詩人中千人之英也。"《正集》有《跋劉夢得淮陰行》評劉禹錫《淮陰行》詩"情調殊麗，語氣尤穩切"。

宋人時少章，有書王安石《唐百家詩選》後諸評，述唐人詩法。其文悉録於《吳禮部詩話》中，多爲詩人之總評，間及具體作品。如評高、岑云："高適才高,頗有雄氣。其詩不習而能,雖乏小巧,終是大才;岑嘉州與子美遊,長於五言,皆唐詩巨擘也。"評王建云:"王建自云紹張文昌,而詩絕不類文昌,豈相馬者固不在色別乎?""建樂府固仿文昌,然文昌恣態橫生,化俗爲雅,建則從俗而已,馴致其弊,便類聶夷中。"所論皆有見地。評及作品的僅三則:"錢起屢擅場。《江行》百篇,韻短意密。""司空文明結思尤精。如'前途歡不集,往事恨空來',令人三歎不已。"又謂劉言史《竹間梅》二十八字,清灑可愛"。

宋代注家在詩集注釋中,時有批評論述,涉及詩作的立意、用典以及章法、句法等多方面內容,特別是在詩法上的分析,指引創作的門徑,給讀者以啓示。其中以趙彥材、任淵兩家尤爲突出。趙彥材(次公)《杜詩先後解》、任淵《山谷內集注》及《後山詩注》,雜評論於注中,相輔相成,讀來饒有興味。其後施元之等《注東坡先生詩》、胡穉《簡齋詩集箋注》、史容《山谷外集詩注》、史季溫《山谷別集詩注》等,注釋中亦時有評論,不少精到之見,集中起來,可編成一部詩話。張三夕云:"宋詩宋注除大量引用詩話外,注家自己也時常在注中發表評論,對詩歌的用意、意境、技巧、修辭等內容和形式上的特徵進行細緻的分析。"[2]這種詩注與評論結合的方法,一直爲後世注家所沿用。兩宋詩話、筆記中積累了大量的詩評資料,而任淵、趙次公、李壁、施宿父子等注詩家,在注釋中也有不少"評"的因素。正因有這樣的基礎,到宋末劉辰翁出,纔能把前人零碎的詩評變爲系統的專學。

宋末元初,是詩歌點評的第一次高潮,可以謝枋得、劉辰翁和方回三家作爲代表。

南宋詩人趙蕃、韓淲,曾編選《唐詩絕句》一集,謝枋得爲作注,名爲《注解章泉澗泉二先生選唐詩》,即《唐詩品彙》卷首"引用諸書"中的"廣信謝枋得君直《批唐絕句選》"。

楊慎《絕句衍義序》云:"謝疊山注章泉澗泉所選唐詩百絕,敷衍明暢,多得作者之意,藝苑珍之。"謝氏之"注",實爲評說,極其詳贍,通俗易懂,時寓個人感想,頗類於今之所謂"鑑賞"者。如劉禹錫《烏衣巷》詩,注文多達六百餘字。先爲全詩總評,然後逐句解釋,注文中復以同類的詩文,穿插引述,開拓思路。略云:"朱雀橋,烏衣巷,乃東晉將相功臣所居,猶漢西都,冠蓋如雲,七相五公也。東晉將相,惟王、謝兩人功名最盛,宗族最蕃,第宅最多,由東晉至唐元和四百年,世異時殊,人更物換,豈特功名富貴不可見,其高名甲第,百無一存,變爲尋常百姓之家,正如歐陽公所謂:'今其江山雖在,而頹垣廢址,荒煙野草,過而覽者,莫不躊躇而悽愴。'"如評王昌齡《閨怨》,注文長近三百字,略云:"見蟲鳴螽躍,而未見君子則憂;見薇蕨,而未見君子則憂。草木之榮華,禽蟲之和樂,皆能動婦人傷悲之情。此詩爲戍婦作。閨中少婦,初不識愁,春日登樓,見楊柳之青青可愛,始知陽和發育,萬物皆春,吾夫從軍,有功名富貴之望焉。吾獨處幽閨,夫辛苦戎事,曾不知草木群生,各得其樂,於是悔教夫婿覓封侯矣,此亦本人情而言也。"《四庫未收書目》云:"枋得之注,能得唐詩言外之旨,可以爲讀唐詩者之津筏。"謝氏説詩,如其在序言中所云,重視"微言緒論,關世道,繫天運者",過於強調比興寄託,故時有穿鑿附會之處。如首篇韋應物《滁州西澗》詩:"幽草而生於澗邊,君子在野,考槃之在澗也。黃鸝而鳴於深樹,小人在位,巧言之如流也。春潮帶雨,其急可知,國家患難多也。晚來急,危國亂朝,季世末俗,如日色已晚,不復光明也。野渡無人舟自横,寬閒之野,寂寞之濱,必有濟世之才,如孤舟之横野渡者,特君相之不能用耳。"按,西澗在滁州城西,實有其地,王銍《默記》已言之;幽草、黄鸝、春潮、野渡,乃詩人實有所見者。謝氏真如胡應麟《詩藪》所謂"癡人前政自難説夢也"。王夫之《薑齋詩話》卷一論興觀群怨,亦謂謝氏説詩"井畫而根掘之,惡足知此"。

謝氏此書,對稍後劉辰翁的詩歌評點當有啓發。明人楊慎作《絶句衍義》,即在謝氏注的基礎上,"或闡其義意,或解其引用,或正其訛誤,或采其幽隱"。(《絶句衍義序》)近人盧冀野又在謝注基礎上作補注,名爲《唐詩絶句補注》。

劉辰翁

劉辰翁是宋元之際的評點大家,明人彙刻其評點之書爲《劉須溪批評九種》,其中評點詩歌的有《王摩詰詩評》四卷、《杜工部詩集評》二十卷、《李長吉歌詩評》四卷、《蘇東坡詩評》二十五卷。此外,還有《孟浩然詩集評》二卷、《王荊公詩文評》五十卷、《須溪評點簡齋集》三十卷、《須溪精選陸放翁詩集評》八卷《别集》一卷。劉辰翁對詩歌的評點,以唐人居多。據胡建次統計,共涉及四十六家。[3] 吳承學亦謂"劉辰翁幾乎評點遍唐代著名的詩人,從《唐詩品彙》所引的評語來看,劉辰翁至少評點過以下詩人:駱賓王、杜審言、陳子昂、張謂、張九齡、常建、賀知章、王之涣、崔顥、高適、岑參、李白、杜甫、孟浩然、王縉、王維、裴迪、賈至、儲光羲、李頎、盧象、韋應物、柳宗元、陶翰、孟雲卿、錢起、司空曙、盧綸、戴叔倫、郎士元、劉商、楊衡、武元衡、韓愈、孟郊、王建、張籍、盧仝、李賀、杜牧、賈島、姚合、崔塗……同時他還評點了當代的大作家,如王安石、蘇軾、陸游等等"。[4] 據吳氏統計,《唐詩品彙》中,引用劉氏評點近七百則,爲所有被引用評家之最。劉氏評點涉及面之廣,數量之多,前無古人,後無來者。劉辰翁評詩,後人亦毀譽參半。明、清以來,對劉辰翁評點有作出肯定評價的,如李東陽《麓堂詩話》云:"劉會孟名能評詩,自杜子美下至王摩詰、李長吉諸家皆有評。語簡意切,別是一機軸,諸人評詩者皆不及。"胡應麟對劉辰翁更是讚譽有加。《詩藪》雜編卷五云:"劉辰翁雖道越中庸,其玄見邃覽,往往絶人。自是教外别傳,騷場巨目。"又云:"辰翁評詩有妙理。""余每謂千家注杜,猶五臣注《選》,辰翁解杜,猶郭象解莊,即與作者語意不盡符而玄言玄理,往往角出,盡拔驪黄牝牡之外。昔人苦杜詩難讀,辰翁注尤不易省也。"蕭正發《劉須溪先生集略序》云:"陳眉公曰:'須溪筆端有臨濟擇法眼,有陰長生返魂丹,又有麻姑搔背爪。'蓋謂其評唱九種也。愚意劫火熾然,文字當灰,天欲爲未來世留讀書種,此九種者,應不復墮祖龍烈焰中,故不敢復論。"陳繼儒用形象語言讚劉氏之評,有識力,能得古人之心,所評亦恰到好處。蕭氏更謂世變之後,尤須此類通俗之解説,以延斯文一脈。

對劉辰翁評點貶斥者亦不乏其人。楊慎對劉氏人品才學,極爲稱賞,而對其評點之學,則痛加批判。楊氏《丹鉛總録》謂"士林服其賞鑑之精博,然不知其節行之高也",而《升庵詩話》卷七又云:"世以劉須溪爲能賞音,爲其於《選》詩,李杜諸家,皆有批點也。予以爲須溪元不知詩。其批《選》詩,首云:'詩至《文選》爲一厄。五言盛於建安,而勃窣爲甚。'此言大本已迷矣。須溪徒知尊李杜,而不知《選》詩又李杜之所自出。予嘗謂須溪乃開剪截羅緞舖客人,元不曾到蘇杭、南京機坊也。"錢謙益譏之爲"俗學"。《四庫全書總目》卷一五〇《箋注評點李長吉歌詩》提要,謂"辰翁論詩,以幽雋爲宗,逗後來竟陵弊體"。卷一六五《須溪集》提要亦謂其論詩"意取尖新,太傷佻巧",批點之語"大率破碎纖仄,無裨來學"。

劉辰翁評詩最重要的成就是杜詩評點。《四庫全書總目》卷一四九《集千家注杜詩》提要引宋犖語,謂"杜詩評點,自劉辰翁始"。劉辰翁曾爲《興觀集》,選評杜詩,後其門人子弟更輯其批本,成《劉須溪批點杜詩》二十卷。辰翁子將孫序之,略云:"注杜詩,如注《莊子》,蓋謂衆人事,眼前語,一出盡變;事外意,意外事,一語而破無盡之書,一字而含無涯之味;或可評不可注,或不必注,或不當注,舉之不可遍,執之不可著,常辭不極於情,故事不給於弗也,然詎能爾爾。是本净其繁蕪,可以使讀者得於神,而批評摽掇,足使靈悟,固草堂集之郭象本矣。"又云:"他評泊尚多,批點皆各有意,非但謂其佳而已。"然而,譏劉辰翁評杜者亦甚多。《四庫全書總目》卷一四九《集千家注杜詩》提要,引宋犖語又云:"辰翁評所見至淺,其標舉尖新字句,殆於竟陵之先聲。"《箋注評點李長吉歌詩》提要又謂其"所評杜詩,每舍其大而求其細"。宋濂《杜詩舉隅序》又謂劉氏評杜,"未免輕加批抹,如醉翁囈語,終不能了了"。錢謙益貶斥尤甚,在《鼓吹新編序》中稱之爲"弔詭",《讀杜小箋》謂"評杜詩者,莫不善於劉辰翁",又云:"辰翁之評杜也,不識杜之大家數,所謂鋪陳終始,排比聲韻者,而點綴其尖新儁冷,單詞隻字,以爲得杜骨髓,此所謂一知半解也。"又云:"近日之評杜者,鉤深抉異,以鬼窟爲活計,此辰翁之牙後慧也。"《吳江朱氏杜詩輯注序》云:"今人視宋,學益落,智益麓,影明隙見,薰染於嚴儀、劉會孟之邪論,其病屢傳而滋甚。"《愛琴館評選詩慰序》又云:

"古學日遠，人自作辟，邪師魔見，蘊釀於宋季之嚴羽卿、劉辰翁，而毒發於弘、德、嘉、萬之間。"陳櫟《定宇集·隨錄》云："其天資高，後來漸漸迂僻。如注杜詩，多説得迂晦，教人費力，解説可笑。"單復《讀杜愚得自序》又云："須溪所評，大抵止據一時己見而言，亦未明作者立言之旨意。"唐元竑《杜詩攟》，附有劉辰翁評，故多駁正辰翁之語，對照讀之，極有意味。

楊紹和《楹書隅錄》卷九《集千家注批點杜工部詩集》條，對劉辰翁評語作出極爲公允的評價："將孫自序先著，不嫌以郭象注《莊》爲媲，新城乃沿其説，誠如《總目》所譏。顧須溪評點雖未盡當，而足使靈悟處，要自不乏，亦讀杜詩者所不容廢也。"(5) 劉氏評點，重在對詩歌的鑑賞，至明、清兩代評點之風大盛，劉氏開創之功誠不可没。

劉辰翁《題劉玉田選杜詩》云："觀詩各隨所得，自別有用"，又云："同是此語，本無交涉，而見聞各異，但覺聞者會意更佳。用此可見杜詩之妙，亦可爲讀杜詩之法。從古斷章而賦皆然，又未可訾爲錯會也。"劉氏分章逐句評詩之法，近則循於帖括時文，遠則源於先秦"稱詩"之斷章取義。

劉氏的評點，有對整首詩作總評的。如評王維《送友人歸山歌》二首。其一評云："不用楚調，自適目前。詞少而愈多，尚覺《盤谷歌》意凡。"其二評云："宋玉之下，淵明之上，甚似晉人。不知者以爲氣短，知之者以爲《琴操》之餘音也。"評語有助於理解原詩的意旨與格調。有對一句、一聯、一段作出具體的評點。如對杜甫《喜達行在所》詩"間道暫時人"一句評云："五字可傷，即'旦暮人'耳。'暫時'，更警。"對李賀《天上謠》"天河夜轉漂回星，銀浦流雲學水聲"二句評云："'天河'、'銀浦'，似重複，長吉此類亦多。要爲疏雋，不問此耳。《選詩》中多有此例。"此外，如評韋應物《遊開元精舍》詩云：

"落花無言,人澹如菊。"評《秋夜》詩云:"何必思索,洞見本懷。"評《長安道》詩云:"清詞麗句,灼灼動人。"評《五絃行》詩云:"磊落英多,卻復情至。"均一語破的。至於劉辰翁常用"妙處不必可解"、"妙處有不可言"之語,自得真義。詩家妙處,往往在可解與不可解、可言與不可言之間。劉氏亦詩人,特意拈出此等語以評詩,當別有會心之處,正不足爲不識者道也。

劉辰翁是詩人,深知爲詩之甘苦。其評往往能直探詩心,發其窔奧。如王安石《張良》詩:"從來四皓招不得,爲我立棄商山芝。"劉評:"他口語毒,'立棄'二字有疑。便如'天發一矢胡無酋',不動聲色。"四皓爲太子所招出山,其事可疑,其情可疑,其人可疑,朝野合謀之詐僞,皆隱於"立棄"二字中,而劉氏能迹詩人之心,一語揭出。是以錢鍾書《談藝錄》補訂特意引述此條,並稱劉氏"識殊鋭"。其評王維《積雨輞川莊作》云:"寫景自然,造語又極辛苦。"即所謂"成如容易卻艱辛",爲詩當千錘百煉而以自然出之。故其評詩,亦好用"自得"、"天然"、"自然"一類的詞彙。王維詩詩中有畫,劉氏作評時,每指出其"畫意"。如《綦毋潛落第還鄉》詩"遠樹帶行客"句,評云:"'帶'字畫意。"《觀獵》詩總評云:"極是畫意。"《鹿柴》詩,評云:"無言而有畫意。"有意思的是,王維《輞川集》中附有裴迪的和作,劉氏每將其對比,中寓褒貶。如《孟城坳》詩,王作評云:"'復欲'兩語,如此俯仰曠達不可得。"裴作評云:"未爲不佳,相去甚遠。"《椒園》詩,王作評云:"首首素净。"裴作評云:"壞盡一鍋羹。"意謂裴詩中有"幸堪調鼎用"一句,如一粒老鼠屎在羹中也。對王維名句"九天閶闔開宮殿,萬國衣冠拜冕旒",則評云:"帖子語,頗不癡重。"杜甫《秋興》詩"雕闌繡柱圍黄鵠,錦纜牙檣起白鷗",評云:"對偶耳,不足爲麗。"非人云亦云者。

然而劉氏每以己之身世感情代入古人，或以他人之酒杯澆己之塊壘，故時有偏頗之論。如杜甫《晚行口號》詩："遠愧梁江總，還家尚黑頭。"劉評曰："人知江令自陳入隋，不知其自梁時已達官矣。自梁入陳，自陳入隋，其人物心事可知。著一'梁'字，而不勝其愧矣。詩之妙如此，豈待罵哉！"顧炎武《日知錄》卷二〇"杜少陵詩注"駁之曰："子美遭亂崎嶇，略與總同，而自傷年已老，故發此欷爾。"又謂江總入隋時年已老，頭安得黑乎？錢謙益《杜詩注》亦云："總入隋，年已七十餘矣。劉之不學，可笑如此。"劉辰翁以遺老自命，對身仕數朝之江總，自有微詞。故未及深思，即信筆批抹，無怪其爲識者所譏。錢大昕《經籍籑詁序》云："宋賢喜頓悟，笑問學爲支離，棄注疏爲糟粕。談經之家，師心自用，乃以俚俗之言詮說經典。"明、清評家，此種作風，愈演愈烈，至金聖歎出，可謂一空依傍，無法無天了。

劉辰翁的詩評，常爲後人引用。胡應麟《詩藪·雜編》就引錄多則，並加上個人的意見，讀來醰醰有味。如云："杜'日月低秦樹，乾坤繞漢宮'，劉云：'此語投贈中有氣，若登高覽勝則俗矣。'按，杜登覽詩如'山河扶繡户，日月近雕梁'類，何嘗不佳，第彼是本色分內語。惟投贈中錯此，則句調尤覺超然。此當迎之意外，未可以蹊徑論也。"又云："杜'委波金不定，照席綺逾依'，劉云：'金波綺席，如此破碎，謂之不謬不可。'至王禹玉用其格云：'雙鳳雲中扶輦下，六鼇海上駕山來。'頓覺新奇。後來述者益衆，實杜爲開山祖。第劉評尤不可不知。"評上加評，尤可啓人心思。明人的選集，如《唐詩選脈會通評林》等，當代如陳伯海主編的《唐詩彙評》等，亦常引錄劉氏評點之語，可見其影響之深遠。

方　回

　　方回《瀛奎律髓》，成書於元至元年間，選録唐宋律詩一千七百餘首，絶大多數都加以評論。清學者吴之振《瀛奎律髓序》稱道："其評詩則標點眼目，辨别體制，使風雅之軌，後學可尋。"由此可知方回評點的方法與目的。

　　方回的評點，很有特色。其《瀛奎律髓序》云："文之精者爲詩，詩之精者爲律。所選，詩格也；所注，詩話也。學者求之，髓由是可得也。"這裏説的"注"，是指評論。詩選和詩評結合起來，成爲"選評"的範式，影響甚爲深遠。明、清以迄近代，選評體一直流行不衰。方回的評論很能體現其獨特的文學主張。如在評語中提到的"高格"、"句眼"，正是江西詩派的法門，方回一一拈出，極便學者。楊萬里《過揚子江》詩中兩聯："天開雲霧東南碧，日射波濤上下紅。千古英雄鴻去外，六朝形勝雪晴中。"評曰："中兩聯俱爽快，且詩格尤高。"杜甫《登岳陽樓》詩："吴楚東南坼，乾坤日夜浮。"評語指出"坼"與"浮"二字"是句中眼"。所評均要言不煩。方回解詩，極重詩法，甚有見地。如《瀛奎律髓》卷一僧處默《勝果寺》詩："到江吴地盡，隔岸越山多。"方回評云："寺在錢塘，故有吴地、越山之聯。或以田莊牙人譏之，似不害寫物之妙。後山縮爲一句'吴越到江分'，高矣。譬之'共君一夜話，勝讀十年書'是也。因書諸此，以見詩法之無窮。"

　　《瀛奎律髓》卷二六"變體類"的評語，見解尤爲高卓。其小序云："周伯弢詩體，分四實四虚、前後虚實之異。夫詩止此四體耶？然有大手筆焉，變化不同。用一句説景，用一句説情。或先後，或不測。此一聯既然矣，則彼一聯如何處置？今選於左，並取夫用字虛實輕重。外若不等，而意脈體格實佳，與凡變例之一二書之。"如杜甫《江漲又呈竇使君》詩："向晚波微綠，連空岸卻青。日兼春有暮，愁與醉無醒。漂泊猶杯酒，躊躇此驛亭。相看萬里別，同是一浮萍。"方回評："日且暮，春亦且暮，景也。愁不醒，醉亦不醒，情也。以輕對重爲變體。且交互四字，如秤分星云。"《屏迹》詩："用拙存吾道，幽居近物情。桑麻深雨露，燕雀半生成。村鼓時時急，漁舟個個輕。杖藜從白首，心迹喜雙清。"方回評："或問'雨露'二字雙重，'生成'二字雙輕，可以爲法乎？'雨'自對'露'，'生'自對'成'，此輕重各對之法也。必善學者始能之。"賈島《憶江上吳處士》詩："閩國揚帆去，蟾蜍虧復圓。秋風吹渭水，落葉滿長安。此地聚會夕，當時雷雨寒。蘭橈殊未返，消息海雲端。"方回："或問此詩何以謂之變體，豈'秋風吹渭水，落葉滿長安'爲壯乎？曰：不然。此即唐人'春還上林苑，花滿洛陽城'也。其變處乃是'此地聚會夕，當時雷雨寒'，人所不敢言者。或曰：以'雷雨'對'聚會'，不偏枯乎？曰：兩輕兩重自相對，乃更有力。但謂之變體，則不可常爾。"《病起》詩："嵩丘歸未得，空自責遲回。身事豈能遂，蘭花又已開。病令新作少，雨阻故人來。燈下南華卷，袪愁當酒杯。"方回評："老杜此等體，多於七言律詩中變。獨賈浪仙乃能於五言律詩中變，是可喜也。昧者必謂'身事'不可對'蘭花'二字，然細味之，乃殊有味。以十字一串貫意，而一情一景自然明白。下聯更用'雨'字對'病'字，甚爲不切，而意極切，真是好詩變體之妙者也。若'往往語復默，微微雨灑松'，則其變太厎異而生澀矣。"方回之評，掃盡凡近濫調，爲後世詩家提供創作法門，清代同光諸老亦深受其影響。朱東潤《述方回詩評》更稱許變體之說"論獨精到"，可見方回論詩真本領。

此外尚有"拗調類",論拗體、吳體,亦甚有啓發意義。如杜甫《題省中院壁》詩:"掖垣竹埤梧十尋,洞門對雪常陰陰。落花遊絲白日靜,鳴鳩乳燕青春深。腐儒衰晚謬通籍,退食遲回違寸心。袞職曾無一字補,許身愧比雙南金。"方回評:"此篇八句俱拗,而律呂鏗鏘。試以微吟,或以長歌,其實文從字順也。以下吳體皆然。"杜工部《巳上人茅齋》詩:"巳公茅屋下,可以賦新詩。枕簟入林僻,茶瓜留客遲。江蓮搖白羽,天棘蔓青絲。空忝許詢輩,難酬支遁詞。"方回評:"'入'字當平而仄,'留'字當仄而平,'許'、'支'二字亦然。間或出此,詩更峭健。又'入'字、'留'字乃詩句之眼,與'搖'字、'蔓'字同,如必不可依平仄,則拗用之,尤佳耳。如'雲散灌壇雨,春青彭澤田',亦是。"賈島《早春題湖上友人新居》詩:"門不當官道,行人到亦稀。故從殯後出,多是夜深歸。開篋收詩卷,掃牀移臥衣。幾時同買宅,相近有柴扉。"方回評:"收詩前句不拗,祇'掃牀移臥衣'拗一字。'掃'字既仄,即'移'字處合平,亦詩家通例也。"用心極細,可供取法。

方回《文選顔鮑謝詩評》四卷,取《文選》中所錄顔延之、鮑照、謝靈運、謝朓的詩加以評論。《四庫全書總目》云:"回所撰《瀛奎律髓》,持論頗偏。此集所評,如謝靈運詩多取其能作理語,又好標一字爲句眼,仍不出宋人窠臼。然其他則多中理解。"又云:"統觀全集,究較《瀛奎律髓》爲勝,殆作於晚年,所見又進歟?"方回評語,或多達千言,或寥寥數語,多言之有理。

方回的評點,對後世影響甚大,清人針對方氏《瀛奎律髓》的評點竟多達十多家,今人李慶甲輯成《瀛奎律髓彙評》四十九卷,並有四種附錄及彙檢。

評點是中國文學批評重要的傳統方式。吳承學云:"從文學批評發展史的角度看,宋代的評點,標志著文學批評走向通俗化並帶有強烈的實用、功利色彩,這些特點和宋代以後整個文化發展的總體趨勢正好是相一致的。"[6]可謂切中肯綮。

明清評點

　　明代評點之風益盛,不少詩歌總集選本,都有總評或批語。如高棅《唐詩品彙》,爲大型總集,於詩人詩作之後,間有評語。其選本《唐詩正聲》,有桂天祥批點。李攀龍《古今詩删》,亦有託名鍾惺、譚元春之評語,後人將李書重輯爲《唐詩選》,又有高江的批點和王穉登的評點。唐汝詢《唐詩解》,每詩下有評解。朱梧《琬琰清音》,亦有編者的圈點批語。鍾惺、譚元春《唐詩歸》,有二人的評語,頗多新見。陸時雍《詩鏡》,陳祚明《采菽堂古詩評選》,季洪宇《詩家合璧》,敖英《類編唐詩七言絶句》,張含《唐詩絶句精選》,顧璘《唐詩批點正音》,周敬、周珽《唐詩選脈會通評林》,李維楨《唐詩雋》,郝敬《批選唐詩》等多種選本均有評語。至於個人的别集選本,則以杜甫爲多,據周采泉《杜集書録》所載,已有李夢陽、鄭善夫、楊慎、王慎中、王世貞、徐渭等批點本。李白、韓愈、許渾、李賀、杜牧、皮日休等詩集,也有人相繼作評。

　　明黄廷鵠編《詩冶》,輯録上古至六朝詩,並作評注。"凡例"中强調"詩不可著解",故其注祇詮釋名物字義,全書着重在評。多爲輯録歷代評語,部分爲黄氏自評。

　　明末刊本《李杜全集》中有《李太白詩集》二十二卷,署"嚴羽滄浪評點",

聞啓祥跋云："劉評杜詩久傳於世，無可與匹。茲於樵川舊家忽得嚴所評李詩，從未經刻者，合之，如延平龍劍，光焰射斗，何止萬丈。不惟使李、杜並生，亦覺嚴、劉同世矣。"王琦注《李太白全集跋》云："李詩全集之有評，自滄浪嚴氏始也。"所謂嚴評，當爲明人僞託。劉躍進《嚴羽評李白詩資料摭談》，舉例論述嚴評之可疑。蔣寅《金陵生小言》亦云："顧其間所論亦去《滄浪詩話》遠甚，必僞託無疑也。"雖爲僞託，畢竟是明人評語，當亦有其文獻價值。陳伯海《唐詩彙評》、郁賢皓《李太白全集校注》均徑引之，未加說明，宜作辨正。

明竟陵派詩人鍾惺《詩歸》一書，選詩置評。曹學佺《與陳開仲》云："伯敬《詩歸》其病在學卓吾評史。評史欲其盡，評詩欲其不盡。卓吾以之評史則可，伯敬以之評詩則不可。""盡"一字，爲評家所不免。

明末清初評詩風氣甚盛，一批才學識兼備的詩評家，編選了一些詩歌評注本，在對詩歌的具體批評中，表達個人的詩學觀。其中可以王夫之、馮班、金聖歎三家爲代表。

王夫之有《古詩評選》、《唐詩評選》和《明詩評選》三種詩歌評選本。王夫之是位傑出的思想家，也是大詩人。選、評皆精，遠非其前之明人所及。王氏《薑齋詩話》中的詩學觀完全貫徹在他的評選中。陳伯海《唐詩學史稿》指出，王氏的評點"文字靈機泉湧，隨機多變"。"或玩味深研，點明感受，拈出風格，指明句法"，"或把該詩置於體式發展中，指出前後承傳作用。"[7]

評點家論詩法，好拈出"起、承、轉、合"四字以概括之。此論始自元人。舊題傅若金撰《詩法正論》云："作詩成法，有起、承、轉、合四字。以絕句言之,第一句是起,第二句是承,第三句是轉,第四句是合;律詩第一聯是起,第二聯是承,第三聯是轉,第四聯是合。"舊題楊載《詩法家數》亦持此說,並細述具體作法。二書雖假託,然皆出於元人之手。明清兩代制藝流行,評點家更好以"起、承、轉、合"之法評詩。

馮班、馮舒兄弟"評閱"《才調集》,頗多新見。卷一首條總批即引馮舒云:"家兄(指馮班)看詩,多言'起、承、轉、合',此教初學之法,如此書,正要脫盡此'板法',方見才調。"(彩圖 13)馮氏兄弟是真正行家,對所謂"詩法"有真正會心之處。故第一首詩白居易《代書一百韻寄微之》批語云:"'起、承、轉、合'不可不知,卻拘不得,須變化飛動為佳。"拈出"變化飛動"四字以作補充,詩法才不會成為"板法"。二馮亦不乏真知灼見,如馮舒批點《才調集》卷二云:"溫、李詩句句有出,而文氣清麗,多看六朝書方能作之。""溫、李、楊、劉,用事皆有古法,比物連類,妥帖渾穩。"亦行家之語。二馮對《瀛奎律髓》的評點,尤見功力。馮舒自言"平生所得詩法盡在此矣",尊唐抑宋,力斥江西,然其所見者每為邊角之處,未免瑣屑片面。

二馮的評點,杭世駿卻頗為不滿。其《榕城詩話》云:"予跋其點本後曰:'固哉馮叟之言詩也,承轉開合,提倡不已,乃村夫子長技。緣情綺靡,寧或在斯?古人容有,細心通才必不當為此迂論。'"《四庫全書總目》卷一九一則駁之曰:"詩必從承轉開合入,而後不為泛駕之馬,久而神明變化,無復承轉開合之迹,而承轉開合自行乎其間。"詩法是有必要講求的。無論"一景一情",或"起承轉合"等,對初學者來說,是入門必備的工夫,但不必提倡不已。《總目》所云,自是通達之論。

金聖歎是明末清初的評點名家。他除了著名的對《水滸》等小說的評點外，也對唐詩作過評點。其《貫華堂選批唐才子詩》一書，可說是開創了一種新的評論格式。廖燕《金聖歎先生傳》云："予讀先生所評諸書，領異標新，迥出意表，覺作者千百年來，至此始開生面。"又稱其評"別出手眼"，"畫龍點睛，金針隨度，使天下後學悉悟作文用筆墨法"，"功實開拓萬世"。金氏采用八股制藝常用的"起"、"承"、"轉"、"合"的格局進行評述，特別是較長的詩，多分章講解，針綫細密，有時甚至流於繁瑣。金氏的評點方法，用於評文，特別是評時文，自是出色當行，但用於評詩，則似有可議之處。

金聖歎《唱經堂杜詩解》四卷，是批解杜詩的重要著作。金氏是位大批評家，以批評小說見稱於時，而其批杜詩，亦多用批時文、批小說的手段，南村《攄懷齋詩話》謂此"實其致病之要點，但俊眼靈思，於詩道特有發明處亦不少"。重點在批律詩，以四句爲一解，好發新論，尤好以禪理解説。金聖歎解杜詩，撲入深處，細緻分析，往往能啓人神智。如《子規》詩："峽裏雲安縣，江樓翼瓦齊。兩邊山木合，終日子規啼。眇眇春風見，蕭蕭夜色淒。客愁那聽此？故傍旅人低。"解云：

> 看他前解一、二、三句，都不是子規，至第四句，方輕點。後解五、六、七句，又都不是子規，至第八句，方輕寫。一首詩便祇如二句而已。我從未睹如是妙筆。"故"字、"傍"字、"低"字妙。不知爲是子規真有是事，抑並無是事？然據客愁耳邊，則已真有其事也。道樹云"那聽此"，妙，便如仰訴子規，求其曲諒；"故傍人"，妙，便如明知客愁，越來相聒。寫小鳥動成情理，先生每每如此。

金聖歎評詩,自以爲別具手眼,以"起承轉合"四字概括全部詩法,"自幼最苦冬烘先生輩輩相傳,詩妙處正在可解不可解之間"。(《與任升之書》)時人亦頗贊許金氏這種"理性批評"[8],而不覺其亦近乎三家村學究之腐論。海納川《冷禪室詩話》云:"金聖歎批唐人律詩,無論其語氣如何,必以前四句爲一解,後四句爲一解,人號爲'腰斷唐詩'。"真正的詩人,是絕對不會祇遵循這種模式去作詩的。

劉辰翁、金聖歎輩以評古文、評帖括、評小説方法評詩,每招譏議,但章句之法,似亦不可全廢。楊倫《杜詩鏡銓·凡例》云:"杜集凡連章詩,必通各首爲章法,最屬整齊完密,此體千古獨嚴。兹於轉接照應、脈絡貫通處,一一指出,聊爲學詩者示以繩墨毂率。"是以楊氏於杜詩長篇,每爲分段界畫,振裘挈領,俾讀者一覽瞭如。但如果都像中小學語文教學參考書那樣,首首詩都要判定"中心思想",分析"段落大意",恐怕祇能培養出學者而出不了詩人。金聖歎以評文之法評詩,分解章句,其末流更推而廣之,更不免有破碎支離之病,徐增《説唐詩》,《四庫全書總目》評云:"至於分解之説,始於樂府,如《陌上桑》等篇,所注一解、二解、三解字,尚不拘句數,晉、魏所歌古辭,如《白頭吟》、《塘上行》等篇,乃注四句爲一解。所謂古歌以四句爲一解,倫歌以一句爲一解是也。然所説乃歌之節奏,非詩之格律。增與金人瑞遊,取其'唐才子書'之説,以分解之説施於律詩,穿鑿附會,尤失古人之意。"

儘管評點之學每被視爲"紙尾之學"、"俗學",而清代的評點家無論從數量上或品質上都遠超於前人。學者金聖歎、馮舒、馮班、查慎行、何焯、方苞、劉大櫆、姚範、紀昀、姚鼐、吳德旋、曾國藩、許印芳、吳汝綸等均對詩歌作過圈點批評。較爲人所知的有李因篤《漢詩評》,陸次雲《唐詩善鳴集》,何焯

《唐三體詩評》，吳廷偉、顧元標《唐詩體經》，佚名《唐律多師集》，汪森《韓柳詩選》，岳端《寒瘦集》，蔣鵬翮《唐人五言排律詩論》，黃六鴻《唐詩筌蹄集》，趙臣瑗《山滿樓箋注唐詩七言律》，屈復《唐詩成法》，沈德潛《唐詩別裁集》、《明詩別裁集》、《清詩別裁集》，張景星等《宋詩百一鈔》、《元詩百一鈔》，朱之荆《增訂唐詩摘鈔》，史承豫《唐賢三昧小集》、《續集》，張尹《唐人試帖詩鈔》，徐曰璉、沈士駿《唐律清麗集》，陳訏《唐省試詩箋注》，吳瑞榮《唐詩箋要》、《續編》，宋宗元《網師園唐詩箋》，盧弨、王溥《聞鶴軒初盛唐近體讀本》，吳翌鳳《唐詩選》，張摠《唐風采》，朱曾武《唐詩繹律初集》，黃培芳《批唐賢三昧集箋注》，陳世熔《求志居唐詩選》，曹巖《全唐七言律注》等不下百十種。而個人別集選集的評點本、批點本亦以杜甫爲最多。周采泉《杜集書錄》就輯錄了黃宗羲、傅山、奚祿詒、黃叔琳、丁耀亢、韓洽、方文、錢陸璨、陸嘉淑、汪琬、王士祿、呂留良、李因篤、朱彝尊等百餘家，可謂盛之極矣。

　　清代參與詩歌評點批點的，不少是著名的學者、詩人，故其所論，每能得中肯綮。

　　紀昀《瀛奎律髓刊誤》，頗多精到的評語。如李白的名作《秋登宣城謝朓北樓》，末二句"誰念北樓上，臨風憶謝公。"紀評云："結在當時不妨，在後來則爲窠臼語，爲淺率語。爲太現成語。故論詩者，當論其世。"崔顥《登黃鶴樓》詩，紀評云："偶爾得之，自成絕調，然不可無一，不可有二。再一臨摹，便成窠臼。"劉禹錫《松滋渡望峽中》，末二句"十二碧峰何處所？永安宮外是荒臺。"紀評云："結二句不免窠臼。"紀評點出"窠臼"二字，切中千古詩人大病，甚有啓發。有論者謂紀氏"好罵"，正在這"罵"中自有見地，所用詞語亦甚爲尖刻："惡"、"笨"、"粗"、"格卑"、"太滑"、"無味"、"劣調"、"套語"、"雜湊"、

"鄙陋"、"雜亂無章"、"俗不可耐"等等，每每一針見血。

曾國藩編選《十八家詩鈔》，所撰《求闕齋讀書録》亦對入選詩作評點，中有訓詁、考據、分析、解意等多項内容，要言不煩。如評黄庭堅《趙令許載酒見過》詩"買魚斫膾須論網"云："論網，謂數網而論價，言其賤也。"評《講武臺南有感》云："有感者，哀逝也。"均能一語中的。曾氏評詩，時有襲用前人之說而不加說明。如評黄庭堅《贈李輔聖》詩"肯使黄塵没馬頭"云："謂不復浮沈京洛風塵間也。"與任淵注字字相同，意或讀書時隨手摘録所致。

方東樹亦爲清代的大批評家，著有《昭昧詹言》二十一卷。遍評歷代詩人詩作，每以"文法"論詩。好從章法、句法、字法上分析。如云："古人文法之妙，一言以蔽之曰：語不接而意接。"汪紹楹在此書"校點後記"中指責其爲桐城一脈，"在文學批評理論上是不高的"，摘其有關詩題方面，則有"序題"、"點題"、"顧題"、"入題"等法，有關章法方面，則有"斬截"、"伸縮"、"遥接"、"倒接"、"逆捲"等法，有關字法方面，則有"選字"、"翻用"等法，汪氏認爲是評制藝、試帖詩的術語，汪氏之説，似有偏見。方氏評詩，示人以作法，其中有不少精到之語，發人思致。有功後學。

清末最傑出的評點家當數吴汝綸。他評點過數十種書籍，其中有關詩歌的就有二十餘種，如《評點詩經》、《評點楚詞》、《評點陳思王集》、《評點陶淵明集》、《評點步兵集》、《評點謝康樂集》、《評點鮑參軍集》、《評點江醴陵集》、《評點韓文公集》、《評點柳柳州集》、《評點李長吉集》、《評點杜牧之集》、《評點杜子美集》、《評點李太白集》、《評點香奩集》、《評點唐諸家詩集》、《評點蘇東坡集》、《評點王荆公集》、《評點黄山谷詩集》、《評點晁具茨詩集》、《評點宋諸家詩集》、《評點元遺山集》、《評點姚惜抱集》、《評點唐詩鼓吹》、《評點瀛奎律髓》、《評點歷朝詩約選》、《評點漁洋古詩選》等。吴氏精於詩學，獨具隻眼，故其評點尤爲學者所重視，評點之學，至吴汝綸可算是一大結穴了。

近百年來，評點之學由盛而衰，仍一綫延綿。陳衍《宋詩精華録》，張采田《李義山詩辨正》、俞陛雲《詩境淺說》及續編，每有評語。作者都是傑出的詩人，所評亦甚當行出色，非一般詩評家所及。近代坊間不少以"評注"爲名的書籍實際上也是評點本，如王文濡主編的《歷代詩文名篇評注讀本》中的"古詩卷""唐詩卷""宋元明詩卷""清詩卷"，均有評點。另一方面，評點已融入有關的著述中，如錢鍾書《談藝録》、《管錐編》，中多評點之語，以致有學者稱錢氏爲"古典意義的評點家"。[9]

詞曲評注

詞曲之評，除個別專集外，散見於歷代筆記、詞話、曲話、詞曲選本等書中，吴熊和主編《唐宋詞彙評》及鍾振振等主編《歷代詞紀事會評》，均洋洋巨製，資料豐贍，手此二書，可免披沙揀金之勞矣。

傅共爲傅幹《注坡詞》作序，謂蘇軾詞"寄意幽渺，指事深遠，片詞隻字，皆有根柢。是以世之玩者，未易識其佳處。譬猶瑰奇珍怪之寶，來於異域，光彩照耀，人人駭矚，而能辨質其名物者蓋寡矣"，因而傅幹"敷陳演析，指摘源流"而爲此注。

《絕妙好詞箋》七卷，爲查爲仁、厲鶚撰。《四庫提要》謂："爲仁采摭諸書，以爲之箋。各詳其里居出處，或因詞而考證其本事，或因人而附載其佚聞，以及諸家評論之語，與其人之名篇秀句，不見於此集者，咸附錄之。"

《樂府指迷箋釋》，蔡嵩雲著。蔡氏箋釋，極爲翔實。《引言》云："箋釋之作，旨在引申其義，其間頗有借題材發抒己見者。"原文隻言片語，即引古來相近的評論以證之。如"姜詞得失"條云："姜白石清勁知音，亦未免有生硬處。"箋語則洋洋七八百言，末處更作總論，評述原文及各家評論之得失，並加以個人的意見。

《山中白雲詞疏證》。江昱撰，自序云："一句之訛，一字之誤，凡此之類，不可枚舉，率從卷籍不相涉之處，參考互證，觸類旁通而出。既矜創獲，復繹詞意，愈覺神觀飛越，親歷其時，身入其境，聆其談笑而罄其曲折。向之平淡無奇者，今皆見其切事愜心，分寸合度，而非隨手填寫，僅求好句成篇可比。"江氏所云，實甘苦之言。至其與古人神靈相感處，尤非箇中人不能道。

金蔡松年《明秀集》詞，有魏道明注。張蓉鏡跋謂其"徵引博洽，集中酬贈諸君，俱爲詳注始末，俾一代人文，得所考覈"。王鵬運跋又謂此注"遺聞軼事，零章斷句，往往而有，足與劉祁《歸潛志》並爲金源文獻之徵"。

趙尊岳爲唐圭璋《南唐二主辭彙箋》作序云："唐氏乃追蹤樊榭，綜核諸家，申以漢人治經之法，用立學者箋詞之型。"

劉蕭《周邦彥詞注序》謂周邦彥詞"徵辭引類，推古誇今，或借字用意，言言皆有來歷，真足冠冕詞林"，陳元龍"病舊注之簡略，遂詳而疏之，俾歌之者究其事，達其辭，則美成之美益彰"。朱祖謀《片玉集跋》則謂"舊注"，疑即曹杓《注清真詞》。

阮元《詳注片玉集提要》亦謂"元龍以美成詞借字用意，言言俱有來歷，乃廣爲考證，詳加箋注焉"。（《揅經室外集》，見《四庫未收書提要》）

鄭文焯《清真詞校後錄要》則批評宋人注本，云："學者但賞其文藻，率於其舉典隸事，強作解人，雖習見者，亦多所箋釋。要之，詞原於比興，體貴清空，奚取典博？美成詞切情附物，骨力奇高，玉田謂其取字'皆從唐之溫、李及長吉詩中來'一語，思過半矣。故詞之有注，轉爲贅疣。"

當代人所撰有關詞的選評本，余意以沈軼劉、富壽蓀合選之《清詞菁華》最爲傑出。書中錄詞人380家，詞1018闋，沈、富二先生皆精古文、擅詩詞，獨具隻眼，所選首首可誦，評點鞭辟入裏，甚多新見，遠超時下諸多選本。

總集及名家別集，版本較多，注家使用何種版本有時會影響到作品的用意。如周邦彥《西河·金陵懷古》詞："傷心東望淮水。"《增修箋注妙選草堂詩餘》作"賞心東望淮水"，注云："《詩話總龜》云：'賞心亭，丁晉公所作。秦淮絶致。'"鄭文焯《清真詞校後錄要》指出周詞"實檃括劉夢得《金陵五題》詠石頭城詩句，融會分明，而《草堂詩餘》及毛刻注皆以'傷心'爲'賞心'，草堂本引《詩話總龜》賞心亭故實，頓失作者本義。"鄭氏校記又引《六醜·薔薇謝後作》詞"恐斷鴻尚有相思字"句，謂汲古注引詩"天南斷雁"句以實之。（按，原句爲："來春縱有相思字，三月天南斷雁飛。"）並考宋龐元英《談藪》云："本朝詞人用御溝紅葉故事，惟清真樂府《六醜》詠落花見之，云'恐斷紅尚有相思字，何由見得。'"是宋人所見原本爲"斷紅"可證。

元、明以來，散曲文獻一直不受重視，直至清末民初，纔有學者進行搜集整理，而有關的注釋本，到20世紀80年代以後始得寥寥數種。散曲文獻的整理工作，落後於詞，更落後於詩。

較早的散曲注本，當數龍潛庵《元人散曲選》，1979年香港三聯書店出版。該書選録了一百七十多首元人散曲,題解詳細,注釋簡明、準確。

《元散曲選注》,王季思主編,洪柏昭、盧叔度、羅錫詩、盧漢超注釋。有"作者簡介"、作品"説明"以及"注釋"三部分,深入淺出,極便初學。

《金元散曲選釋》,李長路、張巨才注。上編爲散曲小令,下編爲散曲套數。注釋簡明。

《元人散曲選》,羊春秋選注。

《元明清散曲選》,王起主編,洪柏昭、謝伯陽選注。此書被定爲高等學校文科教材,影響亦較大。每首曲注釋之後均有一段説明,"目的是幫助讀者了解曲家的創作概況,領略作品的思想内容和藝術特色。"[10] 如關漢卿《南吕·四塊玉》説明:"這曲寫歷盡世態人情,深感到處顛倒賢愚是非,因而決意歸隱。末三句正言反説,充滿憤慨,讀元曲者,當在這些地方細味作者本意,切忌膠柱鼓瑟。"

直到二十一世紀初,散曲選注本又添了數種:

《全元散曲》,吴庚舜、吕薇芬主編。此書題下標出"廣選、新注、集評",説明是全元散曲的選注、集評本。所選元人散曲數量較多。

《新選元曲三百首》,張燕瑾、黄克選注。

《元曲三百首譯析》,李淼譯析。有今譯、作者介紹、注釋、簡析四項。

散曲别集的注本,則有王學奇等《關漢卿全集校注》,中收有散曲小令、套數、殘曲共八十餘首。另李漢秋、周維培校注《關漢卿散曲集》,注釋較爲詳明。

馬致遠散曲集,有三種校注本:劉益國《馬致遠散曲集校注》,瞿鈞《東籬樂府全集》,傅麗英、馬恒君《馬致遠全集校注》中,收録馬氏散曲小令、套數、殘套一百三十餘首。

呂薇芬、楊鐮《張可久集校注》，中收錄了張可久《張小山北曲聯樂府》、《張小山小令》、《小山樂府》中全部作品，加以校注，主要注釋人名、地名以及重要的典實。

楊鐮、胥惠民《貫雲石作品輯注》和俞忠鑫校注《甜齋樂府》，即《酸甜樂府》的注本，收有貫雲石與徐再思全部散曲。

此外，尚有楊鐮、石曉奇、欒睿合著的《元曲家薛昂夫》，此書包有《薛昂夫作品輯注》部分，輯注了薛氏的散曲。

徐徵、張月中、張聖潔、奚梅等主編的《全元曲》，以曲調排列，對歷史故實和名物制度的注釋尤爲詳細。

吳志達編著《元散曲新選》，有簡要的注釋和較詳細的説明。

譚帆、邵明珍注評《元散曲》，有作者介紹、注釋、説明、集評四項。

（1）錢鍾書《管錐編·全晉文卷一〇二》。三聯書店，2008年版，第6頁。
（2）張三夕《宋詩宋注管窺》，見《詩歌與經驗——中國古典詩歌論稿》，岳麓書社，2008年版，第165頁。
（3）陳伯海主編《唐詩學史稿》，河北人民出版社，2011年版，第285頁。
（4）吳承學《評點之興——文學評點的形成和南宋的詩文評點》，《文學評論》1995年第1期。
（5）楊紹和《楹書隅録》。轉引自周采泉《杜集書録》卷九，上海古籍出版社，1986年版。
（6）吳承學《評點之興——文學評點的形成和南宋的詩文評點》，《文學評論》1995年第1期。

（7）陳伯海主編《唐詩學史稿》，河北人民出版社，2011年版，第629頁。
（8）陳伯海主編《唐詩學史稿》，河北人民出版社，2011年版，第661頁。
（9）胡文輝《現代學林點將錄》，廣東人民出版社，2010版，第78頁。
（10）《元明清散曲選·前言》，人民文學出版社，1988年版，第15頁。

體式篇

編排章第一

詩歌注釋編排體例主要有三種：分類注、分體注、編年注。以上三種編排體例，在宋詩宋注中已具備。尤其是任淵開創的編年體詩注，更是後世注家效法的榜樣。趙殿成《王右丞集箋注例略》云："敍事之法，編年爲上，別體次之，分類又其次也。"分類注、分體注之所以流行，可能是便於學詩者取法；編年注的産生，當與史學、考據學的勃興有關。

分類注

分類，是按照詩歌的題材、內容、形式來分門別類。詩歌分類編次，最早見於《文選》，因蕭統編纂《文選》時，就已把詩歌按主題分成二十三類：補亡、述德、勸勵、獻詩、公讌、祖餞、詠史、百一、遊仙、招隱、反招隱、遊覽、詠懷、哀傷、贈答、行旅、軍戎、郊廟、樂府、挽歌、雜歌、雜詩、雜擬。《文選》把詩歌分爲二十三類，其實是相當駁雜的，每類之間在概念上也不是並列的，故屢爲後世學者所譏。姚鼐《古文辭類纂・序詞賦類》云："昭明《文選》分體碎雜，其立名多可笑者，後之編集者或不知其陋而仍之。"儘管如此，《文選》分類之法一直沿用下來。唐人白居易詩集，也以"諷諭"、"閒適"、"感傷"等內容分卷。編集者分類編詩，注釋者亦按類注詩，最早的分類注詩亦當屬李善《文選》注。

宋人注杜甫詩，亦常有分類注。如闕名《分門集注杜工部詩》，分門編排，竟多達七十二門。徐宅《門類杜詩》、黃鶴補注《集千家注分類杜工部詩》等，皆分門別類，極爲繁瑣。宋代蘇軾詩的分類注本，有著名的"集注分類東坡詩"，題爲呂祖謙分編，王十朋纂編。現存宋末元初刊本《增刊校正王狀元集注分類東坡詩》，把蘇軾詩編爲二十五卷，分作七十八類，劉辰翁批點本中亦分爲七十八類。明萬曆年間，茅維據元刊本刻《東坡先生詩集注》，可能嫌原分類繁項，把七十八類合併爲三十類。清康熙刻本題王十朋纂編《蘇東坡詩集注》又把其中的"酬和"與"酬答"合併，成爲二十九類。

南宋後期有楊齊賢集注《李白詩》，元蕭士贇爲作補注，成《分類補注李太白集》二十五卷，分作二十二類。明嘉靖郭雲鵬校刻是書，在舊注基礎上，删削補訂，編爲賦一卷，歌詩二十卷，古風、樂府獨立編排，其他各體則分爲十九類：歌詠、贈、寄、留別、送、酬答、遊宴、登覽、行役、懷古、閒適、懷思、感遇、寫懷、詠物、題詠、雜詠、閨情、哀傷。

分類注還流行在詩歌選本上。注家如清胡以海《唐詩貫珠》六十卷，專選注唐人七律，分爲八十類，極爲繁複。清惲鶴生、錢人龍《全唐試律類箋》十卷，亦按天文、地理、鳥獸、草木等分類編排。

在詞集的注釋上，亦有分類注。如南宋何士信編《草堂詩餘》，前集分爲春景、夏景、秋景、冬景四大類二十九小類，後集分爲節序、天文、地理、人物、人事、飲饌器用、花禽七大類三十七小類。明陳鍾秀《精選名賢詞話草堂詩餘》又分爲時令、節序、懷古、人物、人事、雜詠六大類四十五小類。

分體注

分體注，即別體注。以詩體劃分。或分爲古體詩與近體詩兩部分，或按五、七言再分爲四部分或六部分，亦有再細分者。如李壁《王荆公詩箋注》，分爲古詩與律詩兩大部分，古詩則五、七言混編，律詩則按五律、七律、五絕、七絕分編。

宋人編集前人詩集，每按詩體編次。一般是樂府、古詩在前，律詩、絕詩在後。如宋郭知達《九家集注杜詩》，卷一至卷一六爲"古詩"，五七言混編；卷一七至卷三六爲"近體詩"，五七言律絕混編。這是比較粗糙的分體編排。宋黃希、黃鶴《補注杜詩》，前十六卷爲"古詩"，後二十卷爲"近體詩"。宋李壁《王荆文公詩箋注》，卷一至卷二一爲"古詩"，五七言混編，卷二二至卷五〇爲"律詩"，其中卷二二至卷二五爲五律，卷二六至卷三九爲七律，卷四〇爲五絕，卷四一至卷四八爲七絕。卷四九至卷五〇爲哀挽詩，五七言律絕混編。

編年注

宋代以前，詩集都采用按主題及體裁分類的方式編纂。宋代司馬光《資治通鑑》、李燾《續資治通鑑長編》等編年體史書出現後,在按時代順序來審視人物、事件的編年史學觀影響下,詩人自編詩集時,開始采用編年方法。編年,是較爲合理的編排方式。楊倫《杜詩鏡銓凡例》:"詩以編年爲善,可以考年力之老壯,交遊之聚散,世道之興衰。""使編次得則詩意易明。"注家據以注釋,更能達到知人論世的目的。編年注是宋代及宋以後使用得最普遍的注釋體例,以目前所見到的文獻材料來説,詩歌的編年注本,當始於南宋初任淵《山谷內集注》及《後山詩注》,其後有施元之等《注東坡先生詩》、胡穉《簡齋詩集箋注》、史容《山谷外集詩注》、史季溫《山谷別集詩注》。

任淵《黃陳詩注》,開編年注之先河。任淵《山谷內集詩注·引言》云:"山谷嘗仿《莊子》,分其詩爲內、外篇。此蓋內篇也。晚年精妙之極,具於此矣。然詮次不倫,離合失當。今以事繫年,校其篇目,各如本第。其不可考者,即從舊次,或以類相從。詩各有注,離爲二十卷云。"可見此書是由注者繫年詮次的。注者經過認真研究考證,確定每詩的序次,如卷首《古詩二首上蘇子瞻》詩,任淵在目錄題下注云:"東坡守徐州,山谷教授北京,初通書,並以此二詩寄意,東坡亦有報書及和章。山谷書云:'今日竊食於魏,會閣下開幕府在彭門。'又云:'作《古風》詩二章賦諸從書。'即此詩是也。以《東坡集》考之,蓋元豐元年。'魏'即北京,'彭門'即徐州。"任注繫年,必有所據,翔實可信,爲後世注家作出良好的典範。

南宋初趙次公《杜詩先後解》在呂大防、蔡興宗對杜詩繫年的基礎上,撰成杜詩的編年注本。沈曾植爲《杜詩先後解》明鈔本作記云:"次公此注,於歲月先後,字義援據,研究積年,用思精密。"

南宋中葉施元之施宿父子、顧禧的《注東坡先生詩》,亦爲宋人編年詩注中的佳作。

編年注在宋代之後,已取代分類注和分體注,成爲詩歌注釋的主流了。

編年注之體例,創自任淵,要推廣這樣新例,得有個過程。舊題王十朋注蘇詩,還囿於舊習,趨易避難,沿用分體之例。史容作《山谷外集詩注》十四卷本,初刻於嘉定元年(1208),注者在引言中聲明:"詩有古、律,悉從舊次。"所謂舊次,即分體編排。直到四十二年後的重刻本,纔采用編年方式。注者改動了引言:"其作詩歲月,别行詮次。"這個例子,從另一角度説明編年之難。史容之孫季温《閩憲刊山谷外集詩注跋》云:"大父優遊林泉者近十年,復參諸書,爲之增注,且細考山谷出處歲月,别行詮次,不復以舊集古律詩爲拘。考訂之精,十已七八,其間不可盡知者附之本年。"可見史容晚年更完善編年詩的體例,把"不可盡知者"附於本年之末。這種方法也爲後世編年注者所仿效。清人浦起龍《讀杜心解》,在分體基礎上編年,是爲特例。

爲詩編年,還要爲詩人編纂年譜。馮浩《玉溪生詩箋注發凡》云:"年譜乃箋釋之根幹,非是無可提挈也。"孫德謙《玉溪生年譜序》云:"有宋以來,嗜古之士,往往於詩家者流,爲之編纂年譜者,殆深得尚論之義乎?然詮題歲月,不盡疑年;綴述生平,豈必闡隱?苟非融洽詩旨,覃思寫精,取證史聞,裁爲實録,未有獲也。"爲詩人編年譜,並附於其詩集中,已成注家通例,數百年沿用下來,愈出愈精。知人論世,自有助於對詩歌本意的了解。是以張采田《玉谿生年譜會箋》卷首即云:"非詳箋不能領其旨趣之遙深;非先按行年,亦不能會其命意之所在。"

分韻注

分類、分體、編年之外,還有一種很有趣的體例,稱爲"分韻",即按照詩韻歸類編排,主要目的是供學詩者摹擬。如《杜律分韻》,先按五言律詩、七言律詩分體,再按平水韻分部編排。本人曾收藏過一部名爲《蒹葭樓七律分韻》的鈔本,專錄民初詩人黃節的七律詩,分韻編排。署名王先謙編的《近科分韻館詩》,以及顏宗儀《批注七家分韻詩》,楊逢春、蕭應槐輯《青雲集分韻試帖詳注》等書,更是供科舉考試的專用品,有的甚至製成巾箱本,以供試場夾帶之用。

注文形式

注文的形式,大約有以下四種:

一、在字、詞下加注,即所謂"句中注"。一般用作注音或校勘。如朱熹《詩集傳》中《周南·卷耳》:"采采卷上聲耳,不盈頃音傾筐。"如《全唐詩》卷五百五十四項斯《遠水》詩:"東一作南流即一作接故鄉,扁舟來一作當宿處。"又如楊倫《杜詩鏡銓》中《鐵堂峽》詩:"硤與峽通形藏堂隍,壁色立積一作精鐵。"清代一些坊間注本亦有在字詞下注音與釋義者。詩人自注,亦時有句中注。句中注割裂句子,視覺形象不佳。

二、在句末、段末加注，即所謂"句末注"。前人作注，多采用這種形式，或於一句之末，或於兩句、四句之末，或於一段之末，以雙行小字作注。王逸注《騷》，李善注《文選》，現存不少唐人鈔本及宋版書中注文均用句末注。當代上海古籍出版社出版的一些古籍整理本也采用句末注。

在一句之末作注，多爲解釋此句中出現的詞語，或簡述句意。如唐鈔本佚名《文選注》謝靈運《述祖德詩》："達人遺自我，謂父是通達人。墨翟貴己，不肯流意天下，故貴自我。作'貴'勝。遺，棄。高情屬天雲。言情上屬於天與雲。兼抱濟物性，言並有濟拔萬物之性。而不纓垢紛。言不爲垢氛所纓。"

在二句、四句或段末作注，除了解釋詞語外，每對原文作串解，闡發作意。一般來説，詩歌兩句以上，意義方能完足，所以這種形式常爲注家使用。

句末注的形式，正文與注文穿插，致使文氣阻滯斷裂，惠棟指出，此種格式"如一幅縑帛，割裂都盡"（《漁洋山人精華録訓纂·凡例》）。且大字與小字相間，夾注之字往往過小，不利於閱讀，杜荀鶴因有"諱老猶看夾注書"（《戲題王處士書齋》）之慨。近現代人作注，已較少采用此種形式。

三、在標題的下面作注，即所謂"題下注"或"題後注"。《毛詩》的小序，可視爲題下注的濫觴。如《周南·漢廣》題下有小序："德廣所及也。文王之道，被于南國，美化行乎江漢之域，無思犯禮，求而不可得也。"

唐李善《文選注》有大量題下注，《文選》中有類題，有篇題，李善均爲作注，這些注文也可稱作"題解"或"解題"。宋代及其後的注家，每遵其例，多作題下注。作者的自注，亦每有題下注。如黄庭堅《詠史呈徐仲車》詩，題下有作者自注："仲車以聵棄官。"任淵注："《哲宗實録》曰：'徐積，楚州人。治平四年，擢進士第，事母孝篤，鄉閭化之。'積字仲車，山谷同年生也。"

四、在正文全篇的後面作注,即所謂"篇末注"。篇末注式多樣。前人的篇末注,多爲概述全篇,往往與"箋"、"評"不分,有類"總按"。

近代學者的箋注,多置於正文之末,即使是整理前人的注本,也常把注文移到篇末。此種形式,保持原文在觀感上的完整性。篇末注一般有兩種方式,一是在正文句中或句末設置序數詞,在篇末亦以相同的序數詞標出作注;一是正文中不設置任何符號,而在篇末以詞語或句子作標目,在標目下作注。

近代注文形式多樣,有把注文置於每頁之末的"頁尾注",也有把所有注文置於全書之末的"書後注"等等。

詩集中有同一典實而屢見者,前人注釋大致有幾種處理方式:一般是在某篇第一次出現時詳作注釋,以下俱注明見某篇,這是比較恰當的;也有些注本衹云"已見上文"或"已見前注",令讀者翻檢費勞;也有些注本在第一次出現時評注,以後的衹是略作解釋、並注明"參見某篇注"。如《文選》卷二八鮑照《放歌行》"日中安能止"句,李善注:"日中爲市,已見上文。"而所謂"上文"何在?見同卷鮑照《結客少年場行》"日中市朝滿"句注:"《周易》曰:'日中爲市,致天下之人,聚天下之貨。'"又如卷三〇謝靈運《擬魏太子鄴中集詩八首》中有"晤言"、"百川"、"北辰"、"桓靈"、"弱水"、"金樽"、"清醑"、"躧步"、"並坐"、"太行"等詞語,李善注均作"已見上"或"已見上文"。同是此組詩,有些詞語則標出"已見"的篇名,如"伊昔家臨淄"句注:"臨淄,已見《魏都賦》。"有的標出作者名及篇名,如"華屋非蓬居"句注:"華屋,已見陸韓卿《贈顧希叔詩》。"至於李善在什麼情況下纔標出作者名及篇名,則似乎沒有標準。

除了注明"見上文"、"見上注"外,亦有標"見下注"的。如黄庭堅《次韻奉酬劉景文河上見寄》詩"遥憐部曲風沙裏,不廢平生翰墨場"二句,任淵注:"'部曲'、'翰墨場'並見下注。"所謂"下注",則在相去三卷八十餘篇的《寄上叔父夷仲》詩注中,於讀者極爲不便。

還有一種是重複注釋。羅振玉《存拙齋札疏》云:"宋高似孫《史略》譏顔師古注《漢書》,訓詁重複者甚多,往往再見於一版之内。玉按,此古人注書法也。"訓詁重複,既可加深讀者印象,亦免翻檢之勞。

箋注章第二

注

注，是對歷代文獻注釋體式的統稱。注，其得名之由，有多種説法。《説文》云："注，灌也。"孔穎達《毛詩正義》作出明確的解釋："注者，著也。言爲之解説，使其著明也。"注，就是注釋、注解。"注釋"一詞，始見於《顏氏家訓‧書證第十七》："《詩》云：'參差荇菜。'《爾雅》云：'荇，接餘也。'字或爲莕。先儒解釋皆云：'水草，圓葉細莖，隨水淺深。'今是水悉有之，黄花似蓴，江南俗亦呼爲豬蓴，或呼爲荇菜。劉芳具有注釋。""注解"一詞，則始見於《後漢書‧儒林列傳》："中興，北海牟融習《大夏侯尚書》，東海王良習《小夏侯尚書》，沛國桓榮習《歐陽尚書》。榮世習相傳授，東京最盛。扶風杜林傳《古文尚書》，林同郡賈逵爲之作訓，馬融作傳，鄭玄注解，由是《古文尚書》遂顯於世。"《三國志‧魏書‧邴原傳》裴松之注又云："時鄭玄博學洽聞，注解典籍，故儒雅之士集焉。"

《詩》的注釋，是最早而且數量最多的。《詩》，由於被尊爲經，故漢代以來儒者解經所用的注釋體式亦大體具備。據《漢書‧藝文志》與《隋書‧經籍志》的記載,已有傳、箋、故、訓、章句、説、注、疏、義、義疏、集注、集解等多種體式。《隋書·經籍志》:"《毛詩》二十卷。漢河間太傅毛萇傳,鄭氏箋。梁有《毛詩》十卷,馬融注,亡。"可知東漢馬融已作《詩》注。六朝時,顏延之與沈約曾分別爲阮籍《詠懷詩》作注。唐代李善《文選注》中,有十二卷半爲詩注。宋人對詩歌的注釋,亦多稱爲"注"。明、清以來,單稱爲"注"的詩歌注釋本甚多,在此不一一列舉。

有關"注"的術語,還有所謂的"原注",指刻本中沒有標明撰者的注文。這些注文大體有三類:一是詩人的自注。可從注文的内容上判斷,如注中用第一人稱或注明寫作時的時、地、人事等,非一般注家所能知者,如浦起龍《讀杜心解》所指出:"題下篇中時載原注,公自注也。"二是後世編集者的注文,三是佚名注家的舊注,後二者與自注亦不易分辨。如《全唐詩》中的大量注文,其來源相當複雜,須具體分析對待。又如劉須溪本《王右丞集》,題下間或有注,趙殿成《王右丞集箋注例略》指出,這些注文,"或本右丞自注,或是相國附書,或係劉氏傳聞,俱未敢臆度,酌加'原注'二字以冠其上"。謝啓崐《山谷外集補》中有標出"元注"者,亦不詳來源。此外,還有"互注",即指箋注詩歌時引用其他典籍材料以發明詩意。現存宋刻本《監本纂圖重言重意互注點校毛詩》一書,題中的"互注",即指鄭玄的箋。李致忠云:"注經箋《詩》,能融會貫通,互相印證,故稱互注。"[1]互注之名,見於宋版書中的還有數種。唐汝詢《唐詩解》中之"互注",旁徵博引,資料豐富。《唐詩三百首》陳婉俊注本"凡例"亦云:"尋源溯流、博采他書以相證者爲互注。"他書則鮮用此語矣。

歷代詩歌注釋本,除了名爲"注"者外,還有稱爲"補注"、"集注"、"詳注"、"合注"、"彙注"、"箋注"、"疏注"、"音注"、"批注"、"評注"、"選注"、"類注"、"校注"等多種注釋的體式。當代更出版了大量的詩歌注本,其中不少是高質量的詳注本,體例完善,分門別類,可爲範式。

下面舉出《山谷詩注續補》中數例,以說明傳統方式的"注"應有之義。

一、校勘

陳季張有蜀芙蓉長飲客至開輒剪去作詩戲之
剪花莫學韓中令,投轄惟聞陳孟公。
客興不孤春竹葉,年華全屬拒霜叢。
玄(亭)〔冥〕蹙迫三秋盡,[一]青女摧殘一夜空。
著意留連好風景,非君誰作主人翁。(注文從略)

【校勘記】[一]"玄亭",疑爲"玄冥"之誤。山谷《次韻和魏主簿》:"玄冥與之笑,青帝不争權。"可作旁證。嘉靖本、萬曆本、乾隆本、四庫本作"玄子",格律不合。

二、題解(包括編年、考證、闡明詩意等内容)

和仲謀夜中有感
本詩年譜原編入熙寧二年。按詩意當爲悼亡之作,故移編於次年。黄䇂《山谷年譜》云:仲謀名詢。王銍《默記》卷上:張茂實太尉……其子詢,字仲謀,賢雅能詩。董斯張《吳興備志》:張詢,字仲謀,浦城人。元祐中以佐朝請郎視事,歲饑,命司錄邊裕賑之,全活甚衆。山谷《書張仲謀詩集後》:仲謀與余同在葉縣,皆年少。然仲謀當官清慎,已有老成之風,相樂如弟兄也。山谷詞有《木蘭花·兼簡施州張使君仲謀》,又《山谷簡尺》:施州太守張詢仲謀與之有三十年之舊。則張仲謀曾任施州刺史。山谷集中另有《送曹子方福建路運判兼簡運使張仲謀》詩。施宿《會稽志》卷二:張詢,元祐三年八月以朝散郎權發遣,九月移福建路轉運副使。 注者按,仲謀,太尉張孜子。元祐間爲兩浙提刑,知越州,遷福建轉運副使。元符初,由陝西轉運使知熙州。後知施州。

紙窗驚吹玉蹀躞,竹砌碎撼金琅璫。
蘭釭有淚風飄地,遥夜無人月上廊。
愁思起如獨緒繭,歸夢不到合懽牀。
少年多事意易亂,詩律坎坎同寒螿。(注文從略)

和舍弟中秋月

【翁注】方綱按,元豐二年先生年三十五,此首句與題注不合,必有一說。蓋注誤也。 注者按,原題注云:"元豐二年北京作。"首句言"四十五",蓋指自七月初一至八月十五中秋,正四十五日,恰與題合。

高秋搖落四十五,清都早霜凋桂叢。
纖塵不隔四維净,寒光獨照萬象中。(注文從略)

三、注釋

答龍門潘秀才見寄《太平寰宇記》卷三"河南道　河南府　河南縣":闕塞

山……杜預注:"洛陽西南伊闕口也。"俗名龍門。

男兒四十未全老,便入林泉真自豪。《禮記·曲禮》上:四十曰強,而仕。白居易《自覺二首》:四十未爲老,憂傷早衰惡。又,《白鷺》:人生四十未全衰。又,《歸田》:四十爲野夫,田中學鉏穀。《北史·柳復傳》:所居之宅,枕帶林泉。复對翫琴書,蕭然自逸,時人號爲"居士"焉。王禹偁《滁州官舍》:公餘多愛入林泉。蘇軾《朱亥墓誌》:惟是貧賤,無以自豪,是謂真勇。

明月清風非俗物,《南史·謝朏傳》:不妄交接,門無雜賓。有時獨醉,曰:"入吾室者但有清風,對吾飲者唯當明月。"李白《襄陽歌》:清風明月不用一錢買,玉山自倒非人推。蘇軾《赤壁賦》:唯江上之清風,與山間之明月,取之無禁,用之不竭。《世説新語·排調》:嵇、阮、山、劉在竹林酣飲,王戎後往。步兵曰:"俗物已復來敗人意!"皎然《酬秦山人見尋》:山僧待客無俗物,惟有窗前片碧雲。

輕裘肥馬謝兒曹。《論語·雍也》:赤之適齊也,乘肥馬,衣輕裘。《史記·外戚世家》:是非兒曹愚人所知也。

山中是處有黃菊,李端《和張尹憶東籬菊》:若爲籬邊菊,山中有此花。

洛下誰家無白醪。楊衒之《洛陽伽藍記·法雲寺》:河東人劉白墮,善能釀酒……遊俠語曰:"不畏張弓拔刀,唯畏白墮春醪。"蘇軾《次韻張安道》:時蒙致白醪。

想得秋來常日醉,歐陽修《別滁州》:我欲祇如常日醉,莫教絃管作離聲。山谷《夜發分寧寄杜澗叟》:我自祇如常日醉,滿川風月替人愁。

伊川清淺石樓高。《水經注·伊水》:伊水出南陽縣西蔓渠山,……至洛陽縣南,北入於洛。陶潛《歸園田居》之五:山澗清且淺。《新唐書·白居易傳》:東都所居履道里,疏沼種樹,構石樓香山,鑿八節灘。

四、集評

食瓜有感

暑軒無物洗煩蒸,百果凡材得我憎。

蘚井筠籠浸蒼玉，金盤碧筯薦寒冰。

田中誰問不納履，坐上適來何處蠅？

此理一盃分付與，我思明哲在東陵。（注文從略）

【集評】王若虛《滹南詩話》："田中誰問不納履，坐上適來何處蠅。"是固皆瓜事，然其語意豈可合也。

《瀛奎律髓集評》卷二十七：

　　方回：前聯賦物，後聯用事，卻別出一意，引一事繳，可爲法。

　　馮班：第五句惡句。

　　紀昀：後半篇堆砌故實，食古不化。

曾國藩《求闕齋讀書録》卷十山谷詩集："蘚井筠籠浸蒼玉，金盤碧筯薦寒冰。"食瓜者先以井水浸之，或以竹籠置井中。蒼玉，喻瓜之皮。寒冰，喻瓜之瓤也。

曾國藩《十八家詩鈔》王有宗評注：所感僉任當局也。

箋

作爲注釋的一種形式，"箋"，最早出現在漢代。《説文》："箋，表識書也。從竹，戔聲。"古時用竹簡，讀者閱讀時欲有所表識，則以竹爲小箋，置於簡旁。鄭玄爲《毛詩》作箋，宋程大昌《演繁露》卷五云："康成每條自出己説，以竹片書之，而列於毛公之旁，故特名'鄭氏箋'。"鄭玄《六藝論》云："注《詩》宗毛爲主。毛義若隱，略更表明；如有不同，即下己意。"鄭玄作《毛詩傳箋》，即以"箋"來闡明《毛傳》之意，補充其不足，辨正其疑誤之處，並加以己見。《説文》云："箋，表識書也。"《毛詩正義》云："鄭於諸經皆謂之注，此言箋者。"呂忱《字林》云：'"'箋，表也，識也。'鄭以毛學審備，遵暢厥旨，所以表明毛意，記識其事，故稱爲箋。"" "箋"，一直沿用下來，成爲詩歌注釋中最常見的體式。

後世爲詩歌作箋者，或單稱"箋"，如宋蔡夢弼《杜工部草堂詩箋》、黄庭堅《杜詩箋》，清龔景翰《離騒箋》、陳本禮《漢詩統箋》、聞人倓《古詩箋》、陳沆《詩比興箋》，清查爲仁、厲鶚《絶妙好詞箋》，近人古直《陶靖節詩箋定本》、聞一多《樂府詩箋》、張篷舟《薛濤詩箋》、張桐孫《唐人省試詩箋》、朱琰《唐詩律箋》、王邦采《吴淵穎詩箋》、程穆衡《吴梅村詩箋》等。

"箋"，大約有兩種類型：一是偏重於注釋詩歌中的史實、事件，多爲"今典"。如《絶妙好詞箋》厲鶚序中所云，所箋内容爲"諸人里居出處"、"詞中之本事，詞外之佚事"。一是注釋的泛稱，注釋應有之義均可具有。今人之所謂"箋"，力圖將字句之間所隱含的深意表而出之。上文所列諸書，多屬此類。

箋，每與其他體式合稱。如"箋疏"，則有詹安泰《離騒箋疏》；"箋釋"，則有李攀龍《唐詩選》的蔣一葵箋釋、陳繼儒箋釋，錢允治輯、陳仁錫箋《類編箋釋國朝詩餘》，胡以梅《唐詩貫珠箋釋》，朱自清《古詩歌箋釋三種》，王國安《柳宗元詩箋釋》，胡文輝《陳寅恪詩箋釋》，俞國林《吕留良詩箋釋》等。更多用的是"箋注"一語。

注　疏

注疏，是注和疏並稱。顧炎武《日知録》卷一八"十三經注疏"條云："其先儒釋經之書,或曰'傳',或曰'箋',或曰'解',或曰'學',今通謂之'注'。"
"其後儒辨釋之書,名曰'正義',今通謂之'疏'。"《詩》有漢毛公的"訓詁傳"和鄭玄的"箋",統稱爲"注",是注解《詩》本文的,唐孔穎達等所作的"正義",是疏通注文的,稱爲"疏",合稱《毛詩注疏》。孔疏又把唐陸德明的《毛詩釋文》合編,《毛詩注疏》便成爲既有釋義又有注音的完整注本。(彩圖14)試舉《毛詩注疏》中《周南·關雎》兩句的注疏爲例説明：

參差荇菜,左右芼之。芼,擇也。《箋》云:"后妃既得荇菜,必有助而擇之者。"○芼,毛報反。○[疏]《傳》:"芼,擇也。"《正義》曰:"《釋言》云:'芼,搴也。'孫炎曰:'皆擇菜也。'某氏曰:'搴,猶拔也。'郭璞曰:'拔,取菜也。'以搴是拔之義。《史記》云:'斬將搴旗。'謂拔取敵人之旗也。'芼訓爲拔,而此云芼之,故知拔菜而擇之也。"

上文中的大字是《詩》的正文。下邊的小字中"芼,擇也"是毛公的注。"《箋》云"後的兩句是鄭氏的箋。"○"後的"芼,毛報反"是陸氏的釋文,爲"芼"字注音。方括號中大字"疏"字後的小字都是孔穎達的正義,也就是疏。注精而簡,疏繁而密。疏文解釋"《傳》:'芼,擇也。'"一語,引用多家的説法,最後歸納出"拔菜而擇之"的結論。由於"參差"、"荇菜"、"左右"等詞在上文已經出現,並作過詳細的注疏,所以在這裏祇著重注解"芼"的音義。後世詩歌注釋中應有之義,於《毛詩注疏》中已大備。陳澧《與友人書》謂己"讀書三十年,今知讀書之法",因甲部浩博,故須先約之以鄭氏之注疏。由此可知古注之價值矣。

笺注章第二 · 459 ·

有關《詩經》、《楚辭》的注疏，傳、箋、注之外，還有特別的專有名詞的疏解，顧名可以思義，如陸璣《毛詩草木鳥獸蟲魚疏》、蔡卞《毛詩名物解》、王應麟《詩地理考》、許謙《詩集傳名物鈔》、馮應京《六家詩名物疏》、毛奇齡《續詩傳鳥名》、陳大章《詩傳名物集覽》、顧棟高《毛詩類釋》以及吳仁傑《離騷草木疏》、屠本畯《離騷草木疏補》等。

箋　注

古代學者注詩，每以"箋注"並行。宋人注本朝人詩，首先采用了編年箋注體例，並附詩人年譜，後人亦多循其例。馮浩《玉溪生詩箋注發凡》云："箋者，表也；注者，著也。義本同歸。今乃以徵典為注，達意為箋，聊從俗見耳。"以"箋注"名書的，主要有：明李陳玉《楚辭箋注》、清吳兆宜《玉臺新詠箋注》、《徐孝穆集箋注》、《庾開府集箋注》、《才調集箋注》、近人丁福保《陶淵明詩箋注》、清陳訏《唐省試詩箋注》、清黃叔燦《唐詩箋注》、清錢朝鼒等《唐詩鼓吹箋注》、清吳煊、胡棠《唐賢三昧集箋注》、清陳熙晉《駱臨海集箋注》、今人任國緒《盧照鄰集編年箋注》、今人劉開揚《高適詩集編年箋注》、清趙殿成《王右丞集箋注》、清陳醇儒《書巢箋注杜工部七言律詩》、清方世舉《韓昌黎詩集編年箋注》、明曾益《溫飛卿詩集箋注》、清顧予咸、顧嗣立《溫飛卿集箋注》、清朱鶴齡《李義山詩集箋注》、程夢星《重訂李義山詩集箋注》、清姚培謙《李義山詩集箋注》、清馮浩《玉谿生詩箋注》、今人嚴壽澂等《鄭谷詩集箋注》、近人鄭再時《西崑酬唱集箋注》、宋李壁《王荆文公詩箋注》、宋胡穉《簡齋詩集箋注》、今人孫玄常《姜白石詩集箋注》,清施國祁《元遺山詩集箋注》,清姚瑩《鈍吟集詩箋注》,徐嘉《顧亭林先生詩箋注》,清江浩然《曝書亭詩錄箋注》,清金榮《漁洋山人精華錄箋注》,今人馬迺騮、寇宗基《納蘭成德詩集詩論箋注》,董兆熊《樊榭山房詩集箋注》,今人錢仲聯《人境廬詩草箋注》,今人劉斯奮《蘇曼殊詩箋注》、馬以君《燕子龕詩箋注》等。詞集則有今人鄧廣銘《稼軒詞編年箋注》、錢仲聯《後村詞箋注》、詹安泰《花外集箋注》,劉斯翰《海綃詞箋注》等。

綜觀以上所列以"箋注"爲名諸書,其"箋注"內容和形式亦有不同。今人箋注之書大約可分爲三類:

一、"箋"與"注"分列,各有所司。

以劉開揚《高適詩集編年箋注》爲例。此書的箋注列於正文之後,分三部分,一爲"題解",解釋題意,編年;一爲"注",注釋字詞、典實,並作校勘;一爲"箋",概括全詩大意,分析段落,探尋微旨。如《田家春望》詩:"出門何所見,春色滿平蕪。可歎無知己,高陽一酒徒。"題解引唐汝詢之說,繫年於宋州詩內;注引江淹詩、《史記》等書以釋"平蕪"、"高陽酒徒",末則"箋曰:此詩謂出門遠眺,春色滿地,而無知己之人,則可歎惜,我乃高陽酒徒,有酈生之才志而佐君無由也。"

詹安泰《花外集箋注》亦將"注"與"箋"分列。先列"注",注釋字詞典故;後列"箋",或引前人論述,或考證本事,或申明意旨。如《眉嫵·新月》箋曰:"張惠言云:'碧山詠物諸篇,並有君國之憂,此喜君有恢復之意,而惜無賢臣也。'按,此詞過片,從新月想到團圓,更想到虧缺,餘音裊裊,不絕如縷,則作於祥興初立時矣。"

二、箋與注合列,統曰"箋注"。雖然箋注合列,而箋注者心中還是把

"箋"與"注"分清的。如清方世舉《韓昌黎詩集編年箋注》，方氏在自序中認爲，"注而不箋，則非子夏《三百篇》小序之旨，又不得孟子以意逆志、知人論世之義"，因而"一一考諸史，證諸集，參之旁見側出之書，以詳其時，以箋其事，以辨諸家之説"，故方氏在注文中既有注釋字詞出處，也有考證史事者。如《歸彭城》詩"天下兵又動"句，方注引《新唐書·德宗紀》載貞元十五年三月彰義軍節度使吴少誠反之事；"前年關中旱，閭井多死饑"，注引《新唐書·德宗紀》："貞元十四年冬，無雪，京師饑。"皆爲考史箋事者。又如朱鶴齡《李義山詩集箋注》、馮浩《玉谿生詩集箋注》等，均以徵典爲注，達意爲箋。

三、書名雖題爲"箋注"，其實等同於一般的"注"，衹注釋字詞典故，而不箋釋史事背景。如江浩然《曝書亭詩録箋注》，於朱彝尊詩中典故，詳加注釋，而不涉及朱氏生平及詩中"今典"。今人的一些箋注本，亦每如此。

據陶敏、李一飛的統計，二十世紀中，"1978 年以後出版的今人新注唐五代別集在 80 種左右，如果加上新出舊注本，當在百種以上"。[2] 二十一世紀的新注本亦有多種，而唐以後的別集注本就更多了。這些別集除了小部分是文集外，大多數是詩文集，詩文集中又多以詩歌爲主。新注本一般來説，質量都比較高，校勘精審，注釋詳明，其中一些已遠遠超於古代學者的注本。如俞國林《吕留良詩箋釋》，此書注釋詳明，"箋"中所引資料極爲豐富，文史互證，可供學者深入考索研究。但亦有不少新注本，注者功力不足，理解錯繆，存在較多問題。

這些新注本"注"、"校"並重，多以"校注"、"校箋"、"箋校"爲名，不少更標明"編年"、"全編"。

現當代箋注本，一般采用白話或淺近的文言注釋，箋，着重在時、地、人、事,提供具體完備的背景材料,亦可對詩旨作簡明概括。注,一般以注字詞、典故爲主,亦可對詩句串解、分析。以下舉出《王國維詩詞箋注》詩詞兩題爲例,以説明現當代"箋注"之義。

來日二首

來日滔滔來,去日滔滔去。

適然百年内,與此七尺遇。[一]

爾從何處來?行將徂何處?[二]

扶服徑幽谷,途遠日又暮。

霅然一罅開,熹微知天曙。[三]

便欲從此逝,荆棘窘余步。

税駕知何所,漫漫就前路。[四]

常恐一擲中,失此黄金注。[五]

我力既云痡,哲人倘見度。

瞻望弗可及,求之縑與素。[六]

【箋】静安研究哲學,是爲了探討宇宙和人生的問題,但他也愈來愈感到,時間過得太快,要學的東西太多,而真理卻無法窮盡。他在《自序》中欷歔説:"余疲於哲學有日矣。哲學上之説大都可愛者不可信,可信者不可愛。余知真理,而余又愛其謬誤⋯⋯知其可信而不能愛,覺其可愛而不能信,此近二三年中最大之煩悶。"二詩寫自己的求索過程。他獨自在幽暗的山谷中探尋前路,筋疲力竭。雖看到一綫曙光,但又找不到可以安身立命的處所,他想改途易轍了。作於光緒二十九年。

【注釋】　［一］"來日"四句：未來的日子像滔滔的水奔湧而來，過去的日子像滔滔的水奔流而去。我自己祇不過是偶然生下來，在短短的百年間寄寓在這七尺之軀內。

"來日"二句：從陸游《湖上晚歸》詩"來日翩翩去日遒"化出。

適然：偶然。

七尺：指身體。

［二］"爾從"二句：你從哪里來？又將到哪里去？

徂（cú殂）：往。

兩句是古今哲人最大的疑問，亦爲全詩之主旨。靜安在《紅樓夢評論》中引哀加爾詩云："願言哲人，詔余其故：自何時始？來自何處？"又云："哀加爾之問題，人人所有之問題而人人未解決之大問題也。"

［三］"扶服"四句：我急急匆匆地循着幽谷竭力前行，路途遙遠，日又將暮。忽然天上的陰雲開了一條縫隙，透下淡弱的晨光，知道天又將亮了。

扶服：同"匍匐"。手足着地而行，形容急遽。《禮‧檀弓下》："《詩》云：'凡民有喪，扶服救之。'"

"途遠"句：庾信《哀江南賦》："日暮途遠，人間何世！"

霅（shà霎）然：散開貌。

熹微：陶淵明《歸去來兮辭》："恨晨光之熹微。"

［四］"便欲"四句：我便想從此離去，但到處荊棘叢生，使我無法舉步。我將到哪兒停下來？祇好走上漫長的前路。

稅駕：歇下車馬，休息。靜安《叔本華之哲學及其教育學說》云："目之所觀，耳之所聞，手足所觸，心之所思，無往而不與吾人之利害相關，終身僕僕而不知所稅駕者，天下皆是也。"

四句寫彷徨的心情。

［五］"常恐"二句：還怕在這孤注一擲中，失去最貴重的本錢！

一擲：指最後一次擲骰子，以決輸贏。司馬光《涑水紀聞》卷六："［王欽若］數乘間言於上曰：'澶淵一役，準以陛下爲孤注與敵博耳。'"辛棄疾《九議》："於是乎爲國生事之説起焉，孤注一擲之説出焉。"

黃金：喻時間和生命。謝朓《詠蒲詩》："所悲堂上曲，遂鑠黃金軀。"

靜安把學習哲學作爲孤注，希望以此解決人生種種問題，但又疑慮是否選錯了道路，失去寶貴的時間。

[六]"我力"四句：我的氣力早已竭盡，哲人們能把我接引嗎？四處盼望都不能見著，祇好從書本中去尋求。

痡(pū 鋪)：衰病。《詩·周南·卷耳》："我僕痡矣。"力痡，謂力竭。

"瞻望"句：《詩·邶風·燕燕》："瞻望弗及，實勞我心。"

縑素：細絹。指書冊。葛洪《抱朴子·遐覽》："縑素所寫者，積年之中，合集所見，當出二百許卷。"

宇宙何寥廓，吾知則有涯。

面牆見人影，真面固難知。[一]

箟簬半在水，本末互參池。

持刀剡作矢，勁直固無虧。[二]

耳目不足憑，何況胸所思。

人生一大夢，未審覺何時。[三]

相逢夢中人，誰爲析余疑？

吾儕皆肉眼，何用試金箆。[四]

【注釋】　[一]"宇宙"四句：宇宙是那樣遼闊無邊，而我的知識則有個止境。好比面對牆壁祇看見人影，而本來的面目實在難知。

宇宙：《莊子·讓王》："吾立於宇宙之中。"

寥廓：空曠深遠。《楚辭·遠遊》："上寥廓而無天。"

"吾知"句：語本《莊子·養生主》："吾生也有涯，而知也無涯。以有涯隨無涯，殆矣。"世間的知識是無窮的。而個人所能掌握到的是有限的。

"面牆"二句：兩句源於柏拉圖《理想國》卷九中的"洞穴設喻"：設想有人處於黑暗洞穴中，面壁而縛，祇能見到火炬在壁上所投下的他人的影子，便以爲這些人影便是真實的存在了。静安在認識論上亦接受康德的思想。康德認爲"事物本身"和"眼中的事物"是不一樣的,人們知道的祇是眼中"看到"的事物,而永遠無法確知事物"本來"的面貌。

[二]"箘簬"四句:箭竹一半浸在水中,竹根和竹稍長短不齊,拿刀子把它削成箭杆,它勁直的本性一點也沒有失去。

箘簬(qūnlù困路):箭竹。《書·禹貢》:"惟箘簬、楛,三邦底貢厥名。"蔡沈集傳:"蓋竹之堅者,其材中矢之笴。"

参池:参差,長短不齊。

剡(yǎn齴):削,削尖。

[三]"耳目"四句;連耳所聽和眼所見的都不足爲憑,何況是心中所想的呢。人生是一場大夢,不知什麽時候纔能醒來。

"耳目"二句:《淮南子·冥覽訓》:"耳目之察,不足以分物理;心意之倫,不足以定是非。"

"人生"句:李白《春夜宴從弟桃花園序》:"而浮生若夢,爲歡幾何?"

叔本華説:"人生是一大夢",人生和夢都是同一本書的頁子,夢中同樣也有一種與現實生活的聯繫可以推求。(《作爲意志和表像的世界》第一編五章)

[四]"相逢"四句:我遇到的同樣是夢中人,誰能爲我解決這個疑問呢? 我們都是凡夫肉眼,即使用金篦來醫治也是没用的。

肉眼:《智度論》卷三三載所謂"五眼",指肉眼、天眼、慧眼、法眼、佛眼。肉眼所見凡近。《維摩經·不二法門品》:"實見者尚不見實,何況非實,所以者何? 非肉眼所見,慧眼乃能見。"

金篦:即金鎞、金錍。古時從印度傳入的治眼疾的工具,形如箭頭,用以刮去眼膜,使失明者復明。《大般涅槃經》卷八:"如盲人,爲治目故,造詣良醫。是時良醫,即以金錍,決其眼膜。"杜甫《秋日夔府詠懷奉寄鄭監李賓客一百韻》詩:"金篦空刮眼,鏡象未離銓。"與此同意。金鎞祇能使肉眼復明,而世界如鏡中之象,衆生皆幻夢中人,故無從析己之疑也。

浣溪沙

山寺微茫背夕曛。鳥飛不到半山昏。[一]上方孤磬定行雲。[二]

試上高峰窺皓月,偶開天眼覷紅塵。[三]可憐身是眼中人。[四]

【箋】　這是靜安詞中頗受人注意的作品。葉嘉瑩《說靜安詞〈浣溪沙〉一首》,特標舉是詞,謂"近代西洋文藝有所謂象徵主義者,靜安先生之作殆近之焉。"蕭艾《王國維詩詞箋校》亦謂"此闋以象徵手法出之",佛雛《王國維的詩學研究》又謂"此詞應屬於作為詞的最高格的'無我之境'"。此詞當為一九〇五年夏歸海寧時登硤山所作。登臨抒感,意境高遠,眼界闊大,甚具特色。錢鍾書《管錐編‧毛詩正義‧陟岵》謂靜安此詞"詞意奇逸,以少許勝……多許"。

【注釋】　[一]"山寺"二句:高處隱約模糊的山寺,背向著夕陽餘暉。鳥兒還未飛到半山之上,天色已昏暗了。
　　山寺:當指海寧硤山古寺。在硤山山頂。明王守仁《登硤山寺》詩:"古剎淩層雲,中天立黿柱。"即指此寺。
　　鳥飛不到:明張寧《遊硤山寺》詩:"古木回廊紫硤中,鳥飛不到梵王宮。"靜安襲用其語。
　[二]"上方"句:高處傳來孤寂的磬聲,使行雲也凝然不動。
　　上方:天上仙界,指地勢最高之處,亦指寺院。杜甫《山寺》詩:"上方重閣晚,百里見秋毫。"劉長卿《宿北山禪寺蘭若》詩:"上方鳴夕磬,林下一僧還。"
　　定行雲:意謂響遏行雲。《列子‧湯問》:"聲振林木,響遏行雲。"李賀《李憑箜篌引》:"空山凝雲頹不流。"孤磬之聲,亦足以警醒世人。
　[三]"試上"二句:嘗試著要登上高峰,窺探那皎潔的月亮。偶然睜開天眼,遙見擾攘的紅塵。
　　天眼:佛教所說五眼之一,即天趣之眼。能透視六道、遠近、上下、前後、內外及未來等。《無量壽經》下:"天眼通達,無量無限。"王維《夏日過青龍寺謁操禪師》詩:"山河天眼裏,世界法身中。"
　　覷(qù趣):看,窺探。
　　紅塵:佛家稱人世為紅塵。寒山詩:"井底生紅塵。"
　　詞人意欲登峰窺月,追求脫離人世的高寒之境;但又眷懷眾生,開天眼而透視塵世。其殆如《人間詞話》所謂"儼有釋迦、基督擔荷人類罪惡之意"歟？

[四]"可憐"句：可憐的是，連我自己也是天眼所見中的塵世之人啊！

葉嘉瑩云："彼'眼中人'者何？固此塵世大欲中擾擾攘攘憂患勞苦之衆生也。夫彼衆生雖憂患勞苦，而彼董春夢方酣，固不暇自哀。"

按，末語爲全篇主旨。以山寺之清幽絕塵反襯世間之勞碌紛擾。己身爲紅塵中的一分子，若非登上高峰則未能知勞生之渺小虛幻。在悲天憫人中亦有自傷之意。

校注　校箋

當代古籍整理著作，每以"校注"或"校箋"名書。校，指校勘；注與箋，則不同的書各有側重。一般來說，注，當側重於注解詞語典故；箋，當側重於箋釋史事背景。注與箋有時也分得不甚清楚，稱爲"校箋"的書籍也與"校注"無異。把文字的校訂與箋注結合在一起，相得益彰。

以"校注"爲名的，較早見於清周廷寀《韓詩外傳校注》。詩歌校注，多爲今人著作。主要有姜亮夫《屈原賦校注》，張震澤《張衡詩文集校注》，趙幼文《曹植集校注》，陳伯君《阮籍集校注》，戴明揚《嵇康集校注》，顧紹柏《謝靈運集校注》，曹融南《謝宣城集校注》，孫钅欽錫《陶淵明集校注》，項楚《王梵志詩校注》，李景白《孟浩然詩集校注》，陳鐵民、侯忠義《岑參集校注》，瞿蛻園、朱金城《李白集校注》，郁賢皓《李太白全集校注》，蔣寅《戴叔倫詩集校注》，陶敏、王友勝《韋應物集校注》，齊文榜《賈島集校注》，劉初棠《盧綸詩集校注》，錢學烈《寒山詩校注》，李誼《韋莊集校注》，吴戰壘《千首宋人絕句校注》，夏敬觀《梅宛陵集校注》、朱東潤《梅堯臣集編年校注》、舒大剛等《斜川集校注》、王學初《李清照集校注》、錢仲聯《劍南詩稿校注》、《沈曾植集校注》、陳永正《王國維詩詞全編校注》等。詞集則有薛瑞生《樂章集校注》、鄒同慶、王宗堂《蘇軾詞編年校注》等，還有徐培均校注《淮海居士長短句》，鍾振振校注《東山詞》，鄧子勉校注《樵歌》，吳則虞校注《花外集》等。

稱"校注"者，校勘之外，於其注釋部分，則豐富多樣。多數是合"箋"與"注"爲一，既注釋詞語、典故的出處，也對寫作背景、歷史事實以及有關輿地、職官、典章制度等多方面的考釋和闡述。當代的校注本，往往還包有作品輯佚、版本考訂、傳記資料、作者年表、作品繫年、評語輯錄、序跋著錄等。今人校注，多用白話文，間或有用淺近的文言者。陳伯君《阮籍集校注》、郁賢皓《李太白全集校注》、謝思煒《杜甫集校注》、鍾振振校注《東山詞》，無論在校勘、注釋、考訂、輯評等方面均極精審，可爲當代校注的範本。

以"箋校"或"校箋"爲名的，亦多爲今人著作。詩集主要有王孟白《陶淵明詩文校箋》、孫望《韋應物詩集繫年校箋》、朱金城《白居易集箋校》、劉衍《李賀詩校箋證異》、白敦仁《陳與義集校箋》、錢伯城《袁宏道集箋校》、白堅《夏完淳集箋校》、陳永正等《屈大均詩詞編年箋校》、楊積慶《吳嘉紀詩箋校》、蕭艾《王國維詩詞箋校》等。詞集則有夏承燾《姜白石編年箋校》、《龍川詞校箋》、趙秀亭、馮統一《飲水詞箋校》等。

稱"箋校"或"校箋"者，校勘之外，側重於箋釋史事，輯錄有關材料，考訂典章文物等。如朱金城《白居易集箋校》，箋釋者遍稽唐人史料以及同時人詩文，故對當時史實的考證甚爲精確。陶敏、李一飛云："卷一《宿紫閣山北村》詩有'紫衣挾刀斧'、'口稱采造家'等句，向來注釋皆不得要領，朱箋則首引《唐會要》卷三一關於下級胥吏服粗紫的敕令,《虯髯客傳》、白行簡《紀夢》有關胥吏服紫的描寫以及《宋史·輿服志》'紫衫本軍校服'之文以釋'紫衣',復引《册府元龜》卷六、'唐文宗大和元年五月癸酉,左神策軍奏當軍請鑄"南山采造印"一面'之文以釋作爲神策軍直屬機構的'采造',都十分精確。"[3](按,吴孟復已先釋此意,見本書《訓詁章》)稱"箋校"、"校箋"者,亦兼有注釋詞語典故,與"校注"體例略同。較爲特殊的如白敦仁《陳與義集校箋》,名爲"校箋",而内容則有"箋注"一項,注釋極爲詳盡。白氏自言"本書就是爲補正胡注舊注而作的",而書名及"箋注"之所以不題補正胡注,是因爲經過爬梳整理,一一查對原文,並作了大量的增補訂正,"非敢掠美,實有所不得已者",而胡穉注中獨得之見,在"箋注"仍標明"胡注"。後附"年譜",錢鍾書稱其"采掘之博,考索之精,絶無僅有"。白氏此書,遠勝於胡氏舊注,亦可視爲更新之作,可作當代學者補正舊注的良好範例。

其實不少校注校箋本,書名中都不標出"校"或"校注"、"校箋",如上海古籍出版社的"宋詞別集叢刊"中多種校注、校箋本,僅標別集原名。瞿蜕園《劉禹錫集箋證》,此書詳於文字校勘與時地人事的箋釋,於今典之考證尤爲詳密。張旭東謂此書"特色所在是熟練運用兩《唐書》,給出現的人名作箋,即使猜測,也給人啟示,予人綫索。是今人做的很有特色的一部箋"。又如俞國林《吕留良詩箋釋》,此書爲近年出版的最佳箋校本之一,由校記、箋釋、資料、注釋幾個部分組成,增加"資料"一項,備收與本詩相關的墓志、碑傳、序跋、唱和、題署等文獻,又於書前附有大量與吕留良相關的插圖,如畫像、手迹、信札、畫作、版本書影、宗譜等。戴偉華指出其"兼具文學與史學的雙重功能,文史互證,可爲別集整理的新範式"。[4]

下面舉出《屈大均詩編年箋校》中一例,説明"箋校"之義:

烏蠻大灘謁伏波將軍祠代景大夫作
亂石截流數千里,大石生人小石死。
水小不險水大險,穿舟最患石齒齒。
水石喧闐鬭不開,水崩石裂聲如雷。
兩岸青峰隨帆轉,一灘白鳥逐篙回。
灘名烏蠻最險惡,伏波往日曾疏鑿。
功同神禹合俎豆,有廟巍巍鎮甌駱。
甌駱至今遵約束,歲時廟下祭旗纛。
祠中銅鼓鑄馬餘,銀釵叩擊蠻風俗。
麓泠雙女僭爲王,將軍破賊威揚揚。
雙植金標臨漲海,七腰銀艾到炎荒。
神靈終古槎江在,巨石依然排壁壘。
湍流贔怒狀軍聲,勢逐牂牁束入海。
兩江黔鬱此朝宗,我溯驚濤欲上邕。
千篙日與雷霆戰,萬馬橫當水石衝。
調兵東征苦不速,番禺九郡未恢復。
遇主徒希馬伏波,委身未遇劉文叔。
將軍際會本非常,我憶重興二十霜。
掃蕩南交待□命,邀君靈寵早還鄉。

【箋】　康熙十四年作。時屈大均在廣西桂林監孫延齡軍,因公至南寧一帶,途經橫縣。烏蠻灘,在今廣西橫縣。《清一統志》卷四七一《南寧府》:"烏蠻山,在橫州東八十里,下有烏蠻灘。"伏波祠,祀漢伏波將軍馬援,在橫州。《清一統志》卷四七一《南寧府》"伏波廟,在宣化縣西一里,祀漢馬援。一在橫州東八十里烏蠻灘上,馬援駐兵於此。後人立廟祀之。"本詩所詠乃橫州烏蠻灘之祠廟。代景大夫,即屈大均。《文外》一《宗周遊記》謂楚有屈、景、昭三族,"景、昭二族不繁,惟屈氏繁"。屈氏詩中屢有"代景大夫"、"代景子"、"代昭生"之題,實爲大均自謂,非代他人製作。殆屈氏欲以一身代景、昭二族,以明"楚雖三户,亡秦必楚"之旨歟? 故亦可視詩中之"代景大夫"等爲屈氏之自號矣。

【校】　"掃蕩南交待□命"之"□",各本均闕。按,此當爲"帝"、"王"等代表明室之字,清刻本因避忌而闕之。

望江南　望月

天邊月,今夕爲誰圓。鏡好不將心事照,何如一片盡含煙。光没海東邊。　　相思淚,沾濕素華寒。化作蟾蜍棲玉殿,嫦娥人笑汝孤眠。寂寂桂枝前。

【箋】　以上六首均爲悼王華姜之作。似亦作於東莞時。
【校】　《望江南》一詞,原題誤作《女冠子》,今據詞律徑改。

解

　　解,是古代解説經籍的一種體式。後世亦用於詩歌的闡釋。陳伯海主編《唐詩學》謂"解""即段落結構分析",浦起龍《讀杜心解・發凡》對"解"體特意釐清："注與解體各不同。注者其事辭,解者其神吻也。神吻由事辭而出,事辭以神吻爲準。故體宜勿混,而用貴相顧。""解之爲道,先篇義,次節義,次語義。語失而節紊;紊斯舛,晦斯畔矣。而説者每喜摘一句兩句,甚或一兩字,別出新論,不顧篇幅宗主如何歸宿,上下文勢如何連綴。此最害事,凡是必痛削之。"如宋趙次公《杜詩先後解》,對詩題、詩句多作解釋;舊題李攀龍編選的《唐詩選》,有唐汝詢注,蔣一葵直解,亦稱《唐詩解》重點在於講解。如書中凡例所云:"揣意摹情,則自發議論。"《唐詩解》毛先舒序云:"乃若鉤冥思,證訐寓,裨古人之深思,昭明顯白,人人睹之,則亦作者之功臣也。"書中標揭出"評解"一項,包括串釋詞句、分析章法,總結旨意等,於詩義反覆解説,不厭其詳,雖似嚼飯喂人,實有便於初學。如李白《長門怨》詩:"天回北斗掛西樓,金屋無人螢火流。月光欲到長門殿,別作深宮一段愁。"評解云:"上聯因時而敘景,下聯即景而生愁。樓獨稱西者,秋則斗柄西指也。月本無心,哀怨之極,覺其有心耳。"

清金人瑞《唱經堂杜詩解》、范廷謀《杜詩直解》、王琦《李長吉歌詩彙解》、浦起龍《讀杜心解》、李文煒《杜詩通解》,以及今人陳子展《詩經直解》、《楚辭直解》、聶文郁《王勃詩解》等,均以"解"名書,示有所側重。《四庫全書總目》:"疑蔣一葵之'直解'亦託名矣,然至今盛於鄉塾間,亦可異也。"其實並不可異,所謂直解,一字一句均作詳細的解釋,正適合鄉塾啓蒙之用。至於"注解"合稱,則更爲常見了。

清乾隆年間鄒聖脈纂輯的《新增詩經補注備旨詳解》,就是一部以"詳解"爲名的普及讀物,於舊注之下再作詳細的講解。如《木瓜》篇前四句:"投我以木瓜,報之以瓊琚。匪報也,永以爲好也。"講解云:"此男女相贈答之詞,故託言之。曰有限者,物也,無窮者,情也。今夫投我以木瓜,所遺亦云薄矣,而其情不在木瓜也,我之報之,則以瓊琚之佩玉焉。夫施之以微物,報之以重寶,似可以報矣,然猶未足以爲報也,不過假此重寶以達吾繾綣之意,將永以爲好而不忘耳。夫緣物可以識心,得心可以忘物,此予之悓悓者乎!吁,厚道亦可見矣!"這樣的講解,大概是爲塾師而作的,有類於教學參考資料。古代不少詩注,儘管沒有標出"解"的名目,其實已是"解行於注之中",今人注本,則更重視解義了。還有稱爲"析"的,也可歸入"解"一類。如今人喻守真《唐詩三百首詳析》、劉永濟《唐五代兩宋詞簡析》等。袁行霈《陶淵明集箋注》標出"析義"一項,亦有類於"詳析"、"詳解"。當代還有所謂"串解",介乎語體今譯與講解之間,普及性選本中常見。

詩題之下每有"題解",也稱"題注",是詩歌注釋重要的一項。或爲詩人自注,或爲注家所注,主要內容,多爲箋釋史實或寫作緣由,亦有解釋詩中含義者。《天禄琳琅書目》卷三謂黃希父子注杜,"其於詩之有關時事者,皆於題下注明,故謂之'詩史'"。最早的題解當爲《毛詩》小序。《文選》注亦有題解,如卷二七"樂府上"《飲馬長城窟行》詩,李善題注云:"酈善長《水經》曰'余至長城,其下往往有泉窟,可飲馬。古詩《飲馬長城窟行》,信不虛也。然長城蒙恬所築,言征戍之客,至於長城而飲其馬,婦人思之,故爲《長城窟行》。"《文選》五臣題解又云:"長城,秦所築,以備胡者。其下有泉窟,可以飲馬。征人路於此而傷悲矣。言天下征役,軍戎未止,婦人思夫,故作是行。"。郭茂倩《樂府詩集》卷三八題解則云:"一曰《飲馬行》。長城,秦所築以備胡者,其下有泉窟,可以飲馬。古辭云:'青青河畔草,綿綿思遠道。'言征戍之客,至於長城而飲其馬,婦人思念其勤勞而作是曲也。"諸家題解亦輾轉相襲。後世注本亦常有"題解",當代普及注本則多稱作"説明"。

補注　補箋

　　補注與補箋,顧名思義,就是在前人箋注的基礎上加以補充。補,包括補前人之不足以及糾正前人之疏誤,非功力精深者不能爲。《史通·補注》云:"次有好事之子,思廣異聞,而才短力微,不能自達,庶憑驥尾,千里絶群,遂乃掇衆史之異辭,補前書之所闕。"劉氏於補注者似有微辭,其實所有的注家心中,都有附驥之想,無可厚非。錢謙益《草堂詩箋元本序》云:"取僞注之紕繆,舊注之踳駁者,痛加繩削。文句字義,間有詮釋。""考舊注以正年譜,倣蘇注以立詩譜,地里姓氏,訂譌斥僞。""句釋字詮,落落星布,取雅去俗,推腐致新,其存者可咀,其缺者可思。"此數語可爲補注之準則。

　　最著名的補注本當數宋洪興祖《楚辭補注》,爲補王逸《楚辭章句》而作。能立"補注"之體例,故爲後世所取法。洪氏的補注有類於集注,《四庫全書總目》稱其參校多家之本,列逸注於前,而一一疏通證明,補注於後,於逸注多所闡發,又皆以"補曰"二字別之,使與原文不亂。遍采前代遺説,考證甚爲精審,於《楚辭》衆多注本中"特爲善本"。試錄一則以爲示例:

　　衆女嫉余之蛾眉兮　衆女,謂衆臣。女,陰也。無專擅之義,猶君動臣隨也,故以喻臣。蛾眉,好貌。蛾,一作娥。[補]曰:《反離騷》云:"知衆嫭之疾妒兮,何必揚纍之蛾眉。"此亦班孟堅、顏之推以爲露才揚己之意。夫冶容誨淫,目挑心與,孟子所謂不由其道者,而以污原,何哉?詩人稱莊姜之賢曰"螓首蛾眉",蓋言其質之美耳。師古云:"蛾眉,形若蠶蛾眉也。"

注文中先録王逸原注,而後補注於下,作詳細的考證疏釋,發表己見。原注與補注實已融爲一體,成爲《楚辭》最重要的注本。

元蕭士贇《分類補注李太白集》,也是一種著名的補注本。原有宋楊齊賢集注《李白詩》二十五卷,蕭氏自序謂:"惜博不能約,因取其本,類比爲之節文,善者存之,注所未盡者以所見附其後。"先對舊本刪節,再行補注,體例特殊。

明曾益《溫飛卿集箋注》,清顧予咸、顧嗣立爲作補注,校正了不少訛誤。《四庫全書總目》云:"曾注謬訛頗多。如《漢皇迎春詞》乃詠漢成帝時事,而以漢皇爲高祖;《邯鄲郭公詞》爲北齊樂府,舊題郭公者,爲傀儡戲也,舊本訛'詞'爲'祠',遂引東京郭子儀祠以附會祠字之訛。嗣立悉爲是正,考據頗爲詳核。"

清錢振倫《鮑參軍集注》,民國時黃節就詩集部分四卷增加補注、集説,錢仲聯又在此基礎上再作增補注和補集説,鮑照的詩歌遂得一完美注本。如《擬古》"聞君上隴時,東望久歎息"二句,錢振倫注:"《漢書·地理志》:'天水郡隴縣。'"黃節補注:"《後漢書·隗囂傳》:'赤眉去長安,欲西上隴,囂遣將軍楊廣迎擊破之。'"錢仲聯增補:"《隴頭流水》歌辭:'西上隴阪,羊腸九回。'"經兩家補注,詩意便得顯豁。

清宋邦綏《才調集補注》,自序謂得殷元勳《才調集》箋注鈔本,"爲蠹魚所蝕者過半,余深惜焉,因廣搜博采,補其殘缺,正其舛訛"。書中未標明何者爲殷注，故可視爲殷、宋二人的合注本。清高士奇《三體唐詩補注》，補正元釋圓至注，《四庫全書總目》謂其"雖未能本本元元，盡得出典，而文從字順，視舊注差清整矣"。

清沈欽韓《王荆公詩集李壁注勘誤補正》，"聯繫舊聞，證明史實，藉以説明朝章制度的沿革，師友淵源的關係，使得誦習王氏詩文的讀者，胸中了然於作者的處境、行事和周圍人物的情況"。[5]是補注類著作的佳本。

清查慎行《補注東坡編年詩》，又稱《蘇詩補注》，爲補舊題王十朋《集注分類東坡先生詩》及施元之等《施注蘇詩》而作，實爲蘇軾詩的集注本，既駁正舊注，又附以新説，對後世蘇詩注本影響頗大。翁方綱又著《蘇詩補注》，爲補查氏之闕失而作。共補施氏原注二百七十五條，新補查氏補注九十四條，也可以説是蘇詩的集注本。沈欽韓《蘇詩查注補正》，亦同類之作。

補注，也可稱爲增注。清黄鉞《昌黎先生詩增注證訛》，黄中民後序謂"以各家注雖稱完備，然猶有遺漏，且引據有未詳確者，故自乾隆壬辰迨道光辛卯，日事丹鉛，點勘不憚，廣搜博覽，以增其未備，證其訛舛，垂六十年"。所謂"各家注"，是指顧嗣立《昌黎先生詩集注》，增注補其未備，更見功力。

補箋，王闓運撰有《毛詩補箋》，對毛傳及鄭箋補正。近人冒廣生《後山詩補箋》，最稱名著。任淵《後山詩注》，素號精審，冒氏補箋，精益求精，發明甚多。更補注任淵未注之逸詩，後山詩遂有完整的箋注本。錢仲聯《吴梅村詩補箋》，爲補清代程穆衡、靳榮藩、吴翌鳳幾家箋注本而作，詳於史事的考證。近年又有李之亮《王荆公詩注補箋》。陳荆鴻《獨瀧詩箋》，陳永正爲作"補訂"，實爲補箋與訂正。亦有稱"補釋"的，如錢仲聯《韓昌黎詩補釋》，此作已收入《韓昌黎詩繫年集釋》中。

近代學者時有論著、論文，爲前人作補注補箋，錢鍾書成果甚豐且最具特色。錢氏《談藝録》，補注王安石、黃庭堅、元好問諸家詩，發前人之覆，甚多新見。補注黃庭堅詩五十九則，旁徵博引，尤見學力與識力。如第一則論《林夫人欸乃歌與王穉川》"從師學道魚千里"之句，任淵注僅引《齊民要術》載《陶朱公養魚經》。錢氏指出黃庭堅詩中四次用"魚千里"之典，並引張邦基《墨莊漫録》和龔頤正《芥隱筆記》之說，謂典出《關尹子》："以盆爲沼，以石爲島，魚環遊之，不知其幾千萬里不窮也。"最後指出："'千里'字有著落，説較天社(指任淵)爲長。"[6] 如此作注，可謂臻於完美了。《談藝録》、《管錐編》、《容安館札記》中，對錢仲聯《人境廬詩草箋注》、《韓昌黎詩繫年集釋》等書的補注尤多創見。

近代學者洪業《杜詩引得序》，對有關注釋之法作了極爲深刻精到的論述，於詩歌的補注、補箋、集注尤爲適用，試析爲以下幾點：

一、當就[前人]各注，采其精當者。

二、各覆校原書，標明出處卷第。

三、覆檢而不能得其文者，冠某注於書名上，以示分別。

四、字句自明，無煩以典故爲注解者，闕焉。

五、舊注所未及而宜爲補注者，能補則補之，冠以"新注"二字，不敢以其餘爲我有也。

六、其宜補而不能補者，別細列一表，附於書後，以待後人也。

七、凡考本事以明全詩之箋解，如其說當，而本詩必有之而後明者，更録注文之後。

八、凡典故不實之注、批評讚賞之語、章法格調之論、彌縫敷衍之辭，概從删芟。

下面舉出《陳恭尹詩箋校》(陳荊鴻箋　陳永正補訂　李永新點校)數詩爲例,說明"補箋"之義:

一、補充原箋不足之處

石浪庵訪破門上人

櫻桃花落正黃昏,谷鳥驚飛客在門。

想得老僧春未出,竹根深雪屐無痕。

【箋】　釋破門,名法知,吳淞人。結茅南嶽下火場,自名其庵曰"石浪",著有《破門詩集》,頗能絕句顛書。據《沅湘耆舊集》、《獨漉堂文集》。

【補訂】　乾隆二十八年《清泉縣志》卷一七載:"法智禪師,名石浪,號破門,揚州人。"光緒《湖南通志》卷二四二《方外志》載:"破門,名石浪,揚州人。居衡山二十年,以詩自娛,工草聖。久不出山,以故人黃中道輩遠官嶺外,芒鞵策杖,渡瀟湘,下灘水,於炎荒寥落中,時共談詠。"光緒《衡山縣志》卷三六亦載:"破門,號法智,揚州人。"據此,則釋破門當名法智,乃揚州人也。按,劉獻廷《廣陽雜記》云:"師能詩善書,書法爲湖南第一。"又云:"師臨智永《千字文》,深入晉、唐閫奧,絕無近人蹊徑,黃慎軒而後,不可多得。"馬宗霍《霎嶽樓筆談》云:"破門和尚狂草,高處落筆,遠處養勢,懷素之嗣響也。"

二、補足原箋失考之處

送孔樵嵐宰樂昌

復掛征帆去此都,勞勞終日在馳驅。

十旬三上二禺峽,百里連分五嶺符。

南楚烽煙嗟往昔,東風民物望來蘇。

關門鎖鑰須公等,骨氣昂藏一丈夫。

【箋】　孔樵嵐,名籍本末待考。
　　　　按,《廣東通志·職官表》,樂昌縣令在康熙朝並無孔姓者。
【補訂】孔樵嵐,孔尚任族侄孫。孔尚任有《樵嵐生日》、《送家樵嵐南旋》詩,又有《侄孫樵嵐母壽序》。尚任曾爲樵嵐作《迂立堂詩序》,可知孔樵嵐有《迂立堂詩》。事見孔尚任《湖海樓集》各卷。陳恭尹有《送孔樵嵐入都》、《贈孔樵嵐送友之關外戍所》詩,梁憲有《寄樂昌令孔樵嵐》詩,陶葉有《聞孔樵嵐營北海書院東之》詩,卓爾堪有《送孔樵嵐河南看花》詩。據以上資料,可知孔樵嵐生於順治三年。曾在泰州做小官,後任樂昌縣知縣。亦可補《廣東通志·職官表》之闕。

三、訂正原箋誤考與忖度有誤之處

送劉靜庵

貴竹千峰驥足開,嶺頭五馬久徘徊。

漸看南國棠陰遍,卻喜東風鶺首催。

漢武求賢期絕域,燕昭來士有高臺。

定知此去多奇遇,誰得如君八面才。

【箋】　劉廣聰,號靜庵,山東鄒平人。進士。清康熙二十七年知廣東程鄉縣事,清積案,懲蠹役,境内肅然,建保障閣文瀾門外,以捍河流,邑人德之。據《廣東通志》。

【補訂】劉静庵,原箋謂指程鄉知縣劉廣聰。誤。按,劉茂溶,字華生,號静庵,鑲黄旗人。康熙二十三年任廣州知府,有善政,時稱賢守。一時耆宿,相與往還,茗碗詩筒,殆無虛日。嘗捐俸助屈大均刊印《廣東文選》。屈大均《賦贈廣州劉静庵太守》詩注:"侯,楚黄人,時受陳省齋先生助予纂修《廣東文集》之囑。"且陳詩中有"五馬"一語,指太守,確知此"静庵"非知縣劉廣聰也。

寄懷梁無悶

別來彌日把詩篇,壯氣高文兩浩然。
舊劍棄爲龍入水,新方期得鶴登天。
窮通一夢身何預,性命兼言道始全。
竹几蒲團閒永夜,三年不上臥牀眠。

【箋】梁無悶,名籍本末未詳。
按,梁逢聖,字逵子,番禺人。文學。禮函是,法名古聲,字無聞,有《和天老人一樹軒詩》云:"早晚來聽法,門前立老龍。"但以此詩意觀之,則似指學道而非學佛者,則梁無悶,未知是否即無聞也。據《海雲禪藻集》。

【補訂】梁憲,字緒仲,號無悶,東莞人。明崇禎間官至贊畫司李。後棲隱羅浮,以遺民終老。與張穆、屈大均、陳恭尹、大汕諸人交遊密切,時相酬唱。詩筆清矯,著有《梁無悶集》,屈大均爲作序。又有《黄冠閒語》。事見張其淦《東莞詩錄》卷二十二《吟芷居詩話》。

選　注

選本便於流行。詩家全集、别集,往往篇幅較多,且良莠雜合,一般讀者亦難以卒閱，而選本則擇其粹美，所謂"卷無瑕玷，覽無遺功"，一卷在手，即可窺其全豹。

古來的選本，多有注釋，故更易爲讀者接受。據文獻記載，最早的詩歌選本當屬《詩經》。《史記·孔子世家》載"古者《詩》三千餘篇，及至孔子，去其重，取可施於禮義"者凡三百五篇，"孔子皆絃歌之，以求合《韶》、《武》、《雅》、《頌》之音"。漢毛公作傳，鄭玄作箋。六朝時蕭統編《文選》，錄歷代詩十二卷半，《文選》中所錄詩歌，都爲一集，則可算是漢、魏、晉、宋、齊、梁詩歌的選本。唐李善爲作注，被稱爲徵引式訓詁體式的開山之作。元人劉履編有《選詩補注》八卷，清人吴淇編有《選詩定論》十八卷，鍾駕鼇編有《選詩偶箋》八卷。

《選》詩之後，歷代詩歌，或總集或別集，或通代或斷代，多有選注本，難以縷述。唐人選唐詩，選本頗多，似尚未見有注者。今僅舉唐詩選注本爲例略敘如下：現存最早的唐詩選注本當爲宋人趙蕃、韓淲選，謝枋得注的《注解章泉澗泉二先生選唐詩》，是書專選唐人七絕，謝氏注解甚詳。《四庫未收書目》謂"枋得之注，能得唐詩言外之旨，可以爲讀唐詩者之津筏"，宋胡次焱《贅箋唐詩絶句》，更爲作補箋。其後詩歌選注本益多。有宋人周弼《三體唐詩》，元釋智至爲作注，名爲《箋注唐賢三體詩法》，元裴庚加以增注，清高士奇作補注；金元好問《唐詩鼓吹》，元郝天挺注，又有明廖文炳與盧煥注，清錢朝鼐、王俊臣注，王清臣、陸貽典箋，錢謙益、何焯評注；元楊士弘《唐音》，顏潤卿作注，名爲《唐音緝釋》，明李攀龍《唐詩選》，有李頤箋釋；明李維楨《唐詩雋》，於詩後有簡注；明周珽《唐詩選脈會通評林》，詩末有箋釋。清代選注本尤多。有錢謙益《唐詩合選箋注》；王士禎選《唐詩七言律神韻集》，俞仍實、胡延慶注。影響最大的唐詩選本有蘅塘退士(孫洙)的《唐詩三百首》，三百年來，可謂家絃戶誦，清代注本有章燮注疏本、馮婉俊補注本，現當代注本有喻守真《唐詩三百首詳析》，朱大可《新注唐詩三百首》，陳昌渠、張志烈、邱俊鵬《唐詩三百首注釋》，金性堯《唐詩三百首新注》，陶今雁《唐詩三百首詳注》，趙昌平《唐詩三百首全解》，于雯雪《唐詩三百首》(新注)，鄧啓銅、傅英毅《唐詩三百首》注釋等。

民國期間，出版了大量的詩歌選注本。上海文明書局"取唐宋元明清詩文集，根據前賢選本加以音注"，斷代選本有《古詩評注讀本》、《唐詩評注讀本》、《宋元明詩評注讀本》、《清詩評注讀本》等多種，別集選本則更多，光是蔣劍人選注的就有《宋四靈詩》、《吳梅村詩》、《袁隨園詩》、《黃仲則詩》、《舒鐵雲王仲瞿詩》等。商務印書館出版"學生國學叢書"，其中詩歌選注本有繆天綬選注《詩經》，沈德鴻選注《楚辭》，傅東華選注《古詩源》、《陶淵明詩》、《王維詩》、《李白詩》、《杜甫詩》、《孟浩然詩》、《白居易詩》，黃公渚選注《玉臺新詠》、《黃山谷詩》，嚴既澄選注《蘇軾詩》，夏敬觀選注《孟郊詩》、《梅堯臣詩》、《王安石詩》、《陳與義詩》、《楊誠齋詩》、《元好問詩》，黃逸之選注《陸游詩》，胡去非選注《王士禎詩》，吳遁生選注《十八家詩鈔》，戴景素選注《李後主詞》，夏敬觀選注《二晏詞》，葉紹鈞選注《蘇辛詞》、《周姜詞》，童斐選注《元曲》等。朱自清《經典常談序》指出，當時教育部制定的高中國文課程標準中有"培養學生讀解古書，欣賞中國文學名著之能力"的話。"選本將本文分段，仔細地標點，並用白話文作簡要的注釋，每種讀本還得有一篇切實而淺明的白話文導言"，"商務印書館編印的'學生國學叢書'，似乎就是這番用意"。近代學者高步瀛的《唐宋詩舉要》，可說是示範性的選注本。此書共選錄唐詩六一九首、宋詩一九七首。所選均爲唐宋名家。以集前人之注爲主，亦時有己見增補訂正。對每位詩家都有簡明的介紹，詩作有總評和夾評，學術性與普及性兼備，頗便讀者研習。多年來，香港中文大學中文系取以爲教材，沾溉至廣。

1949 年後，詩詞選注本頗多，良莠不一，一般來說，50 年代至 60 年代初出版的本子質量較佳，如中華書局上海編輯所的《古典文學普及讀物》，中有多種詩詞選注本，如《唐詩一百首》、《宋詩一百首》、《唐宋詞一百首》等，當時有文章介紹"這些書不但內容好，並且附有注釋、說明和翻譯，而所用的文字也淺顯通俗，容易看懂。"又如錢鍾書《宋詩選注》，風格獨特，創見甚多，乃才士學人之作，仿效者若無其才其學，鮮有不如捧心之東施者矣。"文革"期間的選本帶有強烈的時代色彩，學術質量較差。1975 年 4 月，華南師範學院吳三立教授致函詞人、詞學家朱庸齋先生，函曰："中文系送來《龔自珍詩文選注》稿刻印的，一大叠，主事者要弟先將詩注看看，提些意見，三周以來，光是廿餘首詩，已提了七八千字的書面意見，因此頗爲忙迫。明知這是徒勞少功的，因要老中青和工農兵相結合，人多口衆，所以提的意見，未見都能采用。但因掛了一個'顧問'空名，不能不費些精神耳。今《魏源詩文選注》稿刻印的，又送來一大叠，真令弟滿頭露水，今後惟有隨便一點，不必過於認真去提意見了。提是要提，少提一些好了。"[7] 1979 年冬，朱先生閱讀《辛棄疾詞選》（中華書局出版，《辛棄疾詞選》編寫組編寫）一書後，寫下一段跋語："宋詞歷來注本無多，然劣拙謬妄則此書爲至，蒙混後學，可歎可恨。此本即注解之處亦乖錯叠出，幸未涉及論詞，否則益誤人子弟矣。"[8] 選注，似爲小道，亦不可掉以輕心，尤其是以集體名義撰寫的著作。

八十年代撥亂反正，詩詞選注本數量及品質均甚可觀，且往往以叢書形式出版。如上海古籍出版社《中國古典文學作品選讀》叢書中，歷代詩詞的選注本就有四十餘種，影響深遠；劉逸生主編的《中國歷代詩人選集》四十種，三聯書店香港分店1980年至1985年間出版，廣東人民出版社及臺灣建宏出版社均有重版。注釋簡明，每首每句皆作串解，極便初學。近三十年，各種類型的詩歌選注本更是數量大增，難以統計，不少本子裝幀精美考究而內容粗製濫造，整體來說，質量似較遜於前期。這一切都有待於學者深入研究了。

選注本，有上文所載的總集、別集的選本和通代、斷代的選本；也有詩文合選本，詩詞合選本；更有各類專題選本，或以地域論，或以流派論，林林總總，數量甚多，內容不一，如《嶺南歷代詩選》、《泰山歷代詩選》、《清代西域詩輯注》、《清人詠藏詩詞選注》、《清代香山詩萃》、《江西派詩選注》、《永嘉四靈與江湖詩派選集》、《歷代山水詩選》、《唐代邊塞詩選注》、《中國歷代詠物詩選注》、《中國歷代題畫詩選注》、《禪詩選讀》、《哲理詩選》、《八閩景物詩選》、《乾隆三十六景詩選注》、《中國古代海上絲綢之路詩選》等。

注釋的詳細或簡略，須視讀者對像而定。一般普及性的選注本，如《唐詩一百首》、《宋詩一百首》等，注釋的要求是"簡明"二字。用最簡短的語言去解釋，明確清晰，切忌繁瑣的考證。至於史實、典故的考辨，名物制度的考釋等學術性問題，則祇需直接采用結論，不必詳述過程。也有不少選注本，對像是文化程度較高的人群，注釋則較爲詳盡。下面舉出《江西派詩選注》中黃庭堅詩一例，說明這類"選注"之義：

和答錢穆父猩猩毛筆

愛酒醉魂在，能言機事疏[一]。

平生幾兩屐？身後五車書[二]。

物色看《王會》，勳勞在石渠[三]。

拔毛能濟世，端爲謝楊朱[四]。

【説明】黃庭堅是運用典故的老手。把已有的故實剪裁到詩裏，表現嶄新的内容。一枝毛筆，光從物象上去描摹，也許是没有什麼可寫的。可是，詩人卻發揮想像，從側面去賦詠，把物象與自己所處的時代以及身世、感情熔鑄在一起，既不粘，又不脱，句句都留有可供讀者思索的餘地。裁熔典故，義兼比興，在議論中展示事物的形象，這正是宋人詠物詩獨到之處。黃氏此作，體現了江西詩派詩歌的一些重要的特點，"其秘旨在以比爲賦，自能避俗生新。"（張佩綸《潤于日記》）"點化其妙，筆有化工，可爲詠物用事之法。"（紀昀《瀛奎律髓刊誤》）把舊有的故實剪裁到詩中，以表現嶄新的内容，即所謂"取古人之陳言入於翰墨"者。此詩雖是字字有來歷，但又使人不覺，即使讀者不知道典實的來源，仍可理解詩歌的意義。於此可見黃庭堅用事精微渾成之處。數百年來，論者對此詩毀譽不一，宋人陳櫝云："猩猩毛筆，惟山谷詩冠絶，名士無不諷詠。"（《負暄野録》）甚至謂其"精妙隱密，不可加矣"（《歷代詩話》引《類苑》），"超脱而精切，一字不可移易。"（清王士禛《分甘餘話》）批評者則説"此乃俗子謎也，何足爲詩哉"！（金王若虚《滹南詩話》）"粘皮帶骨"，"逗漏之極"，"冗碎疏渴，襯貼不稱，剪裁脱漏，值其乖謬，便是不解"，"用事如此，真文章一大厄"。（明馮舒、馮班評《瀛奎律髓》）從這首五律的評議中可以看到八百年來詩壇上"唐宋之爭"的縮影。　錢穆父，名勰。杭州人。神宗時歷官提點京西、河北、京東刑獄，時奉使高麗，歸拜中書舍人。錢氏亦詩人，與蘇、黃俱友好。　猩猩毛筆：《雞林志》云："高麗筆，蘆管黃毫，健而易乏。舊云猩猩毛筆。"

【注釋】[一]"愛酒"二句：猩猩喜歡飲酒，喝醉了就走不動，它會人言，事情也就不够機密了。

兩句先用了猩猩"愛酒"和"能言"兩個典故，寫出猩猩被人擒獲的原因。

杜佑《通典》卷一八七引太原王綱《猩猩傳》，謂阮研聞封谿邑人云：猩猩愛喝酒，又愛穿屐。獵人把酒和屐放在路上誘捕它們。《曲禮》："猩猩能言，不離禽獸。"《易·繫辭上》："幾事不密則害成。"次句亦見道之語。酒後失言，因言賈禍，在北宋黨爭中，此事亦非鮮見。

[二]"平生"二句：它平生能穿得多少雙屐呢？死後卻留下了五車的著作。
　　上句典出《晉書·阮孚傳》。阮孚很愛屐，自己親自製作，曾歎息說："未知一生能著幾兩屐？"　五車書：《莊子·天下》："惠施多方，其書五車。"詩中把一些與猩猩毛筆全無關係的典故揉合在一起，點化成巧妙的新意。如前人所謂"以比爲賦，自能避俗生新"、"此渾成而大方者"。王士禛亦謂此二語"超脫而精切，一字不可移易"。　上句字面上寫猩猩因貪小欲而喪生，下句指用猩猩毛製筆寫書。　猩猩付出生命的代價而卻助成了豐富的著述。人生苦短，欲壑難填。黃庭堅一生所作詩文甚多，真能體現其人生之價值。

[三]"物色"二句：去訪求它，只有在《王會》之中。它的功勞已記載在石渠閣內。
　　王會：《汲冢周書》有《王會篇》。鄭玄云："王城既成，大會諸侯及四夷也。"石渠：石渠閣，漢代皇室的圖書館。班固《西都賦》："天祿、石渠，典籍之府。"　上句用"王會"一詞，點出猩猩毛筆來自外國，是錢穆父出使高麗所得，下句說明毛筆的功用。黃庭堅亦當相信自己的著作必能傳世行後。

[四]"拔毛"二句：拔出一些毛就能有利於世上。真的要把這道理好好告訴楊朱了。
　　二句語出《孟子·盡心上》："楊氏取爲我，拔一毛而利天下，不爲也。"詩中把這個典故活用了，語意很幽默。字面上似乎是拔出猩猩的毛製成筆就能助人寫書，而實際上所喻甚大，人應不顧私利，作出貢獻，兼濟天下。
　　楊朱，戰國時候楊朱學派的創始人，提倡利己。紀昀評："點化甚妙，筆有化工，可爲詠物用事之法。"此詩雖是字字有來歷，但又使人不覺，即使讀者不知道典實的來源，仍然可以大概理解詩歌的意思，這就是紀氏所欣賞的"法"吧！

（1）李致忠《宋版書敍録》，北京圖書館出版社，1994年版，第78頁。
（2）陶敏、李一飛《隋唐五代文學史料學》，中華書局，2001年版，第81頁。
（3）陶敏、李一飛《隋唐五代文學史料學》，中華書局，2001年版，第85頁。
（4）戴偉華《二十年磨一劍 辛苦爲善鳴者作注——讀俞國林先生〈吕留良詩箋釋〉》，《中華讀書報》2015年11月4日。
（5）《王荆公詩文沈氏注》"出版説明"，中華書局，1959年版。
（6）錢鍾書《談藝録》，中華書局，1984年版，第5頁。
（7）李文約《朱庸齋先生年譜》，香港素茂文化出版有限公司，2012年版，第231頁。
（8）李文約《朱庸齋先生年譜》，香港素茂文化出版有限公司，2012年版，第321頁。

集注章第三

集　注

　　集注是東漢以來常用的注釋形式，此外，尚有集傳、集釋、集解、彙釋、通釋、集義、纂疏、通義、集疏、輯釋等諸多名目，皆爲經書注疏彙編。至明代更有所謂"大全"之名，以鈔撮爲能事，每陷於蕪雜而乏新見，顧炎武因有"'大全'出而經説亡"（《日知録》卷一八）之歎。

　　詩歌的集注，是彙集各家各説，或有所取舍，斷以己見。李善《文選注》雖已有集注的形式，使用了一些的具體集注方法，但還没有明確地提出"集注"的體例。洪業《杜詩引得序》認爲"集注之起，當在紹興中葉，或其稍前"。直到南宋初，"集注"此一綜合性注釋體式纔正式確定下來。把歷史考證、字詞訓詁、句意解釋、篇章分析等多種手段有體機結合起來，成爲完美的典範。朱熹《楚辭集注》，與其《詩集傳》體例相仿。所謂"集注"，據其自序所言："聊據舊編，粗加櫽括，定爲集注八卷。"而"舊編"又不注明何人何編，實主要取王逸、洪興祖之説。

　　南宋時期，出現了"千家注杜"、"五百家注韓"的盛大局面。現存較早的詩歌集注本爲宋人注杜之作。蓋"集大成者難爲毀，繼至善者難爲功"，宋人注杜諸家，後世學者毀譽不一，然其功終不可没。郭知達輯《新刊校訂集注杜詩》，其自序謂杜甫詩"世號詩史，自箋注雜出，是非異同，多所牴牾……因輯善本，得王文公、宋景文、豫章先生、王原叔、薛夢符、杜時可、鮑文虎、師文瞻、趙彥材凡九家，屬二三士友，各隨是非而去取之"。如卷一《奉贈韋左丞丈二十二韻》詩，集注中用趙彥材之説多達二十五次，用師文瞻説二次，用鮑文虎説一次。其餘有云"舊注"者，或是王洙的注文，而沒有説明所出的，當亦有郭氏之注。可見郭知達的集注，是采用魏晉以來經學家常用的集解形式，以一家之説爲主，或有不足者，則以別家之説以修正、補充。九家注中，以趙彥材爲主，其餘各家，於全集中僅一二見或數十見而已。其後如黃希、黃鶴《黃氏補千家集注杜工部詩史》、高崇蘭《集千家注批點杜工部詩集》等，所集注家數遠較九家注爲多，黃氏"千家集注"，實爲一百五十一家，亦以趙彥材等數家爲主。黃氏父子之補注，著重文辭典故、年月史實方面，《四庫全書總目》謂其"鉤稽辨證，亦頗具苦心"。蔡夢弼《杜工部草堂詩箋》（彩圖15），雖無集注之名，而有集注之實。洪業《杜詩引得序》云："竊謂宋人之於杜詩，所尚在輯校集注，迨南宋之末，蔡、黃二本已造其極。"

宋人的集注本，還有舊題王十朋《集注分類東坡先生詩》傳世。此書爲託名之作。在此之前，在所謂"四家注"、"五家注"、"十家注"，皆蘇詩之集注。此書更彙集了九十六家注，網羅宏富。又有題爲宋吕祖謙分編、王十朋纂編的《蘇東坡詩集注》，《四庫全書總目》考證此書雖爲託名之作，然亦肯定其創始之功，"足資讀蘇詩者之旁參"。宋末元初，劉辰翁爲其作批點。清人注本，如顧嗣立《昌黎先生詩集注》（彩圖16），其凡例云"采諸家箋注，復參以臆見所得"。即在集注的基礎上略參己見。當代的集注，除了注釋外，還廣泛收集有關資料，如版本、著錄以及序跋、評論等，務求完備。

又有稱爲"詳注"的，也類於集注。如清仇兆鰲《杜少陵集詳注》，其注詩體例，見於"凡例"中，有"歷代注杜"、"近人注杜"之條，謂前人之注，"各有所長，其最有發明者，莫如王嗣奭之《杜臆》，而王道俊之《博議》、鄭侯升之《巵言》、楊德周之《類注》，俱有辯論證據，今備采編中"。故此書之注，多引《杜臆》，各家之注，亦擇善而從。然謂"凡與杜爲敵者，概削不存"，則稍嫌偏頗了。二〇一四年出版的《杜甫全集校注》（蕭滌非主編、張忠綱終審統稿），是集大成的著作，宏篇鉅製，真堪稱杜詩集注的終極之作了。

也有稱爲"合注"的，如清馮應榴《蘇文忠公詩合注》，綜合各家之注，加上馮氏本人的案語，徵引繁博，資料翔實。

清王文誥《蘇文忠公詩編注集成》一書，以"編注集成"爲名，可知著者的目的。

此外，尚有稱"彙注"的，如明胡之驥《江文通集彙注》、清吳瞻泰《陶詩彙注》、近人王蘧常《顧亭林詩集彙注》等。有稱"輯注"的，如清朱鶴齡《杜工部詩集輯注》、蔣之翹《韓昌黎集輯注》、今人吳世常《論詩絕句十種輯注》。有稱"集釋"的，如近人衛仲璠《離騷集釋》、隋樹森《古詩十九首集釋》、錢仲聯《韓昌黎詩繫年集釋》。有稱"集覽"的，如靳榮藩《吳詩集覽》。

有稱"集傳"的，着重在輯集以講解爲主的"傳"，並以己意爲取舍。朱熹《詩集傳》，采毛、鄭之說，參以齊、魯、韓三家，每批駁舊說，自出新意，爲後世注家作出了良好典範。宋錢杲之《離騷集傳》一卷，分《離騷》爲十四節，參酌諸家，彙成己說。

亦有祇稱"注"或"校注"、"校箋"的,實際也是集注。

名家詩集,往往有多種注本,譬之積薪,後來者居上。如杜甫、李商隱、蘇軾等,宜作集注。又如吳錫麒《杜樊川集注序》所云:"注釋者多,詞旨愈晦。"集注者亦應有所選擇,去粗取精,去僞存真。對某些詩歌,特別是名作,好作解人者甚多,各執一說,歧義叢生,令後世學者莫衷一是。在這種情況下,注家有幾種選擇:一是定於一說。二是以一說爲主,再羅列諸說。如朱熹《詩集傳》,每在一說之後再引他說,並注明"亦通",清代注詩家亦常如此。存疑待問,是學者應有的態度。三是自作新說,但必須慎重。

大多數集注類的注釋,都是在廣泛地收集前人注釋的基礎上有所取舍的,即所謂集諸家之長而折衷歸於至當者。集注者力圖融貫古今,擇善而從,偶或另立一說,以此表現其學力與識力,但如仇兆鼇《杜少陵集詳注》所云"凡與杜爲敵者,概削不存",則屬偏見。也有一部分集注,是盡可能地羅列所能搜集到的注釋,不加取舍,以便讀者能掌握更多資料。如游國恩主編的《離騷纂義》和《天問纂義》,爲《楚辭注疏長篇》的一部分,按時代引錄自漢至清的舊注,多達百餘家,凡與他人稍有不同的說法,包括謬見,都全數網羅,然後加以按語,表明編者的觀點。從文獻學角度來看,此類的集注最有價值。

集　解

集解,是魏晉以來經學家常用的注釋形式,何晏《論語集解·序》云:"集諸家之説，記其姓名；有不安者，頗爲改易。"很多典籍都有學者爲作集解，如何晏《論語集解》、杜預《春秋左傳集解》、范寧《春秋穀梁傳集解》、裴駰《史記集解》等。

集解，主要是博采諸家解經之説，擇要擇善而從。在詩歌注釋中，以"集解"爲名的，如明汪瑗《楚辭集解》，徵引頗爲豐富，自王逸、洪興祖、朱熹之注以至歷代詩文中有關材料，均一一搜羅，《四庫全書總目》謂其"務爲新説以排詆諸家"，如以"何必懷乎故都"一語爲《離騷》之綱領，謂"實有去楚之志"，實言人之所未言者。

集解，在近年出版的詩歌別集的集解本中，已不是古代那種搜集舊解，略參己説的作法了。以劉學鍇、余恕誠編著的《李商隱詩歌集解》爲例，可説是集校勘、編年、箋析、注解、評論、賞鑑於一體的集大成著作。對此書的箋注，陶敏、李一飛作出準確的評述："注釋方面，不是簡單彙集前人的成果，而能刪除重複，訂正訛誤，補充己見，析疑解惑，以利讀者采擇；箋評則由會箋、會評和按語構成，幾乎每詩都有作者所加按語，或發揮前人評箋精彩之處，或折衷、溝通諸家之説，或別求勝義，另覓新解。"[1]試舉《過伊僕射舊宅》一詩爲例，在"集注"中，彙集了朱鶴齡、馮浩、程夢星、張爾田諸家之説，並作按語二條，申明取舍，其一云："此舊宅顯指尹慎京城光福坊舊邸，馮氏爲證成其'江鄉之遊'説，故謂指慎在安黃舊治之宅。"其二云："此'瀧江'當從馮注泛指江水，非專指嶺南韶州附近之瀧水。"又作"補注"二條，其一引《論語》語，謂"逝波窮，謂伊慎已逝世"；其二云："回廊，曲折回環之走廊。杜甫《陪城縣香積寺官閣》：'小院回廊春寂寂。'檐斷，屋檐殘斷，與下'塵凝'、'殘菊'、'敗荷'均寫舊宅荒廢景象。"在"箋評"中，引述朱彝尊、胡以梅、陸貽典、姚培謙、屈復、程夢星、田蘭芳、馮浩、紀昀、張爾田、岑仲勉、錢鍾書、陳永正諸家的評語後，加以三百餘字的醒目按語，對諸家的評語再作具體評論，謂"姚、屈二箋，就詩作解，較得其實。是否另有寓託，不易確定"，按語末云："詩作於長安，或在大中三年秋間。"集解如此，可謂"毫髮無遺憾"矣。

集　評

以"集評"、"彙評"、"輯評"等爲題的一類書籍，以詩繫評，輯錄歷代的評語，從資料完備的角度來看，自然是多多益善，愈豐富愈好。

明周珽《唐詩選脈會通評林》一書，《四庫全書總目》謂其"以諸家議論及珽所自品題者標於簡端，是爲評林"，亦即集評之意。此書於選於注方面均乏善可陳，唯題中"評林"二字頗顯特色，可作明人評詩的典範之作。此書收錄了宋人劉辰翁、謝枋得，元人范梈，明人周敬、敖英、李夢陽、何景明、胡應麟、焦竑、鍾惺、譚元春、唐汝詢等數十家評語，間附己評。雖然《總目》批評它"大抵貪多務博，冗雜特甚，疏舛亦多"，但畢竟是初創之作，內容豐富，後世集評者故多取裁於此。試舉書中李商隱《嫦娥》詩評爲例：先引謝枋得曰："嫦娥貪長生之福，無夫妻之樂，豈不自悔，前人未道破"，再引敖英曰"此詩翻空斷意，從杜詩'斟酌嫦娥寡，天寒奈九秋'變化而來"，陸時雍曰"多以意勝"，再引胡次焱詳盡的釋評，末引唐仲言的評語。又如《夜雨寄北》詩評，引錄李夢陽、蔣一葵、唐汝詢、郭濬的評語，末附己評："以今夜雨中愁思，冀爲他日相逢話頭，意調俱新。第三句應轉首句，次句生下落句，有情思。蓋

集注章第三 · 495 ·

歸未有期，復爲夜雨所苦，則此夕之寂寞，惟自知之耳。得與共話此苦於剪燭之下，始一腔幽衷，或可相慰也。'何當'、'卻話'四字妙，依依雲樹之思可想。"有釋有評，頗便讀者。

輯評類的書籍最值得提出的是陳伯海主編的《唐詩彙評》。此書以詩繫評，收詩人四百九十八家，詩作五千一百二十七首。每位詩人，每首詩作都有彙評，組詩有總評。彙評，不是巨細兼收，而是經過"精心選擇，刪汰冗複，理清蕪雜，使那些真正有價值的評語能突現出來"。[2] 可謂捃摭衆説，成於一心者。如書中所録張籍《没蕃故人》詩末聯："欲祭疑君在，天涯哭此時。"詩後引賀裳《載酒園詩話又編》評："誠堪嗚咽。"查慎行《初白庵詩評》評："結意深慘。"李懷民《重訂中晚唐詩主客圖》評："至哭故人處但用尾末一點，無限悲愴。"潘德輿《養一齋詩話》評："語平淡而意沈痛，可與李華'其存其没'數語並駕。"俞陛雲《詩境淺説》云："末句言欲招楚醑之魂，而未見崤函之骨，猶存九死一生之想。迨終成絶望，莽莽天涯，但有一慟。此詩可謂一死一生，乃見交情也。"令人讀來醰醰有味，竊以爲若能補充錢鍾書《管錐編·全漢文卷一六》云："知征人已死，家人之心亦死，想征人或尚生，則家人望絶還生，腸迴未斷，癡心起滅，妄念顛倒。"則可無憾了。

此書篇末有"彙評引用書目"，載所引書近六百種。讀者手此一册，可免許多翻檢之勞。亟盼有學者能作《宋詩彙評》、《明詩彙評》、《清詩彙評》一類的書籍，以嘉惠士林。

近人注本中，每列"評箋"、"集評"、"集解"、"彙評"、"彙釋"之目。瞿蜕園、朱金城《李白集校注·凡例》稱，評箋部分，爲搜集"有關詩話、筆記、考證資料，以及近人研究成果，復加以箋釋補充與考訂其中之謬誤"。可知所謂

"評箋",有類於輯評,並附己見。如集中《古風》其四十九"美人出南國"詩,評箋引張戒、蕭士贇及《唐宋詩醇》評語,後加按:"曹植詩云:'南國有佳人,容華若桃李。朝遊江北岸,夕宿瀟湘沚。'乃此詩格調所從出。白晚年雖嘗至零陵,瀟湘恐非實指。"按語即爲注者之箋釋補充及考訂。郁賢皓等《建安七子詩箋注》,於詩後亦有評箋,其"凡例"云:"凡前人對每篇作品的評論,盡量收羅完備,依評論者時代先後列於該詩注釋之後。"蕭滌非主編的《杜甫全集校注》列有"集評"之目,"列舉前人有關全詩或全文旨意、藝術技法、風格異同等具有參考價值之評論,以及有代表性之異解,可備一説者",盡量搜集完備,可謂集其大成了。葉嘉瑩所輯《秋興八首集解》一書,古來對杜甫《秋興八首》的評論幾乎網羅無遺,極便於學者研究。但一般來説,最好還是經過編輯者的梳理,選擇最有價值的評語介紹給讀者。詩評往往是後出轉精,集評一類的書,把各家的評語萃於一書,讀者能同時領略而無遍索之勞,不同的見解亦能擴闊思路,啓迪心靈,有助於讀者對詩意的理解,提高鑑賞能力,亦能增添閲讀的興味。

專輯一家詩詞的彙評本,則有許增《白石道人詩詞評論》一卷,彙輯宋元以來有關姜夔詩詞的評論。

前人的評語,往往輾轉因襲,大同小異,用作注釋中的引文,亦須加以考證,力求引用最早的材料。徐培均校注《淮海居士長短句》卷中《鵲橋仙》詞彙評:"《草堂詩餘》正集卷二:'七夕以雙星會少別多爲恨,獨謂情長不在朝暮,化臭腐爲神奇。'徐氏案:"四印齋本《詩餘》王鵬運按語與此同,末加一句:'寧不醒人心目!'"按,《草堂詩餘》正集的評語,源出《增修箋注妙選草堂詩餘》後集,四印齋本所加一句,亦《增修》原文,並非王鵬運的按語。引文中的"七夕",應爲《七夕歌》。若徐氏彙評采用《增修》,則不至於一錯再錯。

歷代詩人總集、別集的注本,自然是集注、集解、集評的最主要材料。除此之外,還有大量有關詩歌内容的解説和評論的材料,保存在各種文集、筆記、詩話中。如零玉碎金,埋藏山野,需要人們去發掘整理。莫礪鋒指出,這些解説和評論,"往往是有感而發,有見方書,所以更爲簡潔,更爲精警。雖然它們没有以注釋的形式出現,但是大量地爲後代的注本所采用"。[3] 此類注本之外的材料,從總體上看,注釋應有之義如考證、分析、評論、釋典、辨誤、輯佚等,均已具備,其中獨得之見,更不可忽略。自宋人始,各代集注、集評一類的著述,都廣泛收録這些材料,近年中華書局出版的大型叢書"古典文學研究資料彙編",以詩人分卷,更是巨細無遺,資料甚爲完備。《杜甫全集校注》除"集評"外,更列有"備考"一目,其凡例説明,此欄輯録涉及詩文編年、寫作地點之别解,以及相關人事資料、贈答賡和之作等内容。配合題解、注釋,徵引旁及稗史、雜記、詩話、小説等資料,以備參考。

集注集評之本,每采用套印的技術,或朱墨,或三色五色,美輪美奂,悦目賞心。如清沈厚塽《李義山詩集》輯評本,朱鶴齡箋注,輯有何焯、朱彝尊、紀昀三家評,分别用硃、墨、藍三色套印。清粤東翰墨園刻本《杜工部集五家評本》,扉頁標明"王弇洲紫筆、王遵巖藍筆、王阮亭朱墨筆、宋牧仲黄筆、邵子湘緑筆"。

在歷代詩歌的選集中,不少是評注本。其中影響較大的有元初方回選評的《瀛奎律髓》,方回評詩,堂廡甚大,持一祖三宗之説,對宋詩運動頗有影響。此書在清代有馮舒、馮班、錢陸燦、陸貽典、查慎行、何焯、紀昀、許印芳等不下十餘家的評語。今人李慶甲彙集各家評語,成《瀛奎律髓彙評》一書。

各家評語，議論紛紜，甚有啓發意義。時有揭出本事者，可供注家采錄。

選評一家詩的專集，除李、杜外，還有紀昀《玉谿生詩說》二卷，上卷選詩及輯錄清人評語，下卷對李商隱詩評述，見解極爲精闢。吳瞻泰《淵明詩話》，輯錄歷代對陶淵明其人其詩的評論，後附有吳菘《論陶》一卷，專評陶詩。梁章鉅撰的《讀漁洋詩隨筆》二卷，是王士禛詩評的專輯。書中輯錄了紀昀、翁方綱、李兆元、屈復等人的評論，而最後由著者作出總結和評述。翁方綱《詠物七律偶記》，是專評析歷代七律詠物詩的著作。

清人張宗橚《詞林紀事》一書，網羅唐、五代、宋、金、元五朝詞的本事及評論，今人楊寶霖作《詞林紀事補正》，補遺正誤，材料甚豐，可視爲張書的詳細的箋校集評本。如卷五錄蘇軾《水龍吟》詞，張氏按語僅摘引《中吳紀聞》，而楊氏則完整引錄"宋龔明之《中吳紀聞》卷五"的文字，並補引《談苑》、《獨醒雜志》、《貴耳集》有關內容，加上自己的按語。

（1）陶敏、李一飛《隋唐五代文學史料學》，中華書局，2002年11月版，第87頁。
（2）陳伯海主編《唐詩彙評·前言》，浙江教育出版社，1995年版。
（3）莫礪鋒《論宋代杜詩注釋的特點與成就》，《第四屆宋代文學國際學術研討會論文集》，浙江大學出版社，2006年版，第137頁。

鑑賞章第四

賞析，是詩歌闡釋的一環，發揮想象與聯想，分析詩歌的意境，抒發個人的感受。歷代詩歌注釋中，特別是在"解"和"評"中，每有品鑑的成分，如上文所述的謝枋得《注解章泉澗泉二先生選唐詩》，金聖歎《貫華堂選批唐才子詩》、《唱經堂杜詩解》，其注解已與賞析無異。清人張玉穀《古詩賞析》，是第一本以"賞析"爲名的著作。可以說，賞析，是評點的延伸，宜要言不煩，點到爲止。

1959年在《羊城晚報·晚會》副刊連載劉逸生《唐詩小札》，於1961年結集出版，在讀者中引發強烈反響。劉氏是詩人、學者，文采斐然，對詩歌有真切的體悟，是以此書甫面世即風靡大江南北，數十年來，長盛不衰，影響了幾代人對中國古典詩歌的認知。黃天驥指出："劉逸生先生《唐詩小札》對詩歌'鑑賞學'的開拓性貢獻主要表現在三個方面：一、強調審美受體的主觀能動性，宣導讓讀者參與詩歌意境的再創造；二、堅持並靈活運用'知人論世'的觀點去理解作品；三、在詩歌鑑賞中廣泛並純熟運用比較的方法。這些方法的運用，使《唐詩小札》具有了開拓中見嚴謹、淵博中見輕靈的學術風格。"[1]《唐詩小札》與1981年出版的《宋詞小札》，已成爲詩詞賞析書中的經典之作。

　　近世也有不少以"賞析"爲名的文章與書籍。沈祖棻《宋詞賞析》，詞人論詞，明暢深刻，爲時人所熟知。巴蜀書社在二十世紀八九十年代，出版了整套《中國古典文學賞析叢書》，其中有多種唐詩宋詞的"賞析集"。艾治平著有《唐詩名篇賞析》、《宋詞名篇賞析》。近三十年間，特別是上海辭書出版社的《漢魏六朝詩鑑賞辭典》、《唐詩鑑賞辭典》、《元明清詩鑑賞辭典》、《唐宋詞鑑賞辭典》、《元曲鑑賞辭典》等出版並暢銷之後，以"鑑賞"爲名的詩詞選本，近年愈出愈多，甚至如《紅樓夢詩詞曲賦鑑賞》、《納蘭詞全集鑑賞》等專集也出現了，"鑑賞"一詞，已逐漸取代"賞析"。詩歌鑑賞，似乎已成爲"顯學"。

　　本人曾爲上海辭書出版社的"鑑賞辭典"系列撰寫過數十則"辭條"，也讀過一些鑑賞文章，深知此道之利弊。好的鑑賞文章如同好的"解"、"評"、"評點"、"賞析"、"評析"那樣，以通俗而優美的文字演繹、分析作品的内容和藝術特色，以幫助讀者理解和欣賞。上海辭書出版社的鑑賞辭典系列，整體來説，質量還是比較高的，適合一般群衆閲讀。隨之而蠭起的逐利者，製作了大量的詩詞鑑賞書籍，或文字拙劣，"水分"過多，難以卒讀，或錯解、歪曲原意，誤導讀者。過度闡釋，更是不少鑑賞文章的通病，突出了象外意和意外意，反客爲主，想入非非，太多發揮，反而掩蔽了原作的真貌。

　　近年西方文學批評理論流行，現代學者以全新的詮釋方法去解詩，異態紛呈，令人目眩神駭，詩歌鑑賞，更成爲"百寶丹"、"萬應油"，中學語文教學，把古代詩文鑑賞作爲重點課程，大學入學試題，也有鑑賞性質的門類。有關"賞析學"、"鑑賞學"書籍以及各種"教學參考書"中，羅列出鑑賞詩歌的種種方法和步驟，諸如語言和形象的分析，寫作技巧和風格的評價，修辭方法中的比喻、借代、擬人、對偶、誇張、鋪陳、反復、頂針、襯託等；表達方式中的敘述、描述、議論、抒情等；描寫方式中所謂動靜結合、虛實結合、點面結合、明暗結合、正側結合、粗筆勾勒、白描工筆、樂景寫哀、哀景寫樂等；抒情方式的直抒胸臆、借景抒情、寓情於景、情景交融等。此外還有什麼首尾照應，層層深入，先總後分，先景後情，過渡、鋪墊，以及抑揚變化、鋪陳描寫、象徵聯想、襯託、對比、渲染、想象、聯想、照應、託物言志、語序倒置、開門見山、曲筆入題、卒章顯志、以景結情、以小見大、伏筆鋪墊等，應有盡有，令人眼花繚亂。此外還指出高考考查的重點，如改變詞性、顛倒詞序、省略句子成分等，認爲祇要了解詩歌語言組織的規律，就能迅速進入詩歌的語境云云。諸如此論，真令學子無所適從。爲了應付考試，學習這一大堆瑣屑而無用的東西，實在痛苦。有着無限生命力的古典詩歌，已成實驗室解剖刀下的被支解的尸體。周錫䪖稱之爲"廢紙文化"，(2) 亦良有以也。治絲益棼，去道日遠，"鑑賞學"之勃興，也可能是詩歌的惡夢。

鑑賞無定法。吳孟復《古籍研究整理通論》一書中特設"詩詞鑑賞"一節，主張要"賞遣詞之確"、"賞比興之奇"、"賞立意之新"、"賞神韻之妙"，實是行家確論。近年社會上開設的文學講座，如葉嘉瑩說詞，亦多從鑑賞的角度去引導聽衆，深入淺出，頗受歡迎。

以下舉出兩篇鑑賞文章爲例：

韓愈《調張籍》詩

李杜文章在，光焰萬丈長。

不知群兒愚，那用故謗傷。
蚍蜉撼大樹，可笑不自量。
伊我生其後，舉頸遙相望。
夜夢多見之，晝思反微茫。
徒觀斧鑿痕，不矚治水航。
想當施手時，巨刃磨天揚。
垠崖劃崩豁，乾坤擺雷硠。
惟此兩夫子，家居率荒涼。
帝欲長吟哦，故遣起且僵。
剪翎送籠中，使看百鳥翔。
平生千萬篇，金薤垂琳琅。
仙官敕七丁，雷電下取將。
流落人間者，太山一毫芒。
我願生兩翅，捕逐出八荒。
精誠忽交通，百怪入我腸。
刺手拔鯨牙，舉瓢酌天漿。
騰身跨汗漫，不著織女襄。
顧語地上友，經營無太忙。
乞君飛霞佩，與我高頡頏。

李白和杜甫的詩歌成就，在盛行王、孟和元、白詩風的中唐時期，往往不被重視，甚至還受到某些人不公正的貶抑。韓愈在此詩中，熱情地讚美李白和杜甫的詩文，表現出高度傾慕之情。在對李、杜詩歌的評價問題上，韓愈要比同時的人高明得多。

本詩可分爲三段。前六句爲第一段。作者對李、杜詩文作出了極高的評價，並譏斥"群兒"謗傷前輩是多麼無知可笑。"李杜文章在，光焰萬丈長"二句，已成爲對這兩位偉大詩人的千古定評了。中間二十二句爲第二段。力寫對李、杜的欽仰，讚美他們詩歌的高度成就。其中"伊我"十句，作者感歎生於李、杜之後，祇好在夢中瞻仰他們的風采。特別是讀到李、杜光彩四溢的詩篇時，便不禁追想起他們興酣落筆的情景：就像大禹治水那樣，揮動著摩天巨斧，山崖峭壁一下子劈開了，被埋遏的洪水便傾瀉出來，天地間回蕩著山崩地裂的巨響。"惟此"六句，感歎李、杜生前不遇。天帝要使詩人永不停止歌唱，便故意給予他們升沈不定的命運。好比剪了羽毛囚禁在籠中的鳥兒，痛苦地看著外邊百鳥自由自在地飛翔。"平生"六句，作者惋惜李、杜的詩文多已散佚。他們一生寫了千萬篇金玉般優美的詩歌，但其中多被仙官派遣神兵收取去了，流傳人間的，祇不過是泰山的毫末之微而已。末十二句爲第三段。"我願"八句，寫自己努力去追隨李、杜。詩人希望能生出兩翅，在天地中追尋李、杜詩歌的精神。他終於能與前輩詩人精誠感通，於是，千奇百怪的詩境便進入心裏：反手拔出大海中長鯨的利齒，高舉大瓢，暢飲天宮中的仙酒，忽然騰身而起，遨遊於廣漠無窮的天宇中，自由自在，發天籟之音，甚至連織女所製的天衣也不屑去穿了。最後四句點題。詩人懇切地勸導老朋友張籍：不要老是鑽在書堆中尋章摘句，忙碌經營，還是和我一起向李、杜學習，在詩歌的廣闊天地中高高飛翔吧。

韓愈在中唐詩壇上，開創了一個重要的流派。葉燮《原詩》説："韓詩爲唐詩之一大變。其力大，其思雄。"詩人以其雄健的筆力，凌厲的氣勢，驅使宇宙萬象進入詩中，表現了宏闊奇偉的藝術境界。這對糾正大曆以來詩壇軟熟褊淺的詩風，是有著積極作用的。而《調張籍》就正象詩界異軍崛起的一篇宣言，它本身的風格，最能體現出韓詩奇崛雄渾的詩風。

詩人筆勢波瀾壯闊，恣肆縱橫，全詩如長江大河浩浩蕩蕩，奔流直下，而其中又曲折盤旋，激濺飛瀉，變態萬狀，令人心搖意駭，目眩神迷。如第二段中，極寫李、杜創作"施手時"情景，氣勢宏偉，境界闊大。突然，筆鋒一轉："惟此兩夫子，家居率荒涼。"豪情壯氣一變而爲感喟蒼涼，所謂"勒奔馬於嘘吸之間"，非有極大神力者何能臻此！下邊第三段"我願"數句，又再作轉折，由李、杜而寫及自己，馳騁於碧海蒼天之中，詩歌的内涵顯得更爲深厚。我們還注意到，詩人並没有讓江河橫溢，一往不收，他力束狂瀾，迫使洶湧的流水循著河道前流。本詩在命題立意、結構佈局、遣詞造句上，處處可見到作者獨具的匠心。如詩中三個段落，回環相扣，輾轉相生。全詩寓縱横變化於規矩方圓之中，非有極深功力者何能臻此！

尤可注意的是，詩中充滿了探險入幽的奇思幻想。第一段六句，純爲議論。自第二段始，運筆出神入化，簡直使人眼花繚亂。"想當施手時，巨刃磨天揚。垠崖劃崩豁，乾坤擺雷硠。"用大禹鑿山導河來形容李、杜下筆爲文，這種匪夷所思的奇特的想象，決不是一般詩人所能有的。詩人寫自己對李、杜的追慕是那樣狂熱："我願生兩翅，捕逐出八荒。"他長出了如雲般的長翮大翼，乘風振奮，出六合，絶浮塵，探索李、杜藝術的精英。追求的結果是"百怪入我腸"。此"百怪"可真名不虛説，既有"刺手拔鯨牙，舉瓢酌天漿"，又有"騰身跨汗漫，不著織女襄"。下海上天，想象之神奇令人驚歎。而且詩人之奇思，或在天，或在地，或挾雷電，或跨天宇，雄闊壯麗。韓詩曰奇曰雄，如此詩者可見其風格了。

詩人這種神奇的想象，每借助於誇張和比喻的藝術手法，就是前人所盛稱的"以想象出詭詭"。詩人這樣寫那些妄圖詆毁李、杜的輕薄後生："蚍蜉撼大樹，可笑不自量！"設喻貼切，形象生新，後世提煉爲成語，早已家傳户曉了。詩中萬丈光焰，磨天巨刃，乾坤間的巨響，太山、長鯨等瑰瑋奇麗的事物，都被用來設喻，使詩歌磅礴的氣勢和詭麗的境界得到充分的表現。

此詩是"論詩"之作。朱彝尊《批韓詩》説："議論詩，是又别一調，以蒼老勝，他人無此膽。"這所謂的"别調"，其實應是議論詩中的"正格"，那就是以形象爲議論。在本詩中，作者通過豐富的想象和誇張、比喻等表現手法，在塑造李白、杜甫及其詩歌的藝術形象的同時，也塑造出作者本人及其詩歌的藝術形象，生動地表達出詩人對詩歌的一些精到的見解，這正是本詩在思想上和藝術上的成功之處。

（録自《唐詩鑑賞辭典》）

晏幾道《臨江仙》詞

夢後樓臺高鎖，酒醒簾幕低垂。去年春恨卻來時。落花人獨立，微雨燕雙飛。　　記得小蘋初見，兩重心字羅衣。琵琶絃上說相思。當時明月在，曾照彩雲歸。

　　這是晏幾道詞的代表作。在內容上，它寫的是小山詞中最習見的題材，對過去歡樂生活的追憶，並寓有"微痛纖悲"的身世之感；在藝術上，它表現了小山詞特有的深婉沈著的風格。可以說，這首詞代表了作者在詞的藝術上的最高成就，堪稱婉約詞中的絕唱。

　　本詞當是別後懷思歌女小蘋之作。上片用兩個六言句對起。午夜夢回，只見四周的樓臺已閉門深鎖；宿酒方醒，那重重的簾幕正低垂到地。"夢後"、"酒醒"二句互文，寫眼前的實景。對偶極工，意境渾融。"樓臺"，當是昔時朋遊歡宴之所，而今已人去樓空。詞人獨處一室，在闃寂的闌夜，更感到格外的孤獨與空虛。企圖借醉夢以逃避現實痛苦的人，最怕的是夢殘酒醒，那時更是憂從中來，不可斷絕了。《小山詞》中常見"夢"、"酒"等語，多有深意，這裏的"夢"字，語意相關，既可能是真有所夢，重夢到當年聽歌笑樂的情境，也可指"悲歡合離之事，如幻如電，如昨夢前塵"（《小山詞·自序》）。如作者《踏莎行》詞云："從來往事都如夢，傷心最是醉歸時"。也許，此時已是"君龍疾廢臥家，廉叔下世"之後了。起二句情景，非一時驟見而得之，而是詞人經歷過許多寥寂淒涼之夜，或殘燈獨對，或釅酒初醒，遇諸目中久矣，忽于此時煉成此十二字，始如彌勒彈指，得現"華嚴境界"（《藝蘅館詞選》引康有為評）。所謂"華嚴境界"，是說它已進入佛家的空寂之境，這種空寂，正是詞人內心世界的反映，是真正的"傷心人"的感受。

　　"去年春恨卻來時"，一句承上啓下，轉入追憶。"春恨"，因春天的逝去而產生的一種莫名的悵惘。點出"去年"二字，說明這春恨的由來已非一朝一夕的了。同樣是這春殘時節，同樣惱人的情思又湧上心頭——"落花人獨立，微雨燕雙飛"！孤獨的詞人，久久地站立庭中，對著飄零的片片落英；又見雙雙燕子，在霏微的春雨裏輕快地飛去飛來。"落花"、"微雨"，本是極清美的景色,在本詞中,卻象徵著芳春過盡,美好的事物即將消逝,有著至情至性的詞人,怎能不黯然神傷?燕子雙飛,反襯愁人獨立,因而引起了綿長的春恨,以至在夢後酒醒時回憶起來,仍令人惆悵不已。這種韻外之致,盪氣迴腸,真教後世的讀者也不能自持,溺而難返了。

譚獻謂"落花"二語"名句千古,不能有二"(《譚評詞辨》卷一),頗引起近人議論。論者謂此二語出自五代翁宏《宮詞》(一作《春殘》):"又是春殘也,如何出翠幃?落花人獨立,微雨燕雙飛。寓目魂將斷,經年夢亦非。那堪愁向夕,蕭颯暮蟬輝。"其實,宋詞襲用前人成句,已成慣例,毋須指摘。好句,往往是要與全篇融渾在一起的。翁詩全首平庸,"落花"二語在其中殊不特出。小晏一把它化入詞中,妙手天然,構成一淒豔絕倫的意境。以故爲新,點鐵成金,具見詞家手段。

換頭一句,是全詞關鍵。"記得",那是比"去年"更爲遙遠的回憶,是詞人"夢"中所歷,也是"春恨"的原由。小蘋,歌女名。是《小山詞·自跋》中提到 的"蓮、鴻、蘋、雲"中的一位。小晏好以屬意者的名字入詞,以紀其墜歡零緒之跡,而小蘋更是他所深深眷戀的:"小蘋若解愁春暮,一笑留春春也住"(《木蘭花》)、"小蘋微笑盡妖曉"(《玉樓春》),可想見她是個天真爛漫、嬌美可人的少女。本詞中特標出"初見"二字,用意尤深。也許,爾後的許多情事,都會隨著歲月的流逝而逐漸淡忘,而相識時的第一印象卻是永志於心的,夢後酒醒,首先浮現在腦海中的依然是小蘋初見時的形象——"兩重心字羅衣,琵琶弦上説相思"。她穿著薄羅衫子,上面繡有雙重的"心"字。宋代婦女衣裙上每有"🦋"形圖案,類似小篆的"心"字(見宋畫《女孝經圖》),歐陽修《好女兒令》詞也有"一身繡出,兩同心字"之語。小晏詞中的"兩重心字",還暗示著兩人一見鍾情,日後心心相印。小蘋也由於初見羞澀,愛慕之意欲訴無從,惟有借助琵琶美妙的樂聲,傳遞胸中的情愫。彈者脈脈含情,聽者知音沈醉,與白居易《琵琶行》"低眉信手續續彈,説盡心中無限事"同意。"琵琶"句,既寫出小蘋樂技之高,也寫出兩人感情上的交流已大大深化,不僅是目挑眉語了。也許小晏的文名,使小蘋在見面之前已暗暗傾心了吧。

"當時明月在,曾照彩雲歸"。一切見諸形相的描述都是多餘的了。不再寫兩人的相會、幽歡，不再寫別後的思憶。詞人只選擇了這一特定鏡頭：在當時皎潔的明月映照下，小蘋，像一朵冉冉的彩雲飄然歸去。李白《宮中行樂詞》："只愁歌舞散，化作彩雲飛。"又，白居易《簡簡吟》："大都好物不堅牢，彩雲易散琉璃脆。"彩雲，因以指美麗而薄命的女子，其取義仍從《高唐賦》"旦爲朝雲"來，亦暗示小蘋歌妓的身分。結兩句因明月興感，與首句"夢後"相應。如今之明月，猶當時之明月，可是，如今的人事情懷，已大異於當時了。夢後酒醒，明月依然，彩雲安在？在空寂之中仍舊是苦戀，執著到了一種"癡"的境地，這正是小晏詞藝術的深度和廣度上遠勝於"花間"之處。

在結構上，本詞也頗具特色。上半闋寫"春恨"，夢後酒醒，落花微雨，皆春恨來時的情境；下半闋寫"相思"，追憶"初見"及"當時"的情況，表現詞人苦戀之情、孤寂之感。過片二句是全詞樞紐，最爲吃緊，雖與首二句對稱，字數、平仄俱同，而作法各別：起處用對偶，辭語緻密；過片卻用散行，辭旨疏宕，另起新意。全詞以虛筆作結，自有無窮感喟蘊蓄其中，情深意厚，耐人尋味。《白雨齋詞話》評此詞曰："既閒雅，又沈著，當時更無敵手。"其實何止當時，恐百世之後亦難乎爲繼了。

（錄自《唐宋詞鑑賞辭典》）

最後，我想說的是，儘管詩詞鑑賞已成顯學，儘管自己也寫過數十篇詩詞鑑賞文章，但我還是認爲，鑑賞，純屬個人的感受，如果寫成賞析長文，絮絮不休地向人傾訴，讀者就會先入爲主，被"催眠"了，無法憑個人的能力喚醒內心，誤以他人的感受爲自己的感受，那就難以與詩人神會心通、相視而笑了。

（1）黃天驥《"鑑賞學"的前驅——讀劉逸生先生〈唐詩小札〉》，《學術研究》2003年第7期。
（2）周錫䪖《易經詳解與應用》，三聯書店（香港）有限公司，2015年版，第6頁。

今譯章第五

"今譯",是一種所謂的"語內翻譯",即把古語譯成今語,把古時深曲的文字譯成當代顯淺文字。最早的古文"今譯",當數《史記》。司馬遷在利用古代材料時,往往把艱澀的上古辭彙、語句譯成當代通行的文字。《史記》中大量引述《尚書》的內容,都經過司馬遷的加工。可以説,古書的"今譯"似更先於"傳注"。

早在漢、唐時期,箋注家就已對詩歌進行串解,一句一句地完整地解釋。其中有些串解文字,就十分接近於"今譯"。在毛、鄭注《詩》、王逸注《楚辭》中,都可以找到類似今譯的例子。李善、五臣《文選注》中,對詩句的串解,亦頗近於今譯。清代及民初一些啓蒙性詩歌讀本,也有串解或淺近的文言對譯。

最早的譯詩可能就是漢人劉向《説苑·善説》所載的《越人歌》了。春秋時楚王母弟鄂君子晳泛舟於新波之中,越人擁楫而歌:"今夕何夕兮,搴舟中流。今日何日兮,得與王子同舟。蒙羞被好兮,不訾詬恥。心幾煩而不絶兮,得知王子。山有木兮木有枝,心悦君兮君不知。"這首極美的譯詩不是語內"今譯",而是"語際翻譯",從越語譯爲楚語,即陳澧《東塾讀書記》卷一一所謂"地遠則有翻譯"、"則能使別國如近鄰《方言》即翻譯也"者。

　　詩，是不可譯的。據說季羨林辭世之前，在醫院對人説："古文今譯是毀滅中華文化的方式，必須讀原文，加注釋即可。"季氏之言，雖語過激烈，亦不無道理，古文已如是，何況古詩。把文言譯成現代漢語，已是很不容易的事，古代詩歌譯成語體詩，則更是難上加難。詩，雅文學的極致，與來自口語的"白話"在本質上是扞格不通的。口語，絕對譯不出詩詞的精緻優美。詩，本質上也是不可翻譯的，無論是古詩今譯或是漢詩外譯，都無異嚼飯喂人，譯者也明知不可爲而爲之。二十世紀中，從事古詩今譯的專家學者做了不少工作，也譯出了相當數量的作品，但被學界認可的有價值的成果似還不多見。人民文學出版社編輯部於一九八三年組織全國著名詩人、學者一百五十餘人，共同撰寫《唐詩今譯集》，不録原詩，祇收譯作，一九八七年成書出版；一九八六年，全國高等院校古籍整理研究工作委員會組織十八所大學編輯一套《古代文史名著選譯叢書》，中有五十餘種詩詞選集，由學有專長的高校教師承擔譯注。這兩種譯作應算是能代表當代最高水平的了，時隔三十年，不知如今有誰還能記起並背誦其中的譯詩呢？

　　嚴復《天演論譯例言》云："譯事三難：信、達、雅。求其信，已大難矣。顧信而不達，雖譯猶不譯也，則達尚焉。"又云："《易》曰：'修辭立誠。'子曰：'辭達而已。'又曰：'言之無文，行之不遠。'三者乃文章正軌，亦即爲譯事楷模。故信、達而外，求其爾雅。"嚴復提出的"信、達、雅"三個翻譯標準，也適用於詩歌的今譯。所謂"信"，就是忠實於原作，不增删改變原意。所謂"達"，就是準確而流暢地表達原意。所謂"雅"，就是要有文采，譯筆優美。

　　至於今譯的方法，歸納起來，不外是直譯與意譯兩種。

魯迅認爲，"信"、"順"纔是最重要的。原文至上，故被稱爲直譯派的代表，而郭沫若卻主張"越雅越好"，翻譯就是再創作，故每采用意譯之法。當代翻譯家許淵沖把嚴氏的"雅"字易爲"優"，提出要"優化"原文的詞語，使之更爲優雅。

正如一位美國詩人羅伯特·弗羅斯特（Robert Frost）所說的："詩就是翻譯過程中失掉的那些東西。"（或譯作"詩者，譯之所失也"。）譯詩丟失了大量有價值的信息，那是詩歌最本質的東西。無論怎樣好的譯本，一跟原作對比，即黯然失色。詩詞今譯，猶如美酒兌水，好的譯文是摻净水或是其他飲料，差的譯文則是摻污水，企圖以此去品嘗出真正的酒味，幾乎是不可能的。詩歌今譯的目的，僅僅是幫助讀者理解原詩而已，而不是重新創作以供欣賞。"信"與"雅"，實難得兼，今譯，若能做到"信"與"達"，亦差强人意了。

翻譯的過程是語言轉換的過程。今譯，從文言轉換爲白話；詩歌今譯，從舊體詩轉換爲"新詩"或散文。翻譯，向被認爲是一種低調表達的詮釋，即外表的解讀。加達默爾云："一切翻譯就已經是解釋"，"翻譯始終是解釋的過程，是翻譯者對先給予他的語詞所進行的解釋過程。"[1]古詩今譯亦然。譯成白話文的所謂"詩"，最多衹能傳達原詩中最淺層的意義，詩歌深層的意象是無法譯出的。原詩的語境、感情幾乎是不可用現代語言重現的，詩的神韻更是無法譯述的，所謂翻譯是第二次創作，如何的"信、達、雅"，也是一廂情願而已。朱光潛云："欣賞一首詩就是再造一首詩"，"創造永不會是複演，欣賞也永不會是複演。真正的詩的境界是無限的，永遠新鮮的。"[2]朱氏從西方移植來的"再造"說，以偏概全，雖與中國古典詩論未能切合，但亦可啓人心智。今譯，雖然也是譯者在欣賞基礎上的再造，可惜的是，再造後即已定型，永遠無法達到朱氏所謂無限的境界，一切力圖"再現"原作的企圖都是徒勞的。這就使今譯陷入一個怪圈，難以擺脫自噬其尾的窘境。如葉維廉所指出的，語譯語解，是把中國古典詩裏"若即若離的、定位與不定位、指義與不指義之間"的自由空間改爲單綫、限指、定位的活動。"青天無片雲"不可以或不必要解讀成"天上沒有一片浮雲"，"風林纖月落"不可以或不必要解讀爲"在風吹的樹林裏纖細的月緩緩落下"。[3]可謂切中今譯的要害。

更爲嚴重的問題是在風格上。古雅的文言與淺俗的白話之間，難以進行語言風格上的轉換。在個人的藝術風格上，如杜甫的沈鬱頓挫與白居易的淺白流美，晏幾道的濃摯深婉與吳文英的密麗沈厚，譯詩更難以區別二者的差異。在語體文字的框架中，古典詩歌所有美好的東西都蕩然無存。

無規矩則不成方圓。程式的確立，也是文體成熟的標誌。本人從事舊體詩詞與語體"新詩"的創作有年，總覺得古體詩要難於近體詩，"新詩"要難於舊體詩，迹其緣由，就在於古體詩與"新詩"都沒有已確立的程式。"新詩"百年探索，也尋不到它靈魂所能依附的軀殼——格律。今譯，與"新詩"一樣，其致命傷是未有固定的規範，無論是譯成散文或譯成語體詩，都無法表達古典詩歌最具特徵的格律形式。韻律是詩的生命，詩歌語言音樂性，體現在詩句的節奏上，五言七言，平仄相間，均有其獨特的拍節，吟誦時即可體會到有規律的間歇、停頓。今譯既不拘字數，也無所謂平仄、韻腳，從譯作中分辨不出古體和律體，甚至連詩、詞、曲都難以區別。常說譯詩是"削足適履"，可實際的情況是，足，已經削了，履，還未找到。

論者每把古詩文今譯與外文翻譯相提並論，這是一種誤導。今譯與翻譯有本質的區別，有關翻譯的現代理論不完全適用於古詩今譯。古典詩歌今譯甚至比外語詩的翻譯更難。解構主義者消解原作權威性的主張，在古詩今譯時難以成立，今譯者不可能真正的"自我他者化"，翻譯界流行的"靈魂轉生說"，也不適用於今譯。對於不懂外語原詩的讀者來說，譯本也許可以是"鳳凰涅槃"後的重生，可以再創造，可以成爲全新的作品，而古詩今譯卻大不一樣，讀者是能讀懂或大致讀懂原作的，譯本往往是古今對照，這就置今譯者於極其尷尬的地位。讀者會把譯文與原文對照，找出差距，若發現譯筆的拙劣與錯誤，或譯文偏離原文太遠，則馬上會產生抗拒情緒，何況再好的譯詩，都比不上原作。余冠英《詩經選譯》，被認爲是當代最優秀的今譯之作，如《秦風‧蒹葭》："蒹葭蒼蒼，白露爲霜。所謂伊人，在水一方。溯洄從之，道阻且長。溯游從之，宛在水中央。"余氏譯爲：

蘆花一片白蒼蒼，
清早露水變成霜。
心上人兒他在哪，
人兒正在水那方。
逆著曲水去找她，
繞來繞去道兒長。
逆着直水去找她，
像在四面不著水中央。

也算是不錯的了，但，光是譯文，能成爲兩千年來最撼人心絃的名作嗎？

近年出版的一些詩詞今譯書籍,譯文頗類串解,有些還違背了古詩今譯的基本原則,脫離了原意。在《唐詩今譯集》一書中,不少頗有聲名的新詩人參與譯寫,也有在原作基礎上"再創作"的,祇讀譯作,也許還算是一首像樣的白話詩。如著名詩人綠原所譯的王翰《涼州詞》:

酒,酒,葡萄酒!
杯,杯,夜光杯!
杯滿酒香讓人飲個醉!
飲呀,飲個醉——
管它馬上琵琶狂撥把人催!
要催你盡催,想醉我且醉;
醉了,醉了,我且枕戈睡。
醉睡沙場,誰解個中味?
古來征夫戰士幾個活着回?

可是,再對照原作:"葡萄美酒夜光杯,欲飲琵琶馬上催。醉臥沙場君莫笑,古來征戰幾人回。"無論是怎樣的生花妙筆,都無法真正傳古詩之神,相形之下,譯詩的誇張造作,則更像是優孟衣冠,全失真淳,更談不上沈鬱蒼涼的氣韻了。至如把"吳楚東南坼,乾坤日夜浮"譯成"吳地和楚地在東南方分界,天和地在水上日夜飄浮",把"落花人獨立,微雨燕雙飛"譯成"在落花裏一個人在站立著,在微雨裏兩隻燕子在飛翔",那簡直是對名句的褻瀆。又,李商隱《春雨》詩:"悵臥新春白袷衣,白門寥落意多違。紅樓隔雨相望冷,珠箔飄

燈獨自歸。遠路應悲春晼晚,殘宵猶得夢依稀。玉璫緘札何由達,萬里雲羅一雁飛。"試對比下列幾種譯文:

一

新春,我穿着白夾衣悵然地臥床;
幽會的白門冷落了,我心中惘然。
隔着雨絲凝視紅樓,我倍覺冷寂;
珠箔般雨滴飄打燈籠,獨自歸返。
你在遠路,到春晚應更悲淒傷感?
祇有殘宵能夢中聚首,依稀空泛。
耳環情書已備好,怎麼纔能送達;
我寄希望於萬里雲中,那隻孤雁。

二

新春時節穿着一件夾衣,悵然而臥,
白門寂寞,有很多不如意的事。
隔着雨凝視着那座紅樓,感到孤寒淒冷,
在珠簾般的細雨和飄摇的燈光中獨自回來。
遙遠的路途上應該悲傷春天將要過去,
在殘宵的夢中還依稀可以與你相見。
玉璫和書信怎麼樣纔可以送給你?
萬里陰雲下祇有一隻大雁飛過。

三

在這萬象更新的春天的日子裏,我穿着白色便服煩悶地躺在牀上,
白門之內空空蕩蕩,心中非常懊喪。
對面的紅樓,隔雨相望顯得冷冷清清;
春雨絲絲,在燈光的映照下如同串串珠簾。
送走你後,我一個人無精打采地回到室中。
你行走在遙遠的征程上,也一定會同我一樣,爲春日的昏暮而悲哀傷心。
祇有在這拂曉前的夢境中,我們纔能得以依稀地重溫舊情。
我的情書和作爲信物的玉璫怎樣纔能送到?
縱有一雁傳書,又怎能穿過這宛如密密羅網的雲層?

四

新春之時,穿着閒居時的白夾衣失意而臥,
去金陵尋訪心愛的女子不遇,心情異常寂寞。
隔雨相望紅樓,人去樓空,倍覺淒冷,
夜晚冒雨獨自歸來。
遠去的路上,面對春天的暮色,她也會悲傷。
夜色將盡時,自己還可以在夢中與她相見。
密封的書信和玉耳環怎樣送到對方的手中呢?
祇有靠遠飛萬里的鴻雁來傳遞了。

以上四篇譯文均從互聯網下載,未查明譯者。每篇都各具特色,也能表情達

意，但都不像詩，衹不過是分行散文而已，既乏韻致，更無格律可言，甚至連押韻也不講究，讀來味同嚼蠟，與原詩比較，實有天淵之別。當讀者一旦真正理解原詩，所有的譯文都成了已棄踐之芻狗，功夫白費了。

話雖如此，在當代，今譯亦有其一定的積極作用，本人在長期的教學實踐中，已驗證今譯是教詩與學詩的重要手段。作爲古典詩詞的讀者，最好能自己動筆，多作今譯，把詩譯成語體散文。大、中學生要學習詩詞，要真的讀懂詩詞，也得親自動手翻譯。衹有在認真閱讀、反覆玩味、深入理解原作的基礎上，纔能翻譯，能準確無誤地翻譯，纔能算是初步讀懂原作。當着手譯寫時，就會發現，流覽時"第一感覺"往往是不準確的，甚至是錯誤的。朱庸齋先生指導弟子初學填詞，要求每一詞成，即以語體文全譯之，表情達意，寫景模物，均能成一篇完整之散文者，方算合格。如有窒礙之處，則須修改原詩，直至譯文通達爲止。

詩歌今譯，有兩種形式，一是譯成散文，一是譯成語體詩。學者有意識地對詩歌進行白話文今譯，把古典格律詩翻譯成語體詩，還是"五四"白話文運動之後的事兒。古詩今譯，應有兩個目標，第一是在內容上忠實於原詩，盡量做到平易、準確。第二是力求表達原作的情緒、意境乃至神韻。讀懂原作，是譯者首要之務。章學誠《陳東蒲方伯詩序》指出，真正的好詩，要做到"令翻譯者流，但取詩之意義，演爲通俗語言，此中果有卓然其不可及、迥然其不同於人者"，作爲翻譯者，首先要做到的就是理解"詩之意義"。譯者應敬畏原作，要一字一句，仔細推敲，反復玩味，然後上下串連，融會貫通，理清其內在聯繫。確切理解全詩意思之後，再用簡潔的語言準確地翻譯出來。

朱光潛認爲:"有文學價值的作品必是完整的有機體,情感思想和語文風格必融爲一體,聲音與意義也必欣合無間。所以對原文的忠實,不僅是對浮面的字義忠實,對情感、思想、風格、聲音節奏等必須同時忠實。"[3] 譯詩歌比譯文章,似更靈活。詩語簡練,詩意含蓄,逐字直譯,辭不達意,故須加添原詩之外的文字,方能曉暢。但要注意,添字而不添意,不添具體內容。今譯也不等同於串解。串解,串講,主要是解釋、闡述,在講解過程中可添加內容,甚至可加以自己的意見。

一九八四年間,本人曾應上海古籍出版社之約,編撰《黃庭堅詩選注》,後來此書由臺灣建宏出版社重版,要求譯成語體詩。初以爲從事新舊體詩創作數十年,自可優爲之,誰知動筆之後,句斟字酌,總難以滿意,所譯僅百餘首,竟耗時逾月,此時纔深深知道今譯難度之大。一九八九年,又應全國高校古委會"古代文史名著選譯叢書"編委會之約,編撰《李商隱詩選譯》,在把文言詩譯成語體詩的實踐過程中,爲自己定下一些標準:

一、譯詩要努力體現出古典詩歌的韻律。原詩詩歌語言極其精煉,句子以五、七言爲主。是以譯詩每句的字數,最好約爲原文的兩倍,即十字、十四字左右。太短則恐未能達意,太長則累贅。

二、譯文的排列,亦應按誦讀時形成的自然節律,原詩一句,譯文則可分成兩段或兩句。最能體現格律詩特色的是對偶句,是以律詩中間兩聯,至爲緊要,今譯時尤須注意。現代漢語中的排比句,與古漢語對偶句句式相似。以排比句爲今譯,也許能較好地傳達出對偶的神韻。

三、各體詩皆叶韻,譯詩也應有韻。譯詩叶韻,最好是徑用原詩所叶的字,退而求其次,也應使用原詩的韻部,漢語同義詞甚多,找到叶韻適用的字不難，韻腳的平仄也應與原作一致。詩人擇韻，務求以聲達情，聲情一致，若譯詩更換韻部韻腳，也就改變了原來的意味，讀起來便覺得不似原詩了。

四、近體詩嚴守平仄格律，譯詩也應講究音節和諧。盡可能在詩句中每個音節平仄相間，句末一字平仄相間。

下面以《李商隱詩選譯》中《春雨》的譯詩為例，說明上文所述的譯寫方法：

　　滿懷惆悵地躺臥着，在新春之夕，
　　　穿着白袷輕衣。
　　白門今已寥落無人，一切的情事，
　　　都與夙願相違。
　　隔着細雨遙望她住過的紅樓，
　　　早已人去樓空，倍覺淒涼冷落；
　　飄忽的雨絲映照提燈的餘光，
　　　恰似珠簾輕颭，伴我獨自來歸。
　　她別後登上長途，
　　　正當這芳春遲暮，心應悲愴。
　　我無眠直到宵殘，
　　　幸得在夢中相會，夢也迷離。
　　我要把玉璫連同書信寄去，
　　　又怎能到達她的手中？
　　萬里長空中密雲有如羅網，

冥茫的天末一雁孤飛。⁽⁵⁾

詩歌今譯本應附有注釋。純粹的譯，往往祇能譯出字面上的意思，字詞音義、考據等都無法在譯文中體現，有關的典故、名物制度等，祇能另行加上箋注。當代的譯注本，或以譯爲主，輔以注；或以注爲主，輔以譯，譯與注相輔相成。詩句中所藴含的深意，還須輔以解釋。把深曲的詩句，以淺近的語言表達出來，古今相契，文從字順，即所謂摯然有當於人之心者。詩中有關史地名物、典章制度等内容，即使是把原文轉换爲白話後，還是要解釋纔能使讀者明白。如有了注釋的補充，詩意方能顯豁。如李詩"玉璫緘札何由達"句，注云："玉璫：女子的耳飾，懸有小玉玦。古時男女常以爲定情的信物。緘（jiān 監）札：札，書信。因書信須緘口札束，故稱。古人每以禮物附信同寄，稱爲'侑（yòu）緘'，詩中謂以玉璫侑緘。"

今譯，譯成散文，没有字數、句式及叶韻的拘束，似乎要比譯成語體詩更能表情達意。下面是《李商隱詩選》的串解文字：

在這新春時節，滿懷惆悵地躺卧着，連同那白袷輕衫。金陵，白門之地，早已寥落無人，一切的情事，都與我的素願相違。隔着迷濛的細雨，遥望她住過的紅樓，啊，早已人去樓空，倍覺淒涼冷落。飄忽的雨絲，映照着提燈的餘光，恰似珠帘輕颺，伴隨我獨自歸來。她在遠去的途中，也許會同悲這芳春的遲暮。我輾轉無眠，直到長宵將盡，纔幸得在迷離的短夢中與她相見。我要把玉璫連同書信一齊寄去，但能到達她那兒麽？看，萬里長空中，陰雲遍佈，如張羅網，祇見到一隻大雁，在

冥茫的天末寂寞地飛翔。⁽⁶⁾

詞,更難作今譯,一譯,所有"詞"的特色都失去了。學者、詞人黃公渚(孝紓)曾撰《歐陽修詞選譯》,以黃氏的學問和才華,本是最佳人選,但也祇能作出這樣的今譯:

憶 秦 娥

十五六。	十五六的年齡,
脫羅裳,長恁黛眉蹙。	羅衣卸下,長是眉黛雙顰。
紅玉暖,入人懷,	暖玉入懷,恣意的溫存。
春困熟。	懶洋洋的,春困未醒。
展香裀,帳前明畫燭。	鋪展香茵,帳前畫燭通明。
眼波長,斜浸鬢雲綠。	眼波插鬢,襯托着綠雲。
看不足。	越看越不嫌煩。
苦殘宵、更漏促。	生惱沈沈漏點,催盡殘更。

詞的特色也許是部分保留了,但誰肯去讀這比原作更費解的譯文呢?

李清照的名作《永遇樂》詞:"落日熔金,暮雲合璧,人在何處?染柳煙濃,吹梅笛怨,春意知幾許?元宵佳節,融和天氣,次第豈無風雨。來相召,香車寶馬,謝他酒朋詩侶。　中州盛日,閨門多暇,記得偏重三五。鋪翠冠兒,撚金雪柳,簇帶爭濟楚。如今憔悴,雲鬟雪鬢,怕見夜間出去。不如向,簾兒底下,聽人笑語。"在白話詩人徐志摩筆下成了如此模樣:"夕陽襯著的暮雲特別豔麗，那人去的還未歸。還有柳啊，梅啊，春天也不早，元宵快到，現在雖然晴和，到時候的風雨恐怕免不了。詩朋酒友啊，不要勞駕吧！想起在中州的快活日子，重陽啦，端五啦，說不盡的熱鬧。如今這個年頭，打扮已經懶了，更不說到去逛。只管聽着人家頑吧。"嗚呼！只管聽着人家頑吧，予欲無言。

當代學者對詩歌理論文獻也作過今譯的工作。鍾嶸《詩品》就有多種譯本。如蕭華榮《詩品注譯》、趙仲邑《鍾嶸〈詩品〉譯注》、徐達《詩品全譯》等。

（1）加達默爾《真理與方法》，洪漢鼎譯，上海譯文出版社，1999年版，下卷第490頁。
（2）朱光潛《詩論》，正中書局，1948年版，第53頁。
（3）葉維廉《中國詩學》，人民文學出版社，2006年版，第20頁。
（4）朱光潛《談翻譯》，《翻譯研究論文集》，外語教學與研究出版社，1984年版，第362頁。
（5）陳永正《李商隱詩選譯》，巴蜀書社，1990年版，第195頁。
（6）陳永正《李商隱詩選》，三聯書店香港分店，1980年版，第90頁。

指瑕篇

小 引

《文心雕龍·指瑕》云:"若夫注解爲書,所以明正事理;然謬於研求,或率意而斷。《西京賦》稱'中黄、育、獲'之儔,而薛綜謬注,謂之'閹尹',是不聞執雕虎之人也。又《周禮》井賦,舊有'疋馬',而應劭釋'疋',或量首數蹄,斯豈辯物之要哉!原夫古之正名,車兩而馬疋,疋兩稱目,以並耦爲用。蓋車貳佐乘,馬儷驂服,服乘不隻,故名號必雙,名號一正,則雖單爲疋矣。疋夫疋婦,亦配義矣。夫車馬小義,而歷代莫悟;辭賦近事,而千里致差;況鑽灼經典,能不謬哉!夫辯言而數筌蹄,選勇而驅閹尹,失理太甚,故舉以爲戒。丹青初炳而後渝,文章歲久而彌光。若能櫽括於一朝,可以無慚於千載也。"薛綜爲三國吳人,其注東漢張衡《西京賦》之誤,不見於《文選》李善注中,當爲李氏所不取。注詩之難,已於《知難章》詳言之。注釋中的錯誤是常有的,千慮一失,即使博學如李善也不可避免。箴膏肓、起廢疾,指瑕之功亦大矣。馮應榴《蘇文忠詩舊注補訂》謂"自來注釋名家,俱不免於訾議",文中指出舊注數百條失誤。然而葉燮《原詩》又云:"俗儒欲炫其長以鳴於世,於片語隻字,輒攻瑕索疵,指爲何出;稍不勝則又援前人以證。不知讀古人書,欲著作以垂後世,貴得古人大意;片語隻字稍不合,無害也。"這也是平情之論。祇要不是硬傷，則不必過於計較。

　　指瑕糾謬，是文學評論的重要部分，也是學者應盡之責，非欲衒己以攻人。學術乃天下之公器，糾謬，應出於公心，真誠善意，祇對事實，不對個人，更不應藉此而泄私忿。被批評的一方要懷感恩之心，感謝對方認真閱讀自己的著作，花時間去研究並寫出文章，更要感謝對方文章發表出來，自己可以有機會改正錯失。注釋中的錯誤，白紙黑字，繆種流傳，誤己誤人，爲害久遠。不要認爲這有損個人面子，文過飾非，强作申辯；更不要以爲批評者故意跟自己過不去，忿忿不平，告狀查究，以圖報復。即使批評意見都是錯的，被批評者也應心存感激。對方這樣的做法，已證明自己著作的存在意義，無價值的書是不值得評論的。從另一角度來看，即使認爲批評錯了，也應理解其善意，並可作出商榷文章，心平氣和地討論，以事實説服對方，取得共識；切勿惡言相向，人身攻擊，既失學者風度，且亦自損形象。當代學術批評缺失，公開出版的序言、書評中滿紙諛辭，匿名假名的網評卻穢語醜詆，而正常的批評文章及反駁文章卻難得平臺發表。應建立起健全的批評機制，以促進學術自由與繁榮。

　　本人長期從事古籍整理工作，出版過箋校、箋注、選注、今譯本二十餘種，每撰一書，完稿後總是惴惴不安，一再修改，有訂正十餘次者，自知還是不可避免會有錯謬。本人所編注的《李商隱詩選》、《黃庭堅詩選》、《黃仲則詩選》、《王國維詩詞全編箋校》等書出版後，胡守仁、劉世南先生在學術刊物上發表文章，指出其中多處舛誤，當我讀到兩先生的批評文章後，感愧交并，前輩學者的學問識見，難以企及，立即致函申謝，全部接受批評意見，後來再版時即據以一一更正。時蒙兩先生遥賜答札，許爲忘年之交，胡先生並以長詩《古風一章酬答陳永正先生》寵贈嘉許,略云:"其間竊亦有同異,形諸文字意非輕。""誰知虛懷竟若谷,有從無違荷深情。"多年後,我到南昌謁見劉先生,賦詩以呈,中有"益感匡我恩,廿載澤至骨"二句,並注云:"先生曾撰文刊余《黃仲則詩選》注釋之誤。"劉先生和詩復有"智者千慮餘,虛懷驚若揭"之語,誨勉有加。我與兩先生保持長期通信聯繫,二十餘年來,自覺受益匪淺。中青年學者胡文輝《陳寅恪詩箋釋》出版後,我發電子郵件與之商榷,指出書中數十處失誤。胡君親自到舍下致謝,屢囑正式成文投寄刊物發表。後該書再版,亦據以一一更正,並在書中詳細說明緣由。聞過即喜,其謙沖之度,令人感佩,我與胡君亦自此結爲忘年之友。

《論語·子張》:"子貢曰:君子之過也,如日月之食焉。過也,人皆見之;更也,人皆仰之。"《論語·里仁》又云:"人之過也,各於其黨。觀過,斯知仁矣。"顏之推《顏氏家訓·文章》:"江南文制,欲人彈射,知有病累,隨即改之。"周敦頤《通書·幸第八》亦云:"人之生,不幸不聞過,大不幸無恥。必有恥乃可教,聞過乃可賢。"錢穆《宋代理學三書隨札》也指出"'改過'爲儒學極重大一要目"。君子亦不能無過,自我省察,知過能改,善莫大焉。注家之疵瑕疏誤,更是在所不免。本人讀書問學,數十年間,老輩的獎掖扶持,固是心懷感激,而於讐錯批評,更是銘志終生。

有關指瑕糾謬的學理,已在上文"糾謬章"中有所說明,本篇不再論列。

以下所錄文字,皆摘自平日所閱書上的眉批,初無意發表,略爲指出要點,自己明白即可;即使已發表的幾篇文章,亦自眉批整理成文,以爲對學者來說,一點即明,毋須過多考證,這種行文方式,似與當代流行的所謂學術規範或有不合,敬祈讀者見諒。

賈島詩三家注校讀札記

賈島詩，有陳延傑《賈島詩注》（商務印書館1937年版）、齊文榜《賈島集校注》（人民文學出版社，2001年版）、黃鵬《賈島詩集箋注》（巴蜀書社，2002年版）三種注本，陳注始創，頗簡，失注多而誤注較少。暇日校讀一遍，略志所得如下：

1.《哭盧仝》："賢人無官死，不親者亦悲。"（陳注p3，齊注p8，黃注p5）

陳注：賢人，謂仝也。

齊注："賢人"二句：謂仝德才出衆不遇而死，親友悲不自勝。韓愈《寄盧仝》詩："先生抱才終大用，宰相未許終不仕。"

黃注：賢人，指盧仝，亦島與常人對之評價，無官而死，是常人遺憾，體現出賢人當爲官的價值判斷。

按，詩意謂盧仝無官而死，即使非親非故的人亦感到悲傷。言外之意是説，何況是至親好友呢。

2.《齋中》："欲駐迫逃衰，豈殊辭縲縛。"（齊注p14，黃注p8）

齊注：駐：此指駐年，即長生不老。

黃注：欲駐，欲駐足息肩之意。辭綆縛，禪家語，與心死同意，故無異於迫生。

按，駐，謂駐留齋中。逃衰，逃於衰疾，借衰病以逃遁世事之束縛也。方回《送淩應蘭玉傳詩序》"吾衰逃世網"，同此用意。詩意謂想要如病馬之駐足，迫於逃衰，與辭綆縛無殊。

3.《玩月》："久立雙足凍，時向股胜淹。"（齊注 p17，黃注 p11）

齊注：股胜：大腿。淹：隱藏、掩藏，此指雙足因覺凍而收縮。

黃注：股胜，即大腿。淹，言因寒而縮手縮腳狀。

按，言寒氣自雙足延伸至大腿。凍意向上發展。

4.《辯士》："辯士多毀訾，不聞談己非。猛虎恣殺暴，未嘗齧妻兒。此理天所感，所感當問誰。求食飼雛禽，吐出美言詞。善哉君子人，揚光掩瑕玼。"（齊注 p23，黃注 p15）

齊注：即君子應隱惡揚善之義。

黃注："齧妻兒事蓋用吳起殺妻求榮事。""見出辯士之卑劣。""善哉，反語，見出詩人的深惡痛絕。揚光掩瑕疵，猶言文過飾非。"

按，齊注近是。詩意謂辯士與猛虎雖逞口力之暴，猶有所維護者，此爲天理，禽鳥爲飼雛而求食，亦吐好音，人亦不過爲謀生養子而已，辯士與猛虎亦有一善焉。故君子於人，無須深責求全，宜隱惡揚善。此爲求人諒解之辭。齧妻兒，非用吳起殺妻求榮事。虎不食子，當爲流傳已久的俗語。《莊子·外篇·天運》："商大宰蕩問仁於莊子。莊子曰：'虎狼，仁也。'曰：'何謂也？'莊子曰：'父子相親，何爲不仁？'"《景德傳燈錄·真覺大師靈照》："山僧失口曰：惡虎不食子。"韓愈《猛虎行》："朝怒殺其子，暮還飧其妃。"賈詩反用其意。

5.《枕上吟》:"冰開魚龍別,天波殊路歧。"(齊注 p28,黃注 p19)

齊注:"冰開"二句:言冰開水暖,龍乘雲升空,與水下之魚殊途。天波,指天空雲氣。路歧,即歧路,岔道。

黃注:路歧,此指路途。

按,此寫仕進之願。《三秦記》:"河津龍門,魚躍而成龍。"言己本爲成龍之材,因冰而被封,冰開則化龍上天。龍上天,魚在波,故願上天爲龍也。宋務光《海上作》:"天波混莫分。"

6.《早起》:"秋寢獨前興,天梭星落織。"(齊注 p32,黃注 p21)

齊注:謂秋夜寢臥時依然生起前此居京默觀星象的興致。

黃注;前興,即早起。

按,黃説是。興,讀平聲,興起。前興,意謂一早起牀。落織,織女停織。意謂清晨星落。

7.《延壽里精舍寓居》:"耳目乃鄽井,肺肝即巖峰。"(齊注 p36,黃注 p24)

齊注:"耳目"二句:以人比宅,水井像耳目,假山則似肺肝。

黃注:耳目,指代外在感受;肺肝,指代内在世界。鄽井,虚静狀;巖峰,不平狀。二句言耳目雖然虚静,亦難消化心中塊壘。

按,耳目,耳目所接,謂所見所聞。肺肝,猶言内心,謂思想感情。詩意謂此身雖居於鬧市之中,而内心卻像隱於山巖般寧静。活用晉王康琚《反招隱詩》"大隱隱朝市"之意。

8.《重酬姚少府》:"俸利沐均分,價稱煩嘘噏。百篇見刪罷,一命嗟未

及。"(齊注 p56,黃注 p36)

齊注:"俸利"二句:謂二人相濡以沫。噓噏:吐納。此指稱賞感歎。

黃注:噓噏,歎息狀。價,《詩詞曲語辭彙釋》:"猶云這般或那般,這個樣兒或那個樣兒。"一命,意極含混,姑列數義以俟擇別:任命,最低的官階,相同命運,一生。

按,首句謂姚氏在金錢上對自己的資助。《後漢書·黃香傳》:"分俸祿賞賜以贍貧者。"《史記·管晏列傳》:"嘗與鮑叔賈,分財利多自與,不以爲貪,知我貧也。"次句謂有勞姚少府獎掖而得到適合之評價。噓噏,猶言吹噓。《後漢書·鄭太傳》:"噓枯吹生。"李賢注:"枯者噓之使生,生者吹之使枯。"杜甫《秋日荊南》詩:"向來披述作,重此憶吹噓。"百篇,指投贈詩。見刪,謂蒙對方覽畢。"一命"句,謂干禄失敗。

9.《寄丘儒》:"風雨豈乖間。"(黃注 p44)

黃注:風雨乖間,言己之寂寞與風雨無關。

按,乖,乖離;間,間隔。意謂風雨豈能分隔二人之感情也。

10.《送陳商》:"古道長荊棘,新歧路交橫。君於荒榛中,尋得古轍行。足踏聖人路,貌端禪士形。"(齊注 p65,黃注 p45)

齊注:謂陳商遠赴幕職,途中荒蕪的古道上新轍縱橫交錯。

黃注:新歧,或指當代的價值評價。後者衆説紛紜,故歧路縱橫。

按,古道難行,而新路卻四通八達,縱橫交錯。陳商捨棄新路而行古道,即走聖人之路而不趨時流。非單純寫出行途中的情景。

11.《哭柏巖和尚》:"自嫌雙淚下,不是解空人。"(齊注 p89,黃注 p62)

齊注:"自嫌"二句:慚愧自己已不是僧人,然仍爲大師寂滅沈痛落淚。

解空人,僧人也。

黄注:未解空者,即未能消除煩惱障也。

按,解空,悟解世間諸法的空相。《增一阿含經》卷三:"復有聲聞常行佈施而能不滅,解空第一,須菩提苾芻是。"《高僧傳》云,羅什大師謂"秦人解空第一者,僧肇其人也"。是以"解空人"指和尚。佛家忘情,太上忘情。詩人自慚不是解空之人,未悟空寂之道,不能忘情,故猶爲和尚之死而落淚也。

12.《就可公宿》:"十里尋幽寺,寒流數泒分。"(黄注 p64)

黄注:泒,水名,《説文》:"起雁門葰人戍夫山,東北入海。"可知可公幽寺在泒水流域。

按,"泒",爲"派"之訛字,非泒水之"泒"。且"泒"音"孤",平聲,於此詩中不合律。太和年間,可公(即無可,島從弟)居於白閣峰(位於今陝西户縣西南)下的草堂寺中,注者據"泒"字推斷"寺在泒水流域",更是大誤。又,"成夫山",當爲"戍夫山"。一字之注,已包含四種不同性質的錯誤。

13.《黄子陂上韓吏部》:"曾是令勤道,非惟恤在迍。"(齊注 p136,黄注 p92)

齊注:謂韓愈在學問道德與生活方面對己多有關照。

黄注:是、非爲句託出韓愈不以挫折爲意之通達人品。令,美善也。如韓愈《左遷藍關示姪孫湘》"欲爲聖明除弊事,肯將衰朽惜殘年"之胸襟。

按,詩意謂韓愈曾令自己要勤於至道,而不光是恤念個人生活的艱屯困苦。

14.《送耿處士》:"迢遞不歸客,人傳虛隱名。"(齊注 p148,黄注 p101)

齊注:虛隱,深山隱居。虛,深山。《詩·鄘風·定之方中》:"升彼虛矣,以望楚矣。"虛,大丘也。崑崙丘謂之崑崙虛。

黃注:不歸客,或浪仙自指。自傷遠遊無成,反浪得隱士虛名。

按,虛隱,隱於空虛。猶言空隱、幽隱、沖隱、潛隱。

15.《送天台僧》:"遠夢歸華頂,扁舟背岳陽。"(齊注 p153,黃注 p105)

齊注:岳陽,岳陽山。在安岳縣(今屬四川)西北。

黃注:似指湖南岳陽縣,從扁舟之義,不當爲山西岳陽(今古城)。

按,齊注是。普州岳陽山,賈島時遷普州司倉參軍,客居於此。

16.《題山寺井》:"藏源重嶂底,澄翳太空隅。"(齊注 p171,黃注 p117)

齊注:謂井水明淨得能映出天空的雲彩。

黃注:"古之善爲道者,微妙玄通,深不可識"之意;澄翳空隅,猶言如天空般的澄澈;或言有天空般的闊大。

按,上句謂井之源頭藏於山底。下句寫井中天。澄去陰翳,露出太空之一隅。"澄",音"鄧",動詞,與"藏"之詞性同。

17.《原東居喜唐溫琪頻至》:"曲江春草生"、"墨研秋日雨,茶試老僧鐺。"(齊注 p181,黃注 p124)

齊注:謂用老僧曾經用過的茶具煮茶。

黃注:墨研秋雨極費解,殊不可曉。

按,後兩句寫舊事。自去年秋日至今年春日,點出唐氏"頻至"之意。墨研秋雨,謂以雨水研墨,乃古代文人之韻事也。晏幾道《思遠人》詞:"淚彈不盡臨窗滴,就硯旋研墨。"以淚研墨,用意相似。

18.《送敫法師》:"度歲不相見,嚴冬始出關。"(齊注 p183,黃注 p125)

齊注:秦地的關塞,此當指潼關。

黃注：出關，僧家語，即出門雲遊。

按，齊注謂"關"指潼關，語意不合。古人所云出關，指西行出塞外，入關，東行入關口，今敷法師歸江南，似不得云西行出關。出關，佛教語。僧徒閉門靜修，在此期間，關閉自己的六根，身、口、意，不使心爲塵俗雜染。稱爲閉關。盧綸《大梵山寺院奉呈趣上人趙中丞》："漸欲休人事，僧房學閉關。"即此意。閉關結束，則開門出關。姚合《送敬法師歸福州》："結得隨緣伴，蟬鳴方出關。"華鎮《再經西禪寺二絕句》："僧老空門不出關。"賈詩當指敷法師出關後離寺南遊。

19.《夏夜》："磬通多葉罅，月離片雲棱。"（齊注p187）

齊注：謂附近佛寺裏的鐘磬之聲可飄至樂遊原上樹木茂密的溝谷之中。罅，裂縫，此指川谷。離，顯露出來。

按，二語謂磬聲從葉縫中傳來，月亮附着在雲朵邊上。離，同"麗"，附麗，非離去也。應注仄聲。《易·離》："彖曰：離，麗也。日月麗乎天。"《詩·小雅·漸漸之石》："月離于畢。"可與《夕思》詩"天姥月離雲"比較，後者謂天姥山頭的月亮離開了雲層。離，平聲。

20.《寄武功姚主簿》："數宵曾夢見，幾處得書批。"（齊注p193，黃注p132）

齊注：批：剖。賈思勰《齊民要術·種蔥》："兩耬重耩，竅瓠下之，經批契繫腰曳之。"石聲漢注："批是從中劈破。"此指拆開信件。

黃注：思想入夢，得書即披，言己思念之切。

按，批，指"批反"。沈括《夢溪補筆談·雜志》："前世風俗：卑者致書於所尊，尊者但批紙尾答之，曰'反'，故人謂之'批反'。如官司批狀、詔書批答之類。故紙尾多作'敬空'字,自謂不敢抗敵,但空紙尾以待批反耳。"詩意謂多次得到姚氏的批答。柳宗元有《殷賢戲批書後寄劉連州並示孟崙二童》詩。羅隱《送秦州從事》詩:"若到邊庭有來使,試批書尾話梁州。"

21.《題劉華書齋》:"渡葉司天漏,驚蚕遠地人。"(齊注 p196,黃注 p135)

齊注:謂扁舟渡漳須察看久雨何時可晴。葉,葉舟,小船。

黃注:司天漏,或爲司天臺之漏聲。唐有司天臺,屬秘書省,掌觀天象,占節候。

按,渡葉,謂久雨積水,落葉飄浮於水面。司,司伺,窺測。天漏,謂天久雨如漏。杜甫《九日寄岑參》詩:"安得誅雲師,疇能補天漏。"

22.《答王建秘書》:"時掃高槐影,朝回或恐過。"(齊 206,黃注 p145)

齊注:時時清掃宅院以待建退朝後前來相會。槐,槐樹,落葉喬木。長安土壤宜槐樹,故漢唐詩文中多有述及者。

黃注:喜用樹影掃地,以顯其地之清幽。

按,槐,每植於朝省。朝省故有"槐省"之稱。所謂"槐省三公",指槐庭、槐掖、槐階。蘇軾《次韻曾子開從駕》之一:"槐街綠暗雨初匀。"詩意謂王建朝回,秘書省的槐影拂掃其身,這時也許會有空到來相見。

23.《過雍秀才居》:"鐘遠清霄半,蜩稀暑雨前。"(齊注 p211,黃注 p148)

齊注:蟬出土者尚稀少。

黃注:衬其幽静;蜩稀,見其夜深。

按,稀,指蟬聲稀疏,聲稀心自遠。李商隱《蟬》詩"五更疏欲斷",用意相近。

24.《送惠雅法師歸玉泉》:"講不停雷雨,吟當近海流。"(齊注 p217,黃注 p152)

齊注:法師講經若春天雷雨滋潤百草似的啓發弟子。謂法師吟詩作文宣教德化流佈四方。海流,此指"辟雍海流",西周天子所設大學曰辟雍。

黃注:其意即法師講經如不停之雷雨,吟詩當如大海之湧流。

按,雷雨,謂法雷法雨。比喻佛法如雷霆震動,破除迷妄,如甘霖普降,潤澤衆生。《佛説無量壽經》卷上:"震法雷,曜法電,澍法雨。"詩意謂法師講經,宣揚佛法,如震雷澍雨,連接不停。次句亦謂法師之吟詠如海流之滔滔不絕而已,與"辟雍"無涉。

25.《懷博陵故人》:"雪壓圍棋石,風吹飲酒樓。"(陳注 p55,齊注 p227,黃注 p159)

陳注:雪石風樓,并寫舊遊之樂。

齊注:"雪壓"句:謂雪天下圍棋。圍棋石,石製的圍棋。

黃注:雪壓,風吹描寫分手時的寒冷,而圍棋、飲酒則給人以溫暖。

按,謂雪壓當年與友人圍棋之石棋盤。乃懷思之意,非實寫事物。

26.《送令狐綯相公》:"早晚還霖雨,滂沱洗月輪。揠苗方滅裂,成器待陶鈞。"(陳注 p59,齊注 p245,黃注 p172)

陳注:《詩•陳風》:"涕泗滂沱。"

齊注:謂詩藝還需相公多多指教。月輪,圓月。此喻詩藝。言對待人才鹵莽當然悖理,但必須經過陶冶。

黃注:揠苗滅裂或指長慶元年錢徽主文而浪仙不得援引事,以及長慶二年貶島與平曾等爲舉場十惡事,是爲浪仙一生最不走運時。

按,前二句本《詩·小雅·漸漸之石》:"月離于畢,俾滂沱矣。"以霖雨喻令狐之教澤,自己如圓月經大雨洗濯,重顯清輝。後二句謂己雖不盼望立即提拔,但還希望能慢慢陶冶成長。《書·說命上》:"若歲大旱,用汝霖作雨。"此爲送別詩,亦當暗寓復相之意。

27.《送僧歸天台》:"妙字研磨講,應齊智者蹤。"(齊注 p265,黃注 p186)

齊注:智者,天台宗開山祖師智顗。

黃注:言僧人歸寺後精研佛經,其行與智者等同。

按,意謂此僧歸天台後,研磨玄妙之經文,其成就可與祖師智顗相齊。妙字,說妙法之文字。智者,有智慧的人,指智顗。道宣《續高僧傳》卷一七載,隋開皇十一年,智顗受晉王賜與"智者"之德號。智顗撰有《妙法蓮華經玄義》二十卷。

28.《送雍陶及第歸成都寧親》:"製衣新濯錦,開醞舊燒罌。"(齊注 p270,黃注 p189)

齊注:舊燒罌:指長期釀造而成的酒。

黃注:皆欲其氣味調得也。可知燒罌爲釀酒器。醞,陳釀也。又,燒罌蓋爲燒酒。

按,唐代尚未發明燒酒,元時始盛行蒸餾法。舊燒罌,舊時所燒製之罌,指老酒罌。

29.《送僧》:"中時山果熟,後夏竹陰繁。"(齊注 p279,黃注 p194)

齊注:謂僧中午齋食熟透的山果。

黃注：中時，即到時。

按，中時，指中央時。古以木、火、金、水四行分別配以春、夏、秋、冬四時，另分出立秋前十八日以配土，名爲"中央時"，簡稱"中時"。時當夏末，與"後夏"相應。

30.《送姚杭州》："人老江波釣，田侵海樹耕。""詩異石門思，濤來向越迎。"（齊注 p278）

齊注："人老"句：謂嚴光也。"詩異"句：謂杭州風物引發的詩興自與北方不同。石門，此蓋借"石門"以指北方。

按，首句泛語，不應坐實爲嚴光。石門，疑指謝靈運詩中之石門。謝氏有《石門新營所住》、《登石門最高頂》、《夜宿石門》詩，石門在今浙江省嵊縣境內。賈島《新年》詩亦有"石門思隱久"之語，姚氏此行乃之官，故詩亦與石門思隱異趣。

31.《送宣皎上人遊太白》："峰靈疑懶下，蒼翠太虛參。"（齊注 p290，黃注 p203）

齊注："峰靈"句：當指太白山峰也。"蒼翠"句：謂上人於太白蒼山翠峰間參禪修道也。參，指參禪。

黃注：蒼翠，指山色；太虛，指天空；相參則指二者交相輝映。

按，意謂蒼翠參天，山色參天，故峰上之神靈愛此美景以致懶下山來。

32.《病蟬》："折翼猶能薄，酸吟尚極清。"（齊注 p301，黃注 p211）

齊注：拍擊。薄，拍擊也。雷風相薄，水火不相射。

黃注：折翼能薄，知其倔強；薄，此爲尚能近人之謂。

按，蟬之翼薄而吟清，雖"折"、"酸"而不改其度，"薄"與"清"均自喻品格。

33.《寄李䣺侍郎》:"憶漱蘇門澗,經浮楚澤瀦。"(齊注 p307,黃注 p215)

二書僅注"蘇門澗"、"楚澤"地名出典。

按,上句語本曹操《秋胡行》:"名山歷觀,遨遊八極,枕石漱流飲泉。"《三國志·蜀志·彭羕傳》:"伏見處士緜竹秦宓,膺山甫之德,履雋生之直,枕石漱流,吟詠緼袍,偃息於仁義之途,恬惔於浩然之域。"是以漱流枕石,隱者所爲。詩以一"漱"字見意。

34.《寄令狐綯相公》:"一緘論賈誼,三蜀寄嚴家。……自著衣偏暖,誰憂雪六花。裹裳留闊襆,防患與通茶。"(齊注 p310,黃注 p217)

齊注:嚴家,西漢蜀中高士嚴君平。《漢書·王貢兩龔鮑傳》載:"蜀有嚴君平,卜筮於成都市,常借蓍龜言利害以化衆人,依老子莊周之指著書十萬餘言。""令狐相公裹衣相寄,又以茶相贈。通,此謂寄贈。"

黃注:寄嚴家,可作二解:表明自己的隱遁之心,如蜀中隱士嚴君平之樣;謙稱自己書字拙劣,如嚴家之餓隸。有記浪仙工書事,或得令狐楚稱讚,而浪仙則借獻之書風自謙。 自著衣,蓋指令狐相公所贈衣。 闊襆、通茶費解。前者疑爲山民服飾風俗,後者疑爲地方嚮導。今巴蜀僻地仍有在茶館辦俗務的風俗,多有仲介牽綫。蓋通茶之意。

按,嚴家,謂嚴武,曾爲劍南東川節度使、西川節度使。此以杜甫依嚴武自況。"自著"二句,語本《晏子春秋》第二十:"景公之時,雨雪三日而不霽。公被狐白之裘,坐堂側陛。晏子入見,立有間,公曰:'怪哉!雨雪三日而天不寒。'晏子對曰:'天不寒乎?'公笑。晏子曰:'晏聞古之賢君,飽而知人之飢，溫而知人之寒，逸而知人之勞。今君不知也。'公曰：'善！寡人聞命矣。'乃令出裘發粟與飢寒者。"後四句謂令狐能推己及人。自著暖衣而知人之寒，贈裳襆以禦寒，贈茶以防病。

35.《易州過郝逸人居》："果見閒居賦，未曾流俗聞。"（齊注 p340，黃注 p239）

齊注：謂郝氏《閒居賦》。流俗，平庸粗俗。此指社會流行的平庸文風。

黃注：浪仙以此比擬逸人才智，可知其不聞世之因。

按，《閒居賦》，齊注謂指郝逸人《閒居賦》，爲臆想之辭，史料無徵。潘岳作《閒居賦》，中有"身齊逸民，名綴下士"之語，謂高情不爲世俗所知。賦中之"逸民"，亦切郝逸人身分。

36.《送南卓歸京》："雲藏巢鶴樹，風觸囀鶯枝。"（齊注 p343，黃注 p242）

齊注：謂鶴棲雲樹，鶯啼風枝。

黃注：雲藏句似實而虛，風觸句則虛而實。

按，二語謂白雲掩藏鶴鳥巢居之樹，清風觸動啼鶯棲息之枝。

37.《哭宗密禪師》："几塵增滅後，樹色改生前。"（齊注 p385，黃注 p271）

齊注：謂宗密大師滅度時，山林爲之色變。几塵，具體指色香味觸四塵。增減，生滅也，即四塵之緣，聚合而萬類生，離散而萬類滅無。樹色改，言宗密去世山川林木亦有感應也。

黃注：三四句言宗密去後遺迹漸泯。

按，注意對偶句。几，是几案之几，而非幾多之幾的簡化字。几塵，非

"幾塵",更非"四塵"。此謂大師滅度之後,几案上的灰塵漸增,樹色亦有異於其生前也。

38.《留別光州王使君建》:"楚從何地盡,淮隔數峰微。"(齊注 p402,黃注 p283)

齊注:淮,淮水。

黃注:楚從何盡,能見故園?淮隔峰微,則歸路茫茫。楚地爲淮南道。故此處楚淮對舉。

按,唐代之光州,在今潢川淮水南岸,其北則非楚地矣,故云楚地至此而"盡"。釋處默《聖果寺》詩:"到江吳地盡,隔岸越山微。"即用其意。

39.《寄長武朱尚書》:"中國今如此,西荒可取難。"(陳注 p97,齊注 p413,黃注 p291)

陳注:言中國兵力微弱,難取西荒也。

齊注:西北外族想加以侵擾掠奪並不容易。

黃注:中國如此,則指大和間國家勢微。

按,"可取難"猶云"豈取難",取不難也。意謂今中國如此强大,要取西方,怎算是難事呢?詩句所表達的内容和感情方與題意相合。此爲寄涇原節度使朱叔夜之作,自是善頌善禱,贊美其武功。

40.《登樓》:"遠近涯寥复,高低中太虚。"(齊注 p425,黃注 p300)

齊注:謂秋高氣爽。涯,邊際。

黃注:五六狀秋高氣爽,天地一體貌。太虚,即太空。

按,涯,動詞,貼近。謂樓之高低,與太虚相接,登樓眺望,可及复遠之天邊。

41.《上樂使君救康成公》:"曾夢諸侯笑,康囚議脱枷。千根池裏藕,一朵火中花。"(齊注 p426,黄注 p300)

齊注:諸侯:遂州刺史樂某。火中花:喻康成公獲釋之可貴難得。

黄注:此事意在諷諫使君用人當有始有終,可免爲人笑。

按,諸侯,指其他刺史。詩人譽康成公爲千根藕中之稀有蓮花。語本《維摩經·佛道品》:"火中生蓮華,是可謂稀有。"康成公,疑爲樂使君部下,使君用之不終,故爲他人所笑。《史記·孔子世家》:"(康子)欲召仲尼,公之魚曰:'昔吾先君用之不終,終爲諸侯笑,今又用之,不能終,是再爲諸侯笑。'"詩言"夢",婉言之,不直斥樂使君之非也。

42.《送劉知新往襄陽》:"花木三層寺,煙波五相樓。"(齊注 p429,黄注 p303)

齊注:伍:諸本皆作"五",《全詩》七四六校:"一作伍。"是,今據改。

黄注:三層寺、五相樓,蓋爲襄陽名勝。

按,五相,白居易《上李絳詩》:"同時六學士,五相一漁翁。"五相,指裴垍、王涯、杜元穎、崔群、李絳。韓立平、彭國忠《全宋詩補 59 首》輯得《管領程達州樂語》詩云:"歸尋巷陌三老宅,永配聲名五相樓。"可見五相樓宋代尚存。梁代寶唱撰《比丘尼傳》卷三載,集善寺慧緒,十八出家住荆州三層寺。齊注"《全詩》七四六",似爲"《全唐詩》卷五七三"之誤。

43.《巴興作》:"寒暑氣均思白社,星辰位正憶皇都。"(齊注 p436,黄注 p307)

齊注:白社,地名。

黄注:蓋爲京洛中道士、隱者居處。《抱朴子·雜應》:"洛陽有道士董威蕫,常止白社中,了不食,陳子敘共守事之,從學道,積久乃得其方。"

按,白社,指白蓮社,晉無名氏《蓮社高賢傳》載:慧遠於廬山東林寺修白蓮社,與諸名賢同修淨土之法。白居易亦於洛陽香山修白社。思白社,思友也。

44.《滕校書使院小池》:"樓上日斜吹暮角,院中人出鎖游魚。"(齊注 p441,黃注 p311)

齊注:此指以網捕魚。

黃注:落句爲無人之空境,所謂幻結也。

按,鎖游魚,謂院中人離去而鎖院門也,游魚在使院之池中,故云。

45.《贈牛山人》:"東都舊住商人宅,南國新修道士亭。鑿石養蜂休買蜜,坐山秤藥不爭星。古來隱者多能卜,欲就先生問丙丁。"(齊注 p454,黃注 p321)

齊注:東都,此指洛陽。丙丁,代詞,猶言某某。

黃注:東都,即洛陽,屬北方。其舊居已成商人宅。丙丁,代指時運。

按,商,指殷商。東都,商人建都之地。不爭星,二書失注。星,指秤星。秤桿上刻有十六顆秤星,以定斤兩。不爭星,謂公平交易,見民風之純樸。古以干支紀日,丙丁屬火,丙丁日爲火日。問丙丁,猶言卜問晴雨也。北宋雲門照覺總禪師偈語"朝朝日日東邊出,多少行人問丙丁",朱敦儒《清平樂》"畫個丙丁帖子,前階後院求晴",即此用意。

46.《黎陽寄姚合》:"新詩不覺千回詠,古鏡曾經幾度磨。"(齊注 p486,黃注 p344)

齊注:古鏡:當即島於銅雀臺南所得之方形銅鏡。見本集卷九《方鏡》注。

黃注：古鏡重磨，不信人之憔悴不堪狀。

按，"新詩"二句寫姚合。以磨鏡作喻。謂姚合如古鏡新磨，重露精光，知可致用。司空圖《容成侯傳》："因砥磨以致用。上聞而器之。"

47.《賀龐少尹除太常少卿》："中峰絕頂非無路，北闕除書阻入林。""省中石鐙陪隨步，唯賞煙霞不厭深。"（齊注 p497，黃注 p351）

齊注：由於朝廷詔書授少尹爲太常少卿，不能同去太白山主峰遊覽了。謂少尹改官後可在禁中陪皇上散步，欣賞宮中山水景色。

黃注：言少尹得除書後即不能共作秋尋之遺憾。

按，入林，指歸隱中峰。石鐙，平仄不合，"鐙"，江戶本作"磴"，可從。石磴，石階也。"省中"二句，謂雖有省中之石階陪隨步履，然龐氏之志趣猶在山林也。

48.《頌德上賈常侍》："高節羽書期獨傳，分符絳郡滯長材。"（齊注 p504，黃注 p357）

齊注：仍希望那裏傳來報捷的文書。

黃注：即邊臣權符。期獨傳，即望其成邊臣獨有。費解，此爲割據之舉，不當爲浪仙看重。長才，即雄才；意謂邊臣專權一方並注重招納才士。

按，傳，讀仄聲，指傳車。使者之車。獨傳，猶言單車。謂羽書憑傳車而送達也。《淮南子·道應訓》："（始皇）具傳車，置邊吏。"李陵《答蘇武書》："且足下昔以單車之使，適萬乘之虜。"

（2003 年 2 月讀畢）

韓偓詩二家注校讀札記

韓偓詩,有齊濤《韓偓詩集箋注》(山東教育出版社,2000年版)、陳繼龍《韓偓詩注》(學林出版社,2001年版)二家注,暇日校讀一過,略申己意如下:

理解有誤

1.《湖南絕少含桃偶有人以新摘者見惠感事傷懷因成四韻》詩:"合充鳳食留三島,誰許鶯偷過五湖。苦筍恐難同象匕,酪漿無復瑩蠙珠。"(陳注p217,齊注p155)

兩書皆分別注"鳳食"、"鶯偷"、"三島"、"五湖"、"象匕"、"蠙珠"之語。齊注又云:"以象匕喻櫻筍之會。"陳注云:"此以蠙珠比喻櫻桃果實的晶瑩剔透,即使乳酪也無法與之相比。""同象匕,同於食用。"

按,前兩句應注明活用李商隱《深樹見一顆櫻桃尚在》詩"惜堪充鳳食,痛已被鶯含"之意,以表作者故國故君之思。《吕氏春秋·仲夏》:"羞以含桃，先薦寢廟。"高誘注："含桃，鶯桃。鸎鳥所含食，故言含桃。是月而熟，故進之。先薦寢廟，孝而且敬。"焦竑《焦氏筆乘·鶯桃》："櫻桃亦曰鶯桃。"鸎銜櫻桃，遂摯爲常典。王維《敕賜百官櫻桃》詩："芙蓉闕下會千官，紫禁朱櫻出上闌。纔是寢園春薦後，非關御苑鳥銜殘。""苦笋"句，原注云："秦中爲櫻笋之會，乃三日也。""酪漿"句下注："湖南無牛酪之味。""櫻笋"爲季春時令朝廷、官厨、春宴的薦新之物，而櫻桃往往與羊酪、蔗漿同食。《唐摭言》"櫻桃宴""復和以糖酪"、杜牧《和裴傑秀才新櫻桃》"忍用烹酥酪，從將玩玉盤"、陸游《偶得北境金泉酒小酌》"朱櫻羊酪也嘗新"等俱可證。詩意謂：此地雖有苦笋，恐怕已難像長安那樣用象匕取食；也不再有伴食的酪漿，襯映明珠般的櫻桃，使之更顯晶瑩透亮了。"同"、"瑩"，均作動詞使用。

2.《同年前虞部李郎中自長沙赴行在余以紫石硯贈之賦詩代書》(陳注 p231)

陳注謂第三句"不向東垣修直疏"意爲"追憶自己供職門下省的經歷"，第四句"即須西掖草妍詞"，謂"詩人曾住翰林院承旨，職近中書省長官"。"紫光稱近丹青筆，聲韻宜裁錦繡詩"之"紫光"，指皇帝。"聲韻"，指律詩平仄協韻。

按，其實全詩均自贈硯生發。紫光、聲韻，均形容硯質之美。不應就詞解詞。張九成《寄端硯與樊茂實因作詩以遺之》詩："端溪石硯天下奇，紫光夜半吐虹霓。""不向"二句，補足次句"染翰"意，謂此硯可助李郎中修疏草詞。

3.《老將》："雪密酒酣偷號去，月明衣冷斫營回。"(陳注 p269)

陳注：偷號，偷去敵人的口令。

按,偷,猶"偷營"、"偷襲"之"偷"。偷號去,取得號令靜悄悄出發。劉滄《邊思詩》:"偷號甲兵衝塞色,銜枚戰馬踏寒蕪。"

4.《倚醉》:"抱柱立時風細細。"(陳注 p364,齊注 p254)

齊注引《莊子·盜蹠》載:"尾生與女子期於梁下,女子不來,水至不去,抱梁柱而死。"

按,抱柱,爲一般用語,謂女子倚醉抱柱而立,與尾生之典无涉。

5.《厭花落》:"四肢嬌入茸茸眼。"(陳注 p398)

陳注:茸茸,草或毛髮細而軟貌……此處形容眼睫毛細而濃密。

按,茸茸,猶言濛濛,形容眼之迷蒙狀。張先《定風波》詞"酒眼茸茸香拂面"即此意。

6.《寄遠》:"銅壺漏盡聞金鸞。"(陳注 p368)

陳注:"金鸞,金色的鸞鳥,此句謂銅壺滴盡。(侵曉)聞到鸞鳥的叫聲。"

按,鸞、鸞鈴。金鸞,銅製的車鈴。聞鸞,謂聞車鈴聲,切題寄遠之意。莊南傑《陽春曲》"金鸞玉軏搖丁冬"即此意。

7.《偶見背面是夕兼夢》:"酥凝背胛玉搓肩,輕薄紅綃覆白蓮。"(陳注 p402)

陳注:白蓮,指女子雪白的小腳,古代女子之小腳稱作"三寸金蓮"。

按,白蓮喻女子之背,切題。與小腳無涉,況且唐代尚未盛行小腳也。

8.《過茂陵》:"不悲霜露但傷春,孝理何因感兆民。景帝龍髯消息斷,異香空見李夫人。"(陳注 p306,齊注 p217)

陳注:霜露,指秋季。孝理,孝敬父母的道理,漢武帝提倡孝道治理天下。其詔曰云云。齊注:"世稱西漢以孝治天下,故云。景帝,疑爲黃帝之誤。"

按，兩書誤解"霜露"一詞，全詩理解俱誤。霜露，語本《禮·祭義》："霜露既降，君子履之，必有悽愴之心，非其寒之謂也。"鄭注："皆爲感時念親也。"顏之推《顏氏家訓·終制》："若報罔極之德，霜露之悲，有時齋供。"全詩意謂，漢武帝不因霜露感念君親，反而傷於男女之情，那又怎能以孝道來教化天下萬民呢。景帝乘龍上天之後，了無消息，武帝卻不聞不問，反而令神巫在異香繚繞中召來李夫人的精魂。

9.《病中初聞復官二首》之二："曾避暖池將浴鳳，卻同寒谷乍遷鶯。"（陳注 p57）

陳注：暖池，指南方。詩人當時在湖南或江西。浴鳳，以鳳自比，想在暖池中洗澡（即棲身於南方）。

按，一字理解錯誤，全首意皆誤。池，應指"鳳凰池"。中書省之美稱。杜佑《通典》卷二十一《職官三》："魏晉以來，中書監令掌贊詔令，記會時事，典作文書，以其地在樞近，多承寵任，是以人因其位，謂之'鳳凰池'焉。"唐宰相稱中書門下平章事。浴池之鳳，喻宰相之職。上句寫自己當年不願爲宰相之事，由"避"、"將"二字見意。白居易《渭村退居寄禮部崔侍郎翰林錢舍人詩一百韻》："樓額題鵷鷟，池心浴鳳凰。"

引典有誤

10.《南安寓止》詩："豈知卜肆嚴夫子，潛指星機認海槎。"（陳注 p190，

齊注 p135）

兩書注引張華《博物志》卷一乘槎至天河之典。又，陳注：星機，星漢的玄機。謂詩人以嚴君平自比，能識得天機。

按，《太平御覽》卷八引南朝宋劉義慶《集林》："昔有一人尋河源，見婦人浣紗，以問之。曰：'此天河也。'乃與一石而歸，問嚴君平，云：'此織女支機石也。'"星機，指織女支機石。徐仲雅《贈齊己》詩："織女星機挑白雲。"詩人時寓居海邊，實以乘槎客自比。

11.《鵲》詩："高處營巢親鳳闕，靜時閒語上龍墀"。（陳注 p173，齊注 p124）

兩書僅注"鳳闕"、"龍墀"出處。

按，實亦用有關鵲的典故。上句出《搜神記》："青龍中，明帝爲凌霄閣，有鵲巢其上。"下句見《東方朔傳》載："孝武帝坐未央前殿，天新雨止，東方朔執戟在殿階傍，屈指獨語，帝問何事，朔對曰：'殿前柏樹上有鵲立枯枝上東向而鳴也。'"詩人詠鵲，亦是自況曾"親鳳闕"、"上龍墀"。

12.《八月六日作四首》之四："靈犀天與隔埃塵。"（陳注 p179，齊注 p128）

兩書均引李商隱"心有靈犀一點通"句作注。陳注又云："此句似謂自己的憂國之心無人與之相通，簡直就如天地懸隔。"

按，"靈犀"句，典出《述異記》："卻塵犀，海獸也，然其角辟塵，致之於座，塵埃不入。"李商隱《碧城三首》之一："屏辟塵埃玉辟寒。"詩意以靈犀設喻，謂自己天生清白，不受塵侵。

13.《天鑒》詩："事歷艱難人始重，九層成後喜從微。"（陳注 p162，齊注

p117)

陳注:《書·旅獒》有"爲山九仞,功虧一簣"之句。這裏是就它的正面意思而説的,所以是"喜從微"。

齊注引《老子》"九層之臺,起於累土"一語,又謂:"微,當指隱遁之微子。"

按,齊注引《老子》,是。王弼注:"當以慎終除微,慎微除亂。""從微"一語,意謂從微細開始,謹小慎微之意,與微子無涉。

14.《喜涼》詩:"爐炭燒人百疾生。"(陳注 p160,齊注 p115)

兩書皆注爐炭之本義。謂以爐炭燒人喻酷夏溽暑。

按,爐炭,語本《漢書·賈誼傳》:"天地爲爐兮,造化爲工,陰陽爲炭兮,萬物爲銅。"與下文"四山毒瘴乾坤濁,一簟涼風世界清"相應,意境闊大。

15.《訪同年虞部李郎中》:"更覺襟懷得喪齊。"(陳注 p33,齊注 p20)

齊注:"喪齊,猶言飲酒無度也。"誤。陳注:"得喪齊,以莊子齊物論的論點,將得失看作一回事。"

按,仍未注明"襟懷"與"得喪齊"的出處。"得喪齊",猶言"齊得喪"。應引《莊子·田子方》:"喜怒哀樂不入於胸次,夫天下也者,萬物之所一也。得其所一而同焉……而況得喪禍福之所介乎。"權德輿《晨坐寓興》:"得喪心既齊,清净教益敦。"

16.《別緒》詩:"已回花渚棹,悔聽酒壚琴。"(陳注 p332,齊注 p236)

齊注引《世説新語·傷逝》,謂指"黄公酒壚"。陳注謂酒壚指酒店。

按,次句暗用司馬相如、卓文君"琴挑"、"當壚"之典。李商隱《寄蜀客》:"君到臨邛問酒壚,近來還有長卿無。金徽卻是無情物,不許文君憶故夫。"

同此用意。

17.《八月六日作四首》之三:"穴中狡兔終須盡,井上嬰兒豈自寧。"(陳注 p179,齊注 p128)

陳注:井上嬰兒,指唐昭宣帝李柷,他即位時年僅十三歲,朱全忠對他虎視眈眈,所以詩人説他"豈自寧"。齊注:歸亂主之公卿,終將危及自身也。井上嬰兒,亦喻此等公卿。

按,典故出處,按慣例,一聯中出句用典、對句一般也用典。井上嬰兒,典出《世説新語·排調》。諸公相聚,約共作"危語",顧愷之云:"井上轆轤臥嬰兒。"以喻無知者處於極危險境地。"穴中狡兔"與"井上嬰兒"均喻朱黨。詩中"井上嬰兒",似指當時附逆者。韓偓於唐室極忠極敬,當不應以嬰兒喻昭宣帝。

18.《六月十七日召對自辰及申方歸本院》:"日向壺中特地長。"(陳注 p4,齊注 p2)

齊注引李白"壺中别有日月天"、"壺中日月存心近"詩句。

按,此非本源。引典故,先引最早出處,宜引《後漢書·方術傳·費長房》中仙人"壺公"之典。

19.《春盡》:"地勝難招自古魂。"(齊注 p143)

齊注:柳宗元《潭州戴氏堂記》:"地雖勝得人焉,而居之則山若增。"

按,引文應準確。應爲柳宗元《潭州楊中丞作東池戴氏堂記》:"地雖勝,得人焉而居之,則山若增而高,水若辟而廣。"元稹《大雲寺二十韻》詩:"地勝宜臺殿。"

20.《露》詩:"鶴非千歲飲猶難。"(陳注 p174)

陳校："'非'，《吳氏本》亦一作'飛'。按，作'飛'是，否則'猶'字没法落實。"

陳注："鶴飛千歲，用的是丁令威的典故"、"此句言露之珍貴，連飛去千年的仙鶴也不易飲到"。

按，陳氏校注皆誤。《淮南子·説林訓》："鶴壽千歲，以極其遊。"崔豹《古今注》："鶴千歲則變蒼。"詩意謂，即使是鶴，若非壽至千歲，猶難飲露。飲露，典出王粲《白鶴賦》："吸雲表之露漿。"

詞語錯解

21.《裊娜》："春惱情懷身覺瘦，酒添顔色粉生光。"（陳注 p410）

陳注：春惱，女子因春情湧發而生的煩惱。

按，兩句中的"惱"與"添"爲動詞，"春惱情懷"，應解作因春天而惱亂情懷。

22.《寄隱者》："已約病身抛印綬。"（陳注 p141）

陳注：約，環繞；纏繞。李商隱《江南曲》："掃黛開宮額，裁裙約楚腰。"

按，約，謂約身，約束自身。《論語·顔淵》"克己復禮爲仁"，何晏集解引馬融注："克己，約身。"劉寶楠正義："約，如約束之約。"詩意謂已約束多病之身，棄印辭官。

23.《淒淒》詩："嗜鹹凌魯濟，惡潔助涇泥。"（陳注 p155）

陳注：凌，凌辱，看輕。魯濟，即魯仲連蹈海。《史記·魯仲連列傳》

云云。

按，魯濟，指魯地之濟水。見《左傳‧莊公三十年》："公及齊侯遇於魯濟。"濟水清澈，因以喻忠正。《戰國策‧燕策一》："吾聞齊有清濟、濁河，可以爲固。"《文選‧謝朓〈始出尚書省〉詩》："紛虹亂朝日，濁河穢清濟。"李善注："孔安國《尚書》注曰：'濟水入河，並流十數里，清濁異色，混爲一流。'亦喻讒邪之穢忠正也。"詩意謂嗜鹹之小人，瞧不起濟水之清淡。惡潔之小人，投泥於涇水中欲使其變濁。

24.《席上有贈》："小雁斜侵眉柳去。"（齊注 p251）

齊注：沈約《郊居賦》："其水禽則大鴻小雁，天狗澤虞。"

按，小雁，指雁柱。句意謂席上的歌女，頭倚銀箏雁柱貼近眉梢。

25.《過臨淮故里》："舊廟荒涼時饗絕，諸孫飢凍一官成。"（陳注 p225）

陳注：諸孫，指李光弼的孫兒們，一官成，謂有一官半職。

按，下句意謂，如今由於李光弼當日爲官，造成子孫如今的飢凍。意謂禍亂時的官宦世家拙於生計。

26.《漫作二首》之二："污俗迎風變，虛懷遇物傾。"（陳注 p137）

陳注：物傾，事物之傾頹。

按，詩意謂污俗迎風氣而改變，虛懷遇事物而傾倒。謝靈運《相逢行》："邂逅賞心人，與我傾懷抱。"錢起《春日》："平生願開路，遇物於懷抱。"

27.《山院避暑》："何人識幽抱，目送冥冥鴻。"（陳注 p135，齊注 p97）

兩書皆注揚雄《法言》"鴻飛冥冥"之典。

按，應增注嵇康《送秀才入軍》"目送飛鴻，手揮五絃"一語，"幽抱"之意方顯。

28.《奉和峽州孫舍人肇荊南重圍中寄諸朝士二篇時李常侍洵嚴諫議龜李起居殷衡李郎中冉皆有繼和余久有是債今至湖南方暇牽課二首》之二："黃篾舫中梅雨裏。"（陳注 p38）

陳注：黃篾舫，用黃色的薄竹片製成的船。

按，以意推之，黃篾，實指船篷，始與"梅雨"相應。程介《竹溪爲旌城汪伯溱賦》詩"我欲相從竹溪中，已辦青簑黃篾篷"可證。

29.《秋深閒興》："病起乍嘗新橘柚。"（陳注 p87，齊注 p60）

兩書僅注"乍"、"橘柚"二詞，全句出處不明。

按，"病"與"橘"，古詩文中常連用。應注韋應物《答鄭騎曹求橘詩》詩："憐君臥病思新橘。"

30.《再思》："近來更得窮經力，好事臨行亦再思。"（陳注 p84，齊注 p58）

兩書注"窮經"、"好事"、"臨行"，但最重要的"再思"失注，句意不顯。

按，應注明《論語》"三思然後行"、"再思可也"的出處，"窮經"二字始有着落。

31.《荔枝三首》之二："想得佳人微啓齒，翠釵先取一雙懸。"（陳注 p76，齊注 p53）

陳注：一雙，一對，釵由兩股合成，故說一雙。

按，一雙，指一雙荔枝。《全唐詩》附注："一作'一枝'。"可證實爲荔枝。

32.《丙寅二月二十二日撫州如歸館雨中有懷諸朝客》（陳注 p74，齊注 p50）

陳注：如，往；去。《左傳·隱公五年》："公將如棠觀魚者。"歸館，旅舍。

按,如歸,館名。取《左傳·襄公三十一年》晉文公裝飾宮室,使"賓至如歸"之意。

33.《侍宴》:"狎宴臨春日正遲。"(陳注 p14,齊注 p6)

齊注僅注"狎宴"一詞。

按,全詩寫陳後主事,"臨春"爲宮殿名。與詩主旨有關的地名、人名不應漏注。

34.《即目二首》之二:"寸心如水但澄鮮。"(陳注 p63,齊注 p41)

又,《錫宴日作》:"臣心淨比漪漣水。"(陳注 p15,齊注 p7),

兩書僅注"寸心"、"澄鮮"及"漪漣"的字面出處,無補讀者的理解。

按,《漢書·鄭崇傳》:"上責崇曰:'君門如市人,何以欲禁切主上?'崇對曰:'臣門如市,臣心如水。願得考覆。'"詩中暗用此典,以表明自己廉潔奉公,内心清淨如水。

35.《中秋禁直》:"長卿祇爲長門賦,未識君臣際會難。"(陳注 p11,齊注 p5)

兩書僅解釋"際會"一詞。陳注云:"尾聯兩句謂才華出衆的司馬相如祇知淪落可憐。未知君臣遇合後更不易也。"

按,應注杜甫《古柏行》"君臣偶與時際會"一語。兩句言君臣際會,誠爲難事,實慶幸自己能與昭宗遇合,更覺皇恩深重也。

36.《睡起》:"塵土莫尋行止處。"(陳注 p204,齊注 p144)

齊注:《詩·小雅·車舝》:"高山仰止,景行行止。"

按,原文中的"行止"是"行"與"止"並列,注文中的"行止"中的"止"是語氣詞。

37.《寄湖南從事》:"蓮花蒂下風流客,試與温存譴逐情。"(陳注 p43,齊注 p27)

陳注:風流客,詩人自謂。温存,撫慰,體貼。可能來自某個女人。

按,此詩實寫懷人之情。風流客,猶《過漢口》詩"地多詞客自風流"的"風流詞客",此指湖南從事,當爲詩人之知己,詩人渴望能得到友人的慰藉,以排解譴逐者索寞之情。與上句"無人一爲解餘醒"呼應。

38.《又一絶請爲申達京洛親交知余病廢》:"鬢惹新霜耳舊聾,眼昏腰曲四肢風。交親若要知形候,嵐嶂煙中折臂翁。"(陳注 p122,齊注 p86)

齊注引《晉書·羊祜傳》"折臂三公"之典,謂折臂爲大臣墜馬。陳注:"折臂翁,詩人自謂。由此看來,詩人手臂骨折。"

按,折臂翁,用白居易《新豐折臂翁》詩意。此翁自言"頭鬢眉鬚皆似雪","至今風雨陰寒夜,直到天明痛不眠"。與本詩"鬢惹新霜"、"四肢風"意同。

39.《喜涼》詩:"豪强頓息蛙脣吻,爽利重新鶻眼睛。"(陳注 p160,齊注 p115)

陳注:豪强,指涼爽的天氣。爽利,明亮尖利,亦指天氣。

按,豪强,形容蛙聲。爽利,形容鶻眼。意謂涼風到後,頓息喧鬧之蛙聲,一新爽利之鶻眼。

40.《奉和峽州孫舍人肇荊南重圍中寄諸朝士二篇時李常侍洵嚴諫議龜李起居殷衡李郎中冉皆有繼和余久有是債今至湖南方暇牽課二首》之一:"熾炭一爐真玉性,濃霜千澗老松心。"(陳注 p38,齊注 p24)

陳注:熾炭,熾熱的炭木,玉性,像玉石一樣的品性。老松心,久經考驗的松樹心性。

齊注：韓愈《苦寒詩》："侵爐不覺暖，熾炭屢已添。"陸機《感時賦》："結濃霜於寒空，凝行雨於雲根。"

按，上句應注明句意的出處。《淮南子·俶真訓》："譬若鍾山之玉，炊以爐炭，三日三夜而色澤不變，則至德天地之精也。"白居易《放言》之三："試玉要燒三日滿，辨材須待七年期。"下句用歲寒松柏的常典，見於《論語》、《荀子》、《莊子》諸書。《文選·左思〈三都賦〉》李善注："《孫卿子》曰：松柏經隆冬而不凋，蒙霜雪而不變。"

又，《此翁》詩："玉寒曾試幾爐烘。"（陳注p129，齊注p92）

陳注：幾，幾多。烘，焚燒。《詩·小雅·白華》："樵彼桑薪，卬烘于煁。"

按，此亦用《淮南子》"炊玉"之典。

41.《春陰獨酌寄同年虞部李郎中》："醉唱落調漁樵歌。"（陳注p36）

陳注：落調，落拓之調。落拓，失意；潦倒。

按，落調，猶言出調，失調。謂漁子樵夫隨意信口而歌，不合樂律也。元人耶律鑄《贈漁者》"短笛有時渾落調"同此意。

42.《個儂》："隔簾窺綠齒，映柱送橫波。"（陳注p414，齊注p284）

陳注："綠齒，指綠地上的屐痕。"

按，綠齒，指屐齒。窺綠齒，猶言窺女子之纖足。

43.《湖南梅花一冬再發偶題於花援》（陳注p61，齊注p40）

兩書題解失注。

按，宜點明題旨。梅花再發，以喻復官，與"病中初聞復官二首"同意。

44.《梅花》:"龍笛遠吹胡地月,燕釵初試漢宫妝。"(陳注 p50,齊注 p32)

兩書僅注"龍笛"字面出處。陳注:"燕釵,漢成帝皇后趙飛燕用的頭釵。此句謂梅花開放,就如趙飛燕著釵初試宫妝一樣。"齊注謂燕釵即玉燕釵。

按,注文要與題意配合。"龍笛",因笛曲有《梅花三弄》、《梅花落》,古詩文中"笛"與"梅花"常連用。又,二注均未能把梅花與宫妝聯繫起來。"試漢宫妝",試"梅花妝"也。應注《雜五行書》所載宋壽陽公主的常典。

45.《早玩雪梅有懷親屬》:"何因逢越使,腸斷謫仙才。"(陳注 p47,齊注 p29)

兩書僅注李白"謫仙"之典。陳注:"這裏詩人自比李白。"

按,"越使",用《荆州記》陸凱折梅花託驛使寄友人之常典。應點出李白《送友人游梅湖》:"送君游梅湖,應見梅花發。有使寄我來,無令紅芳歇。"句意方顯。

46.《雪中過重湖信筆偶題》:"道方時險擬如何。"(陳注 p42,齊注 p26)

陳注:道方:道逆。方:違;逆。《書·堯典》:"方命圮族。"當時皇帝爲方鎮所裹挾。故詩人認爲"道方時險"。

按,道方,猶言道正。韓愈《與于襄陽書》:"特立而獨行,道方而事實。"道方與時險矛盾,爲保持道方而甘心歸隱。

47.《贈吳顛尊師》:"伊余常仗義,願拜十年兄。"(陳注 p92,齊注 p63)

陳注:十年兄,吳顛長於詩人十歲,故稱。

按,典出《禮·曲禮上》:"十年以長,則兄事之。"白居易《寄陳式五兄》詩:"惆悵料君應滿鬢,當初是我十年兄。"

48.《闌干》："吳質謾言愁得病，當時猶不憑闌干。"（陳注 p313，齊注 p223）

兩家注本僅注吳質生平，未知"愁得病"的出處。按，庾信《小園賦》："崔駰以不樂損年，吳質以長愁養病。"又《竹杖賦》："潘岳秋興，嵇生倦游，桓譚不樂，吳質長愁。"

忽視上下連繫

49.《宮柳》："澗松亦有凌雲分。"（陳注 p18，齊注 p9）

兩書分別注"澗松"及"凌雲"二詞出處，引"鬱鬱澗底松"、"飄飄有凌雲之氣"之語。

按，未能把松樹與凌雲合注，還應引沈約《寒松》"疏葉望嶺齊，喬榦凌雲直"、唐員《南溟夢中青松》"全節長依地，凌雲願致身"、杜荀鶴《小松》"時人不識凌雲木，直待凌雲始道高"等語。

50.《六月十七日召對自辰及申方歸本院》："坐久忽疑槎犯斗。"（陳注 p4，齊注 p2）

兩書僅引張華《博物志》"乘槎"之典。陳注云："全句以乘槎人自況，將朝廷比作天上仙界，是説召對恍若經歷了一次天外之遊，以喻時間之長。"

按，還須再引《後漢書·嚴光傳》之典。嚴光與光武帝同臥，光以足置帝腹，翌日太史報"客星犯帝座"。詩句合用兩典，以示皇帝召對恩寵之深。陳注實未會詩人原旨。

又，《感事三十四韻》："腐儒親帝座，太史認星躔。"（陳注 p99，齊注 p71）兩書僅注"腐儒"、"帝座"、"太史"、"星躔"詞義。

按，亦應注《後漢書・嚴光傳》"客星犯帝座"之典，上下文意方明。

推測宜有據

51.《復偶見三絕》之二："桃花臉薄難藏淚，柳葉眉長易覺愁。"（陳注 p396，齊注 p274）

陳注：韓公"桃花臉"與"柳葉眉"之形容可能從王衍《甘州曲》"柳眉桃臉不勝春"脫胎而來。

按，王衍爲前蜀國主，比韓公少五十餘歲，韓公卒時，王衍僅十五、六歲，何能"脫胎"其詩句？

（2002年2月讀畢）

韋莊詩三家注校讀札記

韋莊詩,有李誼《韋莊集校注》(四川省社會科學院出版社,1986年版)、聶安福《韋莊集箋注》(上海古籍出版社,2002年版)、齊濤《韋莊詩詞箋注》(山東教育出版社,2002年版)三種注本,暇日校讀一遍,略志所得如下:

1.《劉得仁墓》:"名有詩家業,身無戚里心。"(李注p5,聶注p6,齊注p57)

三家注僅指出戚里爲漢長安城中外戚聚居處。

按,注中宜點明劉氏雖出身"貴主之家",有詩家之名而無貴家子弟常有的不良思想和習氣。

2.《秋日早行》:"上馬蕭蕭襟袖涼,路穿禾黍繞宮牆。半山殘月露華冷,一岸野風蓮萼香。"(李注p21,聶注p20,齊注p495)

李注:露華,露之光華。禾黍,粟與黍。

聶注集評引廖文炳解:"景色雖佳而我歸心甚迫。"

齊注:露華,清冷的月光。

按,應引《王風·黍離》詩"彼黍離離,彼稷之苗。"離離,分披繁盛貌。詩意謂故宮宇廟宮室盡爲禾黍。露華,謂露珠。李白《清平調》:"春風拂檻露華濃。"數句實乃荒涼之景色。

3.《曲池作》:"性爲無機率,家因守道貧。"(李注 p30,聶注 p29,齊注 p72)

李注:機率,遵循事物之規律。《莊子·至樂》:"萬物皆出於機,皆入於機。"

聶注:無機率,真率無機巧。

齊注:無機,任其自然,没有心計。

按,齊注是。李、聶注句法理解錯誤。詩意謂己之性情因無機心而真率。

4.《寓言》:"兔走烏飛如未息,路塵終見泰山平。"(李注 p35,聶注 p32,齊注 p79)

李注:似用孔子歌泰山其頽,喻哲人終難不死。

聶注:泰山平:疑爲"泰階平"之訛。

齊注:此句蓋謂哲人已逝如路塵。

按,《漢書·高惠高后文功臣表》:封爵之誓曰:"使黃河如帶,泰山若厲,國以永存,爰及苗裔。"厲,通"礪",磨刀石。喻平坦。泰山平,謂歷時久遠,連泰山也變成平地,猶滄海桑田之意。李賀《浩歌》"南風吹山作平地"亦此意。

5.《冬日長安感志寄獻虢州崔郎中二十韻》:"霧雨十年同隱遁,風雷何日振沈潛?"(李注 p60,聶注 p46,齊注 p15)

"霧雨"一詞,李、齊二家注本失注。

按，"霧雨"，典出劉向《列女傳》："南山有玄豹，霧雨七日而不下食者，何也？欲以澤其毛而成文章也，故藏而遠害。"

又，"未知匣劍何時躍，但恐鉛刀不再銛。"

三家注均祇注"匣劍"字面出處。又引《漢書·賈誼傳》"莫邪爲鈍兮，鉛刀爲銛"之語。

按，《藝文類聚》卷六〇"劍"部引雷次宗《豫章記》曰："斗牛間有異氣，是寶物也。精在豫章豐城"，"得玉匣，開之得二劍"，"後經淺瀨，劍忽於腰間躍出，遂視，見二龍相隨焉。"下句應再引《後漢書·班超傳》："昔魏絳列國大夫，尚能和輯諸戎，況臣奉大漢之威，而無鉛刀一割之用乎？"詩人希望能及時一試身手，爲國效力。

6.《長年》："大盜不將爐冶去，有心重築太平基。"（李注 p112，聶注 p81，齊注 p131）

李注：大盜，此處似誣指黃巢等農民起義軍。

聶注：爐冶，指天下。

齊注：爐冶，猶冶煉。本詩特指兵甲之冶鑄。

按，典出《後漢書·光武紀贊》："炎中正微，大盜移國。"庾信《哀江南賦序》："大盜移國，金陵瓦解。"

7.《覽蕭必先卷》："名因五字得，命合一言通。"（李注 p119，聶注 p93，齊注 p176）

李注：命，文體之一種。

聶注：《論語·衛靈公》子貢問曰："有一言而可以終身行之者乎？"子曰："其恕乎？己所不欲，勿施於人。"

齊注：一言，一番話。

按，命，指命運。《舊唐書·崔鉉傳》："欲得命通，魯紹瑰蒙。"詩意謂命運可因一言而致通顯。《漢書·車千秋傳》："千秋無他材能術學，又无伐閱功勞，特以一言寤意，旬月取丞相封侯，世未嘗有也。"

8.《寄江南逐客》："二年音信阻湘潭，華下相思酒半酣。"（聶注 p104）

聶注：莊咸通三四年間曾遊湘，則本詩或作於咸通六年左右，時在華州。

按，"華"，同"花"，非指華州。

9.《贈戎兵》："夜指碧天占晉分，曉磨孤劍望秦雲。"（李注 p146，聶注 p116，齊注 p143）

李注：夜指句，《初學記》卷八引《輿地志》："保章氏掌天文，以星辨九州之地，所封之國，皆有分星以視吉凶。"此處似用其意。秦雲，秦地之雲。

聶注：占晉分：觀察晉地分星以辨妖祥。此與前"遊汾"語相承，並非寫實。

按，上句謂占星。觀星以占驗戰爭吉凶。時黃巢據晉地。《漢書·天文志》："占曰：有雲如衆風，是謂風師，法有大兵。"下句謂占雲，李靖《望江南》詞有"望雲氣"之目，以雲氣占吉凶。

10.《王道者》："因攜竹杖聞龍氣，爲使仙童帶橘香。"（李注 p199，聶注 p155，齊注 p293）

李注：仙童，杜甫《寄司馬山人十二韻》："有時騎猛虎，虛室使仙童。"

聶注引《襄陽記》"千頭木奴"之典。

齊注：《章梓州橘亭餞成都竇少尹詩》："秋日野亭千橘香，玉盤錦席高雲涼。"

按,此用道教典故。葛洪《神仙傳·蘇仙公》載:"先生(蘇耽)曾持一竹杖,時人謂曰:'蘇生竹杖,固是龍也。'"又載,蘇仙公謂"明年天下疾疫,庭中井水,檐邊橘樹,可以代養,井水一升,橘葉一枚,可療一人"。王道士當識醫術。

11.《觀浙西府相畋遊》:"紫袍日照金鵝鬭,紅旆風吹畫虎獰。"(李注p211,聶注p165,齊注p242)

李注引《宋史·禮志》"使相輿中用銀香爐,轝官十二人,金鵝帽、錦絡縫紫絁寬衣"之語。

聶注:《舊唐書·輿服志》:"上元元年八月制:'文武三品以上服紫、金玉帶。'"

齊注:此處金鵝謂袍上所畫金色鵝形文飾也。

按,《唐會要》卷三十二:"延載元年五月二十二日,出繡袍以賜文武官三品已上,其袍文仍各有訓誡。諸王則飾以盤龍及鹿,宰相飾以鳳池,尚書飾以對雁。"袍上所繡之鵝雁相對向,故云"鬭"。李廓《長安少年行》:"新年高殿上,始見有光輝。玉雁排方帶,金鵝立仗衣。"下句,《和鄭拾遺秋日感事一百韻》之"繡旗張畫獸",三家均無注。按,《周禮·春官·司常》:"掌九旗之物名,各有屬,以待國事。日月爲常,交龍爲旂,通帛爲旜,雜帛爲物,熊虎爲旗。"

12.《夏初與侯補闕江南有約同泛淮汴西赴行朝莊……四韻弔之》:"九重聖主方虛席,千里高堂尚倚門。"(聶注p182,李注p233,齊注p254)

三家注均謂"高堂,指父母"。

按，次句典出《戰國策·齊六》："(王孫賈)母曰：'汝朝出而晚來，則吾倚門而望。暮出而不還，則吾倚閭而望。'"李白《送蕭三十一之魯中兼問稚子伯禽》詩："高堂倚門望伯魚。"

13.《過内黄縣》："僻縣不容投刺客，野陂時遇射雕郎。"(李注 p241，聶注 p188，齊注 p268)

李注：指遞名帖求見。

聶注：投刺客：指棄官退歸者。

齊注：投遞名刺也。

按，漢人書於刺板，書姓名自通求見曰投刺。投刺，隱有"干謁"上官或向主人"打抽豐"之意。《後漢書·禰衡傳》："建安初，來遊許下。始達潁川，乃陰懷一刺，既而無所之適，至於刺字漫滅。"詩意謂内黄爲偏僻小縣，過客難以干謁長官。

14.《宿蓬船》："卻憶紫微情調逸，阻風中酒過年年。"(李注 p321，聶注 p256，齊注 p393)

李注：紫微，本指禁中，此處似代指京師。

聶注：中書省爲紫微省。

齊注：紫微，指帝王宫殿。

按，紫微，指杜牧。唐開元初改中書省爲紫微省，中書舍人爲紫微舍人。杜牧曾爲中書舍人。因稱"杜紫微"。崔道融《讀杜紫微集》："紫微才調復知兵。"後句本杜牧《鄭瓘協律》詩："自説江湖不歸事，阻風中酒過年年。"

15.《歲除對王秀才作》："雪向寅前凍，花從子後春。"(李注 p326，聶注 p261，齊注 p460)

李注謂十一月爲建子之月，正月爲建寅之月，寅前、子後，指十二月。

聶注：指除夕子夜前後。

齊注：本詩作於 893 年癸丑，其前爲壬子年，其後爲甲寅年，故云。

按，寅前、子後，指除夕與新年之交，子、丑之時。如洪希文《守歲》詩："沈香已帶寅前氣，臘酒初聞子後香。"曾愷《臨江仙》詞："子後寅前東向坐。"聶注是。

16.《寄湖州舍弟》："半年江上愴離襟，把得新詩喜又吟。多病似逢秦氏藥，久貧如得顧家金。"（李注 p349，聶注 p275，齊注 p306）

李注引《錄異傳》隗炤藏金以留其妻之典，並謂"顧"通"雇"，"雇賃也"。

聶注亦引隗炤藏金之典。

齊注引《左傳·成公十年》："公（晉侯）疾病，求醫於秦。"謂"秦氏藥"當本此。又謂"顧家金"指顧榮所薦陸士光等。

按，秦氏藥指良藥，扁鵲名秦越人，所謂秦氏藥也。喻其弟所寄之新詩可愈疾。李頎《古今詩話》載，杜少陵因見病瘧者，謂之曰："誦吾詩可療。"其人如其言，誦之，果愈。"顧家金"，即"南金"，指顧榮。詩中亦以喻其弟之"新詩"。《晉書·祖納傳》："吳郡顧榮、會稽賀循齊名，號爲'五儁'。初入洛，司空張華見而奇之，曰：'皆南金也。'"劉威《歐陽示新詩因貽四韻》："沖夏瑤瓊得至音，數篇清越應南金。"溫庭筠《寄渚宮遺民弘里生》："他時因詠作，猶得比南金。"

22.《過樊川舊居》："應劉去後苔生閣，嵇阮歸來雪滿頭。"（李注 p393，聶注 p309，齊注 p476）

三家均僅注應劉爲應瑒、劉楨，並述二人生平。

按,應引謝莊《月賦》:"陳王初喪應劉,端憂多暇。緑苔生閣,芳塵凝榭。"

(2003年9月讀畢)

《秦觀集編年校注》校讀札記

周義敢、程自信、周雷編注的《秦觀集編年校注》（人民文學出版社，2001年版）一書，校釋詳明，極便初學，暇日誦讀一過，茲就其中詞語、句意解釋有誤及注釋欠準確者，逐條辨正如下。

1.《田居四首》其一："眷言月占好，努力競晨昏。"(p22)

周注引《初學記》卷一"月"引《帝王本紀》所載"蓂莢"之典。

按，月占，爲古代占卜之法，與"蓂莢"之典無涉。月占大致有兩類，一爲據月象以占吉凶，《開元占經》有"月占"條。一爲據每月某日之氣象以占驗年成，本詩當屬後者。《田家五行志》中亦多有月占之例。

2.《過六合水亭懷裴博士次莘老韻》："誦言成絶唱，亹亹迫陰何。"(p34)

周注：亹亹：詩文優美。鍾嶸《詩品·晉黃門郎張協》："詞采蔥蒨，音韻鏗鏘，使人味之，亹亹不倦。"

按，宜再引《世説·賞譽》謂謝安之清言"向客亹亹，自來逼人"以及殷堯藩《酬雍秀才二首》之二"興來聊賦詠，清婉逼陰何"，詩中"迫"字之意始出。

3.《顯之禪老許以草庵見處作詩以約之》："偶成二老風流事，不是三乘

宿草庵。"(p37)

周注：三乘：三乘車之略稱。此指莘老、秦觀、參寥。

按，三乘，佛家語。指聲聞乘、緣覺乘、菩薩乘。以喻佛法修行之次序。劉禹錫《送宗密上人歸南山草堂寺因詣河南尹白侍郎》："自從七祖傳心印，不要三乘入便門。"

4.《和孫莘老遊龍洞》："草隱月崖垂鳳尾。"(p38)

周注："草隱"句：即莘老詩所云"壁隱莓苔矗翠屏"，壁間莓苔猶如鳳尾。

按，此指野草生於崖邊，下垂如鳳尾，非謂莓苔也。鄧深《月湖新得浮石巖》"幽草倒生搖鳳尾"意同。

5.《答閭求仁謝參寥彥溫訪於墳所》："聞爲樹風增永感，卻因水鳥證西來。"(p43)

周注：永感：父母俱亡，終身爲之傷感。《大唐創業起居注》："隋少帝詔：'憫予小子，奄紹丕愆，哀號永感，五情糜潰。'"西來：西來之意。佛教語，謂達摩祖師自天竺西來的本意。全句意爲：喪親雖爲災難，但禪僧遠道來相訪，可解除煩惱，求得頓悟。

按，永感，終身之感。原出《孟子·萬章上》："大孝終身慕父母。"樹風，語本《韓詩外傳》："樹欲靜而風不止，子欲養而親不待也。"時閭求仁當在高郵廬墓，故云。水鳥，見《無量壽經》："水鳥樹林，及與諸佛，所出音聲，皆演妙法，與十二部經合。"詩意謂水鳥之聲能證西來之佛法也。

6.《別子瞻》："河東鸑鷟今纔見。"(p43)

周注：鸑鷟：傳說中之神鳥，鳳凰之別稱。《國語·周語上》："周之興也,鷟鷟鳴於岐山。"

按,《新唐書·薛收傳》載,收與其族兄德音、侄元敬有"河東三鳳"之稱。詩中當以喻蘇氏兄弟。釋德洪《魯直弟稺川作屋峰頂名雲巢》詩:"慚愧君家小馮君,自是河東真鷟鷟。"

7.《次韻參寥》三首:"會有黃鸝鳴翠柳,何妨白眼望青天。"(p49)

周注:"會有"二句:用杜甫《絕句》之三云:"兩個黃鸝鳴翠柳,一行白鷺上青天。"

按,次句亦出杜甫《飲中八仙歌》"舉觴白眼望青天",中隱喻飲酒之意。

8.《答龔深之》:"錯刀錦段相仍至,小子都忘進取狂。"(p54)

周注:錯刀:古錢幣。錯,即鍍金。錦段:錦緞。由此句可知深之對其有所饋贈。進取:進取功名。

按,上句語本張衡《四愁》詩:"美人贈我金錯刀,何以報之英瓊瑤。""美人贈我錦繡段,何以報之青玉案。"錯刀錦段,喻龔氏所寄贈的詩文。次句語本《論語·子路》:"狂者進取。"《論語·公冶長》:"吾黨之小子狂簡。"與"進取功名"之意無涉。

9.《次韻子瞻贈金山寶覺大師》:"朱火籠紗語上方。"(p56)

周注:謂秉燭題詩於壁,稱譽寶覺禪師。禪師珍愛贈詩,以紗綢籠之。

按,紗,指紗燈籠。朱火籠紗,謂以紗籠朱火也。非用王播以碧紗"籠"詩典。釋道潛《夏夜智果懷武康令毛澤民》詩:"暮磬寥寥殿上方,籠紗朱火影微茫。"同此意。

10.《同子瞻賦遊惠山三首》:"況復從茶仙,茲焉試葵月。"(p57)

周注:葵月:指團茶形如月。

按，葵、月：兩種茶名，即葵花茶與月兔茶。黃庭堅《和答梅子明王揚休點密雲龍》詩："兔月葵花不易至。"蘇軾《月兔茶》詩："環非環，玦非玦，中有迷離玉兔兒。"

11.《別賈耘老》："服火齊兮冠切雲。"（p63）

周注：火齊：代指酒。《禮·月令》仲冬之月："陶器必良，火齊必得。"孔疏："謂炊米和酒之時，用火齊生，熟必得也。"

按，火齊，寶石名。左思《吳都賦》："火齊之寶，駭雞之珍。"劉逵注："《異物志》：火齊如雲母。"服火齊，猶言"餐玉英"，仙人之食。

12.《流觴亭並次韻二首》："朱盤潋灩開冰鑑，碧甓縈紆走玉虹。"（p68）又《次韻公闢會流觴亭》詩："冰盤元是故工遺。"（p69）

周注：冰鑑：器物名，盛冰用。《周禮·天官·凌人》："春始治鑑……祭祀共冰鑑。"鄭注："鑑，如甀，大口，以盛冰。置食物於中，以禦溫氣。"此句謂盛夏時以朱盤托出冰水鎮之飲料或食物。碧甓：澄碧之深井。翠帶：水流如青綠色之羅帶。杜甫《曲江對雨》詩："林苑著雨臙脂落，水荇牽風翠帶長。"冰盤：即冰鑑。

按，冰鑑、冰盤，謂流觴亭所臨之水面清平如鏡如盤也。蘇軾《皇太后閣六首》其三"水殿開冰鑑"，即此意。碧甓，碧瓦。玉虹，喻流觴曲水。

13.《流觴亭並次韻二首》："更憐白足如霜句，可羨溪邊六逸遊。"（p68）

周注：六逸，指竹溪六逸。

按，"白足如霜"，語本李白《越女詞》其一："屐上足如霜，不著鴉頭襪。"《浣紗石上女》詩："一雙金齒屐，兩足白如霜。"李白是竹溪六逸之一，上句失注，則詩意不顯。

14.《和程給事饟闍黎化去之什》:"祇教白傅歎先行。"(p78)

周注:白傅:白居易。唐代詩人,字樂天,晚號香山居士,曾任太子少傅。晚年篤信釋教,詩歌多流連光景之作。

按,白居易《與果上人歿時題此訣別兼簡二林僧社》詩:"不須惆悵從師去,先請西方作主人。"意謂和尚已歿,先到西方,爲後來者作主人,故有"歎先行"之語。切"闍黎化去"之題意。

15.《和書天慶觀賀秘監堂三首》:"風流何必並時生。"(p79)

此句周氏失注。

按,語切賀姓。"風流"二字應注出處。《太平廣記》卷二〇二引《譚賓錄》"賀知章"條載,知章姑子陸象先謂人曰:"賀兄言論調態,真可謂風流之士。"李白《對酒憶賀監》詩:"四明有狂客,風流賀季真。"蘇軾《和方南奎子容寄迓周文之》:"風流賀監常吴語。"賀知章亦曾任秘書監,故以相況。

16.《次韻公闢州宅月夜偶成二首》:"風催絡紓歸金井,月轉檀欒蔭畫堂。"(p82)

周注:絡紓:此指汲水繩因風而鬆弛。揚雄《方言》卷五:"繘,汲水索也。自關而東,周洛韓魏之間,謂之綆,或謂之絡。"紓,底本、紹熙本、黄本均同。張本作"緯",誤。

按,"絡緯"不誤。與下文"檀欒"對偶。且"紓"字一般讀平聲,於此不合律。絡緯,在古詩詞中常與金井連用,李白《長相思》詩:"絡緯秋啼金井闌。"

17.《觀寶林塔張燈次胡瑗韻》:"華敷連藏海。"(p87)

周注:敷:施,布。《詩·小雅·小旻》:"旻天疾威,敷于下土。"華敷,光彩奪目之布施。

按，華敷，花開也。此喻張燈。《佛説觀無量壽經》："蓮華乃敷，華既敷已，開目合掌。"張華《答何劭詩三首》其一："穆如灑清風，焕若春華敷。"藏海，《祕藏寶鑰》卷下："藏海息七轉之波。"意謂如來藏譬之海，此指佛寺藏寶之所。

18.《和遊金山》："寄語山阿人，泠然行復御。"（p101）

周注：泠然：解悟。《一切經音義·十四》："泠然，解悟之意也。"御：進用。

按，《莊子·逍遥遊》："夫列子御風而行，泠然善也。"郭象注："泠然，輕妙之貌。"御，謂御風。周注又引鮮于子駿《同彦瞻遊金山》詩："君恩□早晚，東南下一棹，扁舟信所之。"所引鮮于子駿詩標點有誤，應爲"君恩早晚東南下，一棹扁舟信所之。"

19.《和王定國》："物色芥於邑。"（p104）

周注：物色：訪求。芥：小草。藉以喻己乃一芥草民，生活於鄉邑。

按，"芥"字，當據張縱本，校定爲"莽"。物色，景色。於，音"烏"。《楚辭·九章·悲回風》："傷太息之湣憐兮，氣於邑而不可止。"王逸注："氣逆憤懣結不下也。"於邑，鬱結之意。謂歲暮之景物令人不歡也。

20.《鮮于子駿使君生日》："禮士常懸榻，誅姦或奮髯"，"行道慰民瞻。"（p105）

周注：懸榻：喻禮待賢士。《後漢書·徐穉傳》："（陳）蕃在郡，不接賓客，唯穉，特設一榻，去則懸之。"民瞻：百姓欲瞻仰之心情。

按，"誅姦"句周氏失注。《漢書·朱博傳》載，博治齊郡，掾史皆稱病，博奮髯抵几曰："觀齊兒欲以此爲俗邪？"遂罷斥諸病吏。民瞻，語本《詩·小雅·節南山》:"赫赫師尹,民具爾瞻。"

21.《次韻何子溫》:"一星就起海隅傍","猿鳥常窺使者章。"(p109)

周注:一星就起:謂友人勤政早起。使者:受命出使者。章:印鑑。此句謂友人爲政寬簡,悠閒而治。

按,古以天節八星主使臣事,因稱帝王之使者爲"星使"。一星,喻何子溫。陸暢《崔員外使回入京》詩:"六星宮裏一星歸,行到金鉤近紫微。"起,起用。李商隱《籌筆驛》詩:"猿鳥猶疑畏簡書。"此反用其意。

22.《答朱廣微》:"著書準易空自疲。"(p112)

周注:準易:揆平取正。《易·繫辭上》:"易與天地準。"

按,易,謂《周易》。《漢書·揚雄傳》載,揚雄閉門著書,"以爲經莫大於《易》,故作《太玄》。"《太玄》爲仿效《易》之作。故謂"準《易》"。黃庭堅《有懷半山老人》詩:"草《玄》不妨準《易》",同此用意。

23.《寄李公擇郎中》:"文成五色在高桐。"(p120)

周注:"文成"句:謂欲著文有才藻,其人必須有高桐之風姿。

按,文成五色,指鳳凰的文采。《山海經·南山經》:"丹穴之山,有鳥焉,其狀如雞,五采而文,名曰鳳凰。"《詩·大雅·卷阿》:"鳳凰鳴矣,于彼高岡。梧桐生矣,於彼朝陽。"鄭箋:"鳳凰之性,非梧桐不棲。""以喻賢者"。本詩中以喻李常入朝。

24.《送楊康功守蘇》:"論鬱縉紳共。"(p123)

周注:鬱:高出貌。《廣雅疏證》卷一下:"鬱,高出之貌也。"此句謂楊康功才能突出,爲政界之所公認。

按,《後漢書·陳忠傳》:"忠内懷懼薏而未敢陳諫,乃作《搢紳先生論》以諷。"秦觀《代賀運使啟》:"外幹邦材,頗鬱搢紳之論。"

25.《送佛印》:"他日惠林爲上首,幾年彌勒作同龕。"(p125)

周注:惠林:寺院。

按,惠林,北宋東京大相國寺八院之一。見《宋東京考》。次句語本褚遂良書法帖:"久棄塵滓,與彌勒同龕。"蘇軾《自金山放船至焦山》詩:"祇有彌勒爲同龕。"

26.《次韻馬忠玉喜王定國還自濱州》:"忽認星槎拂斗還。"(p129)

周注:星槎:乘筏登天。槎,木筏。《博物志·雜説下》:"舊説云天河與海通。近世有人居海濱者,年年八月,有乘槎去來不失期。人有奇志,立飛閣於槎上,多齎糧,乘槎而去。十餘日中,猶觀星月日辰。"

按,應繼續引張華《博物志·雜説下》所載之事:"去十餘日,奄至一處,有城郭狀,居舍甚嚴,遥望宮中多織婦,見一丈夫牽牛渚次飲之。牽牛人乃驚問曰:'何由至此?'此人見説來意,並問此是何處。答曰:'君還至蜀都,訪嚴君平,則知之。'竟不上岸,因還如期。後至蜀,問君平,曰:'某年月日有客星犯牽牛宿。'計年月,正是此人到天河時也。"詩云"拂斗",即"客星犯牽牛宿"。

27.《次韻邢敦夫秋懷十首》:"不爲兒女姿,頗形四方風。"(p130)

周注:四方風:謂有經略天下之志。《三國志·魏志·荀攸傳》:"天下方有事,劉表坐保江漢,其無四方之志可知。"

按,二語本曹植《贈白馬王彪》其五:"丈夫志四海,萬里猶比鄰"、"憂思成疾疢,無乃兒女仁。"四方風,語見《詩序》:"言天下之事,形四方之風,謂之雅。雅者,正也,言王政之所由興廢也。"

28.《春日雜興十首》:"秣馬膏余車,行行不周路。"(p136)

周注:不周:指不平直的路。

按,二語本《離騷》:"路不周以左轉兮,指西海以爲期。"不周,《山海經》中所載山名。

29.《游仙》:"愚人如鹿耳,其死了無魂。"(p145)

周注:鹿耳:言愚人見識甚少。孟郊《寄洛州李大夫》詩:"鳥樂憂迸射,鹿耳駭驚聞。"

按,"耳",虛詞,而已之意,非耳朵之耳。段成式《酉陽雜俎·支諾皋》引李衛公云:"道書中言,麋鹿無魂,故可食。"

30.《睡足軒二首》:"青天併入揮毫裏,白鳥時興隱几中。"(p149)

周注:白鳥:蚊子。

按,白鳥,詩中指白羽之鳥,如鷗鷺一類,情景方協調,不宜曲解作蚊子。

31.《送周裕之赴新息令》:"古刹夜仍艾。"(p151)

周注:艾:美好。《孟子·万章上》:"知好色,則慕少艾。"

按,《詩·小雅·庭燎》:"夜如何其?夜未艾。"鄭箋:"艾,久也。"夜仍艾,意謂夜長也。

32.《答曾存之》:"祭竈請鄰聊復爾。"(p167)

周注:祭竈:祭祀竈神。初爲夏祭,漢以後改爲臘祭。《初學記》卷十三:"孟夏之月,其祀竈。"

按,此句典出《漢書·孫寶傳》:御史大夫張忠"署寶主簿,寶徙入舍,祭竈請比鄰"。主簿職卑,高士不爲。而寶則以爲己身不遇,可無不爲。詩中亦有自嘲官卑之意。

33.《和蔡天啓贈文潛之什》:"快奪茫睢如墜雨。"(p172)

周注:睢:通濉,水名,在梁郡,受汴水入泗。此謂天啓語聲如急雨,似是奪得蒼茫的濉河水。

按,茫睢,當據張本爲"范睢"。此用《史記‧范睢蔡澤列傳》之典。蔡澤爲弘辯智士,游説范睢,使范睢謝病歸相印,蔡澤遂代范睢相秦。古詩文中常以同姓相喻,此以蔡澤況同姓的蔡天啓,稱其能言善辯。

34.《和裴仲謨摘白鬚行》:"聞諸古竺乾,毛髮因地得。"(p174)

周注:竺乾:佛之別稱。白居易《新昌新居書事四十韻》詩:"大底宗莊叟,私心事竺乾。"

按,佛教以地、水、火、風爲四大界。《圓覺經》云:"我今此身下,四大和合,所謂毛髮爪齒,皮肉筋骨,髓腦垢色,皆歸於地。"

35.《次韻莘老》:"妙齡隨計日,紺髮度關年","蕉心難固待。"(p196)

周注:妙齡:少年。紺髮:佛教傳説如來毛髮爲紺琉璃色,故名。後泛指道士姿容。白居易《毛仙翁》詩:"紺髮絲並緻,韶容花共妍。"蕉心:芭蕉之心,古多喻愁心。

按,紺髮,此指少年人之黑髮。隨計,謂應徵召之人偕計吏同行。語本《史記‧儒林列傳》:"公孫弘爲學官,悼道之鬱滯,乃請曰:'丞相御史言……郡國縣道邑有好文學,敬長上,肅政教,順鄉里,出入不悖所聞者,令相長丞上屬所二千石,二千石謹察可者,當與計偕,詣太常,得受業如弟子。'"《漢書‧終軍傳》載,"初,軍從濟南步入關,關吏予軍繻。軍問:'以此何爲?'吏曰:'爲復傳,還當以合符。'軍曰:'大丈夫西遊,終不復傳還。'棄繻而去。軍行郡國,所見便宜以聞,還奏事。上甚悦。"詩意謂孫莘老少年時已建功業。

"難待",難待蕉心之展也。

36.《秋夜病起懷端叔作詩寄之》:"人生無根柢,泛若凌波葑。"(p200)

周注:葑:菰根,即茭白根。《晉書·毛璩傳》:"四面湖澤,皆是菰葑。"

按,葑,指葑田,即"架田"。在湖沼中以泥土和植物封實而成的農田,可如木筏般漂浮於水面,隨波上下。故詩云"凌波"。馬戴《題鏡湖野老所居》詩:"樹喧巢鳥出,路細葑田移。"

37.《送蔡子驤用蔡子駿韻》:"上天何曾有官府,鸞鳳日日遭鞭撲。僧坊畫壁閱幾遍,神妙難忘獨金粟。"(202)

周注:"上天"四句:寫寺院壁畫。

按,前二句反用韓愈《奉酬盧給事雲夫四兄曲江荷花行見寄,並呈上錢七兄閣老張十八助教》詩"上界真人足官府,豈如散仙鞭笞鸞鳳終日相追陪"之意,謂官卑受辱。金粟,金粟如來。此指金粟寺,寺在浙江海鹽澉浦金粟山下,始建於三國吳赤烏年間。宋李正民有《題金粟維摩像》詩。

38.《次韻宋履中近謁大慶退食館中》:"病來怕飲東西玉,老去慚陪大小山。"(p205)

周注:大小山:指漢代淮南小山、淮南大山。

按,東西玉,即玉東西,酒杯名。張邦基《墨莊漫錄》:古有玉東西杯。黃庭堅《次韻吉老十小詩》詩:"佳人斗南北,美酒玉東西。"史容注:"酒杯名。"大小山:似借指宋慶曾、宋匪躬兄弟。

39.《正仲左丞生日》:"別數汾陽考,重鐫宋父銘。"(p207)

周注:宋父:春秋時魯人,昭公死外,故喪勞宋父。事見《春秋左傳·昭公二十五年》。

按，宋父，指孔子七世祖正考父。《左傳·昭公七年》載，正考父之祖弗父何讓國於宋厲公。正考父佐宋戴公、武公、宣公，貴爲上卿，作其家廟《鼎銘》曰："一命而僂，再命而傴，三命而俯。循墻而走，亦莫余敢侮。饘於是，粥於是，以糊余口。"以示恭謹之意。詩中以此讚美王正仲，功業愈高，而行爲愈檢點。

40.《寄新息王令藏春塢》："無言嬀女今焉在？桃李相傳恨未窮。"（p212）

周注：嬀女：事見《尚書·堯典》："釐降二女於嬀汭，嬪於虞。"

按，嬀女，指息嬀。《左傳·莊公十四年》："蔡哀侯爲莘故，繩息嬀以語楚子。楚子如息，以食入享，遂滅息。以息嬀歸，生堵敖及成王焉。未言。楚子問之，對曰：'吾一婦人，而事二夫，縱弗能死，其又奚言？'"此詩合用息夫人不言與桃李無言二典。

41.《春日五首》："金屋舊題煩乙子。"（p213）

周注：乙子：圖書分類名稱。《舊唐書·經籍志》："四部者，甲乙丙丁之次也。甲部爲經……乙部爲史……丙部爲子……丁部爲集。"

按，乙子，即燕子。《説文》謂乙爲玄鳥。柳宗元《天對》："胡乙觳之食。"注："乙，通作鳦，玄鳥也。"此謂燕巢於金屋中。蕭詮《詠銜泥雙燕》詩："銜泥金屋外。"樊晦《燕巢賦》："頡頏金屋。"

42.《次韻范淳甫戲答李方叔饋筍兼簡鄧慎思》："論羹未愧蓴千里，入貢當隨傳一封。"（p217）

周注："論羹"句：用張翰"蓴羹鱸膾"典。

按，典出《世説新語·言語》："陸機詣王武子，武子前置數斛羊酪，指示陸曰:卿江東何以敵此?"陸曰:"有千里蓴羹,但未下鹽豉耳。"

43.《西城宴集元祐七年三月上巳日詔賜館閣官花酒以中澣日遊金明池瓊林苑又會於國夫人園會者二十有六人二首》:"猶恨真人足官府,不如魚鳥自飛沈。"(p233)

周注:真人:謂有才德之人。《世説新語·德行》:"太史奏真人東行。"

按,二語意本韓愈《奉酬盧給事》詩:"上界真人足官府,豈如散仙鞭笞鸞鳳終日相追陪。"真人謂仙人。秦詩以比館閣之官。

44.《次韻奉酬丹元先生》:"勸解冠上纓,一濯含風漪。"(p235)

周注:冠上纓:冠纓繫於頤下,喻任官職。

按,此用《孟子·離婁》:"有孺子歌曰:滄浪之水清兮,可以濯我纓。"解纓以濯,謂解官歸隱。

45.《進南郊慶成詩》:"三錢封内帑。"(p238)

周注:三錢:即三幣,三種貨幣。《管子·國蓄》:"以珠玉爲上幣,以黄金爲中幣,以刀布爲下幣。"

按,《史記·越王句踐世家》載,楚王每當有赦,"常封三錢之府"。詩謂南郊慶成,將有赦也。三錢,賈逵注謂指赤、白、黄三等金幣。

46.《送蔣穎叔帥熙河二首》:"匈奴右臂落清鐏。"(p246)

周注:謂穎叔在飲酒之間就能收復失地,使西夏失去右臂。

按,《漢書·張騫傳》載,漢與西域諸國通,"則是斷匈奴右臂也"。

47.《和黄冕仲寄題延平冷風閣》:"冷風三伏是清秋。"(p251)

周注:《演山集》卷九有《次冷風閣之韻》二首,其大旨云此閣在九龍峰下,山川纖塵不染,猿啼鶴翔,高人能御冷風入九秋,作逍遥遊。

按,"冷風",當爲"泠風"。黄裳有《次泠風閣之韻》詩。語本《莊子·逍遥遊》"夫列子御風而行,泠然善也"之語。

48.《南京妙峰亭》:"金錘初控頤,已復東方作。"(p255)

周注:金錘:鐵椎。《漢書·賈山傳》:"(山)説秦之馳道:首廣五十步,三丈而樹,厚築其外,隱以金椎,樹以青松。"服虔曰:"隱,築也,以鐵椎築之。"師古曰:"築令堅實而使隆高耳。"椎,通作槌、錘,見《集韻》。頤:助詞。此句謂神宗駕崩後朝廷控制局勢。作:興起。《易·乾·文言》:"聖人作而萬物睹。"東方作,東方日出。

按,二語本《莊子·外物》:"儒以詩禮發冢,大儒臚傳曰:'東方作矣,事之何若?'……儒以金椎控其頤,徐别其頰,無傷口中珠。"此當以諷王安石新法。

49.《次韻羅正之惠綿扇》:"有人充户修明月,無女乘鸞向紫煙。"(p263)

周注:充户:滿户。充户皆月光,此以圓扇喻圓月,使滿室生輝。

按,此典見段成式《酉陽雜俎》卷一,謂大和中鄭仁本遊嵩山,見一人,自言月乃七寶合成,常有八萬二千户修之,己即修月人之一,次句本江淹《擬班婕妤詠扇》詩:"畫作秦王女,乘鸞向煙霧。"全聯似從王安石《題畫扇》"玉斧修成寶月團,月中似有女乘鸞"脱化。

50.《春詞絶句五首》:"淺色御黄應好在,爲誰還發去年枝。"(p269)

周注:"淺色"二句:謂思念故園花木。其中一種樹木可作黄色染料。

按,御黄,即御衣黄,牡丹名。鈕琇《觚賸·牡丹述》:"御衣黄,俗名老黄,曉視甚白,午候轉爲淺黄。"

51.《東城被盜得世字》:"誰云同室鬭,函丈莫相繼。慚無牛缺賢,幸脱燕人氓。"(p290)

周注:函丈:《禮·曲禮上》:"席間函丈。"《注》:"函猶容也,講問宜相對容丈,足以指畫也。"後用以稱呼尊敬的人。燕人氓:指荊軻刺秦王事。

按,函丈,當指同室者。燕人氓,典出《列子·説符》:"牛缺爲大儒,盜懼其賢而殺之。燕人以此爲戒,後果遇盜,卑辭請物,盜怒曰:'既爲盜矣,仁將焉在?'遂殺之。"詩下文"亡弓豈須求,失馬不必涕",亦用其意。

52.《口號》:"莫思身外無窮,且睹尊前見在。"(p294)

周注:"莫思"二句:用杜甫《絶句漫興九首》句意:"莫思身外無窮事,且盡生前有限杯。"

按,二句本牛僧孺《席上贈劉夢得》詩:"休論世上升沈事,且鬭尊前見在身。"

53.《題法海平闍黎》:"寫得彌陀七萬言。"(p312)

周注:彌陀:阿彌陀佛之簡稱。佛教浄土宗之教主。此指佛經。

按,七萬言,此指《楞嚴經》。《楞嚴經》全書共十卷,七萬餘言。爲浄土宗之重要經典。此謂在寺中鈔寫佛經。

54.《白鶴觀》:"複殿重樓墮杳冥。"(p314)

周注:"複殿"二句:謂白鶴觀樓殿已墮,空餘故基喬木。

按,詩言樓觀突現,恍如從天而降。白鶴觀,唐高宗敕建,廬山名勝。蘇軾常獨遊此,觀棋有詩。當時未嘗毀墮。

(2001 年 12 月讀畢)

《陳寅恪詩箋釋》校讀札記

十年前,中山大學出版社約撰王國維、陳寅恪二先生詩注,我貿貿然答允了。一年後,《王國維詩詞全編校注》完稿付印,而陳詩注則屢作而屢止,迄今未成。日前得悉胡文輝君《陳寅恪詩箋釋》出版(廣東人民出版社,2008年6月第一版),大喜,亟購歸,讀之數日。胡君謂注陳詩,"古典尤難於今典",我恰與之相反,覺古典較易而今典極難。讀《箋釋》時,偶有異見,即隨手識於書眉。今綴拾眉批,草就此文,寄呈胡君求教。

一、注釋有誤

1.《自瑞士歸國》詩:"螢嘒乾坤矜小照。"注:"嘒,明亮;小照,肖像。"(p11)

按,嘒,此作動詞用。《詩·小星》:"嘒彼小星,三五在東。"小照,猶言微光、微照。句意謂,流螢閃爍於天地之間,猶誇矜其微照。

2.《無題》詩:"金犢舊遊迷紫陌。"注:"金犢,即牛犢。"(p18)

按，金犢，指金犢車，富貴人家所用的華麗的牛車。韋莊《延興門外》詩："芳草五陵道，美人金犢車。"温庭筠《江南曲》："流蘇持作帳，芙蓉持作梁。出入金犢幰，兄弟侍中郎。"陳詩中用此詞，暗示自己的貴家子弟身分。

3.《楊遇夫寄示自壽詩五首即賦一律祝之》詩："寂寞玄文酒盞深。"注云："玄文，天書，或深奧的文字；指楊文所考釋甲骨文、金文。"（p187）

又《一榻》詩"蜀郡玄文終寂寞"，注云："此處'蜀郡玄文'，當指西晉時左思所作《蜀都賦》。"（p868）

按，玄文，指《太玄》，漢揚雄著。《漢書·揚雄傳》："揚雄，字子雲，蜀郡成都人也。""哀帝時丁、傅用事，諸附離之者或起家至二千石。時雄方草《太玄》，有以自守，泊如也。"揚雄亦自謂"惟寂惟寞，守德之宅"，又載"劉棻嘗從雄學作奇字"，又謂雄"家素貧，耆酒，人希至其門，時有好事者載酒肴從遊學。"陸龜蒙《記事》詩："駿骨正牽鹽，《玄》文終覆醬。"前首以揚雄喻楊樹達。後首自喻。挽王國維聯"待檢玄文奇字"，則以喻王氏。

4.《十年詩用聽水齋韻》詩："舊聞柳氏誰能次。"注："舊聞柳氏，指李德裕'次柳氏舊聞'。"又云："陳詩稱'誰能次'，由'次'字可知當指《次柳氏舊聞》。"又謂："唐代，另有《柳氏小說舊聞》（已佚），舊題柳公權撰。"（p228）

按，"舊聞柳氏"，實指史臣柳芳所編之"舊聞"，與柳公權之《柳氏小說舊聞》無涉。李德裕《次柳氏舊聞序》亦云："愧史遷之該博，惟次舊聞。"次，編次。詩稱"誰能次"，謂而今誰能如李德裕之編次柳氏"舊聞"一類之書也。慨歎無人能撰述晚清之史事。

5.《乙酉七七日……》詩："花門久已留胡馬，柳塞翻教拔漢旌。"注："柳塞，似同柳營；西漢周亞夫治軍嚴明，其軍駐細柳，號細柳營。"（p239）

按，古邊塞常植柳。唐許景先《折柳篇》："自憐柳塞淹戎幕。"清代在山海關至吉林一帶以柳樹作邊牆，稱爲"柳條邊"。陳詩中當指東北地區。

6.《庚寅元夕用東坡韻》詩："山河已入移春檻。"注："此處'移春檻'似指能重顯現實影像於眼前的電影。"(p389)

按，移春檻，其作用可隨時看花。陳氏時已至廣州，四季如春，到處花開，故以設喻。呼應上句"一冬無雪有花妍"。

7.《答冼得霖陳植儀夫婦》："昭琴雖鼓等無絃。"注："昭，通韶，美好。"(p442)

按，昭琴，語本《莊子·齊物論》："有成與虧，故昭氏之鼓琴也；無成與虧，故昭氏之不鼓琴也。"成玄英疏："姓昭，名文，古之善鼓琴者也。夫昭氏鼓琴，雖云巧妙，而鼓商則喪角，揮宮則失徵，未若置而不鼓，則五音自全。"陳詩亦取此意。

8.《次前韻再贈少濱》詩："鶴歷堯年豈畏寒。"注云："鶴，古代傳說鶴壽千年，故用爲祝壽語；堯年，傳說上古帝堯壽一百六十歲，借指長壽。"(p491)

《去歲大寒》詩："耐寒敢比堯時鶴。"又(p811)

按，語本南朝宋劉敬叔《異苑》卷三："晉太康二年冬，大寒。南州人見二白鶴語於橋下曰：'今茲寒，不減堯崩年也。'於是飛去。"同時遺老勞乃宣《和沈盦守歲感賦用元遺山甲午除夕詩韻》："舊歲幾人思漢臘，寒宵有鶴話堯年。"同此用意。

9.《錢受之東山詩集……》詩："誰爲謝公轉一語：東山妓即是蒼生。"注云："此句完全挪用龔自珍《己亥雜詩》……故上句稱'轉一語'。"(p548)

按，轉一語，爲佛教禪宗打機鋒之語，謂撥轉心機，使人大悟。蘇軾《塵外亭》詩:"戲留一轉語,千載起攘袂。"張侃《園丁報秀野對岸芙蓉盛開》詩:"向來爲渠轉一語,欲絆秋光堅不住。"

10.《戲和榆生先生荔枝七絶》:"誰賞羅襦玉内含,獻到華清妨病齒。"注云:"此句暗用杜牧《過華清宫》'一騎紅塵妃子笑,無人知是荔枝來'之典,謂貢獻荔枝給正在華清宫的楊貴妃。"(p549)

按,相傳楊貴妃病齒畏酸,後世畫家每繪爲圖。黄庭堅《跋楊妃病齒圖》:"余觀玉環病良苦,豈非坐多食側生,遂動摇其左車乎!"側生,指荔枝。左思《蜀都賦》:"旁挺龍目,側生荔枝。"左車,左齒。元馮子振《題楊妃病齒圖》亦云:"華清宫,一齒痛。"王夫之《長相思》詞:"丹荔新餐玉液濃。楊妃病齒紅。"詩中以荔枝自況,謂己如側生之荔枝,不宜宫中左車有病之人也。胡注又云:"羅襦,細密的網,指荔枝果殻與果肉間的薄膜。"按,羅襦,猶言羅衣,指荔枝外殻。蘇軾《四月十一日初食荔支》詩:"特與荔子爲先驅,海山仙人絳羅襦,紅紗中單白玉膚。"

11.《無題》詩:"世人欲殺一軒渠。"注云:"軒渠,笑悦狀;當指胡適親和含笑的形象。"(p573)

按,一軒渠,猶言一笑。方岳《鄭僉判取蘇黄門圖史園囿文章鼓吹之語爲韻見貽輒復賡載》詩:"奮髯一軒渠,要亦何足云。"句意謂世人皆欲殺之,此事真可付諸一笑。

12.《無題》詩:"處身夷惠泣枯魚。"注云:"泣枯魚,暗用成語涸轍之'鮒'。"並引《莊子》以證。(p578)

按,泣枯魚,出自漢詩:"枯魚過河泣,何時悔復及。作書與魴鱮,相教慎出入。"(見《樂府詩集》卷七四)前人謂此爲罹禍者規友之語。詩意亦用此。

13.《舊曆七月十七日……》詩:"侏儒方朔俱休説。"注引《漢武故事》中東方朔偷王母桃之事,並謂"此處當借指仙人長生不老,反襯作者夫婦已入老境"。(p618)

按,典出《漢書·東方朔傳》:"朱儒長三尺餘,奉一囊粟,錢二百四十。臣朔長九尺餘,亦奉一囊粟,錢二百四十。朱儒飽欲死,臣朔飢欲死。"詩中用此,謂經濟待遇不合理,生活困難。

14.《答王嘯蘇君》詩:"歸舟濡滯成何事,轉恨論文失此賢。"注謂此賢,"當指趙元任"。論文之"文",爲文字之"文",意謂"當指無法再與趙氏咬文嚼字"。(p688)

按,據詩意,此賢,當指王嘯蘇。追悔當年自己歸舟濡滯,未能溯被王氏也。

15.《箋釋錢柳因緣詩……》詩:"機雲逝後英靈改。"注謂:機雲,指陸機、陸雲。"此處疑喻指同爲松江人的陳子龍","似謂陳子龍抗清兵敗而自殺殉國,此後山河易主,天地間英靈之氣遂亦銷沈。"(p710)

按,詩語本宋人龐元英《談藪》:"謝希孟在臨安狎娼陸氏,象山(陸九淵號)責之曰:'士君子朝夕與賤娼女居,獨不愧於名教乎?'希孟敬謝,謂後不敢。它日,復爲娼造鴛鴦樓。象山聞之,又以爲言。謝曰:'非特建樓,且有記。'象山喜其文,不覺曰:'樓記云何?'即口占首句云:'自遜、抗、機、雲之死,英靈之氣,不鍾於世之男子,而鍾於婦人。'象山默然。"陳詩用此,謂柳如是爲英靈之氣所鍾,故勝於男子也。柳亦娼女出身,用陸氏之典甚切。

16.《觀桂劇桃花扇劇中以香君沈江死爲結局感賦二絶》詩:"可憐濁世佳公子,不及辛夷況李花。"注云:"李花當是比喻李香君,而辛夷疑比喻柳如

是。"並引陳氏分析謝三賓白辛夷詩,謂辛夷"實指河東君肌膚潔白而言"。(p740)

按,上句語出《史記·平原君列傳》:"平原君,翩翩濁世之佳公子也,然未睹大體。"下句出自《桃花扇·眠香》。侯朝宗爲李香君作定情詩,有"青溪盡是辛夷樹,不及東風桃李花"之句。鄭妥娘打諢道:"俺們不及桃李花罷了,怎的便是辛夷樹?"陳詩意謂侯朝宗這位不識大體的濁世佳公子,在氣節上連鄭妥娘等妓女都不如,何況是殉國的李香君呢。鄭妥娘能詩,錢謙益《列朝詩集·閏集》錄鄭如英(妥娘名)詩七首,稱其"有出世之想"。錢氏《金陵雜題絶句》亦云:"閒閒閏集教孫女,身是前朝鄭妥娘。"突出"前朝"二字,亦見妥娘之志節。

17.《庚子春張君秋來廣州演狀元媒新劇……》詩:"金鎖初除欲語時。"注云:金鎖,"此處似借指劇中的珍珠衫"。(p742)

按,《狀元媒》演柴郡主招宋將楊延昭爲郡馬事。金鎖,金鎖甲。馬戴《關山曲》:"金鎖耀兜鍪。"崔顥《古遊俠呈軍中諸將》:"錯落金鎖甲,蒙茸貂鼠衣。"詩語謂楊氏脱下金鎖甲入洞房也。

18.《壬寅中秋夕博濟醫院病榻寄内》詩:"清光三五共離憂。"注云:"三五,約數,表示不多。"(p785)

按,三五,猶言"十五"。清光三五,謂八月十五中秋夜之月光。《古詩十九首》:"三五明月滿。"洪皓《木蘭花慢》:"尋常對三五夜,縱清光、皎潔未精妍。"

19.《甲辰元夕作次東坡韻》:"猶存先祖玄貂臘。"注:"臘,臘酒,臘月所釀","玄貂臘……此處僅借以形容美酒。"(p814)

按，臘，漢代祭祀名。漢代以戌日爲臘，即冬至後第三個戌日。《後漢書·陳寵傳》載，王莽篡漢後，陳咸"父子相與歸鄉里，閉門不復出入，猶用漢家祖臘。人問其故，咸曰：'我先人豈知王氏臘乎？'"《漢書·元后傳》："令其官屬黑貂，至漢家正臘日，獨與其左右相對飲酒食。"詩中合用陳咸漢家祖臘及漢元后黑貂度臘之典，謂不忘故國之禮法風俗。詩中"存玄貂臘"，猶詩序所云"元夕張燈，猶存舊俗"之意。

20.《戲題有學集高會堂詩後》詩："可憐詩序難成讖，十月桃花欲笑時。"注云："此處'詩序'似指錢謙益《列朝詩集序》。"(p837)

按，詩序，當指《高會堂酒闌雜詠序》。難成讖，謂序中所云"十月之桃花欲笑"的小陽春未能成讖，暗示復明運動失敗，明室難以中興。

21.《乙巳冬日讀清史后妃傳有感於珍妃事爲賦一律》詩："傷心太液波翻句。"陳氏自注："玉谿生詩悼文宗楊賢妃云：'金輿不返傾城色，玉殿猶分下苑波。'雲起軒詞'聞說太液波翻'即用李句。"胡氏注："按，由字面看，文廷式詞似未必與李商隱詩有關，陳氏謂其用李商隱句，未知何據。劉錚則指出'太液波翻'見柳永《醉蓬萊》詞。"(p913)

按，劉錚所言是，惜未深究，失之交臂。王闢之《澠水燕談錄》卷八載，宋仁宗讀柳永《醉蓬萊慢》詞，"見首有'漸'字，色若不悅，讀至'宸遊鳳輦何處'，乃與御製真宗挽詞暗合，上慘然。又讀至'太液波翻'，曰：'何不言"波澄"？'乃擲之於地。永自此不復進用"。"太液"句，與真宗挽詞暗合，太液爲宮中之池，珍妃被溺宮井水中，故文廷式詞用此，以挽珍妃。陳氏偶不察，誤以爲用李商隱句耳。

22.《丙午元旦作》："一自黃州爭說鬼。"注云："黃州疑指林彪。"(p918)

按，一九六五秋冬間，全國各地奉命大量印刷《不怕鬼的故事》一書，並要求各單位組織學習討論，以鼓吹鬭爭精神，詩意似指此。

二、注釋欠準確

有些詩句詞語，箋釋者亦作了一些解釋，或未注出典，未把典故與詩意結合起來，故注釋往往顯得浮泛，有時甚至偏離了原意。

1.《己亥秋日遊 Les Voges 山》詩"布襪真成遍九夷"，注："布襪，指平民裝束。"(p9)

按，杜甫《奉先劉少府新畫山水障歌》："若耶溪，雲門寺，吾獨胡爲在泥滓？青鞋布襪從此始。"後人用"布襪"一詞，專指行裝。如蘇軾"已辦布襪青行纏"、楊萬里"布襪青鞋已懶行"，俱是。

2.《殘春》之一："棄世君平俗更親。"注云："君平，嚴君平，名遵，西漢蜀郡人；一生不仕，《漢書》記他曾卜筮於成都市。"(p116)

按，詩語本鮑照《詠史》詩："君平獨寂寞，身世兩相棄。"李善注："身棄世而不仕，世棄身而不任。"李白《古風》之十三："君平既棄世，世亦棄君平。"

3.《壬午桂林雁山七夕》詩："羿彀舊遊餘斷夢。"注引《莊子》，謂"借指塵網或人世的危險"。又謂："舊遊，舊友。'餘斷夢'云云，當指朋友去世。"並謂指許地山。(p170)

按，"羿彀"一詞，在抗戰期間爲文人習用。后羿爲射日者，羿彀，即后羿之箭所及處，因以喻日占區，淪陷區。詩人熊潤桐淪陷期間詩集名爲《羿彀集》，即取此意。陳詩中的"羿縠"，指已淪陷的香港。"遊"，謂遊羿縠，蘇軾《哭王子立次兒子迨韻》詩："偶落藩牆上，同遊羿縠中。"楊時《寄湘鄉令張世賢》詩："身遊羿縠偶相逢。"舊遊，謂已舊日曾遊，蘇軾《泗州除夜雪中黃師是送酥酒》詩："舊遊似夢徒能說？"詩與許地山之死無涉。

4.《答冼得霖陳植儀夫婦》詩："著書勳業誤蟫仙。"注云："蟫仙，指蠹，蝕書蟲。此謂勤於翻檢書籍，以致蠹魚無法安身書叢。"（p442）

按，蟫仙，典出唐人皇甫氏《原化記》，謂《仙經》載，蠹魚三食神仙字，則化爲脈望。人得而吞之，可致神仙。陳詩中用此，當有深意，未敢妄測。似謂所著之書無所用，將爲蠹魚所食也。

5.《次韻和朱少濱癸巳杭州端午之作》："南遊已記玄蛇歲。"注云："玄蛇歲，此年干支爲癸巳，屬蛇，即一般所謂蛇年；稱'玄蛇'者，不過與下句'白虎'爲對耳。"（p494）

按，玄蛇，猶言黑蛇。古代以十天干配五行。分別以甲乙、丙丁、戊己、庚辛、壬癸與木、火、土、金、水相配。五行又與五色相配，即木青、火赤、土黃、金白、水黑。癸屬水，黑。故云。

6.《甲午元旦……》詩："紅燭高燒人並照。"注引唐朱慶餘"洞房昨夜停紅燭"句。（p538）

按，語本蘇軾《海棠》詩："祇恐夜深花睡去，更燒高燭照紅妝。"

7.《壬寅小雪夜病榻作》："今生積恨應銷骨。"注云："銷骨，形容極度哀傷。"（p786）

按，語本漢鄒陽《獄中上書自明》："衆口鑠金，積毀銷骨。"

8.《入居病院……》詩："不比遼東木榻穿，那能形毀尚神全。"注云："二

句'神全'即用《三國志》'志行所欲必全'語。"(p787)

按,詩語本《莊子·天地》:"執道者德全,德全者形全,形全則神全,神全者聖人之道也。"陸游《梅花》詩:"神全形枯近有道。"詩意謂自己臏足形毁,神已不全,故未能如管寧之高蹈也。

9.《入居病院……》:"酒兵愁陣非吾事,把臂詩魔一粲然。"注云:"酒兵愁陣,元好問《追錄洛中舊作》詩:'酒兵易壓愁城破。'""把臂詩魔,形容詩興大發。"(p789)

按,二語本韓偓《殘春旅舍》詩:"禪伏詩魔出靜域,酒衝愁陣出奇兵。"唐彦謙《無題》詩:"酒兵無計敵愁腸。"

10.《甲辰四月贈蔣秉南教授》詩:"擬就罪言盈百萬。"注云:"原指不當其位而進言;此處當指待罪之言。"(p822)

按,語出杜牧《罪言》:"國家大事,牧不當言,言之實有罪,故作'罪言'。"

11.《乙巳正月三日立春作》詩:"回黄轉緑未移時。"注云:"回黄轉緑,原指草木秋冬黄落,春日返緑,多形容時序變遷,世事變化。"(p883)

按,語本晉雜曲歌辭《休洗紅》:"新紅裁作衣,舊紅番作裏。回黄轉緑無定期,世事反復君所知。"陳詩全采其意。若不注出,終隔一層。

12.《乙巳元夕……》詩:"靈谷煩冤應夜哭,天陰雨濕隔天涯。"注云:"煩冤,冤屈。"(p888)

按,詩語本杜甫《兵車行》:"新鬼煩冤舊鬼哭,天陰雨濕聲啾啾。"陳詩全用杜意,以見痛悼之情。

13.《乙巳元夕次東坡韻》:"姮娥不共人間老,碧海青天自紀元。"注云:"似反用李賀《金銅仙人辭漢歌》'天若有情天亦老'句。"(p889)

按，姮娥，爲奔月者，此喻去國之人，當有所指。"自紀元"，猶《庚寅元夕》詩"知否姮娥自紀元"之意，亦有所指，未敢妄測。

14.《乙巳七夕》詩："銀漢已成清淺水。"注："此句用七夕鵲橋典。"（p900）

按，語本《古詩十九首》："河漢清且淺，相隔復幾許。盈盈一水間，默默不得語。"李商隱《燕臺四首·秋》詩："但聞北斗聲回環，不見長河水清淺。"陳詩全采其意。

15.《又題紅梅圖……》詩："翠袖終留倩女魂。"注云："翠袖，泛指女子裝束，亦指代女性。"（p916）

按，唐人陳玄祐《離魂記》載，清河張鎰之幼女倩娘，離魂與王宙結合。張炎《疏影·梅影》詞："依稀倩女離魂處。"用倩女離魂之典以詠梅。本詩中以喻圖畫能攝取梅之精神。

三、漏注出處

陳寅恪爲詩，謹守江西家法，每好化用前人詩語。胡氏箋釋時能指出所本，但漏注頗多，兹就記憶所及，略舉數例如下：

1.《影潭先生避暑居威爾士雷湖上戲作小詩藉博一粲》詩："少回詞客哀時意。"（p22）語本杜甫《詠懷古迹》之一："詞客哀時且未還。"

2.《吳氏園海棠二首》之一："此生遺恨塞乾坤。"（p104）《枕上偶憶……》詩："人生終有死，遺恨塞乾坤。"（p896）語本宋人何栗《在敵營作》

詩："人生合有死，遺恨滿乾坤。"

3.《藍霞》詩："國破花開濺淚流。"(p113)《己丑清明日作》詩："眼枯無淚濺花開。"(p339)語本杜甫《春望》詩："國破山河在"、"感時花濺淚"。《藍霞》詩："此恨綿綿死未休"，本白居易《長恨歌》："此恨綿綿無盡期。"

4.《蒙自雜詩》其三："人間從古傷離別。"(p130)語本柳永《雨淋零》詞："多情自古傷離別。"

5.《予挈家由香港抵桂林……》詩："二月昏昏醉夢過。"(p166)語本李涉《題鶴林寺》詩："終日昏昏醉夢間。"

6.《挽張蔭麟二首》之一："回憶當時倍惘然。"(p175)語本李商隱《無題》詩："此情可待成追憶，祇是當時已惘然。"

7.《飛昆明赴英醫眼疾》詩："著書無命復如何？"(p274)語本李商隱《籌筆驛》詩："關張無命復何如？"

8.《大西洋舟中紀夢》詩："風波萬里人間世，願得孤帆及早回。"(p289)語本李商隱《無題》詩："萬里風波一葉舟。"陳詩多次用此，宜於首次出現時注出。

9.《丙戌春遊英歸國舟中作》詩："人生終古長無謂。"(p290)語本李商隱《無題》詩："人生豈得長無謂。"

10.《北朝》詩："淚漬千秋紙上塵。"(p297)《題小忽雷傳奇舊刊本》詩："淚灑千秋紙上塵。"(p852)《癸巳秋夜……》詩："悵望千秋淚濕巾。"(p517)語本杜甫《詠懷古迹》詩"悵望千秋一灑淚。"

11.《客南歸述所聞戲作一絕》詩："青山埋骨願猶虛。"(p518)語本蘇軾《獄中寄子由》詩："是處青山可埋骨。"

12.《乙未陽曆元旦詩意有未盡復賦一律》詩："歌哭無端紙一堆。"(p598)此亦用龔自珍《己亥雜詩》："歌哭無端字字真。"

13.《題王觀堂人間詞及人間詞話新刊本》詩："文章得失更能知。"(p705)語本杜甫《偶題》詩："文章千古事,得失寸心知。"

14.《歲暮背誦桃花扇餘韻中哀江南套以遣日聊賦一律》詩："南朝北里有情癡。"(p878)語本歐陽修《玉樓春》詞："人生自是有情癡,此恨不關風與月。"歐陽炯《花間集序》："自南朝之宮體,扇北里之倡風。"

15. 陳寅恪詩中多次用到"留命"一詞,含意甚深,惜注者未加注意。如《紅樓夢新談題辭》詩："青天碧海能留命。"(p21)《辛丑七月……》詩："留命任教加白眼。"(p756)《甲辰天中節……》詩："且留殘命臥禪牀。"(p834)《乙巳清明……》詩："不知留命爲誰來。"(p894)《丁亥除夕作》詩："可能留命見升平。"(p318)《乙未七夕讀義山馬嵬詩有感》詩："可能留命看枰收。"(p616)《乙巳春盡有感》詩："可能留命待今生。"(p898)按,語本李商隱《海上》詩："可能留命待桑田。"可能,猶言豈能。謂命不能待也。陳詩用此,語尤悲愴。"待桑田"三字,亦"留命"之潛臺詞,若不注出,其義失半。

四、應當詳注

有些詩句,字面意思一覽可了,其中實含典故,有些可注可不注,有些則非注不可。作爲詳細的箋釋本,若能全部注出,定可加深對詩意的理解。

1.《法京舊有選花魁之俗》詩："花王那用家天下,占盡殘春也自雄。"

(p14)語本蘇軾《雨晴後……》詩:"殷勤木芍藥,獨自殿殘春。"木芍藥即牡丹。

2.《殘春》詩:"家亡國破此身留。"(p117)語本《世説新語·賢媛》:"國破家亡,無心至此。"

3.《蒙自南湖》詩:"日暮人間幾萬程。"(p125)語本庾信《哀江南賦》:"日暮途遠,人間何世。"庾賦悲憤,若不注出,則詩人用意不顯。

4.《純陽觀梅花》詩:"更揩病眼上高臺。"(p371)按,高臺,指朝斗臺。純陽觀開山祖李青來所築,用以觀察星象。

5.《乙未七夕讀義山馬嵬詩有感》詩:"十二萬年柯亦爛。"注引袁枚《子不語》及曾國藩、錢鍾書詩,皆爲晚出者。(p616)按,説本北宋哲學家邵雍《皇極經世書》。邵氏以三十年爲一世,十二世爲一運,三十運爲一會,十二會爲一元。一元共十二萬九千六百年,世界歷史以此爲周期,周而復始,循環不已。陳詩用此,謂難以待到天地重開也。

6.《己卯春……》詩:"悔恨平生識一丁。"(p135)按,識一丁,語本《舊唐書·張弘靖傳》:"汝輩挽得兩石力弓,不如識一丁字。"陸游《雜感》詩:"勸君莫識一丁字,此事從來誤幾人。"亦暗用蘇軾《石蒼舒醉墨堂》詩:"人生識字憂患始。"

7.《挽張蔭麟二首》之二:"大賈便便腹滿腴,可憐腰細是吾徒。"(p179)按,"腰細"一詞,本《後漢書·馬廖傳》:"楚王好細腰,宮中多餓死。"若不注出,則"餓死"之義不顯。

8.《甲申春日謁杜工部祠》詩:"一樹枯楠吹欲倒。"(p189)按,杜甫有《枯楠》詩,郭知達注謂詩意"傷抱材者老死丘壑,而不材者見用",亦陳詩之意。

9.《丙辰六十七歲……》詩:"晚歲爲詩欠斫頭。"(p650)按,"斫頭",語出《三國志·張飛傳》。張飛生獲嚴顏,"令左右牽去斫頭,顏色不變,曰:'斫頭便斫頭,何爲怒邪!'"欠斫頭,暗用《資治通鑑》卷第八十九:"[卜崇曰]吾輩年踰五十,職位已崇,惟欠一死耳。安能屈首低眉,以事閹豎耶?"

10.《丁亥春日……》詩:"世亂佳人還作賊。"注:"用成語'卿本佳人,奈何作賊'。"(p305)按,引用應注出處。《南史·韋睿傳》附韋鼎傳:"開皇十三年,(韋鼎)除光州刺史,以仁義教導,務弘清静。州中有土豪,外修邊幅而内行不軌,常爲劫盗,鼎於都會時謂之曰:'卿是好人,那忽作賊。'"《晉書·陶侃傳》:"王貢復挑戰,侃遥謂之曰:'杜弢爲益州吏,盜用庫錢,父死不奔喪。卿本佳人,何爲隨之也,天下寧有白頭賊乎。'"

11.《葉遐庵自香港寄詩詢近狀賦此答之》詩:"道窮文武欲何求。"(p372)按,道窮,語本《史記·孔子世家》:"及西狩見麟,曰:'吾道窮矣!'喟然歎曰:'莫我知夫!'"文武,文武之道,指周文王、武王修身之道、禮樂文章。《論語·子張》:"文武之道未墜於地。"張懷瓘《二王等書録》:"文武之道今夜窮乎?"

12.《從化温泉口號二首》之二:"冷暖隨人腹裏知。"(p647)按,語出禪宗語録。唐人希運《黄檗山斷際禪師傳心法要》:"如人飲水,冷暖自知。"

13.《乙巳正月三日立春作》詩:"聞歌易觸平生感。"(p882)語本嵇康《聲無哀樂論》:"聽歌而感。"鄭樵《論詩聲》亦云:"人之情,聞歌而感。"若能再注《世説新語·任誕》:"桓子野每聞清歌,輒唤奈何。"則詩意全出了。

14.《戊辰中秋夕渤海舟中作》:"影底河山頻换世。"注:"影底河山,《錦繡萬花谷》前集卷一引《淮南子》:'月中有物婆娑者,乃山河影也,其空處海水影。'"(p75)又《辛丑中秋》詩:"小冠那見山河影。"(p768)

　　按,傳世本《淮南子》中實無此語。且《錦繡萬花谷》引文錄自宋人潘自牧編纂的類書《記纂淵海》卷二,而最早出處應爲唐人段成式《酉陽雜俎》卷一:"月中蟾桂,地影也;空處,水影也。"

(本文撰於 2008 年 11 月,刊載於《華學》2014 年第 5 期)

《樂章集校注》辨誤

中華書局出版的"中國古典文學基本叢書",校勘精審,注釋詳明,海內外學界均有很高的評價。近日閱讀叢書中由薛瑞生校注的《樂章集校注》(1997年12月重版),發現其《箋注》及《附考》有上百處失誤,茲擇其尤者與校注者商榷。

一、全詞考釋錯誤者

1.《玉樓春》詞:"昭華夜醮連清曙。金殿霓旌籠瑞霧。九枝擎燭燦繁星,百和焚香抽翠縷。　香羅薦地延真馭。萬乘凝旒聽秘語。卜年無用考靈龜,從此乾坤齊曆數。""鳳樓鬱鬱呈嘉瑞。降聖覃恩延四裔。醮臺清夜洞天嚴,公宴淩晨簫鼓沸。　保生酒勸椒香膩。延壽帶垂金縷細。幾行鵷鷺望堯雲,齊共南山呼萬歲。"(p48)

《箋注》摘引《漢武帝內傳》,謂"詞與傳相對觀,符契如一,乃傳之詞化"。又云:"真馭,神仙。真,真人。馭,馭風客。""〔萬乘句〕天子屏息靜氣聽着神仙對他傳授仙家秘訣。"〔降聖句〕降聖，謂九天司命天尊。……十月二十四日降延恩殿爲降聖節。"《附考》："然此詞明寫漢武帝，實寫宋真宗。""大中祥符元年正月三日天書降……當更以作於大中祥符元年爲宜。"

按，二詞當寫大中祥符五年十月戊午"聖祖"降於延恩殿事，與漢武帝之典無涉。《續資治通鑑長編》卷七九真宗大中祥符五年："戊午，九天司命上卿保生天尊降於延恩殿。先是八日，上夢景德中所睹神人傳玉皇之命云：'先令汝祖趙某授汝天書，將見汝。'……即於延恩殿設道場。是日，……天尊至……曰：'吾人皇九人中一人也，是趙之始祖，……皇帝善爲撫育蒼生，無怠前志。'即離坐，乘雲而去。"九天司命上卿保生天尊，爲聖祖趙玄朗之尊號。詞中"真馭"，謂聖祖仙駕；"秘語"，即聖祖對真宗所說的話語。

2.《玉樓春》詞："星闈上笏金章貴。重委外臺疏近侍。百常天閣舊通班，九歲國儲新上計。　太倉日富中邦最。宣室夜思前席對。歸心怡悅酒腸寬，不泛千鍾應不醉。"(p51)

《箋注》："〔星闈〕星，星郎。闈，宮旁門。""外臺，亦即宦官。""〔近侍〕近臣，親近左右之臣。""〔天閣〕《宋史》卷八《真宗紀》：'天禧四年，丁謂等請作天章閣奉安御書。'故知天章閣爲宋真宗藏書處。""〔通班〕通事或通事舍人，太子官屬，掌箋啓及參謁之禮與勞問之事。此處蓋指張武、宋昌等……後諫早立太子……張武、宋昌乃文帝爲代王時之官屬，正與通事舍人無異，故知此用其事耳。""〔國儲〕即太子。因太子爲國之儲君，故名。"《附考》："'九歲國儲'，指漢景帝。……景帝被立爲太子時方九歲。而文帝即位之初，即建國儲，故謂'新上計'。無獨有偶，宋仁宗被立爲太子時亦恰九歲……可見此詞明寫漢文帝，實寫宋真宗。故知此詞寫於宋真宗天禧二年(1018年)九月仁宗初被立爲太子時。"

按，"星闈"，猶言皇宮。"外臺"，後漢刺史置別駕、治中，諸曹掾屬，號爲外臺。因以代指御史。"近侍"，此當指宦官。古人認爲賢君應疏遠宦官，不令干政。"天閣"，即尚書臺。《初學記》卷十一引《宋元嘉起居注》："領曹郎中荀萬秋每設事緣私遊，肆其所之，豈可復參列士林，編名天閣，請免萬秋所居官。"荀萬秋官尚書左丞，故云。張南史《早春書事奉寄中書李舍人》詩："帝庭張禮樂，天閣繡簪裾。""通班"，謂通於朝班，徐陵《讓散騎常侍表》："洪私過誤，真以通班。"此指達官貴顯者。國儲，指國家之儲備。《隋書·食貨志》："常調之外，逐豐稔之處，折絹糴粟，以充國儲。"梅堯臣《許發運待制見過夜話》詩："許公運國儲，歲入六百萬。""九歲國儲"，猶言九年之蓄，謂太平時世，國家財政豐足。《禮·王制》："國無九年之蓄曰不足。"曹操《對酒》詩："三年耕有九年儲。"與柳永同時的宋祁《喜有秋》詩亦云："人驚萬箱入，天賜九年儲。""九年儲"即"九歲儲"。唐太宗《帝範·務農》："國無九歲之儲，不足備水旱。"《北史·韓麒麟傳》："古先哲王經國立政，積儲九稔，謂之太平。""上計"，地方官將戶口、錢糧等計簿上報，以資考績。張九齡《奉和聖製送十道采訪使及朝集使》詩："三年一上計，萬國趨河洛。"此詞歌頌皇帝的太平治績，與立太子事無涉。

3.《御街行》詞："燔柴煙斷星河曙。寶輦回天步。端門羽衛簇雕闌，六樂舜韶先舉。鶴書飛下，雞竿高聳，恩霈均寰宇。　赤霜袍爛飄香霧。喜色成春煦。九儀三事仰天顏，八彩旋生眉宇。椿齡無盡，蘿圖有慶，常作乾坤主。"(p69)

《附考》："《全宋詞》題曰'聖壽'，並注云：'題據毛校《樂章集》補。'然此詞乃頌御樓肆赦,已詳見注中,與'聖壽'毫無關涉。毛校誤,唐氏因之而失察,亦誤。又,《宋史》卷八《真宗紀》載:'(天禧)二年(1018年)秋七月壬申,以星變赦天下'……此詞或寫天禧二年大赦耳。"

按,此爲賀宋真宗聖壽之詞。上闋寫郊禮祭天後回駕頒佈赦書,下闋歌頌皇帝福壽綿長。"椿齡無盡"等皆祝壽常語。毛本與《全宋詞》題"聖壽",不誤。薛注所引星變大赦事,亦非。星變非吉兆,不當作此喜慶之詞。

4.《臨江仙》詞:"鳴珂碎撼都門曉,旌幢擁下天人。馬搖金轡破香塵。壺漿迎路,歡動帝城春。　揚州曾是追遊地,酒臺花徑猶存。鳳簫依舊月中聞。荆王魂夢,應認嶺頭雲。"(p204)

《箋注》:"〔荆王〕《漢書》卷三五《劉賈傳》:'荆王劉賈,高帝從父兄也。'……按,荆王魂夢,謂英雄之夢,建功立業之夢,非才子佳人之夢。〔嶺頭雲〕有別於巫山之雲,承上文,故云'應認'。"《附考》:"此亦爲投獻詞,其投獻對象當爲一劉姓而又有知揚仕履者。查《北宋經撫年表》,自宋太宗太平興國至哲宗元年間,劉姓之知揚者,唯劉敞一人耳。""此詞寫於劉離揚赴闕時也,當在嘉祐三年(1058年)春夏間。果否,待詳考。又,唐圭璋斷柳永卒於開皇五年(1053年),似有誤。"

按,荆王,即宋玉《高唐賦》中的楚王。孔範《賦得白雲抱幽石》詩:"能感荆王夢,陽臺雜雨歸。"李商隱《代元城吳令暗爲答》詩:"荆王枕上元無夢,莫枉陽臺一片雲。""荆王夢",已是定型的典實,古來詩文中無慮百十見,均無別說。劉賈其人其事皆無足道,且史書中未見有"魂夢"的記載,此無"夢"之"荆王"與有"夢"之"荆王"更無可比性。校注者從後世封爲"荆王"的人中挑出一位,以考定投獻對象爲劉姓,并推及柳永卒年,除此之外,別無佐證。全詞意旨皆誤。

5.《永遇樂》詞中有"天閣英游"、"吴王舊國"之語（p96）。

《箋注》謂"天閣"，即"天章閣"。《附考》謂："此詞亦投獻詞，投獻對象當爲既享有天章閣官銜又有戰功之蘇州太守。""符合'天閣英遊'、'漢守分麾'者唯滕宗諒一人而已。""《姑蘇志·守令表》載滕於慶曆七年（1047年）到任，不久即卒，故知此詞寫於慶曆七年無疑。"

按，"天閣"，指尚書臺，而非天章閣之簡稱。校注者據"天閣"一詞，從二十餘名蘇州太守中篩選出滕宗諒一人，又以此考定其寫作時間，亦大誤。

6.《千秋歲》詞，有"福無艾，山河帶礪人難老"之語。（p258）

《箋注》："〔無艾〕不足五十歲。《禮記·曲禮上》：'五十曰艾，服官政。'"《附考》："查北宋與柳永年齒相先後而入相位之吕姓者有三：吕蒙正（946—1011年）、蒙正之姪吕夷簡（979—1044年）、夷簡之子吕公著（1018—1089年）。然吕蒙正及艾之年時柳永尚爲十歲左右之蒙童，而吕公著至及艾之時柳永已卒，唯吕夷簡與柳永年齒相當，有可能成爲此詞之贈主。……夷簡入相時年四十四，正所謂'福無艾，山河帶礪人難老，''同一吕，今偏早'者是也。"

按，"無艾"，猶言"無盡"。此"艾"與《詩·大雅·庭燎》"夜未艾"、張元幹《紫巖九章章八句上壽張丞相》詩"福禄未艾"之"艾"字同義。艾，舊釋爲"久"或爲"盡"，而非指五十。"無艾"若解作"無五十"，亦不通。據此以考證投贈對象，亦屬無根。又，諸本均無此詞，校注者從《古今小説》錄出，似不宜徑作柳永的佚詞。

二、句意解釋錯誤者

1.《曲玉管》詞:"別來錦字終難偶。"(p33)

《箋注》:"意爲再不會有人像蘇蕙那樣寫回文詩寄所歡了。"

按,難偶,猶言難遇。馮延巳《金錯刀》:"麒麟欲畫時難偶。"柳詞意謂別後總收不到她的書信。

2.《笛家弄》詞:"豈知秦樓,玉簫聲斷,前事難重偶。"(p28)

《箋注》:"據《雲溪友議》載:唐韋皋少時游江夏,館於姜氏。姜氏有小青衣名玉簫,常令侍韋皋,因有情。韋歸,一別七年。玉簫死後再世,仍爲韋侍妾。下句'前事難重偶'即謂此。"

按,此仍用《列仙傳》中秦穆公女弄玉與蕭史的常典。李曾伯《賀新郎》詞:"寂寞金針紅綫女,枉玉簫、吹斷秦樓月。"同此用意。柳詞意謂與情人一別,舊歡不再。

3.《滿朝歡》:"因念秦樓彩鳳,楚觀朝雲,往昔曾迷歌笑。"

《箋注》:《事文類聚》:"杜大中起於行伍,妾能詞,有'彩鳳隨鴉'之句,杜恕曰:'鴉且打鳳'。"《洛陽伽藍記》:"河間王琛妓女三百人,皆國色。有婢朝雲,善吹,能爲《團扇》舞,《壟上》聲。"

按,"秦樓"句,用弄玉吹簫引鳳的常典。謝逸《西江月》詞:"便孤彩鳳秦樓。桃源不禁昔人遊。"同此用意。"楚觀"句,用巫山雲雨的常典。宋玉《高唐賦》有"望高唐之觀"一語,故云"楚觀",猶晁補之《江城子·贈次膺叔家姬娉》詞"楚觀雲歸,重見小樊驚"之"楚觀"。與杜大中、河間王琛府中之朝雲全無干係。又,《引駕行》詞:"幾許。秦樓永晝,謝閣連宵奇遇。算贈笑千金,酬歌百琲,盡成輕負。"薛注謂"謝閣"爲"謝公閣之省,即謝安閣。常稱謝公樓",亦誤。從未有稱謝公樓爲謝公閣者。按"謝閣",即謝娘家之閣。韋莊《浣溪沙》詞"小樓高閣謝娘家",溫庭筠《更漏子》詞"惆悵謝家池閣",即此。"秦樓"、"謝閣",均指妓所。

4.《受恩深》詞:"待宴賞重陽,恁時盡把芳心吐。陶令輕回顧,免憔悴東籬,冷煙寒雨。"(p39)

《箋注》:"意謂花落煙冷,陶令也會憔悴東籬,無悠然之興。"

按,此爲詠菊詞。用采菊東籬之常典。憔悴者爲菊,而非陶令。句意謂陶淵明愛賞菊花,免使它在東籬煙雨中獨自凋零。

5.《木蘭花》詞:"玲瓏繡扇花藏語。宛轉香茵雲襯步。"(p140)

《箋注》:"謂美女語聲從如花般繡扇中傳出,舞步如雲襯般輕妙。喻扇之豔,舞之妙,人之美。"

按,上句謂女子以繡扇掩口而歌,下句謂茵褥如雲,襯託着她的舞步。"雲襯般"一語費解。"藏"、"襯"二字皆動詞。

6.《過澗歇近》詞:"小閣香炭成煤。"(p162)

《箋注》:"熏爐中的香與暖爐中的炭已燒成了煙塵。煤,煙塵凝結物。"

按,香炭,以香料製的炭。非指香與炭二物。南朝梁吳均《行路難》詩:"金爐香炭變成灰。"

7.《女冠子》詞:"別館清閒,避炎蒸、豈須河朔。"(p207)

《箋注》:"河朔,謂黃河以北之地。《三國志》卷六《袁紹傳》:'振一郡之卒,撮冀州之衆,威振河朔,名重天下。'"

按,此用夏日避暑之"河朔飲"常典。《初學記》卷三引曹丕《典論》,謂劉松在河朔,"常以三伏之際,晝夜酣飲,極醉,至於無知,云以避一時之暑,故河朔有避暑飲。"錢起《避暑納涼》詩:"十旬河朔應虛醉。"文彥博《招仲通司封府園避暑》詩:"銜杯避暑稱河朔。"

8.《塞孤》詞:"遥指白玉京,望斷黃金闕。遠道何時行徹。"(p227)

《箋注》:"〔白玉京、黃金闕〕皆仙人所居之府。……此處均借指所歡美人之居。"

按,此爲離别行役之詞,玉京金闕,借指京城,猶王庭珪《臨江仙》詞之"玉京知好在,金闕尚崔嵬"。與美人無涉。

9.《傾杯樂》詞:"算伊别來無緒,翠消紅減,雙帶長抛擲。"(p243)

《箋注》:"〔雙帶〕《三國志》卷六《董卓傳》:'卓有才武,旅力少比,雙帶兩鞬,左右馳射。'……此句從行人落筆,故云。"

按,雙帶,此爲女子之服。劉孝綽《古意送沈宏》詩:"燕趙多佳麗,白日照紅妝。蕩子十年别,羅衣雙帶長。"駱賓王《從軍中行路難二首》其二:"雁門迢遞尺書稀,鴛被相思雙帶緩。"柳詞寫思婦,非寫行人。

10.《千秋歲》詞:"朝堂耆碩輔,樽俎英雄表。"(p258)

《箋注》:"〔耆碩輔〕謂宰相。《禮記·曲記上》:'六十曰耆。'碩,大。輔,宰輔,輔臣。〔樽俎〕樽,酒器。俎,禮器。此處謂廟堂,與上句'朝堂'對文。"

按,耆碩,指高年有碩德者。輔,輔佐。動詞。耆碩輔,謂有元老輔佐朝廷。樽俎,樽以盛酒,俎以盛肉,代指宴席。此用折衝樽俎之常典,謂不用武力而在宴席談笑中折服敵人,乃爲英雄中之特出者。

三、詞語注釋錯誤

此類錯誤在《樂章集校注》中頗多,略舉數例如下。

1.《早梅芳》詞"漢元侯"注:"指三國時魏將張既。"(p7)并謂張既曾輔曹操定關中,數平匈奴胡羌之亂,詞中"破虜征蠻"即謂此。

按,漢元侯,當指東漢元侯鄧禹,如王炎《題巴陵宰鄧器先北窗》詩:"煌煌漢元侯,事業光青編。"廖行之《水調歌頭·壽鄧彥鱗》詞:"漢元侯,流德厚,在雲孫。"以漢元侯鄧禹設喻,此爲注釋之常規。若謂指張既,則無徵,且枝蔓。

2.《傾杯樂》詞"會樂府兩籍神仙"注:"兩籍神仙,指太一、后土。"(p25)

按,籍,指樂籍。樂府兩籍,《舊唐書·音樂志二》:"高祖登極之後,享宴因隋舊制,用九部之樂,其後分爲立坐二部。"《新唐書·禮樂志十二》:"又分樂爲二部:堂下立奏,謂之立部伎;堂上坐奏,謂之坐部伎。"白居易"新樂府"《立部伎·刺雅樂之替也》詩題注:"太常選坐部伎,無性識者退入立部伎。又選立部伎,絶無性識者退入雅樂部,則雅樂可知矣。"神仙,喻樂妓,唐宋詩詞常見此喻。

又,"梨園四部絃管"注:"即指金石絲竹四類樂器。"

按,此指宋朝教坊四部,即大曲部、法曲部、龜兹部、鼓笛部。亦有學者考定四部樂爲法曲、龜兹、鼓笛、雲韶四部。王仲修《宮詞》:"四部笙歌初散後,花前紅燭引妃嬪。"洪皓《驀山溪·和趙粹文元宵》:"扶上玉花驄,更踟蹴、梨園四部。"

3.《定風波》詞"塞柳萬株，掩映箭波千里"注："箭波，柳葉映地之影。柳葉如箭，故云。"(p63)

按，此謂如箭疾的流波。宋祁《得揚州書》詩："水曲箭波喧夜櫓。"

4.《佳人醉》詞"冷浸書帷夢斷"注："書帷，書房。"(p67)

按，書帷，書房中的簾帷。權德輿《劉紹相訪夜話因書即事》詩："山僮漉野醞，稚子褰書帷。"

5.《巫山一段雲》詞"九班麟穩破非煙"注："九班，本指朝班，此指仙女舞班。""麟，即麟步，麒麟之步。所謂'龍申、鳳舞、鸞歌、麟步'者。麟穩，麟步穩稱，舞姿輕妙。"(p75)

按，九班，詞中指仙班。麟，仙人以麟為駕。李白《上清寶鼎詩》："咽服十二環，奄有仙人房。暮騎紫麟去，海氣侵肌涼。"麟穩，謂麟駕安穩。釋重顯《和曾推官示嘉遁之什》"巖莎步入祥麟穩"與此同意。

6.《巫山一段雲》詞"令齎瑤檢降彤霞"注："彤霞，蓋指'金書秘字六甲靈飛左右策精之文十二事'。"(p78)

按，彤霞，紅霞。降彤霞，謂仙人乘紅霞而降臨。曹唐《小遊仙詩》："閒乘小鳳出彤霞。"

7.《永遇樂》詞"藩侯"注："藩侯，出於斯拉夫語，意為領主。"(p94)

按，藩侯，指藩王。藩侯非外來詞，中國古代即有此語，更與斯拉夫語無涉。曹植《與楊德祖書》："吾雖薄德，位為藩侯。"

又，"競歌元首"注："元首，天子。"

按，歌元首，語出《書·益稷》："乃歌曰：股肱喜哉，元首起哉，百工熙哉。"林師蒇《熊守子復左史刻九朝宸翰寘於臺學賦詩記之》詩："股肱元首歌明良。"鄭清之《謝徐德夫右司和御製賜詩》詩："皋謨勉勉歌元首。"

8.《永遇樂》詞"槐府登賢"注引《夢溪筆談》："學士院第三廳學士閣子，當前有一巨槐，素號槐廳。"（p96）

按，槐府，三公之署，周代朝廷植三槐、九棘，公卿大夫分坐其下，定三公九卿之位。《周禮·秋官》："面三槐，三公位焉。"因以"槐府"爲三公之官署代稱。文彥博《尚書令魏國忠憲韓公挽詞》詩："唱第楓宸陪驥尾，秉鈞槐府並貂冠。"

又，"孫閣長開"注引元稹《戲贈樂天複言》詩："孫園虎寺隨宜看，不必遙遙羨鏡湖。"唐陸廣微《吳地記》："通玄寺，吳大帝孫權吳夫人舍宅置。"

按，孫閣，"公孫閣"、"孫弘閣"之簡稱。用《漢書》公孫弘開東閣以延賓客的常典。李涉《酬彭伉》詩："公孫閣裏見君初。"羅隱《感舊》詩："劍佩孫弘閣。"李正民《挽曾公袞寶文》詩："孫閣遂延賓。"

9.《應天長》詞"傍碧砌修梧"注："碧砌，碧瓦層疊的華屋。"（p130）

按，碧砌，碧石臺階。羅鄴《吳王古宮井》詩："含青薜荔隨金甃，碧砌磷磷生綠苔。"竇庠《金山行》詩："丹楹碧砌真珠網。"

10.《少年游》詞"歸雲一去無蹤迹"注："歸雲，以仙人駕雲歸去喻與其分別的美女。"（p132）

按，歸雲，猶言雲歸、雲逝，古詩詞中無慮百十見。與仙人無涉。王粲《爲潘文則作思親詩》："仰瞻歸雲，俯聆飄回。"皎然《送大寶上人歸楚山》詩："獨鶴翩翩飛不定，歸雲蕭散會無因。"魚玄機《和新及第悼亡》詩："彩雲一去無消息，潘岳多情欲白頭。"均以雲喻人而已。

11.《少年游》詞(p135)、《河傳》詞(p213)"舞裀"注:"舞衣,近身衣。"

按,舞裀,同"舞茵"、"舞鞱"。指歌舞用之裀席、褥子。韓偓《重和大慶堂賜宴元瓘而有詩呈吳越王》詩:"冷宴殷勤展小園,舞鞱柔軟彩虯盤。"

12.《長相思》詞"風傳銀箭,露靉金莖"注:"露靉,露氣很盛。"(p138)

按,露靉,猶言露浥、露滿。靉,作動詞用,與上句"傳"字對偶。

13.《郭郎兒近》詞"硯席"注:"即硯池。硯中儲墨之池。"(p215)

按,指硯臺與坐席。《北史·魏陳留王虔傳》:"[元暉]好涉獵書記,少得美名於京下。周文禮之,命與諸子遊處,每同硯席,情契甚厚。"

14.《臨江仙引》詞"停飛蓋、促離宴",注:"飛蓋,即飛仙蓋……以絲一縷分爲三縷,染成五彩,於掌中結爲傘蓋五重。"(p222)

按,飛蓋,指急行如飛之車。蓋,車篷。曹植《公宴詩》:"公子敬愛客,終宴不知疲。清夜遊西園,飛蓋相追隨。"陸機《挽歌詩》:"素驂佇轜軒,玄駟騖飛蓋。"

15.《宣清》詞(p117)、《傾杯樂》詞(p243)有"散盡高陽"、"酒心花態,孤負高陽客"之語,注皆引巫山雲雨之典,又謂"高陽客"爲"夢見朝雲之楚王"。

按,高陽,指酒客。用《史記·酈生傳》"高陽酒徒"之常典。岑參《送襄州任別駕》詩:"高陽諸醉客,唯見古時丘。"王之望《虞美人·石光錫會上即席和李舉之韻》詩:"尊前酒量誰能惜,都是高陽客。"

16.《傾杯樂》詞"酒心花態"注:"酒心,未詳。蓋謂醉心於戀情也。"(p243)

按,酒心,飲酒後之心情,醉意。酒心花態,猶《祭天神》詞之"酒態花情"。

17.《夏雲峰》詞"楚臺風快"注:"楚臺,凡歌舞之所多稱'楚館秦樓'或'楚臺歌榭'。"(p102)

按,楚臺,指楚之蘭臺。句意本宋玉《風賦》:"楚襄王游於蘭臺之宮,宋玉、景差侍,有風颯然而至,王乃披襟而當之曰:'快哉此風。'"文彥博《留守相公寵賜雅章召赴東樓真率之會次韻和呈》詩:"楚臺高迥快雄風。"薛注所云"凡歌舞之所多稱'楚臺歌榭'",似未見於歷代詩詞中,未知"多稱"於何載籍,待考。

18.《少年游》"當日偶情深"注:"偶情,不期而遇之情。"(p138)

按,偶情,猶言"兩情"。

19.《長相思》詞"嚴城"注:"秋冬之城。以其時嚴冷肅殺,故云。"(p138)

按,嚴城,指戒備森嚴的城池。劉滄《與重幽上人話舊》詩:"月上嚴城話旅遊。"

20.《木蘭花》詞"管烈絃焦争可逐",注引《後漢書·蔡邕傳》載"焦尾琴"之典。(p141)

按,"烈",宜從別本作"裂",與"焦"均形容管絃之聲音激越,與焦尾琴無涉。

21.《望遠行》詞"金階鋪蘚"注:"金階,有金飾之樓梯。李白《別内赴徵三首》詩'翡翠爲樓金作梯'。"(p150)

按,金階,臺階的美稱,不必指實。且臺階與樓梯意亦有異。曹操《氣出唱》詩:"乃到王母臺,金階玉爲堂。"

22.《輪臺子》詞"干名利禄"注:"求名,求利,求禄。干,干進。"(p164)

按，"名利禄"三字非並列名詞。干名，求名；利禄，貪禄。《禮·表記》："事君三違而不出竟，則利禄也。"鄭注："違，猶去也。利禄，言爲貪禄留也。"利，動詞。

23.《洞仙歌》詞"淑氣散幽香，滿蕙蘭汀渚"注："滿蕙蘭汀渚，即蕙蘭滿汀渚。"(p190)

按，滿，指香滿，非蕙蘭滿。審其詞氣，下句緊承上句，"滿"字一領四，謂蕙蘭之幽香散滿汀渚也。

24.《望遠行》詞"須信幽蘭歌斷，彤雲收盡，別有瑤臺瓊樹"注："幽蘭，即春蘭。彤雲，紅雲，亦即夏雲。皆失其時，故云'歌斷'、'收盡'。"(p192)

按，幽蘭，古琴曲名。宋玉《諷賦》："臣援琴而鼓之，爲《幽蘭》、《白雪》之曲。"謝惠連《雪賦》："楚謠以《幽蘭》儷曲。"彤雲，陰雲。此爲詠雪詞，故用《幽蘭》、《白雪》之典。數語寫雪後之情景。黃子野《扣舷歌》："漠漠彤雲雪作堆。"

25.《女冠子》詞"飄薄"注："飄薄，薄飄之倒置。"(p206)

按，飄薄，連綿詞，同"飄泊"。吳均《贈搖》詩："月照芄蘭枝，風光已飄薄。"

26.《西施》詞"盡讓美瓊娥，千嬌百媚"注："瓊娥，即嫦娥。傳説月中有瓊樓玉宇，故云。"(p212)

按，瓊娥，猶言玉娥、玉人。泛稱美女。陸雲《九湣·感逝》："瓊娥起而清嘯，神風穆其來應。"

27.《金蕉葉》詞"金蕉葉泛金波齊"注："齊，音義均同'躋'，湧也。"(p55)

按,金波,本指月色。泛金波,語本羊士諤《郡中玩月寄江南李少尹虞部孟員外三首》其三:"金波徒泛酒,瑤瑟已生塵。"齊,平也。金波齊,金波與杯平,謂杯中酒滿也。

28.《浪淘沙令》詞"促拍盡隨紅袖舉"注:"促拍,佐酒之樂。"(p103)

按,促拍,於詞原調增字變腔以使音節急促。孔平仲《東樓置酒賞桃李花》詩:"促拍更歌《金縷衣》。"亦指節拍急促之樂。詞調有《促拍滿路花》、《促拍采桑子》等。

四、注釋欠準確者

1.《黃鶯兒》詞"黃鸝翩翩,乍遷芳樹。觀露濕縷金衣",注:"謂飾以金縷之舞衣也。"(p1)

按,此詠鶯詞。縷金衣,形容黃鸝之毛羽。黃鸝有"金衣客"、"金衣侶"、"金衣公子"之稱。元稹《詠鶯》詩:"天下金衣侶,還能覘草萊。"又,校文所引"詠鷹"之"鷹"字誤。

2.《早梅芳》詞"萬井"注:"意謂地域遼闊,街市格局如井田形整飭有序"、"萬井爲平方百里。"(p7)

按,古制八家爲井。萬井,此爲泛指,猶言千家萬户。王維《同崔員外秋宵寓直》詩:"九門寒漏徹,萬井曙鐘多。"

3.《尉遲杯》詞"綢繆鳳枕鴛被。深深處、瓊枝玉樹相倚",注引《莊子》積石瓊枝及《晉書‧謝玄傳》芝蘭玉樹之典,謂"以瓊枝比嬌貴女子","以玉

樹喻彥才"。(p64)

　　按，此爲狎妓詞。瓊枝玉樹，柳詞中以喻男女交歡時之肉體。周邦彥《拜星月慢》詞："竹檻燈窗，識秋娘庭院。笑相遇，似覺瓊枝玉樹相倚。"即用其語。

　　4.《秋蕊香引》："留不得。光陰催促，奈芳蘭歇，好花謝，惟頃刻。彩雲易散琉璃脆，驗前事端的。　　風月夜，幾處前蹤舊迹。忍思憶。這回望斷，永作終天隔。向仙島，歸冥路，兩無消息。"注："冥路，空遠黑暗之路。"(p90)

　　按，此爲悼念亡妓之詞。"彩雲易散琉璃脆"語本白居易《簡簡吟》詩："丈人阿母勿悲啼，此女不是凡夫妻。恐是天仙謫人世，秖合人間十三歲。大都好物不堅牢，彩雲易散琉璃脆。"冥路，幽冥之路。李忱《弔白居易》詩："誰教冥路作詩仙。"末三句猶白居易《長恨歌》"上窮碧落下黄泉，兩處茫茫皆不見"之意。

　　5.《破陣樂》詞"千步虹橋，參差雁齒，直趨水殿"，注："雁齒，猶云雁行，以喻物之駢列整齊。"(p107)

　　按，雁齒，指橋之臺階。庾信《溫湯碑》："秦皇餘石，仍爲雁齒之階。"倪璠注："雁齒，階級也。《白帖》：'橋有雁齒。'"白居易《問江南物》詩："蘇州舫故龍頭閣，王尹橋傾雁齒斜。"

　　6.《雙聲子》詞"姑蘇臺榭……唯聞麋鹿呦呦"，注："呦呦，鹿叫聲。《詩經·小雅·鹿鳴》：'呦呦鹿鳴，食野之萍。'"(p109)

　　按，此用《史記·淮南衡山列傳》載子胥諫吳王語："臣今見麋鹿游姑蘇之臺也。今臣亦見宮中生荆棘，露沾衣也。"劉商《姑蘇懷古送秀才下第歸江南》詩:"麇鹿呦呦繞遺址。"白居易《雜興三首》其三:"姑蘇臺下草,麇鹿暗生麑。"詞意謂姑蘇昔日之繁華今已消歇。

7.《夜半樂》詞"酒旆"注:"以雜色翅尾飾的酒旗。《釋名》:'雜帛爲旆'。"(p156)

按,酒旆,即酒旗、酒帘。此爲泛稱,非專指有雜色翅尾者。

8.《過澗歇近》詞"避畏景"注:"畏景,夏日之景。"(p158)

按,景,日光也。見《説文》。畏景,猶言"畏日"。《左傳·文公七年》"夏日之日"杜預注:"夏日可畏。"畏景,指夏日、烈日。非指夏日之景色。劉得仁《和鄭校書夏日游鄭泉》詩:"太虚懸畏景,古木蔽清陰。"

又"水邊石上,幸有散髮披襟處"注:"散髮披襟,亂髮袒胸,指掛冠隱居者。"

按,散髮披襟,謂逍遥舒暢。披襟,敞開衣襟。喻舒散心懷。散髮,披散頭髮。王維《偶然作》詩:"散髮不冠帶,行歌南陌上。"劉學箕《滿江紅》"披襟散髮,解衣揚袂"亦此意。詞意謂江鄉有逍遥自在之所。

9.《玉蝴蝶》詞"十二金釵"注引《拾遺記》及《南史·周盤龍傳》。(p181)

按,不切。當引梁武帝《河中之水歌》:"頭上金釵十二行"及白居易《酬思黯戲贈》詩:"鍾乳三千兩,金釵十二行。"

10.《透碧霄》詞"太平時、朝野多歡,遍錦街香陌,鈞天歌吹,閬苑神仙","鈞天"注:"《漢武帝内傳》:'范成君擊湘陰之磬,段安香作九天之鈞。'"(p216)

按,鈞天,用鈞天廣樂之常典。《列子·周穆王》:"王實以爲清都紫微,鈞天廣樂,帝之所居。"

11.《木蘭花慢》詞"凝旒。乃眷東南,思共理、命賢侯","凝旒"注:"以絲繩穿玉垂冕前後曰旒,即今之所謂流蘇、飄帶。"(p220)

按,凝旒,謂皇帝專心聆聽、思考,冕旒不動。謝超宗《齊太廟樂歌·永至樂》:"凝旒若慕,傾璜載佇。"《舊唐書·劉洎傳》:"陛下降恩旨,假慈顔,凝旒以聽其言。"

12.《瑞鷓鴣》詞"絳雪紛紛落翠苔"注:"絳雪,丹名。《漢武内傳》:'仙家上藥,有玄霜,絳雪。'"(p229)

按,絳雪,喻紅色的花,與丹藥無涉。王禹偁《海仙花》詩:"一堆絳雪壓春叢。"

13.《長壽樂》詞"願長繩且把飛烏繫"注:"傳說太陽中有三足烏,故云。"(p234)

按,此本傅休《九曲歌》:"安得長繩繫白日。"鄭遨《招友人游春》詩:"難把長繩系日烏。"

14.《傾杯》詞"最苦碧雲信斷,仙鄉路杳,歸鴻難倩",注引江淹"日暮碧雲合"語,謂"因係擬沙門惠休作,故後世多用'碧雲'爲別僧之語。此處謂'仙人',即詞中所思之人"。(p236)

按,此詞無別僧之意。詞中謂"仙鄉",非"仙人",指所思居處。

五、注釋地名、人名過於坐實

1.《甘草子》:"冷徹鴛鴦浦。"注:"鴛鴦浦,在慈利縣北。"(p15)

按，鴛鴦浦，古人多以爲泛稱。如毛文錫《中興樂》："紅蕉葉裏猩猩語。鴛鴦浦。鏡中鸞舞。絲雨。隔荔枝陰。"

2.《八聲甘州》："關河冷落，殘照當樓。"注："關河，指函谷關與黃河。"（p33）

按，"關河"，猶言"關山"、"山河"、"河山"，皆泛稱。下文"惟有長江水"可證。

3.《法曲第二》："香徑偸期。"注："香徑，即采香徑。"（p89）

按，"香徑"，猶言"花徑"。戴叔倫《游少林寺》詩："石龕苔蘚積，香徑白雲深。"

4.《訴衷情》："斷橋幽徑，隱隱漁村。"注："斷橋，橋名，在西湖上。"（p121）

按，"斷橋"，此亦泛稱。劉長卿《蛇浦橋下重送嚴維》之"古木猶依斷橋"，即以指蛇浦橋。

5.《瑞鷓鴣》："千里滄江一葉舟。"注："滄江，即滄浪水。"（p230）

按，滄江，指江流；江水。以江水呈青蒼色，故云。任昉《贈郭桐廬》詩："滄江路窮此，湍險方自茲。"本爲泛指，不必坐實。

6.《傳花枝》："平生自負，風流才調。口兒裏、道知張陳趙。"注引《西京賦》、《文選》、《漢書》、《北山移文》、《述書賦》，謂張、陳、趙或指張回、趙放，或指張子羅、趙君都，或指張敞、趙廣漢，或指陳閎、趙微明。（p58）

按，張陳趙，猶言"趙錢孫"、"張三李四"，羅列姓氏而已。朱弁《曲洧舊聞》卷七："俚語有'張、王、李、趙'之語，猶言是何等人，無足掛齒之意也。"

至於全書中失注以及標點、文字訛誤之處，就不一一列舉了。

（本文原撰於 1998 年 2 月，刊載於《學術研究》1999 年第 7 期。今稍作補訂。）

附錄：

薛瑞生先生《樂章集校注》中華書局二〇一三年增訂版《跋尾》云：

中山大學古文獻研究所教授陳永正就拙著二印版，寫了《〈樂章集校注〉辨誤》一文，發表於《學術研究》一九九九年第七期，並蒙《人大複印資料·古代文學研究》一九九九年第十期全文轉載。對拙著提出批評，這當然是陳教授的權利；發表與轉載也是《學術研究》與《人大複印資料》的自由，即使對陳文開頭的所謂"中華書局出版的'中國古典文學基本叢書'，校勘精審，注釋詳明，海內外學界均有很高的評價。近日閱讀叢書中由薛瑞生校注的《樂章集校注》（一九九七年十二月重版），發現其《箋注》與《附考》有上百處失誤，茲摘其尤者與校注者商榷"云云之類春秋筆法，筆者亦無異議。"尤者""上百處失誤"，"不尤者"即可想而知矣。然經與拙著對檢，所謂"上百處失誤"之"尤者"，絕大多數倒不是我錯了，而是陳永正錯了。這就使我既爲陳永正的肯於費神指瑕糾謬感到高興，又爲其誇大失實故作驚人之筆感到吃驚，更爲其文獻學教授卻無視文獻，置學術規範不顧而感到意外。於是於當年十月間，寫成《就〈樂章集校注辨誤〉答陳永正教授》一文，用掛號寄《學術研究》。時日既久，不見答覆，我即托廣州的朋友去打聽，孰料得到的回答竟是："他全抄他書中的話，沒有新意，不予發表。"陳文也是先引用拙著中的話,然後説明何以誤,有時在引用拙著後,連何以誤也不説,祇説"誤"、"大誤"。我之所以説"文獻學教授卻無視文獻"即指此。難道我在反批評時,不用我書中的話並引用新資料來證明我不誤,而要引用陳永正的話來證明不誤麽? 萬般無奈,我祇好寫信給廣東省委宣傳部,仍然用掛號寄出,對《學術研究》這種"祇許州官放火,不許百姓點燈"的強盗邏輯進行了批評,並希望對這種阻礙百家争鳴的行爲予以干預,結果卻依然泥牛入海。爲了能够發表,我也找了幾家别的刊物,卻都因不願得罪《學術研究》這家同行而婉言謝絶,而我對此也表示理解與諒解。無奈,祇好在臺灣張高評教授辦的《宋代文學研究論叢》第六期上發表,兩相對比,我這才明白那些將"百家争鳴"當經念的並非全都是真和尚。所以舊事重提,是因爲陳永正的文章既有發表者又有轉載者,在大陸傳播較廣;而我的文章卻祇能在臺灣發表,傳播範圍較窄。爲了能讓更多的讀者瞭解真相與真理,我已將對陳永正嚴重違犯學術規範的反批評引録到該書有關柳詞的題解與箋注中去,也讓讀者明白真理並不是某些想一手遮天的學霸所能捂得住的。

東坡詞箋注補正

東坡詞箋注有三家，一爲南宋傅幹《注坡詞》，一爲龍楡生《東坡樂府箋》，一爲薛瑞生《東坡詞編年箋證》。傅注早出，開創之功誠不可没。龍箋搜采廣博，學界早有定評。薛箋注釋詳明，極便學者，編年尤多創獲。壬午夏，兹就三書未及處作補正若干條如下：

1.《浣溪沙》（"山色横侵蘸暈霞"）薛本第 2 頁（以下條目頁碼均指薛箋）

"湘川風静吐寒花"，薛箋："湘川既謂湘水，亦泛稱古荆州地域。"並引蘇詩《渚宫》"草間應有湘東碑"爲證，謂渚宫在江陵，江陵"既可稱湘東"，荆州"何不能稱湘川耶"？

按，湘川，指湘水，古書中從無稱荆州爲湘川者。蘇軾《渚宫》山公注："梁元帝即位楚宫，即此。"蘇詩之"湘東"，是指在江陵稱帝的原湘東王蕭繹（即梁元帝），湘東碑，指湘東王所撰之碑或有關湘東王之碑，非以湘東指江陵。薛氏據此編年亦誤。按，梁元帝擅製碑銘，精金石碑刻之學，著有《碑英》120 卷，已佚。

2.《一斛珠》("洛城春晚")第 18 頁

"爲說相思,目斷西樓燕",薛箋引五代王仁裕撰《開元天寶遺事》,謂用郭氏託雙燕傳書事。

按,宜注最早出典。南朝虞羲《送別詩》:"惟有一字書,寄之南飛燕。"江淹《雜體·李都尉從軍》詩:"袖中有短書,願寄雙飛燕。"已有託燕傳書及"相思"之意。又,權德輿《玉臺體十二首》其五:"簷前雙燕飛,落妾相思淚。"

3.《南歌子》("紺綰雙蟠髻")第 25 頁

"紺綰雙蟠髻,雲欹小偃巾",薛箋:"紺,個暗切,甘,去聲,深青揚赤色,即紅青色,俗稱天青。綰,鉤繫也,貫也,猶聯絡之意。"

按,紺,指青色的頭髮,此指女子之黑髮。綰,綰結,謂盤繞髮髻。"紺綰雙蟠髻,雲欹小偃巾",兩句皆寫女子之髮。紺,言其色,雲,言其狀,兩句上下互文。"紺雲"二字常連用,古詩詞曲中以"紺"字用來形容女子之髮亦極常見。略舉數例:李祁《西江月》詞:"霧鬢新梳紺綠,霞衣舊佩柔紅。"周密《木蘭花慢》詞:"正霧衣香潤,雲鬟紺濕,私語相將。"均單用"紺"字指髮;吳文英《夜遊宮》詞:"紺雲欹,玉搔斜,酒初醒。"《瑣窗寒》詞"紺縷堆雲",蔣捷《戀繡衾》詞:"紺雲垂、釵鳳半橫。"連用"紺雲"。又,方千里《六么令》詞:"嬌雲慢垂柔領,紺髮濃於沐。"湯舜民《湘妃引》詞:"雲髻鬆盤青紺髮,玉纖賴護冰綃帕,芳年恰二八。"劉斧《青瑣高議》前集卷一〇《王幼玉記》引夏公酉贈王幼玉詩:"紺髮濃堆巫峽雲,翠眸橫剪秋江水。"

4.《浪淘沙》("昨日出東城")第 36 頁

"牆頭紅杏暗如傾",薛箋:"暗如傾,暗香如傾。"

按,當謂杏花之繁密,使樹枝傾側。劉孝綽《酬陸長史倕》詩:"徑側樹如傾。"

5.《清平調》("陌上花開蝴蝶飛")第 48 頁

"江山猶是昔人非",薛箋引魏文帝《與吳質書》:"節同時異,物是人非。"

按,注釋引典,應引字面上最接近的出處,即所謂"父典"。陶潛《搜神後記》遼東丁令威鶴語"城郭如故人民非"一語,爲"江山猶是昔人非"所從出,同《與吳質書》相較,字面上更爲切近,亦更具"遺民"之感。王安石《送丁廓秀才歸汝陰》詩:"好去翩然丁令威,昔人且在不應非。"陸游《伏日獨遊城西》詩:"幕府重來老令威,山川良是昔人非。"同用此典。陸游詩襲用蘇句,可作確證。

6.《天仙子》第 51 頁

"走馬探花花發未。人與化工俱不易。千回來繞百回看,蜂作婢。鶯爲使。穀雨清明空屈指。　白髮盧郎情未已。一夜剪刀收玉蕊。尊前還對斷腸紅,人有淚。花無意。明日酒醒應滿地。"薛箋謂以"白髮盧郎"喻張先,以"剪刀剪枝"喻張先老年娶妾,以"斷腸花"喻張先所娶之妾。

按,觀其詞意,當以"白髮盧郎"自喻,剪花以自賞,亦流連春光之意。若爲詠張先買妾事,則絕不應作"斷腸"、"有淚"等悲傷之語。薛氏據以編年亦非。

7.《蝶戀花》("春事闌珊芳草歇")第 62 頁

"角聲吹落梅花月",薛箋引《樂府詩集》:"梅花落,本笛中曲也。"

按,此爲憶別之詞。"角聲"句爲追憶之語,梅花月爲當時別離情景。沈際飛、李攀龍謂其寫"夢回月落"之境,黃蓼園謂其爲"別後遠憶"之詞。詞意本謂臨曉時的角聲吹落了梅花梢上的月亮。角聲,畫角聲,用以警昏曉。

"吹落"的是"月",亦非吹《落梅花》曲。滕賓《最高樓·呈管竹樓左丞》詞"梅花月,吹老角聲寒"同此用意。

8.《勸金船》("無情流水多情客")第95頁

"杯行到手休辭卻。這公道難得",薛箋引《後漢書·楊震傳論》:"〔楊震〕先公道而後身名",謂楊繪與楊震同姓,故以震喻繪。

按,此詞詠曲水流觴之事。諸人列坐曲水之旁,酒杯隨水而流,杯停處即取飲,機會均等,公平、公正,故云"公道",與楊震無涉。

9.《南鄉子》("裙帶石榴紅")第103頁

毛本序云:"沈強輔出犀麗玉作胡琴",龍本《附考》引《鄭文焯手批東坡樂府》云:"犀麗玉,亦妓名。"朱祖謀謂此詞"賦胡琴",薛箋:"傅本'犀'上有'文'字,作'文犀麗玉',應爲文麗玉、犀麗玉之簡"、"席上出文麗玉、犀麗玉鼓胡琴作歌佐酒"。

按,朱氏言是,此詞純賦胡琴。文犀、麗玉,即有紋理的犀角與美好的玉石,均爲胡琴上的飾物。古人每以犀玉作琴軫琴足,如蕭繹《詠秋夜》詩"金徽調玉軫"、戴栩《題吳明輔文集後》詩"冰蠶續絲犀琢軫"、劉永之《聽琴圖爲周易題》詩"龍唇鶴足軫文犀"、陶宗儀《聽琴行》"沈檀嶽尾犀象足,徽鑄黃金軫雕玉",可證。詞云"琢刻天真半欲空",即"作胡琴"之意。鄭、薛謂爲妓名,非。宋吳聿《觀林詩話》:"東坡在湖州,甲寅年,與楊元素、張子野、陳令舉,由苕雪泛舟至吳興。東坡家尚出琵琶,並沈沖宅犀玉共三面胡琴。又州妓一姓周,一姓邵,呼爲'二南'云。"文中之"犀玉",亦即"文犀、麗玉"。若謂"文犀麗玉"爲"文麗玉、犀麗玉"之簡,以兩姓混一名,古今俱無此文例。

10.《菩薩蠻》("天憐豪俊腰金晚。故教月向松江滿")第113頁

龍箋引《殷芸小説》"腰纏十萬貫"之典以釋"腰金"。薛箋："腰金晚，即晚覺腰金重意。"

按，龍、薛皆非。腰金，指腰間金帶或腰間金印，喻顯要之職。腰金晚，意謂腰金遲遲未得。趙鼎臣《汪彦文以葆真韻見贈次韻答之》詩"官清已怪腰金晚"，同此用意。此爲和陳舜俞詞，陳氏舉進士，熙寧初曾知山陰縣，後棄官歸，故謂"腰金晚"。兩句意是説，老天爺憐惜這位豪俊久而未得居於高位，故讓那一輪明月，滿照退閒之地松江，以供他遊賞。

11.《河滿子》("見説岷峨悽愴，旋聞江漢澄清。但覺秋來歸夢好，西南自有長城")第173頁

按，首句語本杜甫《劍門》詩："珠玉走中原，岷峨氣悽愴。"氣悽愴，謂動亂。又"西南自有長城"，謂馮京。長城，喻守邊名將。《宋書·檀道濟傳》載，檀道濟被誣收時歎曰："乃復壞汝萬里之長城！"各本失注。

12.《浣溪沙》("傅粉郎君又粉奴。莫教施粉與施朱。自然冰玉照香酥。　　有客能爲神女賦，憑君送與雪兒書。夢魂東去覓桑榆。")第179頁

按，此詞當爲王定國作。傅粉郎君，指王定國；粉奴，指其歌兒柔奴（即下文之"寓娘"）。冰玉、香酥，猶《定風波·南海歸贈王定國侍人寓娘》詞"常羨人間琢玉郎。天應乞與點酥娘"之"琢玉"、"點酥"意。同作於王定國南遷初歸時。"有客"句，薛箋謂"非鮮于侁莫屬"，按，當爲東坡自謂。"夢魂"句，薛箋引李隆基《續薛令之題壁》詩"若嫌松桂寒，任逐桑榆暖"，謂"薛令之，長溪人，故云夢魂東去"。按，此句當喻王定國還京。

13.《殢人嬌》("滿院桃花")第182頁

"滿院桃花,盡是劉郎未見",傅注、龍箋、薛箋僅引劉晨、阮肇之典。

按,此與下文"司空自來見慣",均用劉禹錫事。劉氏《元和十年自朗州承召至京戲贈看花諸君子》詩:"玄都觀裏桃千樹,盡是劉郎去後栽。"此詞以劉郎自喻,謂小王都尉席上之侍人,均舊日所未見者。這涉及詩詞的技法問題。同一作品中使用不同出處的兩個或兩個以上的典故,而又能巧妙地把數意融合,渾成一體。杜甫、蘇軾、黃庭堅等尤擅此法。有關同姓之典(如"劉郎"之典中的"玄都觀"、"桃源"、"天台"等),亦經常合用。"滿院"二句,完全脫胎於劉禹錫"玄都觀"之典,不可不注出。

14.《雙荷葉·湖州賈耘老小妓名雙荷葉》("雙溪月")第234頁

"雙荷葉,……輕舟短棹先秋折",薛箋:"阮籍《詠懷詩十七首》其四:'悅懌若九春,磬折似秋霜'。"

按,折,指折荷葉,非彎腰謙恭的"磬折"之折。詞中之"荷葉",語意相關,謂"荷葉"應先秋而折。按,荷葉秋後則自然折斷,譚用之《江館秋夕》詩"芰荷香柄折秋鳴",即寫此景。蘇詞意謂須及時而折,亦暗用唐人《金縷衣》"有花堪折直須折,莫待無花空折枝"之意。

15.《好事近》("煙外倚危樓")第259頁。

"卻跨玉虹歸去,看洞天星月",薛箋:"李賀《北中寒》詩:'爭瀯海水飛凌喧,山瀑無聲玉虹懸。'此處應指長江。"

按,玉虹指橋。庾信《奉在司水看治渭橋》詩:"跨虹連絶岸,浮黿續斷航。"跨玉虹,謂過橋。詩人寫詩是有習慣性用語的,古詩詞中"跨玉虹"一語,可有幾種意義,一是謂虹橋跨過水面,如宋人陳著《筠溪八景詩·谷岫陵雲》"積擬鉅橋跨玉虹"、李思衍《隆山塔院》詩"平步長橋跨玉虹",西湖蘇堤六橋,有名"跨虹"者,即此意。一是謂跨着天上的長虹,爲想象之辭,猶《楚辭》之"乘虹奔蜺";一是謂跨過如虹般的拱橋。東坡詞之"跨玉虹",當合用後二意,表現其揮斥八極、噓吸煙雲的豪邁氣概,亦與下文歸洞天看星月呼應。宋人李洪《莫春過吳淞垂虹用聞人伯封韻》詩之"卻跨玉虹朝汗漫"同此用意。玉虹自可喻瀑布或流水,然從未見古人以跨虹喻渡江者。

16.《少年游》("銀塘朱檻曲塵波")第 277 頁

"獄草煙深,訟庭人悄",各本無注。

按,此詞頌黃守徐君猷之善政。《北史·劉曠傳》:"在職七年,風教大洽。獄中無繫囚,爭訟絶息,囹圄皆生草,庭可張羅。"又,方干《贈申長官》詩:"言下隨機見物情,看看獄路草還生。"

17.《江神子》("黃昏猶是雨纖纖")第 302 頁

"雪似故人人似雪,雖可愛,有人嫌",薛箋引《世説新語》王子猷雪夜訪戴之典,謂"賞其名士風流,故曰'可愛',怨其造門不見,故曰'有人嫌'。"

按,此詞爲雪夜懷朱壽昌作。謂朱氏如雪之清寒素潔,故可愛,然亦有人嫌其嚴冷也。與訪戴典無涉。

18.《少年游》("玉肌鉛粉傲秋霜")第 314 頁

"清香未吐,且糠粃吹揚",龍箋引《莊子·逍遥遊》:"是其塵垢粃糠,將以陶鑄堯舜者也。"薛箋因之,謂"此以姑射仙人比紫姑,因不見容,故云'清香未吐,且糠粃吹揚'而無所'陶鑄'也"。

按,此典出《世説新語·排調》:"簸之揚之,糠粃在前。"本爲調侃之語,意謂自己無才而居前,如揚米去糠,糠在米上也。詞序云:"(紫姑神)爲詩敏捷立成，余往觀之。神請余作《少年游》，乃以此戲之。"序意謂紫姑神本來善詩，能敏捷立成，而自己往觀時，紫姑神卻未作而指定《少年游》詞牌，請自己先作，故爲此詞以調侃她。"清香"，喻紫姑神之詩；"糠粃"，謙稱己作。"清香"二句意謂，你不吐清香，姑且讓我先來吹揚糠粃吧。亦東坡之戲語。龍、薛皆誤。程俱《傅沖益寄淮口阻風及清淮道中詩二首又次漣水一首用其韻和寄》其三："題詩要爲寫高閣，播颺意欲先糠粃。"亦即此意。

19.《臨江仙》（"詩句端來磨我鈍"）第339頁

"歡顏爲我解冰霜"，薛箋："冰霜，喻艱危困逆之境。"

按，冰霜乃比喻之詞，謂嚴冷。嚴冷，亦非指天氣，此以喻自己之心情與容色。李白《下途歸石門舊居》詩"昨來猶帶冰霜顏"。詞意謂朋友到來的歡樂，能消解自己心中嚴冷的冰霜。

20.《漁家傲》：（"些少白鬚何用染"）343頁

"作郡浮光雖似箭"，各本失注。

按，浮光，指光州。祝穆《方輿勝覽》卷五〇："光州"條："郡名浮光。"《水經注》卷三〇："淮水又東徑浮光山北。亦曰扶光山，即弋山也。徑新息縣故城南。"

21.《西江月》（"龍焙今年絶品"）第384頁

"湯發雲腴釅白"，薛箋："雲腴，指沏茶後杯上產生之霧氣。"

按，雲腴，茶的別名。雲腴本道教仙藥名，北周道書《無上秘要》卷一七《尸解品》："雲腴之味，香甘異美，強血補精，填生五藏，守氣凝液，長養魂魄，真上藥也。"或因茶葉有此功效，因以雲腴稱茶。皮日休《奉和魯望四明山九題·青櫺子》："借使陸羽復起，閱其金餅，味其雲腴，當爽然自失矣。"或謂茶生於雲霧中而益腴美,故云。

22.《醉翁操》("琅然")第 388 頁

"惟翁醉中知其天",各本失注。

按,《孟子·盡心》:"盡其心者,知其性也;知其性,則知天矣。"天,指天性、生命。劉一止《贈道人王生》詩:"人間有酒誰不醉,知其天者我與子。"同此用意。

23.《滿庭芳》("三十三年")第 394 頁

"搊搊。疏雨過,風林舞破,煙蓋雲幢。願持此邀君,一飲空缸。"薛箋:"謂窮居黃州,空無一物,願以雨聲爲鼓,以風爲舞,以煙爲蓋,以雲爲旗,來迎王長官,並飲之以空缸耳。"

按,詞意本謂風雨過後,驅散了樹林上如幢蓋般的煙雲,願藉此美景以邀王長官共開懷暢飲。"舞破"的賓語爲"蓋"、"幢"。"空缸",痛飲至缸空,猶今之謂"乾杯"耳。蘇過《次韻叔父小雪二首》其二"不憂北海屢空缸"亦同此意。

24.《浣溪沙》("入袂輕風不破塵")第 398 頁

"玉簪犀璧醉佳辰",犀璧,龍箋引蘇軾《得辯才歙硯歌》"半丸犀璧浦雲泓",薛箋謂"玉簪犀璧當爲犀簪玉璧之倒",皆誤。

按,犀璧,當指以犀角製成之圓狀飾物。犀角橫切,則成璧狀。龍箋所引"半丸犀璧",指墨丸,與"玉簪"不稱。

"新絲那解繫行人",傅注、龍箋、薛箋均引折柳留繫行人之常典。

按,詞題爲端午,當用相關之典。南朝梁宗懍《荆楚歲時記》:"[五月五日]以五彩絲繫臂,……一名長命縷。"即蘇轍《學士院端午帖子》"捧箱綵縷看新絲"之"新絲"。和凝《宮詞百首》其九十五："繡額朱門插艾人,羞將角黍近香唇。平明朝下誇宣賜,五色香絲系臂新。"蘇軾《端午游真如遲適遠從子由在酒局》詩："卻數七端午,身隨綵絲繫。"吳文英《澡蘭香‧林鐘羽淮安重午》："盤絲繫腕,巧篆垂簪。"均用此意。且端午之柳,已非"新絲"矣。

25.《水調歌頭》("落日繡簾卷")第 399 頁

"掀髯一葉白頭翁",龍箋、薛箋均引《江表傳》之"白頭鳥"釋之。

按,白頭翁,即白頭之老漁翁。句意謂白頭漁翁在一葉扁舟上撫鬚得意。喻良能《硯屏》詩："漁舟一葉白頭翁,獨把釣絲待魚食。"同此意。況且"白頭鳥"何能"掀髯"？

26.《滿庭芳》("蝸角虛名")第 426 頁

"蝸角虛名,蠅頭微利。"

按,二語見柳永《鳳歸雲》："蠅頭利祿,蝸角功名。"

27.《西江月》("別夢已隨流水")第 429 頁

"蛾眉新作十分妍。走馬歸來便面。"薛箋："此句之便面,實歇後爲婦畫眉。不然,則便面並非讚語,亦與下闋全寫美女不符。"

按,此詞序謂"姑熟重見勝之",時徐君猷已卒,勝之已歸張惇,故云"新作"。末句以張敞況張惇。"便面"句實戲謔之語。謂張惇其貌不揚,未足以配此美女也。《漢書‧張敞傳》："然敞無威儀,時罷朝會,過走馬章臺街,使御吏驅,自以便面拊馬。"顏師古注："便面,所以障面,蓋扇之類也。不欲見人,以此自障面則得其便,故曰便面,亦曰屏面。今之沙門所持竹扇,上袤平而下圜,即古之便面也。"

28.《踏莎行》("山秀芙蓉")第 440 頁

"山秀芙蓉,溪明罨畫。真遊洞穴滄波下。"各本失注。

按,是詞在宜興作。芙蓉,宜興君山之南麓曰芙蓉山。荆溪之東溪,春時兩岸多藤花照映水中,因名罨畫溪。真遊洞穴,指善卷洞。

29.《蝶戀花》("泛泛東風初破五")第 550 頁

"佳氣鬱葱來繡户。當年江上生奇女",龍箋、薛箋均引《後漢書·光武帝紀》南陽望氣之常典。

按,當再引《漢書·鉤弋趙婕仔傳》:"孝武鉤弋趙婕仔,昭帝母也,家在河間。武帝巡狩過河間,望氣者言此有奇女,天子亟使使召之。"方與"佳氣"貼切,"奇女"一語始有着落。

30.《南鄉子》("冰雪透香肌")第 553 頁

"愛被西真唤作兒",薛箋據此以爲贈王氏夫人詞。

按,此語挑撻輕薄,當爲贈妓者,且上文"故著尋常淡薄衣"一句,全襲張籍《倡女詞》,可爲確證。

31.《漁家傲》("送客歸來燈火盡")第 561 頁

"錢塘江上須忠信",傅注、龍箋引《列子·説符》"水且猶可忠信"語。薛箋引《錢塘記》立塘之事,未確。

按,"忠信",謂錢塘江上如期而至之潮,《臨安志》引《高麗圖經》:"潮汐往來,應期不爽,爲天下之至信。"顧愷之《觀濤賦》:"期必來以知信。"楊時《梭山候潮》詩:"誰言江上須忠信,潮到於今自失期。"即反用其意。蘇詞意亦期江郎中他日之重見耳。

32.《定風波》("月滿苕溪照夜堂")第 584 頁

"賓主談鋒何所似,看取,曹劉今對兩蘇張。"薛箋:"曹劉蘇張,即後六客也。"

按,薛箋是。然須注明"曹劉"、"蘇張"何指。合稱"曹劉"者,古有曹操、劉備與曹植、劉楨。三句爲戲謔語,當指曹操、劉備。蘇張,指蘇秦、張儀。曹劉蘇張皆能言善辯者。

33.《江神子》("墨雲拖雨過西樓")第610頁

"美人微笑轉星眸",薛箋引崔生詩,謂"此詩見《佩文韻府》引,而《全唐詩》失載"。

按,崔生詩見《太平廣記》卷一九四。即唐人傳奇《昆侖奴》中引崔生詠紅綃妓詩。收入陳尚君《全唐詩補編‧全唐詩續拾》卷十六。

34.《浣溪沙》("芍藥櫻桃兩鬭新")第612頁

"丹砂穠點柳枝唇",龍箋引《唐語林》:"退之二侍妾,名柳枝、絳桃。"

按,柳枝,即白居易侍妾樊素,善歌《楊柳枝》,因名柳枝。《本事詩》:"白尚書姬人樊素善歌,妓人小蠻善舞。嘗爲詩曰:'櫻桃樊素口,楊柳小蠻腰。'"後樊素自求離去,白氏因作《別柳枝》詩。詞中所詠爲櫻桃,故以柳枝唇設喻。

35.《浣溪沙‧端午》("輕汗微微透碧紈")第648頁

"小符斜掛綠雲鬟",傅注、龍箋均引《抱朴子‧雜應》之"赤靈符"釋之。

按,《抱朴子‧雜應》云:"赤靈符,著心前。"蘇詞之"小符"則著於釵頭。陳元靚《歲時廣記‧釵頭符》:"《歲時雜記》:'端午剪繒綵作小符兒,争逞精巧,摻於鬟髻之上,都城亦多撲賣。'"宋人佚名《阮郎歸‧端五》:"門兒高掛艾人兒,鵝兒粉撲兒。結兒綴著小符兒。"周必大《端午帖子》:"丹篆釵符小,朱絲臂縷鮮。"即此。又，周紫芝《漢宮詞》："黄金釵横絳囊小，争帶君王親寫符。"可知小符盛於絳囊中，懸釵頭以辟邪也。

36. 點絳脣（"閑倚胡牀"）第 681 頁

"閑倚胡牀，庾公樓外峰千朵。與誰同坐。明月清風我。　　別乘一來，有唱應須和。還知麼。自從添個。風月平分破。"樓鑰《跋袁光禄與東坡同官事蹟》引此詞，謂爲袁轂而作。薛箋駁之，謂詞中之"庾公樓"實在九江，以此考定東坡時在九江，並作編年之依據；又謂"別乘"乃東坡自謂，"明月清風我"之"我"當爲九江道士胡洞微。

按，庾公樓，古人多用作泛稱，如杜甫《秋日寄題鄭監湖上亭》詩，即以鄭審之樓爲庾公樓。又，白居易《詠意》詩："春遊慧遠寺，秋上庾公樓。"此爲名宦名士之典，若用於道士則甚爲不倫。庾公樓，指東坡當時所登之樓。李彭《次韻東坡五更山吐月》詩"風來虎溪寺，江動庾公樓"，亦指此。"我"，爲東坡自謂，用作他指則句意不順。"別乘"，別駕、通判之別稱，詞中指袁轂，時東坡爲杭州郡守，袁氏爲杭州通判，故稱。樓説情理皆合，可從。

（本文撰於 2002 年 4 月，刊載於《南京師範大學文學院學報》2002 年第 4 期。今稍作補訂。）

附録：

薛瑞生先生在《南京師範大學文學院學報》2012 年 第 1 期發表《學術批評不能置學術規範於不顧——就〈東坡詞箋注補正〉答陳永正》一文，文前【摘要】云："陳永正《東坡詞箋注補正》一文，對包括拙著《東坡詞編年箋證》

在内的三種東坡詞箋注進行了批評,其中主要條目是對拙著的批評。遺憾的是,經過逐條細檢,發現陳文的大部分'補正'都有硬傷:或釋詞時隨便改變本意;或不顧語境以及全篇;或釋典而忘義;或因對典章制度與人文風俗的陌生而導致誤解;或對事實真偽的考訂僅憑臆測;或任意閹割與歪曲別人的著作,甚至直接指人爲誤卻不論證何以誤。本文對此分類駁證,一方面列出資料憑讀者按斷,而更重要的則是期望建立一種嚴謹的學術風氣與嚴正的學術規範。"正文略云:"《南京師範大學文學院學報》02年第4期刊陳永正《東坡詞箋注補正》一文,是針對南宋傅幹《注坡詞》、龍榆生《東坡樂府箋》與拙著《東坡詞編年箋證》(三秦出版社,1998年版)而發的。陳文共計補正36條,其中30條是針對拙著的。拜讀之後,既爲陳氏肯費其寶貴時間對拙著指瑕糾謬而感到高興,又爲陳氏在批評中置學術規範於不顧而感到驚詫。原來陳氏繼承並發展了他在寫《〈樂章集校注〉辨誤》(刊於《學術研究》1999年第7期)時之不良作法,常常指鹿爲馬,無中生有。無論其主觀願望如何,實際上卻是在給學術界無端製造混亂。關於傅注與龍箋之得失,不佞擬另文論述。有關對拙著之批評,今經逐條辨析,絕大部分不是拙著錯了,倒是陳氏的所謂'補正'值得商榷。陳文發表後的八九年間,不佞因文債山積,筆耕不輟,無暇旁騖。近來正擬準備撰寫《東坡詞編年箋證》(增訂本),想聽聽專家與讀者意見,上網泛覽,始發現陳文,讀後如鯁在喉,不吐不快,撰爲此文,算是遲到的反駁。"

《山谷詞》校注商榷

馬興榮、祝振玉兩先生校注的《山谷詞》（上海古籍出版社，2001年6月版），校勘精嚴，注釋簡明，頗便學者。暇日循誦一過，書中校注似尚有可商者，兹錄出以就教於二先生。

1.《沁園春》："掘井爲盟無改移。"（p1）

注：掘井爲盟，謂情志堅定不移。《孟子·盡心章上》："有爲者，辟若掘井。"

按，詞意本《易·井》："改邑不改井。"王弼注："井以不變爲德者也。"韓康伯注："井所居不移。"盧仝《蕭宅二三子贈答詩二十首》其一十四《客謝井》詩："改邑不改井，此是井卦辭。"井成後則不改移，故古人指井水以爲盟誓。元稹《分水嶺》詩："君看守心者，井水爲君盟。"孟郊《列女操》詩："波瀾誓不起，妾心古井水。"

2.《惜餘歡》："四時美景，正年少賞心，頻啓東閣。芳酒載盈車，喜朋侶簪合。"（p2）

注：賞心，心歡樂。簪合，連綴、會合。《儀禮·喪禮》："復者一人，以爵

弁服簪裳於衣左。"

按，首二句，語本謝靈運《擬魏太子鄴中集詩八首序》："天下良辰美景賞心樂事，四者難并。"朋侶簪合，語出《易·豫》："大有得，勿疑，朋盍簪。"孔穎達疏："盍，合也。簪，疾也。若有不疑於物以信待之，則衆陰群朋合聚而疾來也。"簪合，即簪盍、盍簪、合簪。意謂急來相聚。范祖禹《和子瞻尚書儀曹北軒種栝》詩："笑語合朋簪。"稍後汪藻《移守臨川曾吉甫以詩見寄次韻答之時吉甫除閩漕未行》詩"十年且喜朋簪合"，亦同此意。

3.《水龍吟》（黔守曹伯達供備生日）："早秋明月新圓，漢家戚里生飛將。"(p4)

注引《史記·萬石君列傳》及《史記·李將軍傳》，僅説明"戚里"及"飛將"二詞的出處。

按，此詞爲贈曹伯達者，曹伯達，名譜，濟陽郡王曹佾之侄。曹佾爲宋初大將曹彬之孫，宋仁宗曹后之弟。漢名將衛青、霍去病俱外戚，故以喻曹譜。

4.《看花回》："夜永蘭堂醺飲，半倚頹玉。爛漫墜鈿墮履，是醉時風景"，"怎歸得，鬢將老，付與杯中緑。"(p7)

注：爛漫，散亂。《莊子·在宥》："大德不同而性命爛漫矣。"杯中緑，原指酒，此指茶。

按，二語意本《史記·滑稽列傳》："若乃州閭之會，男女雜坐，行酒稽留，六博投壺，相引爲曹，握手無罰，目眙不禁，前有墮珥，後有遺簪，髡竊樂此，飲可八斗而醉二參。"《北史·韋夐傳》："昔人不棄遺簪墜履。"杯中緑，本詞中仍是指酒而非指茶，與篇首呼應。注家誤會詞意。

5.《逍遥樂》："小鬟燕趙。共舞雪歌塵，醉裏談笑。"(p14)

按,"舞雪歌塵"失注。舞雪,語本張衡《舞賦》:"連翩駱驛,乍續乍絕。裾似飛燕,袖如回雪。"羅隱《寄前宣州竇常侍》詩:"舞雪佳人玉一圍。"歌塵,劉向《別錄》:"有麗人歌賦,漢興以來,善雅歌者,魯人虞公,發聲清哀,蓋動梁塵。"唐太宗《三層閣上置音聲》詩:"隔棟歌塵合,分階舞影連。"

6.《雨中花慢·送彭文思使君》:"念畫樓朱閣,風流高會,頓冷談席。"(p16)

注:談席,席上坐談。宋歐陽修《答梅聖俞寺丞見寄》詩:"清風滿談席,明月臨歌舫。"

按,談席,指主客聚談的筵席,亦談經論藝的場所。詞意謂彭使君離去後,不再有當時的高會談席了。

7.《滿庭芳》:"我已逍遙物外,人冤道、別有思量。"(p24)

注:《晉書·單道開傳》:"後至南海,入羅浮山,獨處茅茨,蕭然物外,年百餘歲,卒於山舍。"

按,逍遙物外,是《莊子》的重要思想,應引《逍遙遊》及有關遊心物外的論述。李珣《定風波》:"十載逍遙物外居,白雲流水似相於。"

8.《滿庭芳》:"風流賢太守,能籠翠羽,宜醉金釵。"(p27)

注:翠羽,翠鳥之羽,比喻女子之眉。晉傅玄《豔歌行》:"蛾眉分翠羽,明月發清揚。"

按,羅隱《鸚鵡》詩:"莫恨雕籠翠羽殘。"翠羽,指翠色羽毛之鳥。本詞以喻女子。湯僧濟《詠渫井得金釵》詩:"翠羽成泥去,金色尚如先。"籠翠羽,謂蓄養歌伎。

9.《水調歌頭》:"翩翩數騎閑獵,深入黑山頭。極目平沙千里,惟見雕

弓白羽。"(p33)

注：雕弓，雕飾之弓。白羽，白羽箭。

按，詞意本馬戴《射雕騎》詩："獵過黑山猶走馬，寒雕射落不回頭。"

10.《促拍滿路花》："自然爐鼎，虎繞與龍盤。九轉丹砂就。"(p36)

注：道家謂煉金丹有一至九轉之別，而以九轉爲最勝。晉葛洪《抱朴子·金丹》："九轉之丹服之，三日得仙。"

按，詞中所寫的是道教內丹術，而不是服食金丹的外丹術。九轉，喻內丹煉養的火候。《悟真篇》："若要修成九轉，先須煉己持心。"爐，喻人的頭頂；鼎，喻人體中的丹田。龍、虎，喻鉛、汞，即木、金。亦即元神與元精。呂巖《七言詩》："認得東西木與金，自然爐鼎虎龍吟。"《悟真篇》："自然有鼎烹龍虎"，"五行全處虎龍蟠"。虎繞龍盤，謂元精與元神互結。史浩《永遇樂·夏至》："除非爐內，龍盤虎繞，養得大丹神水。"

11.《憶帝京》："不醉欲言歸，笑殺高陽社。"(p53)

注：高陽，本戰國邑名，漢初置縣。《史記·酈生陸賈列傳》："酈生瞋目案劍叱使者曰：走！復入言沛公，吾高陽酒徒也，非儒人也。"

按，此用山簡宴集之典。《晉書·山簡傳》：簡優遊卒歲，唯酒是耽。諸習氏，荆土豪族，有佳園池，簡每出嬉遊，多之池上，置酒輒醉，名之曰"高陽池"。高駢《途次內黃馬病寄僧舍呈諸友人》詩："好與高陽結吟社，況無名迹達珠旒。"山谷《戲招飲客解酲》詩："高陽社裏如相訪，不用閒攜惡客來。"自注："不飲者爲惡客，見《元次山集》。"亦同此意。

12.《下水船》："總領神仙侶，齊到青雲歧路。"(p56)

注：神仙，原指得道長生不死者，此謂風采不凡之人。

按，唐人常以登仙喻及第。神仙侶，指同時及第諸進士。袁皓《及第後作》詩："蓬瀛乍接神仙侶，江海回思耕釣人。"王禹偁《贈澢儀朱學士》詩："西垣久望神仙侶，北部休誇父母官。"

13.《千秋歲》："雨稀簾外滴，香篆盤中字。"(p66)

注：香篆，即篆香。宋洪芻《香譜》下："近世尚奇者作香篆，其文準十二辰，分一百刻，凡然一晝夜已。"

按，香篆，指焚香時煙氣繚繞。以其曲折如篆文，故云。蘇舜欽《寒夜》詩"縷生篆字香盤盤"、郭祥正《圓山謝雨》詩"沈煙未過盤中篆"皆此意。盤，香盤，盛香之盤。又，盤中字，語意相關，亦暗指《盤中》詩。《玉臺新詠》有《盤中》詩。相傳爲蘇伯玉妻思念其夫而作。寫之盤中，爲回文詩體，讀時從中央以周四角，宛轉回環而成文。山谷詞意謂香煙繚繞而上，有似《盤中》詩之屈曲成文，表達出女子的情愛。"雨稀"二句爲偶句，"篆"字的詞性有如"稀"字，謂香煙"如篆"，寫出盤中之字。

14.《兩同心》："尊前見，玉檻雕籠，堪愛難親。"(p69)

注：玉檻雕籠，喻處所華貴。

按，檻籠，喻拘束、不自由。白居易《紅鸚鵡》詩："文章辯慧皆如此，籠檻何年出得身。"陸龜蒙《漁具·魚梁》詩："投身入籠檻，自古難飛走。"杜牧《爲人題贈》詩："雕籠長慘澹，蘭畹謾芳菲。"詞意謂女子身入豪門，無法親近。

15.《兩同心》："儘道教、心堅穿石。"(p73)

按，此語失注。《漢書·枚乘傳》："泰山之霤穿石。"周曇《吳隱之》詩："徒言滴水能穿石，其那堅貞匪石心。"

16.《喝火令》："見晚情如舊，交疏分已深。舞時歌處動人心。煙水數

年魂夢，無處可追尋。　　昨夜燈前見，重題《漢上襟》。"(p79)

注：此首中云"晚情"、"煙水數年"，當是晚歲羈留他鄉時作。《漢上襟》，唐段成式、温庭筠、余知古有《漢上題襟集》十卷。

按，首句意謂重見雖晚，而感情如舊。並非指晚年之情。題襟，抒寫襟懷。又，古人喜題詩於衣襟，如胡翼龍《南歌子》："不記春衫襟上舊題詩。""漢上襟"，本詞中借用漢上題襟之字面，猶王安石《奉酬約之見招》"況復能招我，親題漢上襟"之意，不應標書名號。"重題漢上襟"，謂再次題詩贈與漢上之女子。漢上，《詩·周南·漢廣》："漢有游女。"此暗示其歌伎身分。時山谷當在鄂州，鄂州地處漢上，山谷於元符三年(1100)五月監鄂州鹽稅。次年至峽州，後至荆南，又再至鄂州。詞中云"如舊"、"數年"、"重題"，當爲崇寧元年(1102)或二年秋，再至鄂州與歌伎重見時題贈之作。

17.《漁家傲》："對朕者誰渾不顧。成死語。江頭暗折長蘆渡。"(p86)

注引《景德傳燈錄》所載達磨見梁武帝事。

按，"死語"宜注。禪宗有"活句"、"死句"之說，《傳燈錄》載德山緣密禪師語："但參活句，莫參死句。"達磨作"活語"，梁武作"死語"。故達磨"知機不契"，折葦渡江。

18.《漁家傲》："方猛省。無聲三昧天皇餅。"(p93)

注引《五燈會元》以解"無聲三昧"，"天皇餅"失注。

按，餅，指湯餅。束晳《餅賦》："玄冬猛寒，清晨之會。涕凍鼻中，霜成口外。充虛解戰，湯餅爲最。""天皇餅"，用龍潭崇信禪師故事。《祖堂集》卷五載，崇信禪師在俗時爲餅師，常以十餅饋天皇和尚道悟，天皇每食已，常留一餅與之，云："吾惠汝，以蔭子孫。"一日忽訝之，問其返惠之旨。天皇曰："是汝持來,復汝何咎?"遂大悟,因投天皇出家。事亦見《五燈會元》。李彭《游雲居歌》:"充虛解戰天皇餅,破魔驚睡趙州茶。"黃龍慧南《南嶽高臺示禪者》:"舉頭若味天皇餅,虛心難喫趙州茶。"不明此典,全詞之旨皆失。

19.《定風波》:"自斷此生休問天。白頭波上泛膠船。"(p101)

注:問天,唐王維《偶然作》詩:"未嘗肯問天,何事須擊壤。"膠船,用膠黏合的船。……後喻指無濟於事。

按,首句用杜甫《曲江三章》之三的成句。次句補足首句意。以極危之事設喻,謂此生無望。

20.《定風波》:"準擬階前摘荔枝。今年歇盡去年枝。莫是春光廝料理。無比。譬如痎瘧有休時。"(p104)

"廝料理",注引張相《詩詞曲語辭彙釋》卷二:"廝料理,猶云相幫助也。"末句,注引《素問》、《醫宗金鑑》注"痎瘧"之義,謂爲"經年不愈之老瘧也"。

按,"廝料理",猶言"這樣安排"。荔枝結實有"大年"、"小年"之別,大年實多,小年實少。痎瘧,瘧疾,爲週期性的寒熱發作。荔枝大、小年相間,如瘧疾之時發時休也。詞意謂今年是荔枝小年,去年掛滿枝頭,今年已消歇不見。

21.《定風波》:"素兒歌裏細聽沈。"(p105)

注:素兒,即素女。傳説中的神女名。

按,素兒,侍女名。宋代侍女歌姬常用"兒"爲名,如"雪兒"、"蟲兒"。晁補之《謝王立之送蠟梅五首》其五:"芳菲意淺姿容淡,憶得素兒如此梅。"自注:"立之家小鬟。"立之,王直方之字。可知"素兒"實有其人。晁氏又有《次韻張著作文潛飲王舍人才元家時坐客户部李尚書公擇光祿文少卿周翰大理杜少卿君章黃著作魯直》詩：'素兒雖小小，亦足侑客觴。'"王才元，名棫，王直方之父。則此詞或爲王氏宴飲侑觴而作。

22.《定風波》序："客有兩新鬟善歌者，請作送湯曲，因戲前二物。"（p106）

注：物，人也。《左傳·昭公十一年》："晉荀吳謂韓宣子曰：'不能救陳，又不能救蔡，物以無親。'"楊伯峻注引顧炎武曰："物，人也。"

按，二物，指茶與酒。詞中"玉人纖手自磨香"，謂茶，"又得尊前聊笑語"，謂酒。茶、酒設於湯前，故稱"前二物"。參見本文48條《好事近》湯詞。

23.《蝶戀花》："筆下風生，吹入青雲去。仙籍有名天賜與。"（p109）

注：仙籍，古代把科舉考試及第喻爲登仙。因而把及第者的姓名籍貫稱爲仙籍。

按，注文全錄《漢語大詞典》的解釋，似仍欠準確。仙籍，此指進士題名錄，即及第者的名單。宋時進士題名刻石於相國、興國兩寺。李滄《及第後宴曲江》詩"紫毫粉壁題仙籍"，亦指公佈在牆上的題名榜。韓偓《及第過堂日作》詩"暗驚凡骨升仙籍"，謂凡人取得仙人資格，仙人譜牒上有名。

24.《步蟾宮》："蟲兒真個惡靈利。惱亂得、道人眠起。醉歸來、恰似出桃源，但目斷、落花流水。"（p110）

注：桃源，晉陶淵明《桃花源記》所描述的與世隔絕的樂土。

按，桃源，用劉義慶《幽明錄》所載劉晨、阮肇游天台山桃源遇仙女的故事。唐吕巖《七言》詩之一〇曰："曾隨劉阮訪桃源。"蟲兒是妓女，古人常以狎妓喻游仙。山谷此詞與周邦彥《蘇幕遮》"流水落花，不管劉郎到"同意。山谷《西江月》"宋玉短牆東畔，桃源落日西斜"（p188）之"桃源"亦此意。

25.《踏莎行》:"低株摘盡到高株,高株別是閩溪樣。"(p111)

按,高株,指都濡高株茶,即月兔茶。謂可與建溪茶相比。山谷《煎茶賦》有"黔陽之都濡高株"之語,又,《答從聖使君》云:"今往黔州都濡月兔兩餅,施州入香六餅,試將焙碾嘗。都濡,在劉氏時貢炮也,味殊厚。"

26.《醉落魄》:"盞倒垂蓮,一笑是贏得。"(p119)

注:宋周紫芝《西江月》:"畫幕燈前細雨,垂蓮盞裏清歌。"

按,以後注前,不妥。可引歐陽修《玉樓春》:"大家金盞倒垂蓮,一任西樓低曉月。"

27.《醉落魄》:"異鄉薪桂炊香玉。"(p120)

注:《戰國策·楚策三》:"楚國之食貴於玉,薪貴于桂。"

按,宜補注庾信《謝趙王賚米啟》:"非丹灶而流珠,異荊臺而炊玉。"孟郊《城南聯句》:"浙玉炊香粳,朝饌已百態。"

28.《玉樓春》:"歌煩舞倦朱成碧。春草池塘凌謝客。"(p125)

注僅引謝靈運《登池上樓》詩"池塘生春草"語。

按,上句失注。王僧孺《夜愁示諸賓》詩:"誰知心眼亂,看朱忽成碧。"

29.《玉樓春》:"尊前見在不饒人,歐舞梅歌君更酌。"(p126)

注:見在,猶現在。

按,尊前見在,語本牛僧孺《席上贈劉夢得》詩:"休論世上升沈事,且鬭尊前見在身。"意謂及時行樂。

30.《玉樓春》:"功名富貴久寒灰。"(p128)

注:寒灰,已冷之灰。

按,司空圖《詩品·悲慨》:"百歲如流,富貴冷灰。"

31.《玉樓春》:"酥花入座頗欺梅。"(p132)

注:酥花,此指用有色絹或紙製成的花。宋陸游《冬至》詩:"盤裏酥花也鬬開。"

按,酥花,以酥油點抹而成的花。宋人飲食習俗,於盤中點酥作花,以爲美觀。崔敦詩《淳熙八年春帖子詞·太上皇帝閣六首》其二:"剪玉酥花細,盤金綵勝宜。"蘇軾《臘梅贈趙景貺》詩:"天公點酥作梅花。"又,山谷《清平樂》:"蜀娘謾點花酥。"(p206),亦同此意。

32.《玉樓春》:"黃金捍撥春風手。"(p133)

注:張籍《宮詞》:"黃金捍撥紫檀槽,弦索初張調更高。"

按,原句出自王安石《明妃曲》。

33.《玉樓春》:"爭尋穿石道宜男,更買江魚雙貫柳。"(p134)

注:宜男,祝頌多子之詞。

按,穿石,宋代風俗,以正月二十二日爲穿石節。莊季裕《雞肋篇》上:"婦女於灘中求小白石有孔可以穿者,以色絲貫之,懸持於首,以爲得子之祥。"次句本自《石鼓文》:"其魚維何,維鱮維鯉。何以貫之,維楊與柳。"

34.《南鄉子》:"滿酌不須辭。"(p144)

失注。按,于武陵《勸酒》:"勸君金屈卮,滿酌不須辭。"

35.《鵲橋仙》:"鴛鴦機綜,能令儂巧。"(p152)

注:鴛鴦機綜,飾有鴛鴦的織機。唐錢起《效古秋夜長》詩:"誰家少婦事鴛機,錦幕雲屏深掩扉。"

按,機綜,指織機上的綫縷。山谷《題王仲弓兄弟巽亭》:"溪毛亂錦纈,候蟲響機綜。"任淵注引《韻書》曰:"綜,機縷也。"兩句寫七夕故事。《荊楚歲時記》載,七夕婦女結彩縷,穿針乞巧。

36.《鷓鴣天》:"且看欲盡花經眼。"(p160)

注:花經眼,山谷《次元明韻寄子由》詩:"春風春雨花經眼,江北江南水拍天。"

按,此句用杜甫《曲江》詩:"且看欲盡花經眼,莫厭傷多酒入唇。"

37.《鷓鴣天》:"節去蜂愁蝶不知,曉庭環繞折殘枝。自然今日人心別,未必秋香一夜衰。"(p162)

注:"節去"二句,見前《南鄉子》(黃菊滿東籬)注。

按,《南鄉子》詞"節去蜂愁蝶不知"句注:"唐鄭谷《十月菊》詩:節去蜂愁蝶不知,曉庭環繞折殘枝。"其實山谷此詞"自緣今日人心別,未必秋香一夜衰",二句亦出自鄭谷《十月菊》詩,宜注明。

38.《鷓鴣天》:"爲君寫就《黃庭》了,不要山陰道士鵝。"(p163)

注引《晉書·王羲之傳》及李白詩,謂用王羲之寫經換鵝故事。

按,注未能指出詞意。謂已爲主人寫就《黃庭經》,欲以換取其家中之侍女,即首句之"翠娥"。不換鵝而換女,此當爲諧謔之語。

39.《浪淘沙·荔枝》:"憶昔謫巴蠻。荔子親攀。冰肌照映柘枝冠。日擘輕紅三百顆,一味甘寒。　重入鬼門關。也似人間。一雙和葉插雲鬟。賴得清湘燕玉面,同倚闌干。"(p170)

注:此首作於建中靖國元年辛巳(1101),是年山谷遇赦北歸,三月至峽州,四月至荆南。

按,"柘枝冠"失注。柘枝,舞名。唐代佚名《舞曲歌辭·柘枝詞》:"此舞因曲爲名。用二女童,帽施金鈴,抃轉有聲。"柘枝冠,即舞女之帽。冰肌,語意相關,亦指女子之肌膚。此首編年有誤。首句言"憶昔",當謂遇赦數年之後。末二句點出"清湘",其地當爲湖南之"湘",亦疑指衡陽妓陳湘。建中靖國元年,山谷並未至湖南。此詞當作於崇寧三年(1104)自湖南貶宜州道上。

40.《南歌子》:"郭大曾名我,劉翁復是誰。入廛能作和鑼椎。特地干戈相待使人疑。"。(p175)

注謂郭大,即郭太(泰)。並簡介郭太生平。謂和鑼椎,"比喻簡單的謀生手段"。又謂"入廛"二句"當爲禪宗機鋒,查檢諸禪籍,未見出處,待考"。

按,當引《後漢書·郭太傳》:"性明知人,好獎訓士類。"及謝承《後漢書》:"泰之所名,人品乃定,先言後驗,衆皆服之。"郭大,喻郭詩翁。"名我",意謂郭詩翁曾品評自己。和鑼椎,比喻圓熟之人。陽枋《字溪集》卷九《辨惑》云:"俗言某人甚圓,余謂圓熟不如鯁介之人。圓熟乃是無是無非、無可無否、鄉愿之徒,此等阿媚容悦、竊富貴、盜聲名,無益於國家之盛衰存亡,今所謂'和鑼槌'者是也。""入廛"二句意謂,在市井中與人和睦相處,何必互相爭鬭使人猜疑。

41.《南歌子》:"秋浦横波眼,春山遠岫眉。普陀巖畔夕陽遲。何似金沙灘上放憨時。"(p175)

注:金沙灘,山谷有《戲答陳季常寄山中連理松枝》詩,任淵注引《傳燈録》:"僧問風穴,如何是佛。穴曰:'金沙灘頭馬郎婦。'"世言觀音化身,未見所出。

按,任注尚引唐人李復言《續玄怪録》云:"昔延州有婦人,頗有姿貌,少年子悉與之狎昵,數歲而殁,人共葬之道左。大曆中,有胡僧敬禮其墓,曰:'斯乃大慈悲喜舍,世俗之欲,無不徇然。此即鎖骨菩薩,順緣已盡解。'衆人開墓，以視其骨，鉤連如鎖狀，爲起塔焉。馬郎婦事大率類此。"觀音化身爲美婦，徇世俗之欲，與諸少年狎昵。山谷此詞，"金沙灘上放憨"一語，用鎖骨菩薩之典，點出女子的歌伎身分。

42.《南歌子》："頂門須更下金椎。"(p177)

注謂摩醯首羅天王之頂門眼，超異於常眼。

按，下椎，語本《五燈會元》卷一："世尊因自恣日，文殊三處過夏。迦葉欲白椎，擯出。才拈椎。乃見百千萬億文殊。迦葉盡其神力。椎不能舉。"佛弟子欲白事，應先擊椎，是爲"白椎"。禪宗開堂，亦白椎以息喧。因以"拈椎"爲禪師示機之意。晁補之《贈常州感慈邦長老》："君不見大通方丈空無物，亦不拈椎並竪拂。本原自性未出喉，已向頂門遭一咄。"釋智愚《淵禪人之乳峰》："淵默雷聲善發機，鈍根難下頂門椎。"釋士圭《頌古》："斫牌禪客知到來，不動金錘腦門裂。"頂門下椎，義猶當頭棒喝。

43.《南歌子》："金雁斜妝頰，青螺淺畫眉。"(p177)

注：金雁，女子髮飾。宋嚴仁《鷓鴣天》："檀槽搊急斜金雁，彩袖翩躚彈翠翹。"

按，雁，指雁柱，箏柱。金雁，用銅製成的箏柱，以其排列如雁行斜飛，故稱。注中所引嚴仁詞"檀槽搊急"，亦爲彈奏之情景。張泌《春晚謠》："鈿箏斜倚畫屛曲，零落幾行金雁飛。"同此意。清人王士禄《調笑令》"金雁。金雁。歷歷斜行箏面"，可作注解。

44.《阮郎歸》："酒闌傳碗舞紅裳。都濡春味長。"(p198)

注：《元和郡縣圖志》卷三〇："黔州都濡縣。"

按，都濡，今貴州省務川縣濡水鎮。詞中指黔州都濡高株茶，即月兔茶。

見上 25 條注。

45.《南歌子》:"庖丁有底下刀遲?直要人牛無際是休時。"(P177)

注引《莊子》"庖丁解牛"之典以釋之。

按,禪宗每以牧童牧牛設喻,以謂無心是道,心滅則種種法滅。山谷詩文中常有人牛之喻。"人牛無際",猶天如惟則禪師《滿庭芳》之"當歸去,人牛不見,正是月明時"色色皆空之境界。

46.《阮郎歸》:"老夫不出長蓬蒿。"(p200)

按,此句用杜甫《秋雨歎》之三:"老夫不出長蓬蒿,稺子無憂走風雨。"

47.《清平樂》:"且樂尊前見在。"(p203)

按,"尊前見在"失注。見前 29 條。

48.《好事近‧湯詞》:"歌罷酒闌時,瀟灑座中風色。主禮到君須盡,奈賓朋南北。　暫時分散總尋常,難堪久離拆。不似建溪春草,解留連佳客。"(p211)

注:風色,風神顏色。建溪春草,指建溪春茶。

按,此詞題爲湯詞,與《定風波》詞(p106)同意,注未説明。宋代飲食習俗,以茶、酒、湯三物待客,須按次序。無名氏《南窗紀談》:"客至則設茶,欲去則設湯。不知起於何時。然上自官府,下至閭里,莫之或廢。"此詞云"主禮到君須盡,奈賓朋南北",《定風波》詞云:"歌舞闌珊退晚妝,主人情重更留湯。"即謂歌筵欲散,則設湯解酒以送客。"不似建溪春草,解留連佳客",則謂先設茶以留客。山谷《阮郎歸》"烹茶留客駐雕鞍",亦此意。

49.《好女兒‧張寬夫園賞梅》:"東鄰何事,驚吹怨笛,雪片成堆。"(p214)

注：東鄰，指美女。

按，貫休《鼓腹曲》："東鄰老人好吹笛。"文同《十月梅花》："東鄰夜夜客，莫放笛聲哀。"

50.《減字木蘭花》："《撥悶》題詩，千古神交世不知。"(p220)

注：《撥悶》題詩，引唐杜甫《撥悶》詩。千古神交，指杜甫對宋玉的思慕與景仰。

按，撥悶，意謂杜甫因排解愁悶而題詩，不應加書名號。神交，應引杜甫《雲山》詩"神交作賦客"，舊注謂"作賦客"指宋玉。

51.《減字木蘭花》："前年江外，兒女傳杯兄弟會。此夜登樓，小謝清吟慰白頭。"(p227)

注：小謝，指南齊詩人謝朓。清吟，指謝朓《晚登三山還望京邑》詩名句"澄江靜如練"。

按，小謝，當指謝惠連。鍾嶸《詩品》："小謝才思富捷。"即以"小謝"稱謝惠連。惠連為謝靈運族弟，靈運甚愛之，稱為"阿連"。此詞云前年之"兄弟會"，當指紹聖元年(1094)九月，山谷在太平州與兄大臨，弟叔獻、叔達等人之會。"此夜"，當指紹聖三年中秋。時山谷在黔州貶所，其弟叔達(知命)親送至黔，相聚多日。故詞中"小謝"，亦當以謝惠連喻黃叔達。《山谷內集》中附有知命在黔所作之詩。

52.《減字木蘭花·戲答》："天水相圍。相見無因夢見之。"(p230)

按，唐幽州衙將妻孔氏《贈夫詩》："死生今有隔，相見永無因。"韋莊《荷葉杯》："如今俱是異鄉人，相見更無因。"

53.《采桑子》："虛堂密候參同火，梨棗枝繁。深鎖三關。不要樊姬與

小蠻。"(p237)

注：參同：相合爲一。《韓非子·主道》："有言者自爲名，有事者自爲形，形名參同，君乃無事焉。"梨棗句，唐韋應物《答偶奴重陽二甥》詩："貧居煙水濕，歲熟梨棗繁。"

按，此首全用道教語。魏伯陽作《參同契》，爲言爐火之書。謂參同《周易》、黃老、爐火三家而歸於一。詞言"參同火"，指內丹術之"爐火"。候火，喻意守丹田。梨棗，爲丹藥汞、鉛之代稱。陶弘景《真誥·運象二》："玉醴金漿，交梨火棗。此則騰飛之藥，不比於金丹也。"在內丹術中指火、水。張耒《踵息齋》："超然內外無死地，梨棗華實龍虎用。真人示我尺素書，萬卷丹經不勞誦。"即此意。三關，應引《黃庭內景經·三關》："口爲心關精神機，足爲地關生命扉，手爲人關把盛衰。"張繼先《金丹》詩："擾擾浮生一夢間，幾人回首鎖三關。"即此意。本詞中所言之"參同火"及"梨棗"，均爲內丹術用語。詞意謂謹守身心，不親女色。參見本文第10條《促拍滿路花》按語。

54.《雪花飛》："攜手青雲路穩，天聲迤邐傳呼。"(p251)

注：天聲，原指朝廷聲威。《後漢書·竇融傳》附《竇憲》："下以安固後嗣，恢拓境宇，振大漢之天聲。"後引申爲皇帝之德音。

按，此宜注出臚傳故事。殿試後，皇帝呼名召見登第進士，按甲第唱名傳呼。程大昌《演繁露》卷十四："今之臚傳，自殿上至殿下，皆數人抗聲相接，使所唱之語聯續遠聞。"宋人佚名《桂枝香·賀及第》："更星使傳呼，天上消息。"

55.《點絳唇》序："重九日寄懷嗣直弟。時再遊涪陵，用東坡餘杭九日《點絳唇》舊韻二首。"(p256)

注：作於紹聖四年丁丑（一〇九七）。任淵《山谷年譜》云："是歲山谷在黔南。其春知命往見嗣直於涪州。"

按，紹聖四年山谷在黔南，嗣直在涪州。次年，即元符元年（一〇九八）六月，山谷赴戎州。此二詞爲九月自戎州再游涪陵時作。注者謂紹聖四年在黔南作，則是時嗣直亦在涪州，何用"寄懷"？

又，第二首有"戎雖遠"句，注："戎，晉宋間人謂從弟爲'阿戎'，至唐猶然。此指從弟嗣直。"亦誤。古人稱從弟爲"阿戎"，絕無單稱爲"戎"者。戎，當指戎州。謂己在戎州，與嗣直相去雖遠，仍望能相聚如在涪陵時也。

《山谷詞》校勘上似亦有可商之處：

1.《驀山溪》："回雁曉岸清。"（p40）

按，此句按詞律當爲"平仄仄平平"，"岸"字不合律，似爲"峰"字之誤。又，一本作"回雁曉風清"，"風"字亦合律，可從。

2.《玉樓春》："紅蕖照映霜林來，楊柳舞腰風裊裊。"（p136）

按，"霜林來"，宋本、叢刊本、萬曆本、彊村本、中華本均作"霜林表"，宜從之。據《玉樓春》詞譜，此句末三字爲"平平仄"，押韻。"霜林來"爲"平平平"，不合律，"來"字亦不押韻。

3.《南鄉子》："想得鄰舟野笛罷。"（p142）

按，"野笛罷"，宋本、叢刊本、彊村本、中華本作"霜笛罷"，宜從之。據《南鄉子》詞譜，此句末三字爲"平仄仄"，"野笛罷"爲"仄仄仄"不合律。

4.《采桑子》："兩行芙蓉淚不乾。"（p242）

原校："兩行，叢刊本作'兩打'，'打'字顯誤。"

按，據《采桑子》詞譜，此句當爲"仄仄平平仄仄平"，"行"字平聲，不合律，顯誤。又細審叢刊本，所謂"兩打"，實爲"雨打"，因中間兩點相連，致辨認有誤。"雨打芙蓉淚不乾"，詞意及格律俱無塞礙矣。且此詞爲名作，別見於秦觀、晏幾道集中，均作"雨打芙蓉淚不乾"，不應致誤。

（撰於2002年6月，刊載於《南京師範大學文學院學報》2007年第4期。今略作補訂。）

附記：

2011年3月，上海古籍出版社出版馬興榮、祝振玉兩先生《山谷詞校注》一書，爲《山谷詞》2001年版之修訂本。持兩本相校，發現本文中所指出的大多數問題，在修訂本中依然存在，馬、祝二先生當未及垂覽本文，故本文亦可供修訂本的讀者參考。

《須溪詞》校注校讀札記

《須溪詞》，吳企明校注。上海古籍出版社，1998年版。

1.《雙調望江南·壽謝壽朋》："蔗境在頑堅。"（p6）

注云：頑堅，即頑固，因協韻改之。自稱愚昧笨拙，不知變通。

按，詞中語意相關，謂漸入老年，體魄強健，意志堅定。如啖及蔗根，既頑且堅，漸入佳境也。"頑堅"一語，一作"堅頑"，古詩文常用，非湊韻而改。陸游《雜興二首》其一："造物乘除理固然，許將窮悴博頑堅。"又，《夜雨》："自笑堅頑誰得似，同儕太半已丘墟。"

2.《雙調望江南·壽趙松廬》："幸自少年場屋了，誰能匊淅數還炊。"（p7）

注云：《世說新語·排調》："……次復作危語。桓（玄）曰：'矛頭淅米劍頭炊。'殷（仲堪）曰：'百歲老翁攀枯枝。'顧（愷之）曰：'井上轆轤臥嬰兒。'"淅米，淘米。矛頭淅米，乃是危事，以喻仕宦則危。

按，匊淅，掬水而淅；數炊，數米而炊。謂貧困生活。《莊子·庚桑楚》："簡髮而櫛，數米而炊。"《淮南子·泰族訓》："稱薪而爨，數米而炊，可以治小而未可以治大也。"詞意謂趙氏幸得早年登科,一生能免困窮也。

3.《浪淘沙·有感》:"無謂兩眉攢。風雨春寒。"(p18)

注云:兩眉攢,形容山的形態。王觀《卜算子·送鮑浩然之浙東》:"水是眼波横,山是眉峰聚。"

按,此實寫人之攢眉,並非譬喻。《廬阜雜記》載:遠法師結白蓮社,以書招淵明,"勉以入社,陶攢眉而去"。劉克莊《景定初元即事》:"一生憐此老,錯把兩眉攢。"

4.《浣溪沙·壽陳敬之推官》:"身是高人欲寢冰。引年可待進豨苓。無憂無患也身輕。"(p40)

注云:《後漢書·袁安傳》注引《汝南先賢傳》曰:"時大雪,積地丈餘。洛陽令身出案行,見人家皆除雪出,有乞食者。至袁安門,無有行路,謂安已死,令人除雪,入户見安僵臥。問:'何以不出?'安曰:'大雪,人皆餓,不宜干人。'令以爲賢,舉爲孝廉。"

按,古人認爲有道之士不畏寒暑,可眠冰赴火而無傷。宋末全真道士丘處機《水龍吟》:"去長安路上,眠冰臥日,作終身異。"馬鈺《五靈妙仙·贈趙八先生》:"自然神氣壯,眠臥冰雪。欺寒暑、不拘時節。"

5.《浣溪沙》:"十日千機可復諧。郭郎感運豈仙才。人間自是少行媒。直上扶搖須九萬,滿前星斗共昭回。又傳賈客向曾來。"(p41)

注引干寶《搜神記》卷一所載漢董永得天之織女助織之事。又云:"郭郎,未詳。"卷三《水調歌頭·和彭明叔七夕》:"郭郎老。"自注:"即與運。"或即是一人。

按,郭郎,非指郭與運。《太平廣記》卷六八《女仙》十三引《靈怪集》載,太原郭翰得天上織女眷顧,攜手登堂,解衣共臥。別後寄書,末有詩二首,詩曰:"河漢雖云闊,三秋尚有期。情人終已矣,良會更何時?"又曰:"朱閣臨清漢,瓊宮御紫房。佳期情在此,祇是斷人腸。"翰以香箋答書,意甚慊切,並有酬贈詩二首。本詞謂郭翰之所以遇織女,祇不過是偶然感運而已,並非自身稟有仙才。"少行媒",織女無媒而自薦,故云。

6.《霜天曉角・和中齋九日》:"騎臺千騎。有菊知何世。想見登高無處,淮以北、是平地。　老來無復味。老來無復淚。多謝白衣迢遞,吾病矣、不能醉。"(p48)

注云:騎臺,在武昌。其上爲南樓,地勢甚高,即庾亮鎮武昌時所登之樓。士人常於九月九日登此樓。

按,此爲劉辰翁之名作,尤須深討。關鍵在"騎臺"一詞。九日登高詩中之"騎臺",多指彭城之戲馬臺,已成九日之常典,謝靈運、謝瞻皆有《九日從宋公戲馬臺集送孔令》詩,王灼《九日同韶美誼夫登妙明分韻得光字》詩"騎臺白草荒"、張栻《重陽前一日》詩"何須騎臺飲"、陳師道《次韻李節推九日登南山》詩"平林廣野騎臺荒",中之"騎臺",均指"戲馬臺",未見有以指武昌南樓者,吳注所云,未知何據。若指彭城之戲馬臺,"淮以北、是平地"方有着落,句中所含之深意始出。又,《水龍吟・和中甫九日》:"傷懷絕似,龍山罷後,騎臺沈處。"《水調歌頭・甲午九日牛山作》:"看取龍山落日,又見騎臺荒草。"均用此典。

7.《霜天曉角・壽蕭靜安,時歸永新》:"苦苦留君不得,攜孺子、到汾曲。"(p55)

注云:汾曲,汾水之曲。

按，永新在江西吉州，與汾曲相去數千里，校注未得要領。此用隋末學者文中子王通隱於汾曲之事典。王通《中說·事君》："楊素使謂子（指王通）曰：'盍仕乎？'子曰：'疏屬之南，汾水之曲，有先人之敝廬在，可以避風雨，有田可以具饘粥。彈琴著書，講道勸義，自樂也。願君侯正身以統天下，時和年豐，則通也受賜多矣。不願仕也。'"詞中以王通喻蕭靜安。

8.《憶秦娥》："當時月。照人燭淚，照人梅髮。"（p73）

注云：周紫芝《竹坡詩話》："方回（賀鑄）寡髮，功父指其髻謂曰：此真賀梅子也。"

按，梅髮，猶言如梅花般素白之髮。與賀梅子之髻無涉。

9.《鵲橋仙·題陳敬之扇》："乘鸞著色，癡蠅誤拂。不及羲之醉墨。"（p119）

注云：王羲之醉時所書之字，遜於平時，衹有自己能分辨。唐李嗣真《書後品》（張彥遠《法書要錄》卷三）："羲之又曾書壁而去，子敬密拭之，而更別題。右軍還觀之曰：'吾去時真大醉。'子敬乃心服之。"

按，注者謂右軍醉書遜於平時，乃誤解《書後品》文中之意，子敬（羲之之子獻之）自謂己之書勝於乃父，故別題之，羲之云"大醉"，實諷語也。羲之醉墨，多指《蘭亭序》，唐人何延之《蘭亭記》云："《蘭亭》者，晉右將軍、會稽內史、琅琊王羲之字逸少所書之詩序也。""其時乃有神助，及醒後，他日更書數十百本，無如被襖所書之者。"韋絢《劉賓客嘉話錄》又云："右軍嘗醉書，點畫類龍爪，後遂為龍爪書。"

10.《鷓鴣天·九日》："神仙暗度龍山劫，雞犬人間百戰場。"（p164）

注云：這句詞檃括了李白和杜甫的詩意。杜甫《兵車行》云："況復秦兵耐苦戰,被驅不異犬與雞。"又《述懷》:"殺戮到雞狗。"雞犬如此,人何以堪?李白《從軍行》云:"百戰沙場碎鐵衣。"

按,吳均《續齊諧記》:"汝南桓景隨費長房遊學累年,長房謂曰:'九月九日,汝家中當有災。宜急去,令家人各作絳囊,盛茱萸,以系臂,登高飲菊花酒,此禍可除。'景如言,齊家登山。夕還,見雞犬牛羊一時暴死。長房聞之曰:'此可代也。'今世人九日登高飲酒,婦人帶茱萸囊,蓋始於此。"詞中用此典。謂神仙如費長房輩自可登高度劫,而人間卻成了百戰之場,雞犬不留矣。

11.《鷓鴣天·和謝胡盤居覘橘爲壽》:"自入孤山分外香。南枝不改舊時妝。爲曾盤裏承青眼,一見溪頭道勝常。　　商山樂,又相羊。上方不復記傳觴。橘中個個盤深窈,依倚東風局意長。"(p168)

注云:商山樂,《漢書·王貢兩龔鮑傳》:"漢興有園公、綺里季、夏黃公、甪里先生,此四人者,當秦之世,避而入商洛山,以待天下之定也。"又云:道家指上方爲天上仙界。傳觴,指穆天子宴於瑤池事。

按,注文無一語涉入標題中應有之義。全詞均切"覘橘爲壽"之意。唐牛僧孺《玄怪錄·巴邛人》載古有一巴邛人家橘園,霜後兩橘大如三斗盎。摘剖之,有四老人焉。二老叟相對象戲,談笑自若。一叟曰:"橘中之樂,不減商山,恨不能深根固蒂耳。"劉辰翁《春景·棋聲花院閉》詩亦有"人在橘中家,此樂商山似"之句。"盤裏"、"傳觴",謂宮中賜橘之事。上方,指宮中。張耒《宮詞》"中官逐院傳宣賜,南國諸侯進橘來"、趙鼎臣《代擬和御製睿思殿賜宴賞金橘詩》"地向江南移茂苑,人於天下醉清觴"、釋了元《和賜後苑金橘》"苑臣初摘置雕盤,口敕宣恩賜近官",皆紀此事。

12.《鷓鴣天·迎春》："去年太歲田間土，明日香煙壁下塵。馬上新人紅又紫，眼前歌妓送還迎。　　釵頭燕，勝金細。燕歌趙舞動南人。遺民植杖唐巾起，閒伴兒童看立春。"(p169)

注云：方士術數家以太歲所在之年爲凶年，忌興土木。參見王引之《經義述聞》卷二十九《太歲考》。"田間土"，即忌興土木。

按，術數家謂每年均有太歲神（又稱太歲將軍）值年，太歲所在之方位及與之相反之方位，忌興土木，又謂個人之本命年犯太歲，是凶年，並非"太歲所在之年爲凶年"，注者誤解王氏《太歲考》之意。全詞皆寫迎春之事，均未注出。古代立春日東郊迎春，以五色綵杖鞭土牛，鞭牛成碎土，稱"春牛土"，人爭搶拾，以圖吉利，稱"搶春"。元稹《生春》詩："鞭牛縣門外，爭土蓋春蠶。"有作勾芒神者，著紅衣，簫鼓歌舞以迎之。勾芒神，即值歲神，俗呼爲太歲。婦女頭簪綵勝以迎春。"太歲田間土"，意謂去年之太歲春牛已化成田間之土而已，並無"忌興土木"之意。姚合《春日早朝寄劉起居》："綵杖迎春日，香煙接瑞雲。"李石《楊德彜立春日攜詩遠訪次韻》："鞭笞土牛子，鼓舞勾芒神。"洪适《次韻李舉之立春》："更將歌舞爲迎春。"呂本中《辛酉立春》："土牛花勝已迎春。"王圭《立春内中帖子詞·夫人閣》："綵燕迎春入鬢飛。"朱敦儒《水龍吟》："鬭迎春、巧飛釵燕。"皆寫此俗，可作本詞注腳。

13.《瑞鶴仙·壽翁丹山》："願使君小住，五風十雨。重見一稃三黍。"(p207)

"一稃三黍"失注。

按，稃，同"稃"。《爾雅·釋草》："秠，一稃二米。"郭璞注："此亦黑黍，但中米異耳。漢和帝時，任城生黑黍，或三四實。"彭百川《太平治迹統類》卷七

《皇祐論樂》謂古人"累黍爲尺","今所用黍,非古謂'一稃三米,黍也'"。一稃三米,猶《南齊書·祥瑞志》"一莖五穗"、《大業拾遺錄》之"一本三穗",乃太平盛世之祥瑞也。

14.《漢宮春·壬午開爐日戲作》:"茶香疏處,畫殘灰、自說心期。"(p213)

注云:辛棄疾《添字浣溪沙》:"心似風吹香篆過,也無灰。"方回《雪中》詩:"尚容永夜畫殘灰。"

按,李群玉《火爐前坐》:"多少關心事,畫灰到夜深。"蘇軾《寄餾合刷瓶與子由》:"寄君東閣閒炙栗,知我空堂坐畫灰。"劉克莊《燈夕二首呈劉帥》其二:"書生晚抱憂時志,歸畫殘灰理舊編。"不宜舉方回詩。

15.《齊天樂·端午和韻》:"正艾日高高,葛風細細。"(p219)

注云:艾、葛均爲初夏時的植物。《詩·王風·采葛》:"彼采葛兮,一日不見,如三月兮。彼采蕭兮,一日不見,如三秋兮。彼采艾兮,一日不見,如三歲兮。"

按,"艾"、"葛",均端午之"節物"。《荊楚歲時記》:"采艾以爲人,懸門户上,以禳毒氣。"注:"以艾爲虎形,或剪綵爲小虎,帖以艾葉,內人爭相取戴之。"杜甫《端午日賜衣》有"端午被恩榮,細葛含風軟"之語。

16.《齊天樂·端午和韻》:"昨日蟾蜍,明朝蠅虎,身與渠衰更悴。"(p219)

注文僅釋蠅虎之原始詞義。

按,蟾蜍、蠅虎,皆端午之"節物"。《齊民要術》卷三:"(五月)五日,取蟾蜍。"注:"以合惡疽瘡藥。"《太平御覽》卷九百四十九引《文子》曰:"蟾蜍辟兵。"又引《抱朴子》曰:"肉芝者,謂萬歲蟾蜍,頭上有角,頷下有丹書八字再重,以五月五日日中時取之,陰乾百日,以其足畫地,即爲流水。帶其左手於身,辟五兵,若敵人射己者,弓弩矢皆反還自向也。"又,崔寔《四民月令》:"五月五日,取蠅虎,杵碎拌豆,豆自踴躍,可以擊蠅。"陳師道《蠅虎》詩:"卻行奮臂吾甚武,明日淮南作端午。"任淵注:"世傳淮南王安《萬畢術》云,以五月五日取蠅虎,杵汁拌豆,豆自踴躍,可以擊蠅。"

17.《歸朝歌》:"但重省,西來斗水,忘卻愛卿取。"(p235)

以上二語失注。

按,西來斗水,語本《莊子·外物》"涸轍之魚"之典。中有"激西江之水而迎子"、"吾得斗升之水然活耳"之語。詞中用此,似有干求之意。

18.《祝英臺近·席間詠繡毬》:"便向龍門,無復釧金接。"(p244)

注云:龍門,名望聲譽極高者之門庭。全句謂繡毬花開向名門,女子也無法接近。

按,此爲詠繡毬詞,既寫繡毬花,亦以蹴鞠之繡毬設喻。"龍門",即球門。此詞起源甚古,宋徽宗《宮詞》:"宮人擊劍鬭乘騎,寶帶襆頭爛錦衣。鳳尾杖交團月合,龍門毬過一星飛。"宋代女子亦善蹴鞠,"釧金接"之"接",謂接球也。

19.《虞美人·詠牡丹》:"去年一捧飛來雪。不似渠千葉。"(p256)

以上二語失注。

按,白牡丹有名"瑶臺玉露",又名"一捧雪"。千葉,指魏紫牡丹。歐陽修《洛陽牡丹記》:"魏家花者,千葉肉紅花。"宋祁有《千葉牡丹》詩。蘇轍《謝人惠千葉牡丹》:"可憐最後開千葉,細數餘芳尚一旬。"

20.《虞美人》:"當年掌上開元寶。半是楊妃爪。若教此掐到癡人。任是高牆無路、蝶翻身。"(p260)

注文僅釋"楊妃爪"之出典。

按,末數語爲諧謔之辭。癡人,謂癡情人,癡心人。詞意謂"癡人"被楊妃之爪掐到,當如蛺蝶翻身踰高牆以追求也。

21.《虞美人·壬午中秋雨後不見月》:"笑他拜月不曾圓。祇是今朝北望、也淒然。"(p270)

《水調歌頭·和馬觀復中秋》:"想見淒然北望,欲説明年何處,衣露爲君零。"(p420)

《水調歌頭·辛巳前八月九日夜,自黃州步歸,蕭英甫以舟泛余艤本覺寺門外,夜深未能睡,明日爲賦此寄之》:"看取大江東去,把酒淒然北望。"(p424)

以上三首俱失注。

按,均用蘇軾詞中語句。《西江月·黃州中秋》:"中秋誰與共孤光。把盞淒然北望。"《陽關曲·中秋月》:"此生此夜不長好,明月明年何處看。"又,《念奴嬌·赤壁懷古》:"大江東去,浪淘盡、千古風流人物。"切中秋與黃州時地。"北望"一語,更有滄桑之感。

22.《酹江月·怪梅一株,爲北客載酒移寘盆中,偉然》:"歲寒相命,算人間、除了梅花無物。窺宋三年,又不是,草草東鄰鑿壁。"(p290)

注云:東鄰鑿壁,用匡衡鑿壁偷光苦讀的故事。又云:疑劉氏誤以孫康映雪讀書事爲鑿壁事。

按,劉辰翁《酹江月·趙氏席間即事,再用坡韻》:"四無誰語,待推窗、初見江南風物。索笑巡檐無奈處,悄隔東鄰一壁。"亦以東鄰之女喻梅花。鑿壁,猶言穿窬,呼應題目中之"移眞",謂如東鄰之女窺宋三年,北客覬覦怪梅久矣,蓋深愛之而爲移置,非草草鑿壁盜取也。此實爲"今典"本事,非用匡衡典,更非誤用孫康映雪之典。

23.《酹江月·漫興》:"山河如此,月中定是何物。"(p292)

《酹江月·中秋,彭明叔別去,赴永陽,夜集》:"團團桂影,怕人道、大地山河裏許。"(p293)

注云:段成式《酉陽雜俎》前集卷一"天咫":"釋氏書言,須彌山南面有閻扶樹,月過,樹影入月中。或言月中蟾桂,地影也,空處,水影也,此語差近。"

按,蘇軾《和黃秀才鑑空閣》:"明月本自明,無心孰爲境。掛空如水鑑,寫此山河影。"宋人潘自牧編《記纂淵海》卷二引"《淮南子》:'月中有物者,山河影也。'"

24.《滿江紅·壽某翁》:"倚枕不尋柯下夢,舉頭自愛橘中名。"(p302)

注云:《世說新語·品藻》:"桓玄問劉太常曰:'我何如謝太傅?'劉答曰:'公高,太傅深。'又曰:'何如賢舅子敬?'答曰:'楂、梨、橘、柚,各有其美。'"

按,此亦用牛僧孺《玄怪錄·巴邛人》所載"二老叟相對象戲"、"橘中之樂"典,橘中名,謂弈棋事。兩句意謂不復功名之想,惟有與二三棋友爭"名"而已。

25.《水龍吟》:"禮樂文章,終須夢卜,南人爲相。"(p318)

一三句失注。

按,"夢卜",殷高宗因夢見傅說,周文王占卜得呂尚,後因以比喻帝王求得良相。呂頌《賀陸相公拜相啓》:"叶一人夢卜之求,副四海具瞻之望。"王暐《道山清話》:"太祖嘗有言,不用南人爲相,實錄、國史皆載,陶穀《開基萬年錄》、《開寶史譜》言之甚詳,皆言太祖親寫'南人不得坐吾此堂',刻石政事堂上。"

26.《水龍吟·和中甫九日》:"孤煙澹澹無情,角聲正送層城暮。"(p324)

注云:全句用姜夔《揚州慢》詞意:"漸黃昏,清角吹寒,都在空城。"

按,杜甫《絶句》:"風起春城暮,高樓鼓角悲。"柳永《迷神引》:"孤城暮角,引胡笳怨。"蔡楠《登稽古閣晚眺》:"煙中草樹微,山城暮吹角。"均更早更貼切。

27.《木蘭花慢·和中甫李參政席上韻》:"看滿座空尊,輕裘緩帶,緑鬢朱顔。"(p342)

注云:《後漢書·孔融傳》:"(融)嘗歎曰:'座上客常滿,樽中酒不空,吾無憂矣。'"本詞云"空尊",表示吾有憂矣。

按,注文穿鑿。空尊,暢飲而已。全詞皆善頌善禱,並無"有憂"之意。猶曾覿《鵲橋仙·同舍郎載酒見過,醉後作》:"玉尊側倒莫辭空,□滿座、賓朋弁側。"

28.《定風波·壽王城山》:"看花外小車,出長生洞,橘中二老,鬭智瓊黃。稱壽堂添十字,孫認三房。"(p349)

後五句失注。

按,前兩句均用邵雍之典,以喻王城山。邵雍《堯夫何所有》詩:"夏住長生洞,冬居安樂窩。"智瓊,天上玉女之名。《藝文類聚》卷七十九引《搜神記》:"濟北弦超,嘉平中,夜夢神女從之,自稱天上玉女,東郡人,姓成公,字智瓊。""黃",謂玉女之妝。陳與義《蠟梅》:"智瓊額黃且勿誇。"添十字,謂在"十"字上添一撇成爲"千"字,用以賀壽。辛棄疾《品令·族姑慶八十,來索俳語》:"祇消得、把筆輕輕去,十字上、添一撇。"游文仲《千秋歲·侄慶侍郎致政》:"且上祝龜齡鶴算,從此千千百百。笑道兒時,風流丹篆,寫向龍駒額。更將彩筆,十字頭上添一丿。"釋廣聞《偈頌一百四十二首》其一〇九:"一點成龍兩處全,何如兄弟添十字。"

29.《百字令·壽陳靜山,少吾一歲》:"祇愁元日,玉龍催上金驛。"(p360)

注:玉龍,飛雪。唐呂嚴《劍畫此詩於襄陽雪中》詩:"峴山一夜玉龍寒,鳳林千樹梨花老。"

按,玉龍,指笛。古詩文中"笛"與"驛"、"催"等字面常連用,以表別離之意。陸游《蓬萊館午憩》"驛門繫馬聽蟬吟,翻動平生萬里心。橋畔笛聲催日落,城邊草色帶煙深"、皇甫松《憶江南》"夜船吹笛雨瀟瀟,人語驛邊橋"、林景熙《道中》詩"亂山愁外笛,孤驛夢中家"、無名氏《一落索》"笛聲容易莫相催"、文天祥《和衡守宋安序送行》詩"花未開時怯笛催"、京鏜《水調歌頭》"厭聽催別笛橫羌"、林季仲《送梁尚書移守宛陵》詩"笛裏先催別恨生"等,皆是。

30.《鶯啼序·趙宜可以余譏其韻,苦心改爲之,復和之》:"愁人更堪秋日,長似歲難度。"(p368)

注:柳永《戚氏》(晚秋天):"孤館度日如年。風露漸變,悄悄至更闌。"

按,宜注最早出處。《魏書·苻生傳》:"王公在者以疾告歸,得度一日如過十年。"《舊五代史·張希崇傳》:"南望山川,度日如歲。"

31.《法駕導引·壽治中》:"清澈已傾螺子水,黑頭宜著侍中貂。"(p386)

注文僅解釋"黑頭"、"侍中"字面之意。

按,《晉書·諸葛恢傳》:"恢弱冠知名,試守即丘長,轉臨沂令。值天下大亂,避地江左,名亞王導、庾亮。導嘗謂曰:'明府當爲黑頭公。'"又《魏書·拓拔彧傳》:"彧字文若,少有才學,時譽甚美。侍中崔光見彧,退而謂人曰:黑頭三公,當此人也。"劉詞襲用陸游《夏末野興》詩"分付貂蟬與黑頭"之意。貂蟬爲侍中之冠飾。

32.《法駕導引·壽劉侯》:"燕山桂,燕山桂,猶帶竇家香。"(p389)

注文謂"燕山桂"指劉焕。

按,竇禹鈞,五代後晉薊州人,因薊州地處燕山,人稱之爲"竇燕山"。馮道《贈禹鈞詩》有"燕山竇十郎,教子有義方。靈椿一株老,丹桂五枝芳"之語。宋人《三字經》亦云"竇燕山,有義方"。且劉焕已爲溫州平陽人,不應以"燕山"稱之。

33.《法駕導引·壽城山,用壽胡潭東韻》:"冷冷清清冰下水,吞吞忍忍飯中砂。"(p394)

注云:顧況《行路難三首》其一:"君不見擔雪塞井徒用力,炊砂作飯豈堪食。"

按,飯中砂,釋慧開《頌古四十八首》其三十一:"飯裏有砂,泥中有刺。"蘇軾《書後二十八首》:"如飯中沙,與飯皆熟。若不含糊,與飯俱咽。"詞意寫老人之心境及處世態度。内心清冷,有如冰下之水,逆來順受,如同飯中有砂，也照吞照忍，與顧況詩意全無關係。張雨《士弘賢良猥贈佳什空山真有似人之喜即與奉和所望爲晚菊一來山也丙戌夏作》"心似寒潭冰下水"，與此同意。

34.《法駕導引》："天正子，天正子，亥正較差些。床下玉靈頭戴九，手中銅葉錦添花。乞汝作飛霞。　遼東鶴，遼東鶴，無語鶴頭斜。塵土不知灰變縞，周遭會見頂成砂。城郭待還家。"（p395）

按，"戴九"，吳氏失注。《後漢書·五行志》云："禹治洪水，得'洛書'，法而陳之，《洪範》是也。"《洪範》篇孔安國傳："天與禹洛出書。神龜負文而出，列於背，有數至於九。禹遂因而第之，以成九類常道。"蔡元定《易學啓蒙》又云："《洪範》又明言天乃錫禹洪範九疇。而九宮之數，戴九履一，左三右七，二四爲肩，六八爲足，正龜背之象也。"是以"戴九"當謂神龜所負《洛書》九宮"戴九"履一之數。"灰變縞"，用京洛風塵素衣化緇之典。"頂成砂"，謂歷年久遠，鶴頂變紅。李遠《失鶴》"去日丹砂頂漸深"。均寫鶴。

35.《水調歌頭·壽晏雲心》："幾見東陵瓜好，又看西鄰葵爛，半醉半醒中。"（p403）

注引《列女傳》所載魯漆室女語："昔晉客舍吾家，繫馬園中，馬佚馳走，踐吾葵，使我終歲不厭葵味。"

按，三句寫田園生活。爛，非破爛之爛，乃爛漫、燦爛之爛。葵爛，謂冬葵長勢甚好。

36.《水調歌頭·壽周溪園》："別頭經，三畫夢，一編書。"（p407）

"別頭經"失注。

按，宋代科舉考試立"經義科"，又有回避制度。宋真宗大中祥符二年下詔：自後舉人與試官有親嫌者移試別頭，謂之別頭試，另設考場，另派考官。地方的別頭試則由各路轉運司主試，見《宋史·選舉志一》。"別頭經"似指此事。

37.《水調歌頭·日獻洞賓公像於溪園先生，報以階庭府公耐軒壽容，曰：是類吾子。且三疊前水調以證之，於是某得自號爲小耐矣。雖甚無似，不敢當。顧公所覽揆如此，誼不虛辱，敢續之好歌，毋忘佳話》："似似不常似，似我一生徒。畫工自畫龍種，忽近海飛魚。大笑北宮稱弟，遂使西河疑女，同氣自椒萸。且謂杜公者，即是老君乎。　日給華，芎藭本，薛羊書。馬師真祗這是，可是甓浮圖。大小盧仝馬異，天下使君與操，但欠虎銅符。說甚左眼瘜，已過洞庭湖。"(p409)

注文僅訓詁詞語，未能理解原意。如"日給華，芎藭本，薛羊書"注云：芎藭，香草名，莖葉細嫩時曰蘼蕪，葉大時曰江蘺，根莖入藥。司馬相如《子虛賦》："芎藭菖蒲。"薛羊書，"薛"字疑誤，按《袁昂《古今書評》："羊真、孔草、蕭行、范篆，各一時之妙。"羊，乃羊欣；蕭，乃蕭思話。"薛"字爲"蕭"之訛。

按，全詞皆從"是類吾子"四字化出，句句扣緊"似"字。題旨爲容貌相似，全詞皆從此着筆。日給，植物名。《太平御覽》卷九七〇引杜恕《篤論》："日給之華與椶相似也，椶結實而日給零落。"芎藭，植物名。《淮南子·氾論訓》："夫亂人者，芎藭之與藁本也，蛇牀之與麋蕪也，此皆相似者。"薛、羊，指書法家薛稷與羊欣，薛稷學虞世南書，羊欣學王獻之書，祗得其形似。詞中連用三個比喻。吳注脫離了題意，注釋的徵引也就不準確。

又，"馬師真祗這是，可是甓浮圖"，注者在《須溪詞·前言》中謂此二句難明喻意。按，馬師，指馬祖道一；真，指畫像。句意謂甓浮圖豈能與馬師之真容相比。甓浮圖,須溪自喻。

又,"左眼痣"失注。按,苗善時《純陽帝君神化妙通紀》卷一載,吕洞賓"身長六尺有餘,道骨仙風。鳳目入鬢,眉秀鼻聳,面色黄白,左眉角、右眼下各一痣如豆大,兩足下龜紋隱起。性稟純厚,仁孝聰明",即所獻洞賓公形象。

38.《水調歌頭·自龍眠李氏夜過臞仙康氏,走筆和其家燈障水調,迫暮始歸》:"漏通曉,燈收市,人下棚。中山鐵馬何似,遺恨杳難平。"(p411)

注云:中山鐵馬,中原地區的戰馬。

按,本詞爲上元夜所作。人下棚,謂伎人離開綵棚。"中山鐵馬",出自蘇軾《上元夜》詩:"前年侍玉輦,端門萬枝燈。璧月掛罘罳,珠星綴觚棱。去年中山府,老病亦宵興。牙旗穿夜市,鐵馬響春冰。"中山,指中山府。鐵馬,即檐鐵,指屋檐所懸之鈴鐺或金屬薄片,風動則發響,非金戈鐵馬之鐵馬。

39.《水調歌頭》:"掠鬢過車騶,回首意沖沖。""誰知去三步遠,此痛與君同。"(p426)

數句失注。

按,《三國志·魏志·武帝紀》載曹操《祀故太尉喬玄文》,有"車過三步,腹痛勿怨"之語。又,杜甫《憶昔行》:"三步回頭五步坐。"詞中合用二典,極寫其眷戀與感慨之情。

40.《水調歌頭》:"笑青蒿,真小草,倚長松。"(p432)

注引《世說》所載謝安"處則爲遠志,出則爲小草"之典。

按,此全襲韓愈《醉留東野》詩:"東野不得官,白首誇龍鍾。韓子稍姦黠,自慚青蒿倚長松。"須溪以青蒿自況,以長松喻王櫸。猶《世說》所謂"蒹葭倚玉樹"也。

41.《水調歌頭·和尹存吾》："造物反乎覆,白首困耆英。吟風賞月石上,一笑再河清。"(p443)

注僅引"河清"原典。

按,《莊子·大宗師》有謂造物者"反覆終始,不知端倪"之語。李廌《霹靂琴》："造物一憫弔,爲惠在反覆。"一笑河清,語意相關。《宋史·包拯傳》："拯立朝剛毅,貴戚宦官,爲之斂手,聞者憚之。人以包拯笑比黃河清。"陸游《次韻楊嘉父先輩贈行》："半世不偶諧,殘年正飄零。危坐但愁悲,一笑黃河清。"

42.《金縷曲·奇番總管周耐軒生日》："寄我公、矯矯扶天路。重歸袞,到相圃。"(p450)

"相圃"失注。

按,相圃,指瞿相圃。孔子習射處。《禮記·射義》："孔子射於瞿相之圃。"此詞泛指禮樂射御之所。賀敱《奉和九月九日應制》："澤宮申舊典,相圃叶前模。"時周耐軒已降元朝,官至正議大夫、吉州路總管。"袞衣西歸"出《詩·豳風·九罭》,《毛詩序》謂"美周公也",此爲頌禱之詞。

43.《金縷曲·壽李公謹同知》："聞道明朝生申也,滿酌一杯螺浦。"(p452)

注謂"螺浦"即"螺子水",指酒。

按,螺浦,地名,在江西吉州。王庭圭《吉州凌波亭月夜》："螺浦東邊雪浪生,峰頭月出半輪明。"

44.《金縷曲·和龔竹卿客中韻》："典卻西湖東湖住,十三年不出今朝

出。"(p467)

《綺寮怨·青山和前韻憶舊時學館，因復感慨同賦》："何須恨、典了西湖。"(p542)

"典西湖"失注。

按，劉時中《醉中天》："世間好處，休没尋思，典賣了西湖。"自注："宋諺有'典賣西湖'之語。臺諫謂之'賣了西湖'，既賣則不可復；省院謂之'典了西湖'，典猶可贖也。無官守言責，則無往不可，此古人所以輕視軒冕者歟？"劉克莊《居厚弟和七十四吟再賦》："春暖小車時一出，絕勝朝士典西湖。"西湖在南宋都城，劉辰翁用此典，中含極大悲憤。

45.《金縷曲·五日和韻》："不管頯波千屨。忽驚抱、汨羅無柱。"(p475)

次句失注。

按，《莊子·盜跖》："尾生與女子期於梁下，女子不來，水至不去，抱梁柱而死。"詞意謂多人遇溺，千百衣屨浮沈波中，甚至無梁柱可抱也。

46.《金縷曲·登高華蓋嶺和同遊韻》："倚秋風、洞庭一劍，故人何許。"(p482)

注謂"洞庭一劍"代指吳地一劍，用季札徐公之典。

按，注文枝蔓不倫。詞意懷洞庭故人而已。洞庭一劍，指呂洞賓一劍飛渡洞庭之事，古詩文中常用此典。呂巖《潭州鶴會》："一劍當空又飛去，洞庭驚起老龍眠。"劉過《沁園春》："一劍橫空，飛過洞庭。"李石《題陰山七騎圖》："不如再泛洞庭船，袖中一劍隨飛仙。"皆是。

47.《金縷曲·絕江觀桃，座間和韻》："破手一杯花浮面，不覺二三四

五。"(p484)

二句宜注。

語本楊萬里《寒食對酒》："一杯至三杯，一二三四五。"又，方岳《鄭僉判取蘇黃門圖史園囿文章鼓吹之語爲韻見貽輒復賡載》："一杯爲引滿，遂及二三四。"

48.《摸魚兒·和謝李同年》："種槐不隔鞭蛆惡，更祝二郎兒做。"（p495）

注者在《須溪詞·前言》中謂上句用僻典，難明喻意。

按，古代官吏有過須受杖。上句意謂當官亦不免有鞭笞之刑。"鞭蛆"亦非僻典，語本韓愈名作《符讀書城南》："一爲馬前卒，鞭背生蟲蛆。"又，陳孚《七星山玄元樓棲霞之洞》："冠卿何人墮泥淤，郡邑鞭背生蟲蛆。"亦用此意。

49.《摸魚兒·辛巳冬和中齋梅詞》："記歌頭、辛壬癸甲，烏烏能知誰曉。"（p500）

注云：當爲宋度宗咸淳七年（辛未）、八年（壬申）、九年（癸酉）、十年（甲戌）。

按，"辛壬癸甲"，似尚有寓意。《書·益稷》："予娶于塗山，辛壬癸甲，啓呱呱而泣，予弗子。"孔傳："〔夏禹〕辛日娶妻，至於甲日，復往治水，不以私害公。"《史記·夏本紀》："予娶塗山，辛壬癸甲，生啓，予不子，以故能成水土功。"因以"辛壬癸甲"喻指不畏艱苦、奉公忘私之精神。

50.《摸魚兒·和巽吾留別韻》："塵石爛。銖衣壞，和衣減盡誰能怨。"（p502）

注：銖衣，極輕的衣服。

按，"銖衣壞"，謂時間之久長也。銖衣，仙人之衣。仙人雖長壽，亦不免歷劫而死，銖衣亦劫盡而壞。唐僧人法崇《羅尼經教迹義記》卷上載，三十三天忉利天，天人之衣重六銖，壽命一千歲，一日當人間百年，合三千六百五十萬年。麴瞻《奉和九月九日登慈恩寺浮圖應制》："似邁銖衣劫，將同羽化飛。"胡宿《挽莊惠皇太后詞》："月消三讓魄，劫盡六銖衣。"《智度論》五曰："佛以譬喻説劫義：四十里石山，有長壽人，每百歲一來，以細軟衣拂拭此大石盡，而劫未盡。"劉詞合用二典。

51.《摸魚兒》："衰也久，舊遊夢翠禽繞。"(p524)

注：姜夔《疏影》："苔枝綴玉，有翠禽小小，枝上同宿。"

按，當注出柳宗元《龍城錄》趙師雄游羅浮夢美人之原典："起視乃在大梅花樹下，上有翠羽啾嘈相須，月落參橫，但惆悵而已。"周密《齊天樂・次二隱寄梅》："夢入羅浮，古苔啁哳翠禽小。"

52.《摸魚兒・壽王城山》："對尊前、簪花騎竹，老胡起起能舞。春風浩蕩天涯去，惟有薰吟自語。"(p527)

注云：薰吟，薰心之吟。吟詩以舒胸中之憂苦。《易・艮》九三："艮其限，列其夤，厲薰心。"王弼注："危忘之憂，乃薰灼其心。"

按，所引《易》中之"薰"字，原文爲"熏"，兩字意不同。此詞爲賀壽之作，句句善頌善禱。薰吟，當謂南薰之吟。《禮記・樂記》疏引《南風》歌，相傳爲虞舜所作，中有"南風之薰兮，可以解吾民之愠兮"之句。吕温《奉和張舍人閤中直夜思聞雅琴因書事通簡僚友》："方襲緇衣慶，永奉南薰吟。"

53.《意難忘・元宵雨》："圍香春鬥酒，坐月夜吹簫。"(p534)

注云:"圍香,出李賀《將進酒》:'羅幃繡幕圍香風。'"

按,李詩原出《詩紀》所載南朝《樂辭》:"繡幕圍香風,耳節朱絲桐。"

（1999年2月讀畢）

附記：

本書脱稿後,得見吴企明先生《劉辰翁詞校注》一書(上海古籍出版社,2015年12月第一版),爲《須溪詞》1998年版之修訂本,持以相校,發現本文中所指出的問題,在修訂本中依然存在,故本文亦可供修訂本的讀者參考。

《水雲樓詩詞箋注》校讀札記

蔣春霖《水雲樓詩詞箋注》，劉勇剛箋注，上海古籍出版社，2011年版。

1.《掃花遊》："滿空江化酒，別筵花韻。數遍郵籤，也怕鶯期未準。"（p9）

劉注云：鶯期，猶鶯時。駱賓王《代女道士王靈妃贈道士李榮》詩："鳳樓迢遞絕塵埃，鶯時物色正裴回。"

按，鶯期，比喻男女私情的約會。語本唐人方干《對花》詩："野客須拚終日醉，流鶯自有隔年期。"省作"鶯期"。周密《曲遊春·禁煙湖上薄遊》："燕約鶯期，惱芳情偏在，翠深紅隙。"王錂《春蕪記·構釁》："名園深處且私窺，鶯期知甚時。"龔自珍《高陽臺》詞："明知相約非相誤，奈鶯期不定，鸞鏡終拋。"陳裴之《香畹樓憶語》："閒繙張泌《妝樓記》，孤負鶯期第幾回？"

2.《掃花遊》："醉鄉近。壓春潮、一船幽恨。"（p9）

劉注云：杜牧《華清宮三十韻》："雨露偏金穴，乾坤入醉鄉。"

按，宜先引王績《醉鄉記》："醉之鄉，去中國不知其幾千里也"，"阮嗣宗、陶淵明等十數人，並遊於醉鄉，沒身不返，死葬其壤，中國以爲酒仙云。"

3.《水龍吟·沈珠傳奇好以落花蝴蝶泥人賦詩，爲填此闋》："絳娥吹墮瑤京，可憐豔骨多塵土。幾番夢醒，仙衣重試，冶遊愁數。寶扇兜雲，玉階團雪，欲離還聚。"（p21）

劉注云：團雪，《團雪散雪辭》。《新唐書·諸帝公主·德宗十一女》："魏國憲穆公主，始封義陽。下嫁王士平。主恣橫不法，帝幽之禁中；錮士平於第，久之，拜安州刺史，坐交中人貶賀州司户參軍。門下客蔡南史、獨孤申叔爲主作《團雪散雪辭》狀離曠意。"

按，雲、雪，祇不過是形容落花蝴蝶的情狀而已，與《團雪散雪辭》無關。何遜《苑中見美人》詩："團扇承落花。"白居易《花下對酒》詩："素豔紛團雪。"彭年《奉同衡翁太史諸公遊子慎山》："香飄蝶墜雲。"耶律鑄《戲詠花鳥名》詩："蝶粉團香凝白雪。"

4.《木蘭花慢·甲寅四月，客有自金陵來者，感賦此闋》："安排。多少清才。弓掛樹，字《磨崖》。"（p42）

劉注云：《磨崖》：即指《磨崖碑》。《大唐中興頌碑》，唐元結撰，顏真卿書。碑在祁陽浯溪石崖，俗稱《磨崖碑》。這裏借大唐中興，磨崖刻石，表達消滅太平軍的思想。

按，弓掛樹，謂軍士歇戰時以弓掛於樹上。薩都剌《相逢行贈別舊友冶將軍》："弓刀掛在洞前樹。"岑徵《代贈某將軍》："彎弓直掛扶桑樹。"字磨崖，古人磨崖刻石以紀功，自漢代以來，此類石刻流傳不少。本詞亦謂"清才"磨崖紀功而已，非專指《大唐中興頌碑》。

5.《南浦》："千里相思誰種出"、"陌上閒花開落後，多少馬蹄歸去。"（p64）

劉注云：相思：草名。任昉《述異記》卷上："秦趙間有相思草，狀如石竹而節節相續，一名斷腸草，又名愁婦草，亦名霜草。"多少句：劉長卿《送李判官之潤州行營》："江春不肯留行客，草色青青送馬蹄。"

按，古人詠草，多寫相思之情，不必坐實爲相思草。姜夔《鷓鴣天》："肥水東流無盡期，當初不合種相思。""陌上"句，語本蘇軾《陌上花》詩引："遊九仙山，聞里中兒歌《陌上花》，父老云：'吳越王妃每歲春必歸臨安，王以書遺妃曰：陌上花開，可緩緩歸矣。'"

6.《瑣窗寒·歲聿云暮，舟行苦寒，擁衾酌酒，感吟成調》："西洲再過，可奈鷗鄉人醒。掩霜篷、殘燈自挑，半床翠被支峭冷。"(p78)

劉注云：翠被：用翠色的鳥羽裝飾的外氅。《左傳》昭公十二年："翠被，豹舄，執鞭以出。"杜預注："以翠羽飾被，以豹皮爲履。"

按，翠被，指翠色被褥。猶賀鑄《惜分飛》詞"偏照空床翠被"之翠被。與《左傳》之"翠被"（"被"音義同"帔"）不同。

7.《甘州》："擊楫桃根何處？團扇誤嬋娟。"(p80)

劉注云：擊楫二句：意謂洪彥先與秦淮女子姻緣成空。桃根，晉王獻之妾桃葉之妹。王獻之《桃葉歌》："桃葉復桃葉，桃葉連桃根。相憐兩樂事，獨使我殷勤。"

按，《樂府詩集·清商曲辭二·桃葉歌》郭茂倩解題引《古今樂錄》："《桃葉歌》者，晉王子敬所作也。桃葉，子敬妾名，緣於篤愛，所以歌之。《隋書·五行志》曰：陳時江南盛歌王獻之《桃葉》詩，云：'桃葉復桃葉，渡江不用楫。但渡無所苦，我自迎接汝。'"

8.《拜星月慢·予事羈東淘，遇丙辰除夕。春事蕭條，不似往歲。把酒

祭詩,愁鬢欲雪,淒然歌此》:"半漬征衫塵土。馬影雞聲,又韶華催暮。"(p91)

劉注云:馬影雞聲:形容時間流逝之快。馬影,用"白駒過隙"典。《莊子·知北遊》:"人生天地之間,若白駒之過隙,忽然而已。"雞聲,白居易《醉歌》:"誰道使君不解歌,聽唱黃雞與白日。黃雞催曉丑時鳴,白日催年酉前沒。"

按,此詞寫行旅之意,謂聞雞早起,乘馬出發。元人張翥《陌上花》:"歲華催晚。馬影雞聲,諳盡倦郵荒館。"同此用意。"馬影"一語,尚未見用作"白駒"典者。

9.《慶春宮·秋宵露坐,時婦亡四月矣》:"繩河低轉,夢冷孀娥,香霧霏霏。"(p114)

劉注云:孀娥:寡婦。楊炯《原州百泉縣令李君神道碑》:"琴前鏡裏,孤鸞別鶴之哀;竹死城崩,杞婦孀娥之泣。"

按,嫦娥奔月後,獨處寡居,有如孀婦,故稱孀娥。文同《詠月》:"見說樓臺滿玉波,中間惟祇鎖孀娥。"吳文英《花犯》:"憐夜冷孀娥,相伴孤照。"本詞中亦指月,與"繩河"相應,以喻亡婦。

10.《憶秦娥》:"妝成祇是熏香坐。簾影疏燈我。"(p154)

按,劉氏失注。應注詞句出處。"妝成"句,全襲王維《洛陽女兒行》原句。

11.《菩薩蠻》:"雄龍雌鳳盤高閣。紅牆百尺銀河落。"(p158)

劉注云:"紅牆句:毛文錫《醉花間》:'銀漢是紅牆,一帶遙相隔。'黃景仁《綺懷》:'幾回花下坐吹簫,銀漢紅牆入望遙。'"

按，次句失注祖典。與"雄龍雌鳳"均本唐李商隱詩意。李商隱《代應》詩："本來銀漢是紅牆，隔得盧家白玉堂。"毛、黃之作皆本李詩。

12.《絳都春》："鏡花休蠹。"(p180)

劉注云：鏡花休蠹：意謂鏡中人顏色如花休要損耗。蠹：損耗。

按，鏡花，謂菱花鏡。猶"鏡華"，鏡之美稱。非謂"顏色如花"也。盧祖皋《畫堂春》："雲羽未回征雁，鏡花空舞雙鸞。""蠹"，亦與張先《碧牡丹》詞"鏡華翳，閒照孤鸞戲"之"翳"同意。

13.《徵招》："添修五鳳樓臺手，華嚴見來彈指。"(p188)

劉注云：華嚴句：意謂小軒看上去如佛殿莊嚴，令人讚歎。彈指：彈擊手指。佛教儀，以手作拳，屈食指，以大拇指撚彈作聲，表示許諾、憤怒、讚歎或告誡等意。這裏表示讚歎之意。

按，此用佛典。《華嚴經》卷七九《入法界品》："爾時，善財童子恭敬右繞彌勒菩薩摩訶薩已，而白之言：'唯願大聖開樓閣門，令我得入。'時彌勒菩薩前詣樓閣，彈指出聲，其門即開，命善財入。善財心喜，入已還閉。見其樓閣，廣博無量，同於虛空。""見"，通"現"。

14.《遐方怨》："送客江南，畫船無風春水輕。斷腸何處踏歌聲。"(206)

劉注云：李白《贈汪倫》："李白乘舟將欲行，忽聞岸上踏歌聲。"

按，段成式《酉陽雜俎·諾皋記》載，有士人醉臥，見婦人踏歌，曰："長安少女踏春陽，何處春陽不斷腸。舞袖弓彎渾忘卻，羅衣空換九秋霜。""斷腸"一語方有着落。

15.《霜葉飛·鬢梅》："待寄回、西州句，雙挽雛鴉，玉奴棲穩。"(p214)

劉注云：西州句：指南朝梁何遜詠梅詩句。西州：故址在今江蘇南京市朝天宫西。東晉時城在臺城西，又爲揚州刺史治所，故名。何遜曾擔任梁建安王蕭偉記室，在揚州寫有《詠早梅》詩。雛鴉：猶鴉雛。形容雙鬟像小烏鴉一樣的顏色。南朝樂府《西洲曲》："單衫杏子紅，雙鬟鴉雛色。"

　　按，西州句，似非用何遜詩句。《西洲曲》："憶梅下西洲，折梅寄江北。單衫杏子紅，雙鬟鴉雛色。""憶梅"、"折梅"、"寄江北"、"雙鬟"，已切題中"鬟梅"之意。西州，同"西洲"。汪中《秦淮雜詩》："憶梅何日下西州。"

(2012年4月讀畢)

主要參考書目

《余嘉錫說文獻學》余嘉錫著,上海古籍出版社,2001年1月版。
《中國文獻學》張舜徽著,中州書畫社,1982年12月版。
《中國古文獻學史簡編》孫欽善著,高等教育出版社,2001年9月版。
《中國古文獻學》孫欽善著,北京大學出版社,2006年5月版。
《中國文獻學概要》鄭鶴聲、鄭鶴春著,上海古籍出版社,2001年1月版。
《中國古典文獻學》熊篤、許廷桂著,重慶出版社,2000年11月版。
《中國古典文獻學》吳楓著,齊魯書社,1982年10月版。
《中國文獻學》張大可、俞樟華著,福建人民出版社,2005年9月版。
《文獻學概要》杜澤遜著,中華書局,2001年9月版。
《中國文獻學綜說》王燕玉著,貴州人民出版社,1997年6月版。
《古典文獻學基礎》董洪利著,北京大學出版社,2008年7月版。
《中國歷史文獻學史述要》曾貽芬、崔文印著,商務印書館,2000年4月版。
《中國歷史文獻學》謝玉傑、王繼光主編,民族出版社,1999年9月版。
《中國文學批評文獻學》孫立著,廣東人民出版社,2000年12月版。
《中古文學文獻學》劉躍進著,江蘇古籍出版社,1997年11月版。

《元代文學文獻學》洪德、李軍著,中國社會科學出版社,2002年12月版。
《隋唐五代文學史料學》陶敏、李一飛著,中華書局,2002年11月版。
《詞學史料學》王兆鵬著,中華書局,2004年5月版。
《文獻學專題史略》高尚榘主編,齊魯社,2007年12月版。
《中國文獻史》王餘光著,武漢大學出版社,1993年3月版。
《文獻學研究》徐有富,徐昕著,江蘇古籍出版社,2002年3月版。
《宋代文獻學研究》張富祥著,上海古籍出版社,2006年3月版。

《古籍注釋學基礎》黃亞平著,甘肅教育出版社,1995年10月版。
《注釋學綱要》汪耀楠著,語文出版社,1997年4月版。
《注釋學芻議》靳極蒼著,山西人民出版社,2000年8月版。
《注釋學與詩文注釋研究》李紅霞著,中國大地出版社,2008年8月版。
《中國古典解釋學導論》周光慶著,中華書局,2002年9月版。
《文學解釋學》金元浦著,東北師大出版社,1997年5月版。
《詩學解釋學》李詠吟著,上海人民出版社,2003年8月版。
《中國闡釋學》李清良著,湖南師範大學出版社,2001年10月版。
《中國古代闡釋學研究》周裕鍇著,上海人民出版社,2003年11月版。
《古籍的闡釋》董洪利著,遼寧教育出版社,1993年12月版。
《詩經文學闡釋史》汪祚民著,人民出版社,2005年3月版。
《中國詮釋學》洪漢鼎、傅永軍主編,山東人民出版社,2004年12月版。
《宋詞詮釋學論稿》李劍亮著,人民文學出版社,2006年9月版。

《訓詁學綱要》趙振鐸著,巴蜀書社,2003年10月版。
《訓詁學新編》毛遠明著,巴蜀書社,2002年8月版。
《訓詁學説略》富金壁著,湖北人民出版社,2003年4月版。
《中國訓詁學》馮浩菲著,山東大學出版社,2003年3月版。
《詞彙訓詁論稿》王雲路著,北京語言文化大學出版社,2002年7月版。
《訓詁原理》孫雍長著,語文出版社,1997年12月版。
《訓詁學導論》許威漢著,北京大學出版社,2004年1月版。
《訓詁探索與應用》周志鋒著,浙江大學出版社,2014年11月出版。
《訓詁方法研究》黃金貴著,中華書局,2011年12月出版。
《故訓材料的鑒別與應用》朱承平著,暨南大學出版社,2001年6月版。
《漢語訓詁學史》李建國著,上海辭書出版社,2002年8月版。
《中國字典史略》劉葉秋著,中華書局,1983年6月版。

《校讎廣義》程千帆、徐有富著,齊魯書社,1998年7月版。
《校讎學》胡樸安、胡道静著,商務印書館,1939年12月版。
《校勘學釋例》陳垣著,中華書局,2006年9月版。
《校勘學大綱》倪其心著,北京大學出版社,2004年7月版。
《校勘學》管錫華著,安徽教育出版社,1991年7月版。
《古書讀校法》吳孟復著,安徽教育出版社,1983年5月版。
《中國古書校讀法》宋子然著,巴蜀書社,2004年8月版。
《古書句讀釋例》楊樹達著,中華書局,2007年10月版。
《句讀學論稿》任遠著,浙江古籍出版社,1998年5月版。

《古書修辭例》張文治著，中華書局，1996年9月版。

《古籍點校疑誤彙錄》國務院古籍整理出版規劃小組編，中華書局，2002年10月版。

《書目答問補正》范希曾編，上海古籍出版社，2001年7月版。

《中國目錄學史論叢》王重民著，中華書局，1984年12月版。

《目錄學與中國古代學術源流》高路明著，江蘇古籍出版社，1997年11月版。

《中國文學目錄學通論》何新文著，江蘇教育出版社，2001年11月版。

《目錄學與工具書》蔣禮鴻著，浙江古籍出版社，1985年1月版。

《古籍索引概論》潘樹廣著，書目文獻出版社，1985年6月版。

《杜集書錄》周采泉著，上海古籍出版社，1986年12月版。

《類書簡説》劉葉秋著，上海古籍出版社，1980年2月版。

《宋版書敘錄》李致忠著，北京圖書館出版社，1997年11月版。

《古書版本學概論》李致忠著，書目文獻出版社，1998年1月版。

《中國古籍版本學》曹之著，武漢大學出版社，2002年4月版。

《古籍版本鑒定叢談》魏隱儒編，山西省圖書館，1978年7月版。

《古籍整理概論》黃永年著，上海書店出版社，2001年1月版。

《古籍整理出版十講》全國古籍整理出版規劃領導小組辦公室編，岳麓書社，2002年10月版。

《古籍整理淺談》程毅中著，北京燕山出版社，2001年5月版。

《古籍整理學》劉琳、吳洪澤著，四川大學出版社，2003年7月版。

《中國古籍編撰史》曹之著，武漢大學出版社，1999年11月版。

《魏晉南北朝文體學》李士彪著，上海古籍出版社，2004年4月版。

《中國古代文體形態研究》吳承學著，中山大學出版社，2002年5月版。

《古書疑義舉例五種》俞樾等著，中華書局，1963年1月版。

《用典研究》羅積勇著，武漢大學出版社，2005年11月版。

《國學典籍閱讀要義》吳孟復著，中國書店，2008年4月版。

《中國古代文學通論》傅璇琮、蔣寅主編，遼寧人民出版社，2005年5月版。

《詩經學史》洪湛侯著，中華書局，2002年5月。

《六朝論語學研究》宋鋼著，中華書局，2007年9月版。

《文選學》駱鴻凱著，正中書局，1937年6月版。

《文選學新論》中國文選學研究會、鄭州大學古籍整理研究所編，中州古籍出版社，1997年10月版。

《宋代文選學研究》郭寶軍著，中國社會科學出版社，2010年9月版。

《詩論》朱光潛著，正中書局，1948年3月版。

《談藝錄》錢鍾書著，中華書局，1984年9月版。

《管錐編》錢鍾書著，三聯書店，2008年6月版。

《詩學原理》徐有富著，北京大學出版社，2007年1月版。

《中國詩學》葉維廉著，人民文學出版社，2006年7月版。

《古典詩學的現代詮釋》蔣寅著，中華書局，2003年3月版。

《古典詩學的文化觀照》莫礪鋒著，中華書局，2005年9月版。

《唐詩學史稿》陳伯海主編,河北人民出版社,2011年4月版。

《杜甫詩學引論》胡可先著,安徽大學出版社,2003年3月版。

《唐代文學研究論著集成》傅璇琮、羅聯添主編,三秦出版社,2004年10月版。

《唐宋詩歌論集》莫礪鋒編,鳳凰出版社,2007年4月版。

《蘇詩研究史稿》王友勝著,岳麓書社,2000年5月版。

《宋代詩學通論》周裕鍇著,巴蜀書社,1997年1月版。

《黃庭堅詩學體系研究》錢志熙著,北京大學出版社,2003年6月版。

《清代杜詩學史》孫微著,齊魯書社,2014年10月版。

《清代杜詩學文獻考》孫微著,鳳凰出版社,2007年9月版。

《金明館叢稿二編》陳寅恪著,上海古籍出版社,1980年10月版。

《元白詩箋證稿》陳寅恪著,文學古籍刊行社,1955年9月版。

《柳如是別傳》陳寅恪著,上海古籍出版社,1980年1月版。

《詩歌與經驗——中國古典詩歌論稿》張三夕著,岳麓書社,2008年8月版。

《古詩考索》程千帆著,上海古籍出版社,1984年12月版。

《中國古代文學批評方法研究》張伯偉著,中華書局2002年5月版。

《中國文學批評通史》王運熙、顧易生主編,上海古籍出版社,1996年。

《錢注杜詩與詩史互證方法》郝潤華著,黃山書社,2000年12月版。

《金陵生小言》蔣寅著,廣西師範大學出版社,2004年12月版。

《神女之探尋》莫礪鋒編,上海古籍出版社,1994年2月版。

《被開拓的詩世界》程千帆、莫礪鋒、張宏生著,上海古籍出版社,1990年10

月版。

《程千帆先生紀念文集》莫礪鋒編,江蘇古籍出版社,2001年5月版。

《程千帆沈祖棻學記》鞏本棟編,貴州人民出版社,1997年10月版。

《語文閱讀欣賞例談》吳孟復著,安徽人民出版社,1989年版。

《汪辟疆文集》汪辟疆著,上海古籍出版社,1988年12月版。

《在學術殿堂外》劉世南著,中國文史出版社,2003年4月版。

《朱庸齋先生年譜》李文約編,香港素茂文化出版有限公司,2012年8月版。

《大學詩詞寫作教程》徐晉如著,廣西師範大學出版社,2007年8月版。

《現代學林點將錄》胡文輝著,廣東人民出版社,2010年8月版。

後　記

　　二十一世紀伊始，中山大學中文系設立中國古文獻專業的博士點，我被委任爲詩歌文獻學方面的導師。當時約請古文獻研究所同仁，擬編纂一套"詩歌文獻學"講義，我負責撰寫其中"古典詩歌注釋學"部分。經過幾年的教研實踐，二十餘萬言的初稿大致編成，采用講義式的結構，書前有"概論"，内容分章分節，書末附録"主要參考文獻"，力求符合所謂的"學術規範"。二〇〇七年，我正式退休，高頭講章已無用所，便想把它改造爲較個性化的著述。二〇一〇年，編定自選集《泚齋叢稿》，收入講義中"糾謬"一節，約萬餘言。一些學者閲後，頗感興趣，來函致電，索觀全稿。又經過兩三年修訂增補，將分散在各章中的要旨抽出，别列爲"要義篇"，編於卷首，又將讀書札記及發表過的糾謬文章，合爲"指瑕篇"，置於書末，都四十餘萬言，定名爲《詩注要義》。

　　此書可能是最後一代使用方格"原稿紙"的學人寫成的著作了。一九九一年，購得第一臺個人電腦，幾年後棄置不用，恢復一筆一筆在紙上構造字形，尋回手寫的愉悦。書稿由舍弟永滔録入並初校，李光摩、史洪權、徐晉如、李永新四君覆校全文，陳逸雲君以自編的電腦軟件審校，糾正了一些引文失誤。定稿蒙友人胡文輝君謬賞，推薦與上海古籍出版社，編輯張旭東先生提出不少寶貴意見。在此謹對以上諸君致以深切的謝忱。九十餘高齡的劉世南教授，是我最尊敬的亦師亦友的學者，收到本書樣稿後，竟欣然賜序。爲表敬意，我寄上一小盒人參，半月後，先生託人帶回，附有短札："爲人撰序，向不收取報酬。"秉持君子之道，狷介清高，令我既惶恐又感動不已；張桂光、戴偉華兩教授畢讀全書，提了一些極爲中肯的建議，並親撰序言，細評詳述，其中或有溢美之辭，亦足見高情厚誼；內子黃錦兒，數十年來，爲我謄寫細校多種書籍，對此書也付出大量精力，我感恩之意更是難以言宣。

　　行文至此，深深懷念嶺南大詞家朱庸齋先生，他是我的詩詞啓蒙老師，五十多年前，設帳家中，向青年學子講授詞學。在昏暗的油燈下，撰成《分春館詞話》一書，於詖辭曲學流行之時而爲真正之學問，此正先生詞論及詞作之歷史價值所在。《詩注要義》中基本的思想方法，亦多源自先生的教導。

　　我曾在《黃坤堯〈說詩〉序》中寫道："記得幾年前的一個黃昏，我站在新亞書院的'天人合一亭'外，遙望大海，天西一抹明霞，與新月倒影在太極池中，水天一色，浩渺無涯。低誦着錢穆先生所撰的碑文：'中國古人認爲人生與天命最高貴最偉大處，便在能把他們兩者和合爲一。'心中頓時浮起王維'天命無怨色，人生有素風'的詩句。詩歌，不正是和合兩者的最佳之選嗎？"通過箋注評論，把詩歌的精神完美地傳達給讀者，不正是對人生與天命的意義最好的詮釋嗎？

　　　　陳永正　二○一五年十二月十六日於中山大學西翠園沚齋

再　記

　　頃接上海古籍出版社張旭東先生電郵，謂《詩注要義》進站甫及月餘，已告售罄，今擬改版重印，並囑再作校改。在此期間，得到劉永翔、段曉華、馮煥珍、鍾錦、楊焄、章行、劉小磊、劉勇、李君龍、陳逸雲、郭沖、田程雨先生指出書中文字舛誤之處，又蒙王培軍、何永沂、張旭東先生撰文評介，在此，謹對諸先生表示深切的謝忱。

陳永正　二〇一八年一月